dtv

Eine junge Frau wird Pastorin in einem kleinen ostfriesischen Dorf an der Nordseeküste. Sie fühlt sich schnell heimisch hier und ist bald bei jung und alt beliebt. Als sie im Pfarrarchiv zufällig einem vor Jahrhunderten den Ort erschütternden Skandal auf die Spur kommt, ahnt sie nicht, was ihr selbst bevorsteht. Noch glaubt sie an eine großzügige und tolerante Kirche heute – auch in Sachen Sexualmoral. Doch dann wird die ledige Frau schwanger ... »Ein gelungenes Buch, das man gern in einem ›Rutsch‹ lesen möchte. Denn es hinterläßt auch viel Diskussionsstoff.« (Irmi Hartmann im ›Ostfriesischen Kurier‹)

Ingeborg Kruse, geboren 1936, verheiratet, drei Kinder, Pfarrfrau, studierte Religionspädagogik. Zahlreiche Lehraufträge an der Evangelischen Fachhochschule Hannover, in Volkshochschulen und der evangelischen und katholischen Erwachsenenbildung. Sie lebt als freie Schriftstellerin in Norden.

Ingeborg Kruse

Gütiger Himmel

Roman

Deutscher Taschenbuch Verlag

Ungekürzte Ausgabe
August 1998
Deutscher Taschenbuch Verlag GmbH & Co. KG,
München

Umschlagkonzept: Balk & Brumshagen
Umschlagbild: Ausschnitt des Gemäldes ›Sommertag in der Hammeniederung‹ (1904) von Fritz Overbeck
Gesetzt aus der Stempel Garamond 10/11,75' (WinWord 6.0)
Gesamtherstellung: C. H. Beck'sche Buchdruckerei, Nördlingen
Gedruckt auf säurefreiem, chlorfrei gebleichtem Papier
Printed in Germany · ISBN 3-423-20126-6

Man muß weggehen können und doch sein wie ein Baum, als bliebe die Wurzel im Boden, als zöge die Landschaft, und wir ständen fest.

Hilde Domin

Es wurde schon dunkel, als sie ihren Spaziergang beendete. Sie hatte sich Zeit gelassen. Warum sollte sie sich beeilen? Heute würde sie ohnehin nicht mehr nach Canrade zurückfahren. Niemand erwartete sie dort.

Den Entschluß, über Nacht zu bleiben, verdankte sie eigentlich dem Mond. Seine schmale Sichel über dem Fluß hatte wie ein Anker ausgesehen, wie ein himmlischer Rettungsanker. Julia wäre begeistert von solch einem Satz, dachte sie und mußte trotz ihrer sorgenvollen Gedanken schmunzeln. Wirklich, an Julia zu denken, das war mindestens so gut wie eine Leine am Mond zu befestigen. Es half über vieles hinweg.

Seitdem sie sich zum Bleiben entschlossen hatte, war ihr wohler. Sie hoffte, daß ihr die Distanz zum Dorf guttun würde und daß sie nun dazu käme, in Ruhe über alles nachzudenken. Vielleicht würde diese Nacht sogar dabei helfen, daß sich ihr Gefühlschaos ein wenig lichtete? Aber das wäre wohl schon zuviel des Guten.

Während sie die Haustür abschloß und leise nach oben ging, um ihre Tante nicht zu stören, fiel ihr das Telefongespräch mit ihrer Freundin ein. Julia hatte behauptet, es gäbe so etwas wie Seelenwanderung, und sie hatte ihr energisch widersprochen.

»Wenn du glaubst, nur weil deine Kirche es dir nicht erlaubt, dürftest du nicht darüber nachdenken, tust du mir leid, Elisabeth!« hatte Julia gemeint.

Als sie sich jetzt daran erinnerte, mußte sie zugeben, daß ihre Erlebnisse in der Tat reichlich mysteriös waren. Immerhin steckte sie gerade mitten in einer Geschichte, die eine andere Frau vor fast dreihundert Jahren auch schon erlebt hatte. Nicht irgendwo, sondern in Canrade. Ausgerechnet ich, dachte sie, ausgerechnet in Canrade!

Daß sie nicht zufällig in dieses Dorf geraten war, hätte sie eigentlich schon von Anfang an wissen können, spätestens seit dem seltsamen Traum in der ersten Nacht. Aber wenn es kein Zufall war, was war es dann? Rückführung? Vorherbestimmung?

Wenn sie das Lebensschicksal der anderen Elisabeth mit ihrem eigenen verglich, wenn sie ihre Canrader Zeit wie zwei Folien übereinanderlegte, war die Übereinstimmung wirklich verblüffend. Die Rollen waren fast identisch, die Institution hatte sich kaum geändert, und auch der Ort stimmte. Zwei Frauen, ein Dorf, eine lange Geschichte, deren Zukunft im Dunkel lag. Wer dachte da an Zufall?

Eigenartigerweise war sie nicht verbittert. Im Gegenteil. Trotz allem war sie sich ganz sicher, daß Canrade einen besonderen Platz in ihrem Herzen behalten würde. Es war die schönste und wichtigste Zeit in meinem Leben, dachte sie, und ich bin froh und dankbar für jeden Augenblick. Für jeden?

Sie spürte, daß die Traurigkeit von ihr wich, als sie anfing, darüber nachzudenken.

Es war, als würde alles noch einmal lebendig, als hätte jemand die Zeituhr um dieses ereignisreiche Jahr zurückgedreht.

Der Kinderchor war nicht vollzählig erschienen. Das hatte Michael Rothe auch nicht erwartet, denn die meisten hatten noch anderweitige Verpflichtungen: Vereine, Musikschule, Zahnarzttermine, Nachhilfestunden … Damit mußte er sich abfinden. Immerhin waren wenigstens ein paar Mitglieder des kleinen Gesangvereins pünktlich aufgetaucht.

»Sie kommt am 1. Mai gegen achtzehn Uhr«, hatte der Superintendent dem Kirchenvorstand mitgeteilt und damit ganz Canrade in Aufregung versetzt. Ihn auch? Na gut, in Aufregung nicht gerade, aber gespannt war er schon auf die neue Pastorin.

Elisabeth Rogge. Was mochte in ihrem Kopf vorgegangen sein, sich für Canrade zu entscheiden? Für dieses Nest am Ende der Welt? Wahrscheinlich hat sie hier irgendwo mal ihre Ferien verbracht, sagte er sich, und war begeistert von den Wolken über dem weiten Land, von dem Wind, von Ebbe und Flut und von den Möwen. Begeistert wie alle Fremden, die hierherkommen, ein, zwei Wochen bleiben, sich dem Wetter aussetzen, Land und Leute begutachten und wieder nach Hause fahren.

Bleiben ist anders. Und Pastorin in Canrade zu sein, etwas ganz anderes. Das hat es bis jetzt nicht gegeben, nicht seit Bestehen des Dorfes. Und das gibt es immerhin schon an die tausend Jahre. Er wußte nicht, ob er sie bewundern sollte wegen ihres Mutes oder belächeln wegen ihrer Naivität. Abwarten, dachte er und wickelte die Blumen aus, die er für sie besorgt hatte. Er schloß die Gemeindehaustür ab und ging mit den Kindern zum Pfarrhaus hinüber. Die Haustür schmückte eine Girlande aus Tannengrün und gelben Papierblumen. Dieser obligatorische Ehrenbogen war gestern abend im Frauenkreis entstanden. Niemand konnte so schöne Papierrosen falten wie Geesche Ott. Sie war selbst richtig stolz darauf, das merkte man ihr an. Und weil sie ihre Begabung zu jeder passenden Gelegenheit unter Beweis stellte, hatte sie es darin fast schon zur Meisterschaft gebracht. Das

Prachtstück hing über der Haustür und wand sich rechts und links noch gut zwei Meter den Gartenweg entlang.

Was sie wohl davon hält? fragte sich Michael, als er die Kinder anwies, ihre Plätze einzunehmen.

Elisabeth freute sich sehr über den herzlichen Empfang. Herr de Wall, der Kirchenvorsteher, überreichte ihr den Hausschlüssel mit ein paar freundlichen Worten. Die Kinder sangen: »*Wie lieblich ist der Maien aus lauter Gottesgüt*«, und Michael Rothe drückte ihr den Blumenstrauß in die Hand. Punkt sechs läuteten die Glocken. Die Dohlen nahmen gerade zeternd und aufgeregt wie immer ihre Stammplätze in den Lindenbäumen ein. Nachbars Hasso bellte wie verrückt – es war ein wirklich gelungenes Willkommen. Geesche Ott, die alles ganz genau hinter ihrer Schlafzimmerfenstergardine beobachtet hatte, sagte: »Das ist ein nettes Mädchen.« Und auf ihr Urteil war Verlaß. »Nur ein bißchen schüchtern, wie es scheint«, fügte sie hinzu, und das war ein wenig bedenklich.

Wäre Michael Rothe gefragt worden, er hätte etwas anderes gesagt. Aber er wurde nicht gefragt.

Elisabeth hielt die Begrüßungszeremonie für weitaus von Herzen kommender, als sie in Wirklichkeit gewesen war; der Ehrenbogen über der Haustür mit den gelben Papierrosetten, der Minichor mit dem Maienlied und der Vertreter des Kirchenvorstandes, der gerade noch rechtzeitig erschienen war, um ein paar freundliche Begrüßungsworte sagen zu können, was sollte daran besonders herzlich gewesen sein? Es war das Übliche. Sie würde die Unterschiede zwischen dem Besonderen und dem Üblichen schon noch kennenlernen. Aber nicht gleich am ersten Tag.

Das Pfarrhaus, ein rotes Backsteingebäude mit hohen, schmalen Fenstern, war vermutlich um die Jahrhundertwende gebaut. Wie viele Pastorenfamilien mochten schon darin gewohnt haben? Wie viele Menschen waren wohl schon aus- und eingegangen? Von Herrn de Wall erfuhr sie, daß ihr Vorgänger, ein Familienvater mit vier Söhnen, an die dreißig Jahre Pastor in Canrade gewesen war. Seine Frau, sagte Herr de Wall, war die Seele der Gemeinde. Nach der Pensionierung zogen sie nach Süddeutschland, in die Nähe von Stuttgart, wo ihr Ältester verheiratet war.

Ob ich mich hier wirklich wohlfühlen werde? überlegte Elisabeth, als sie nun allein im Pfarrgarten stand. Zögernd betrat sie das Haus und erschrak geradezu vor der dämmrigen Stille, die sie plötzlich von allen Seiten umgab. Neugierig und gespannt sah sie sich um. Alle Zimmertüren standen offen. Am besten unternahm sie erst einmal eine Hausbesichtigung.

Links neben der Haustür vermutete sie das Amtszimmer. Bis auf ein Regal war es vollständig leer. Auf dem Fensterbrett entdeckte sie ein Telefon. Sofort nahm sie den Hörer ab. Der Apparat funktionierte tatsächlich. Ohne lange zu überlegen, wählte sie Julias Nummer und atmete erleichtert auf, als sie sich meldete.

»Hallo, Julia«, sagte sie und merkte, daß sich ihre Stimme seltsam fremd anhörte in dem leeren Raum.

»Lisa? Von wo rufst du an? Bist du etwa schon in deinem Dorf angekommen?«

»Ja, gerade eben.«

»Wie war's denn, erzähl doch! War das ganze Dorf auf den Beinen?«

»Nein, nicht das ganze Dorf. Nur zwei Männer, fünf Kinder, ein Hund und jede Menge Dohlen. Und die Glokken läuteten.«

»Extra für dich?«

»Nein. Um 18 Uhr läuten sie immer.«

»Enttäuscht?«

»Nein. Bin ich nicht. Es war alles sehr herzlich. Schöner, als ich es mir vorgestellt habe. Du, das Haus ist riesig!«

»Wie riesig? Riesig groß, riesig alt, riesig schön?«

»Alles. Aber ich muß gestehen, daß ich noch nicht viel davon gesehen habe. Ich bin gleich hier im erstbesten Raum gelandet und entdeckte das Telefon. Mehr weiß ich noch nicht. Ich ruf' dich nachher noch mal an, wenn ich meinen Rundgang beendet habe.«

»Ich bin richtig gespannt.«

»Ja, ich auch. Schade, daß du nicht hier bist.«

»Wo schläfst du heute nacht?«

»Na hier.«

»Im Arbeitszimmer?«

»Nein, irgendwo oben im Haus. Hier sind keine Gardinen vor den Fenstern, und so direkt neben der Haustür, das muß ja nicht sein.«

»Paß gut auf dich auf, Mädchen! Und melde dich!«

»Bestimmt.«

Sie legte den Hörer auf und setzte ihren Rundgang fort.

Im Zimmer nebenan roch es eigenartig, nach alten Büchern und Akten, nach Leder und Staub. Der Stahlschrank war angefüllt mit Kirchenbüchern, Tauf- und Sterberegistern, Konfirmationsscheinen, Kisten und Kästen, Schatullen und Folianten. Auf den Regalen stapelte sich beschriebenes Papier. Ihre Vorgänger hatten ihre Aufzeichnungen anscheinend seit Jahrhunderten der Nachwelt hinterlassen. Sie würde sich alles in Ruhe ansehen. Irgendwann.

Das Wohnzimmer und das Eßzimmer wirkten kühl. Beide Räume waren vollständig leer. Morgen, wenn die Möbel da sind, wird es hier bestimmt gemütlicher, sagte sie sich. Die Küche enthielt nur das Notwendigste: Herd, Spüle, Ablage, Einbauschränke. Sie probierte das Licht über der Spüle aus. Es brannte tatsächlich.

Das Treppenhaus mit dem weißen, gedrechselten Geländer und den breiten, dunkelbraunen Stufen gefiel ihr. Die dritte Stufe knarrte so laut, daß sie erschrocken zusammenfuhr. Oben standen ebenfalls alle Türen offen. Es gab vier Schlafzimmer, ein Bad und eine Toilette. Und eine Bodentür, zu der die Treppe weiterführte, ein wenig schmaler, aber immer noch mit gedrechseltem Geländer. Den Boden hebe ich mir für morgen auf, dachte sie und sah sich die Schlafzimmer genauer an.

Spontan entschied sie sich für das Giebelzimmer. Es hatte zwei große, schmale Fenster mit Blick in den Garten. Hier würde sie sich für die erste Nacht einrichten. Sie mußte mehrmals gehen, um ihre Sachen aus dem Auto zu holen. Die Reisetasche, die Isomatte, den Schlafsack, die Wolldecke brachte sie nach oben. Den Picknickkorb und das Radio stellte sie in der Küche ab. Als sie zum dritten Mal durch die bekränzte Haustür ging, kam es ihr vor, als wäre sie schon richtig angekommen.

Gleich darauf klingelte das Telefon. Sie ging ins Arbeitszimmer und nahm den Hörer ab. Es war Michael Rothe, der Organist und Chorleiter.

»Ich wollte nur hören, wie es Ihnen geht, Frau Nachbarin, und ob Sie etwas brauchen«, sagte er.

Sie lachte. »O ja, allerlei! Zum Beispiel ein paar Möbel.«

»Wollen Sie auf ein Glas Wein zu uns herüberkommen? Meine Frau und ich würden uns freuen.«

Einen Moment überlegte sie: Keine schlechte Idee, aber dann sagte sie: »Danke, Herr Rothe, das ist nett, aber ich bleibe lieber hier. Ich bin ziemlich müde, und morgen kommt der Möbelwagen.«

»Ganz wie Sie wollen, es war nur ein Vorschlag. Haben Sie denn überhaupt etwas zu essen?«

»Ja, alles dabei. Ich werde weder verhungern noch verdursten.«

Er lachte. »Dann wünsche ich Ihnen eine gute erste Nacht in Ihrem neuen Haus.«

Sie legte den Hörer auf, ging wieder in die Küche und

holte ihr Abendbrot aus dem Picknickkorb: ein Käsebrötchen, eine Tomate und Kaffee aus der Thermoskanne. Damit setzte sie sich auf einen umgedrehten Plastikeimer, den sie unter der Spüle entdeckt hatte, und dachte: Meine erste Mahlzeit in Canrade. Daß sie die Einladung ausgeschlagen hatte, bedauerte sie keinen Augenblick, obwohl ein Glas Wein nicht zu verachten gewesen wäre. Aber so gefiel es ihr besser. »Bei mir zu Hause«, sagte sie und überlegte, daß sie so bald wie möglich einen Küchentisch und Stühle kaufen würde und Gardinen. Dann fiel ihr ein, daß sie gern eine Katze hätte. Sie wußte auch schon, wie sie sie nennen würde: Charly. Das paßte für Männchen und Weibchen. Charly, die Katze. Gleich morgen wollte sie herumfragen, ob es irgendwo im Dorf eine Katze gäbe.

Sie stand von ihrem reichlich unbequemen Eimer auf und öffnete die Glastür, die in den Garten hinter dem Haus führte.

Der Himmel war blutrot. Die Trauerweide, deren Zweige zartgrün bis auf den Rasen hingen, duftete nach Maiengrün. Eine riesige alte Fichte verdeckte den Blick auf die Kirche. In den hohen Linden auf dem Kirchplatz rumorten die Dohlen. Sie lehnte sich an die Hauswand und sah sich aufmerksam um. Das ist also der Pfarrgarten, mein Garten. Ich werde mir bequeme Gartenstühle kaufen, weiße mit gelben Kissen, und einen stabilen Tisch und dies hier genießen. Diese Idylle. Mit Charly.

Es wurde Zeit, sich für die Nacht einzurichten. Als sie die Waschtasche ins Badezimmer brachte, stellte sie fest, daß kein Toilettenpapier vorhanden war. Anscheinend hatte sich niemand Gedanken darüber gemacht, wie sie hier klarkommen sollte. Kein Tisch, kein Bett, kein Handtuch, kein Toilettenpapier – nichts, worauf halbwegs zivilisierte Menschen angewiesen sind, dachte sie. Hatte nicht doch jemand gefragt, ob ich in irgend jemandes Gästezimmer übernachten wollte? Nein, sie konnte sich nicht daran erinnern. Irgendwie wird es schon gehen.

Das Telefon klingelte. Bis sie die Treppe hinuntergehastet und im Arbeitszimmer angekommen war, hatte es mindestens sechsmal geläutet. Atemlos meldete sie sich.

»Wo steckst du denn?« fragte Julia.

»Ach, Julia! Du hast ja keine Ahnung, wie weitläufig dieses Haus ist! Ich war oben im Schlafzimmer.«

»Warst du etwa schon im Bett?«

»Nein, natürlich nicht! Ich habe nur gerade meine Sachen ausgepackt. Aber wieso rufst du mich an? Woher hast du überhaupt die Nummer?«

»Na, weißt du! Evangelisches Pfarramt Canrade, das wird man ja noch herauskriegen. Ich wollte nur hören, wie es dir geht.«

»Du kannst dir gar nicht vorstellen, wie aufregend dieser erste Abend in Canrade für mich ist, in meinem Haus!« schwärmte Elisabeth.

»Ich bin gespannt wie sonst was auf deine vier Wände.«

Elisabeth lachte. »Vier Wände? Hast du eine Ahnung! Du wirst mir hoffentlich mit Rat und Tat beistehen, wenn du Sonntag kommst. Kannst du nicht wenigstens ein paar Tage bleiben?«

»Nein, kann ich nicht, leider! Auf jeden Fall komme ich zu deiner Ordination. Wann sagtest du, vier Uhr?«

»Ja, um vier, sei bitte pünktlich!«

»Klar. Und nun mach's gut. Schlaf schön, träum was Schönes. Du weißt ja, was du heute träumst, geht in Erfüllung.«

»Quatsch.«

»Ach, entschuldigen Sie, Frau Pastorin, Sie sind ja nicht abergläubisch.«

»Nein, bin ich nicht.«

»Es geht trotzdem in Erfüllung.«

»Wenn du es sagst!« Amüsiert legte sie den Hörer auf. Eine Stille war das im Haus! Nichts rührte sich. Sie blieb mitten auf der Treppe stehen und lauschte. Nein, nichts, kein Laut. Ich werde mich daran gewöhnen, dachte sie, wenn ich erst einmal genug um die Ohren habe, genieße ich sie vielleicht sogar, diese Ruhe.

Sie zog sich aus und kroch in den Schlafsack. Als sie so dalag, die Hände unter dem Kopf verschränkt, und an die Decke starrte, mußte sie plötzlich lachen, weil ihr einfiel, daß Ina, eines der kleinen Chormädchen, gesagt hatte: »Guten Tag, Frau Paschtoor«, als sie ihr die Hand gab.

»Du kannst ruhig Frau Rogge zu mir sagen«, hatte sie ihr angeboten, woraufhin Ina flüsterte: »Ja, Frau Paschtoor.«

Ob es wohl schwer sein wird, in Canrade warm zu werden? Die Herren Pastoren waren von jeher anerkannte Autoritätspersonen, eine Pastorin hatte es hier noch nie gegeben. Sie erinnerte sich genau an den Anruf des Landessuperintendenten. Wann war das gewesen? Im Februar?

»Stammen Ihre Vorfahren nicht aus Ostfriesland?« hatte Herr Schulzemeyer gefragt.

Noch als sie überlegte, ob das etwa in ihrer Personalakte stände, fiel ihr ein, daß sie irgendwann mit ihm darüber geredet hatte.

»Sie haben ein gutes Gedächtnis«, hatte sie geantwortet. »Aber das ist schon lange her.«

»Na, ist doch wunderbar! Ich habe da eine Vakanz, die ich Ihnen gern ans Herz legen würde.«

Sie konnte sich gerade noch beherrschen, um nicht über seine Formulierung zu lachen.

»Am besten, Sie machen gleich einen Termin mit meiner Sekretärin aus und kommen vorbei, dann können wir in Ruhe darüber reden.«

Der Termin war ein paar Wochen darauf gewesen, an einem Dienstag, pünktlich um zehn zum zweiten Frühstück. »Die Gemeinde Canrade in der Krummhörn ist schon über ein Jahr vakant«, hatte er gesagt. »Eine kleine überschaubare Dorfgemeinde, etwa 1500 Seelen, in der Nähe von Emden. Sie wissen, wo Emden liegt?«

Emden – Borkumkai ... wie oft hatte sie als Kind ihre Ferien auf Borkum verbracht! Vielleicht war diese Erinnerung ausschlaggebend für ihre Zusage gewesen.

»Ich brauche Ihnen ja nicht zu erklären, daß Ihre Probezeit drei Jahre dauert? Erst danach werden Sie verbeamtet. Solange können Sie es sich noch überlegen, ob Sie in Ostfriesland bleiben wollen oder nicht. Wie Sie wissen, ist grün nicht nur die Farbe der Hoffnung, sondern auch gut für die Augen.«

Und nun war sie da, die erste Nacht in Canrade. Sie drehte sich auf die Seite. Ob es wohl stimmte, das mit dem Traum in der ersten Nacht?

Es war kurz vor Mitternacht, alles schlief, selbst die Dohlen in den Kirchenlinden. Jede Viertelstunde dröhnte ein Glokkenschlag vom Kirchturm, doch Elisabeth rührte sich nicht in ihrem Schlafsack.

Aber dann saß sie plötzlich hellwach auf ihrer Isomatte und hielt den Atem an, denn über ihr war lautes Gepolter.

Einbrecher! war ihr erster Gedanke. Sie zog sich den Schlafsack bis unters Kinn. Aber so laut? Gespenster? Spukte es im Pfarrhaus? Sie wußte sich keinen Reim darauf zu machen.

Schließlich wand sie sich leise aus ihrem Schlafsack und schlich zur Zimmertür. Die Polizei, dachte sie, ich muß die Polizei anrufen. Vorsichtig öffnete sie die Tür und tappte im Dunkeln zur Treppe. Sie traute sich nicht, Licht zu machen, tastete sich hinunter. Das Gepolter hörte sich jetzt an, als würde etwas von einer Seite des Dachbodens auf die andere geworfen. Das gibt es doch nicht, dachte sie, das muß ja das ganze Dorf hören! Und dann war plötzlich alles wieder still. Kein Laut. Sie setzte sich auf die Treppe und lauschte angestrengt. Nichts. Es war völlig ruhig im Haus.

Was um alles in der Welt war das gewesen? Ein Poltergeist? Ein Verrückter? Sie ärgerte sich jetzt, daß sie vorhin beim Rundgang durch das Haus nicht auch auf dem Dachboden gewesen war. Vielleicht hauste dort ein Obdachloser? Immerhin hatte das Haus über ein Jahr leer gestanden.

Es blieb still. Trotzdem war ihr immer noch unheimlich. Sie nahm all ihren Mut zusammen, stieg die Bodentreppe hoch und drehte mit einem schnellen Griff den Schlüssel um, der glücklicherweise von außen steckte. Das nahm ihr ein wenig die Angst. Ihre Füße waren eiskalt, als sie wieder in ihren Schlafsack kroch.

Erst als der Wecker klingelte, wachte sie auf. Sofort fiel ihr das Gepolter wieder ein. Ich werde Herrn Rothe bitten, auf dem Dachboden nach dem Rechten zu sehen.

Irgend etwas war noch gewesen. Sie dachte angestrengt nach, kam aber nicht darauf. Erst als sie sich die Zähne putzte, dämmerte es ihr. Sie hatte geträumt. Jemand hatte etwas zu ihr gesagt. Eine Stimme. Aber wer?

Ich weiß es nicht mehr. Ist ja auch egal, dachte sie und spuckte den Zahnpastaschaum aus. Sie ließ Wasser in die hohle Hand laufen und spülte den Mund aus.

»Guten Morgen, Elisabeth«, sagte sie zu ihrem Spiegelbild. In diesem Moment wußte sie es. Es war eine Männerstimme gewesen.

»Bist du wieder da, Elisabeth?« hatte die Stimme gefragt.

Sie überlegte hin und her, ob ihr sonst noch etwas einfiel. Aber da war nur diese Frage. Sonst nichts. Was sollte sie davon halten? Ach was, Träume sind Schäume. Und da ich nicht abergläubisch bin, interessiert mich das Gepolter mehr als die Frage, ob ich wieder da bin.

Pünktlich um zehn Uhr stand der Möbelwagen vor der Tür. Die Packer luden die Kisten und Möbelstücke genauso wortkarg und genervt aus, wie sie sie gestern eingeladen hatten. Zum Glück ist es trocken, dachte Elisabeth, als sie ihr Klavier unter der Zierkirsche neben dem Gartentor stehen sah. Sie stand mitten im Flur und wies wie eine Dirigentin in alle Himmelsrichtungen.

»Moment mal!« stoppte sie einen Packer, der mit der Schreibmaschine ins Wohnzimmer strebte. »Die kommt hierher ...«, ins Amtszimmer, hatte sie sagen wollen, sagte aber statt dessen: »... in mein Büro.«

Es war den Männern anzumerken, daß sie sich überlegten, ob sie das große Haus ganz allein bewohnte. Sie konnte es ihnen nicht verdenken.

Es war so groß, daß ihre Möbel darin wie verloren wirkten, obwohl sie viel mehr besaß als andere Berufsanfänger, weil sie einen Teil der großelterlichen Einrichtung geerbt hatte. Unter anderem den schweren, dunklen Bücherschrank, mit dem die Packer sich gerade abmühten, und den Schreibtisch, ihr ganzer Stolz, in dessen Schubkästen sie all ihre Kostbarkeiten aufbewahrte. Dazu zählten auch ihre Tage- und Nachtbücher und der Karton, auf dem zwar »erledigt« stand, von dem sie sich aber trotzdem nicht trennen mochte. Noch nicht, hatte sie gedacht, als sie ihn in einen der Umzugskartons versenkte.

Gerade wuchteten die Packer die letzte Kleiderkiste aus dem Wagen, als jemand sein Fahrrad am Gartentor abstellte. Offenbar ein Mann aus dem Dorf. Sie ging ihm auf dem mit roten Steinen gepflasterten Weg entgegen. Der Mann nahm seine Mütze ab, streckte ihr die Hand entgegen, eine schwielige Männerhand, die das Zupacken gewohnt war, und sagte: »Moin! Ich bin Onno Bahlmann. Ich bin hier Küster und Friedhofswärter.«

»Guten Morgen, Herr Bahlmann, das ist nett, daß Sie vorbeischauen«, begrüßte sie ihn freundlich. »Leider kann ich Ihnen momentan nicht einmal einen Stuhl anbieten. Sie sehen ja, hier ist noch alles durcheinander.«

»Deswegen bin ich ja gekommen. Meine Frau läßt fragen, ob sie hier wohl eben was mit anfassen soll. Geschirr einräumen und so, Sie wissen wohl, was ich meine.«

Elisabeth überlegte schnell hin und her. Eigentlich hatte sie sich vorgenommen, allein zurechtzukommen. Außerdem wußte sie selbst noch nicht genau, wo sie alles unterbringen und hinstellen wollte. Andrerseits wäre das Durcheinander bestimmt schneller beseitigt, wenn eine erfahrene Hausfrau mit anfaßte. Herr Bahlmann merkte natürlich, daß sie nicht wußte, ob sie zu- oder lieber absagen sollte.

»Ich wollte man bloß eben nachfragen«, sagte er, »weil meine Frau ja sonst auch immer geholfen hat bei Frau Pastor Willers.«

Ach so, dachte Elisabeth, so ist das. Tradition. Und sagte freundlich: »Dann kennt sich Ihre Frau ja bestens aus im Haus.«

»Ja, jeden Winkel.«

Sie gab sich einen Ruck.

»Bestellen Sie Ihrer Frau bitte, daß ich mich sehr über ihr Angebot freue und ihre Hilfe gern in Anspruch nehme«, sagte sie.

»Soll sie denn gleich kommen?«

»Von mir aus gern, aber paßt es ihr auch?«

»Ihr paßt das immer«, antwortete er und setzte seine Mütze wieder auf.

Als er schon fast bei der Gartenpforte war, rief Elisabeth ihm nach: »Ach, Herr Bahlmann, ich wollte Sie noch etwas fragen!«

Er drehte sich um und kam langsam wieder zurück.

»Sagen Sie mal, heute nacht hat es so entsetzlich auf dem Dachboden gepoltert. Was mag das gewesen sein?«

»Düvel ok!« schimpfte er. »Ist er also doch wieder da!« Sie sah ihn so erschrocken an, daß sich sein Gesicht zu einem breiten Grinsen verzog. »Man keine Bange«, beruhigte er sie. »Das war nur der Marder. Ich dachte, er wäre weg. Kann ich mir denken, daß Sie sich gewundert haben über das Spektakel auf Ihrem Dach. Na«, sagte er, schon mit einem Fuß auf dem Rad, »den werden wir schon wieder los. Keine Bange.«

Elisabeth seufzte. Wir. Herr Bahlmann und Frau. Das fängt ja gut an.

Aber erst einmal war sie froh, daß die Möbel an Ort und Stelle standen, die Möbelpacker sich verabschiedeten und sie einen Stuhl hatte, auf den sie sich setzen, und einen Tisch, auf dem sie ihre Kaffeetasse abstellen konnte. Beim Mittagsläuten fiel ihr plötzlich ein, daß sie noch gar nicht in der Kirche gewesen war. Sie war schon auf dem Weg zur Tür, als es klingelte. Herr Rothe.

»Schon Feierabend?« fragte sie.

»Schön wär's. Halbzeit. Und Sie?«

Sie lachte, öffnete die Tür zum Amtszimmer und lud ihn ein, näher zu treten.

Er schien beeindruckt.

»Wo haben Sie den denn her?« fragte er und zeigte auf ihren imposanten Schreibtisch. »Geerbt?«

»Erraten. Er gehörte ins Herrenzimmer meines Großvaters.«

»Dann ist er im Amtszimmer einer Pastorin ja bestens aufgehoben.«

Sie lachte.

»Und was halten Sie von diesem guten Stück?« Liebevoll strich sie über die Schnitzereien am Bücherschrank.

»Sagenhaft«, gestand er. »Da haben Sie wirklich Glück, daß Sie so viel Platz haben. In meiner Wohnung wüßte ich gar nicht, wohin mit solch einem Riesenmöbel.«

»Ja, ich bin auch froh. Ich bin die einzige in der Familie, die ihn unterbringen kann. Bis jetzt hat er bei Bekannten auf dem Dachboden gestanden.«

»Mit dem Einräumen können Sie sich ja Zeit lassen«, meinte er mit einem Blick auf die Bücherkisten.

»Könnte ich, aber bis Sonntag möchte ich lieber alles unter Dach und Fach haben.«

»Wegen der Leute?«

»Nein, wegen mir.« Sie wechselte das Thema. »Stellen Sie sich vor«, sagte sie, »ich bin noch nicht einmal in der Kirche gewesen. Gerade habe ich den Schlüssel gesucht und wollte rübergehen und mir meinen Arbeitsplatz ansehen.«

»Hätten Sie etwas dagegen, wenn ich mitkomme?« fragte er.

Sie zögerte einen Moment, bevor sie antwortete: »Lieber ginge ich erst einmal allein, das verstehen Sie doch?«

»Klar. Wir werden noch oft genug zusammen in der Kirche sein.«

»Richtig, Sie sind ja der Organist hier«, sagte sie, als fiele es ihr gerade wieder ein.

Herr Bahlmann arbeitete auf dem Friedhof. Er stützte sich auf seinen Harkenstiel und nickte zu ihr herüber, als sie die Kirche aufschloß und darin verschwand.

Beklommen sah sie sich um. Die Kirche war sehr alt und ziemlich klein. Die Holzdecke und das Gestühl waren rot gestrichen, ochsenblutrot, mit Olivgrün und Weiß abgesetzt. Der Altar, ein alter Schnitzaltar, stellte das Leben Christi dar. In der Mitte das Abendmahl, links die Verkündigung und die Geburt und rechts die Kreuzigung. Sie war überrascht von der feinen Schnitzarbeit und der geschickten Anordnung der Figuren. Das Gold leuchtete bis in die hintersten Reihen. Sie fand ihn wunderschön.

Die Orgel war eine der berühmten alten ostfriesischen Meisterorgeln aus der Barockzeit. Sie wußte, daß es nirgendwo so viele wertvolle alte Orgeln gab wie in der Krummhörn, dem Landstrich zwischen der Leybucht und dem Dollart. Vor Jahren war sie einmal mit Julia extra zum

Dollartfestival nach Ostfriesland gereist, um Orgelkonzerte mitzuerleben. Auch Canrade hatte auf dem Programm gestanden. Damals allerdings hatte sie noch nicht ahnen können, daß sie einmal hier auf dieser altehrwürdigen Kanzel stehen würde. Langsam ging sie nach vorn in den Chorraum bis vor den Altar.

»Da bin ich«, flüsterte sie und legte ihre Hände ehrfürchtig auf die Spitzendecke. »Segne mich.« Was immer geschehen wird, diesen Augenblick werde ich nie mehr vergessen, dachte sie und war tief bewegt.

Sie sah sich das Altarbild genauer an. Ob der Künstler in diesen Figuren Menschen aus dem Dorf verewigt hat?

Auf der Rückseite der hölzernen Altarwand waren die Namen sämtlicher Pastoren mit den dazugehörigen Daten zu lesen. Der erste, Ubbo Abbinga, war von 1527 bis 1553 Pastor in Canrade gewesen. Demnach war die Reformation hier schon sehr früh eingeführt worden. Was für ein Mensch mochte dieser Ubbo Abbinga gewesen sein? Sechsundzwanzig Jahre hatte er hier gelebt. Eine lange Zeit. Ob es schwer gewesen war, den neuen Glauben in Canrade durchzusetzen? Das Frauenkloster, von dem sie irgendwann einmal gehört hatte, mußte damals noch existiert haben. Was mochte aus den Nonnen geworden sein? Irgendwie würde sie das herausfinden. Sicher gab es so etwas wie eine Chronik. Vielleicht wußte Herr Rothe davon. Sie stellte fest, daß ihr Vorgänger, Pastor Willers, noch nicht auf der Altarwand zu finden war. Vielleicht gehörte es sich nicht, ihm schon zu Lebzeiten diese Ehre zu erweisen? Sie hatte keine Ahnung. Und würde ihr Name dort auch einmal stehen? Elisabeth Rogge.

Ich weiß so gut wie nichts von der Vergangenheit, dachte sie, wie kann ich wissen, was die Zukunft bringt? Und gab es auf, darüber nachzudenken.

Sie ging um den Altar herum, entdeckte uralte Grabplatten im Fußboden des Chorraumes, auf denen eigentümliche

Namen und Schriftzeichen eingraviert waren, die sie nur teilweise entziffern konnte. Dann ging sie langsam den Mittelgang entlang. Gerade als sie das Schriftband an der Orgelempore entdeckte, hörte sie jemanden leise fragen: *»Bist du wieder da, Elisabeth?«*

Erschrocken sah sie sich um. Aber da war niemand. Sie war ganz allein in der Kirche. Es war dieselbe Stimme wie heute nacht. Jetzt erinnerte sie sich deutlich. Was sollte sie davon halten? Was bedeutete die Frage? Das ging doch nicht mit rechten Dingen zu! Sie merkte, wie ihr die Knie weich wurden. Verwirrt setzte sie sich in eine Bank und sah zum Altar hinüber. Zum ersten Mal dachte sie darüber nach, daß es seltsam und geheimnisvoll war, hier zu sein, in dieser altehrwürdigen Kirche in der Krummhörn und in diesem Dorf, in dem sie von nun an leben und arbeiten würde. Ohne die Stimme wäre sie wahrscheinlich nie auf die Idee gekommen, darin so etwas wie eine besondere Fügung zu sehen.

Olga Bahlmann stand vor der Haustür und sah ihr entgegen. Eine stämmige Frau, etwa sechzig Jahre alt, die Haare, offensichtlich gefärbt, waren frisch onduliert.

»Guten Tag, Frau Rogge«, sagte sie und reichte Elisabeth mit einem freundlichen Lächeln die Hand. »Onno hat ja schon mit Ihnen geredet.«

»Vielen Dank, Frau Bahlmann, daß Sie mir helfen wollen«, sagte Elisabeth herzlich und meinte es auch so.

Sie gingen zusammen ins Haus. Elisabeth führte sie durch alle Räume. Am Ende der Besichtigung sagte Frau Bahlmann: »Ich fange am besten in der Küche an«, und machte sich sogleich ans Werk.

»Ist es Ihnen recht, wenn ich kurz nach Emden fahre?« fragte Elisabeth, weil sie sich nicht sicher war, ob es unhöflich war, sie in diesem Durcheinander allein zu lassen. Frau Bahlmann hatte nichts dagegen.

»Reisende soll man nicht aufhalten«, erklärte sie. »Aber

sagen Sie, wo ich die Blumenvasen lassen soll, bevor Sie losfahren.«

»Wo Platz ist. Vielleicht im Abstellraum?«

»Was denn für'n Abstellraum? Meinen Sie die Speisekammer?« Sie wußte schon, wo sie sie hinstellen würde, auf das oberste Regal in der Speisekammer, wo sie bei Frau Willers auch gestanden hatten.

»Soll ich etwas mitbringen?« fragte Elisabeth.

»Nee, was denn?«

Sie fühlt sich anscheinend zu Hause hier, stellte Elisabeth fest.

»Ich dachte, vielleicht fehlt was, Spülmittel oder Scheuertücher oder so. Ich muß sowieso Toilettenpapier besorgen.«

»Ja, dann können Sie mir ein vernünftiges Ledertuch mitbringen. Eins, das nicht fusselt.«

»Mach' ich. Tschüs denn! Ich seh' zu, daß ich so schnell wie möglich wieder da bin.«

»Immer mit der Ruhe, Frau Rogge! Um mich brauchen Sie sich nicht zu kümmern. Ich komm' hier schon klar.« Keinen Augenblick hatte Elisabeth daran gezweifelt. Zum Glück nennt sie mich nicht *Frau Paschtoor,* dachte sie, das hätte ich auf die Dauer bestimmt nicht verkraftet.

Vor der Superintendentur war glücklicherweise eine Parklücke frei. Bevor sie klingelte, atmete sie einmal tief durch und fuhr sich durchs Haar. Kopf hoch, dachte sie, als die Sekretärin sie in Empfang nahm.

»Da sind Sie ja«, begrüßte Herr Mansauer sie. »Herzlich willkommen in Ostfriesland. Bitte treten Sie ein.«

Er geleitete sie, ganz Kavalier, in seine Amtsstube und bot ihr einen Sessel an. Bevor er die Tür zuzog, sagte er zu seiner Sekretärin: »Sind Sie bitte so nett und bringen uns den Tee, Frau Janssen.« Und zu Elisabeth gewandt: »Sie mögen doch Tee? Es bleibt Ihnen gar nichts anderes übrig hier im Land der Teetrinker.«

Elisabeth versicherte, sie freue sich auf den echten ostfriesischen Tee und habe auch schon angefangen, das Teegeschirr mit der Rose zu sammeln.

»Dann kann Ihnen ja nicht mehr viel passieren«, schmunzelte er und erzählte – zum wievielten Male? – die Anekdote, wie seine Frau dem Kirchenvorstand seiner ersten Gemeinde den Tee in großen Kaffeetassen angeboten hatte. »Und sie haben mit Todesverachtung ihre drei Tassen leergetrunken«, lachte er. »Unter dem tut man es hier nicht.« Zum Glück erwartete er keine Reaktion von ihr. Frau Janssen kam mit dem Tablett, auf dem sie alles Erforderliche aufgebaut hatte: die Teekanne auf dem Stövchen, Kandis und Sahne und zwei Teetassen. Das Rosenservice.

»Danke«, sagte er, als sie das Tablett vorsichtig auf dem Tisch abstellte. »Den Rest machen wir schon.«

Frau Janssen zog sich in ihr nüchternes Büro zurück, zu ihrem Nachmittagstee, den sie aus einem Kaffeebecher zu trinken pflegte.

In allen Einzelheiten gingen sie dann den Ordinationsgottesdienst durch, angefangen vom Einzug in die Kirche – auf ausdrücklichen Wunsch des Landessuperintendenten sollten alle Pastoren und Pastorinnen aus dem Kirchenkreis im Talar erscheinen und mit einziehen – bis zum Schlußsegen und dem feierlichen Auszug aller Beteiligten einschließlich des Kirchenvorstandes. Nichts sollte dem Zufall überlassen bleiben bei diesem hochfeierlichen Gottesdienst. Kein Wort, keine Handlung, die nicht abgesprochen waren. Selbst ihre Antwort auf die Frage: »Elisabeth Rogge, sind Sie bereit ...« war agendarisch festgelegt und lautete: »Ja, mit Gottes Hilfe.«

Sie hatte es gewußt, und trotzdem wunderte sie sich, warum alles so konsequent und kompromißlos nach Vorschrift vor sich gehen mußte. Warum war es denn unmöglich, ein persönliches Wort zu sagen, Gefühle zu zeigen, zu lachen oder zu weinen? Ihr Vikariatsvater, ein aufgeklärter, aufgeschlossener Mann, hatte einmal zu ihr gesagt: »Gerade Sie als Frau müssen aufpassen, daß Ihnen die Stimme nicht zittert. Ich weiß, wovon ich rede, glauben Sie mir. Nichts ist fataler, als wenn der Amtierende bei einer Beerdigung die Fassung verliert. Das ist eine Zumutung für die trauernden Angehörigen. Die Agende ist da wirklich eine Hilfe. Das hat mit *Dienst nach Vorschrift* gar nichts zu tun.«

Aber eine Ordination war keine Beerdigung. Warum sollte nicht ein bißchen Freude zu spüren sein? Schließlich war dieses Ereignis einmalig und der Tag ihrer Ordination ein absoluter Freudentag für sie. Endlich hatte sie ihr Ziel erreicht. Gemeindepastorin zu werden war die Erfüllung eines Jugendtraumes. Quatsch, dachte sie, Fröhlichkeit entspricht gar nicht den Empfindungen, die ich Sonntag haben werde. Was dann? Dankbarkeit? Nachdenklich rührte sie in ihrer Teetasse.

»Umrühren darf man den Tee nicht«, mahnte Herr Mansauer. »Sie müssen das sogenannte Wölkje ganz lassen und den Tee vorsichtig von oben nach unten trinken, von bitter nach süß. Das ist nicht nur so eine Redensart, so schmeckt er wirklich am besten.«

Ach, der Tee!

»Den Predigttext kann ich mir wohl nicht aussuchen?« fragte sie.

»Nein, wozu auch?« wunderte sich Herr Mansauer. »Sie müssen ja nicht predigen. Das übernimmt natürlich der Landessuperintendent. Und wie ich ihn kenne, predigt er über den vorgeschriebenen Text. Das lassen Sie nur seine Sorge sein. Warum fragen Sie?«

»Ach, nur so«, sagte Elisabeth ausweichend. »Ich habe da einen Text im Kopf, den hätte ich mir gern gewünscht.«

»Das tut mir leid, aber da läßt sich bestimmt nichts machen. Heute ist ja auch schon Donnerstag. Das lassen Sie jetzt man so laufen, wie es läuft. Konzentrieren Sie sich nur auf das, was Sie zu tun und zu sagen haben, um alles Weitere kümmern sich andere.«

Dann interessierte ihn noch, ob sie schon Kontakt mit dem Kollegen Heine aufgenommen habe.

»Der ist heilfroh, daß die Vakanz beendet ist«, sagte er. »Soviel ich weiß, nimmt er nächste Woche erst einmal seinen wohlverdienten Urlaub. Die zusätzliche Arbeit ist er ja nun wieder los.« Und wann sie mit dem Konfirmandenunterricht anfange? »Noch vor den Ferien?« wollte er wissen.

»Ja, wahrscheinlich. Wie ist es denn üblich?«

»Das regelt jede Gemeinde selbst. Darum kümmere ich mich nicht.«

Herrn Rothe fragen, dachte sie, der wird das wissen, oder Bahlmanns. Bahlmanns bestimmt.

»Ach, da fällt mir ein«, sagte Herr Mansauer, »im Herbst ist in Canrade Visitation. Das kommt dann ja auf Sie zu. Aber bis dahin ist es ja noch etwas hin.«

»Zum Glück«, lachte Elisabeth. »Bis jetzt weiß ich nicht einmal, wo das Kirchenkreisamt ist.«

»Nichts leichter als das. Ich kann Ihnen den Weg gleich zeigen.«

Damit war die Verabschiedung eingeleitet. Sie bedankte sich artig für den Tee, bat um einen Gruß an seine Frau und war schon in ihrem Mantel, bevor er ihr helfen konnte.

Mit einem freundlichen Händedruck und dem guten Rat: »Lassen Sie es langsam angehen!« war die Audienz beendet.

So, das hätten wir, dachte sie, als sie noch einmal zurückwinkte und losfuhr. Zum Kirchenkreisamt zog es sie jetzt nicht, obwohl es direkt am Weg lag. Eher zum Supermarkt. Vom Superintendenten zum Supermarkt, das ist genau die richtige Reihenfolge, lachte sie vor sich hin.

Sie kaufte alles mögliche ein: Kandis, Tee, Sahne, Toilettenpapier, Ledertuch …, dazu noch eine Flasche Sherry für die erste gemütliche Stunde, die sie heute abend ganz allein bei Kerzenlicht genießen wollte. Zu guter Letzt erstand sie auch noch ein Fernsehprogramm. Dann machte sie sich auf den Heimweg.

Schon von weitem grüßte der Canrader Kirchturm über das flache Land. Mein Dorf, dachte sie und spürte, wie froh sie dieser Gedanke machte.

Sie schloß die Haustür auf, warf einen Blick ins Amtszimmer – alles war noch genauso, wie sie es verlassen hatte. Frau Bahlmann würde sich an den Bücherkisten sicher nicht vergreifen. Nur auf dem Fensterbrett prangte eine Topfblume. Die war vorhin noch nicht dagewesen. Als sie ihren Mantel an die Garderobe hängte, fiel ihr ein eigenartiger Geruch auf. Irgendwie roch es nach Petroleum. Aber sie besaß keine Petroleumlampe und auch keinen Petroleumkocher. Hatte Frau Bahlmann etwa …?

»Frau Bahlmann?« fragte sie und sah in die Küche. Aber niemand antwortete. Die Küche war aufgeräumt, die Spüle glänzte, und auf dem Tisch stand ein Korb mit Äpfeln und Bananen. In der Zwischenzeit schien Besuch dagewesen zu sein.

Von der Küche ging sie ins Eßzimmer, vom Eßzimmer ins Wohnzimmer, vom Wohnzimmer auf den Flur. Schnuppernd folgte sie der Geruchsspur, die Treppe hoch.

Oben roch es noch penetranter, und auf dem Dachboden hielt sie sich die Nase zu. War hier womöglich etwas ausgelaufen? Sie sah sich um, konnte aber nichts entdecken. Vielleicht weiß Frau Bahlmann, was das bedeutet, dachte sie. Hoffentlich ist es nichts Gefährliches. Nachdem sie eine Weile unschlüssig herumgestanden hatte, verließ sie schließlich den Bodenraum und schloß die Tür hinter sich zu. Im Schlafzimmer riß sie die Fenster weit auf, starrte unschlüssig auf die Umzugskartons und das ungemachte Bett und überlegte, womit sie anfangen sollte.

Auf dem Linoleum hatte das Ehebett ihres Vorgängers

seine Abdrücke hinterlassen. Genau an die gleiche Stelle hatten die Möbelpacker ihr Bett gestellt. Immerhin hatte es mit seinen 150 Zentimetern stattliche Ausmaße, aber mit einem Doppelbett konnte es natürlich nicht konkurrieren. Es war ja auch nur für sie allein gedacht. Sie überlegte, ob sie es so mitten im Zimmer stehen lassen sollte. Irgendwie störte sie der Gedanke an das Ehepaar, das vor ihr jahrzehntelang hier geschlafen hatte. Überhaupt, dachte sie, wird es eine Weile dauern, bis sich dieses Haus an mich gewöhnt hat. So viele Tage und Nächte hatte die Familie ihres Vorgängers es durch ihren persönlichen Lebensstil geprägt. Das bißchen Farbe an den Wänden und die neugestrichenen Fenster und Türen konnten die unzähligen Spuren nicht verdecken, vor allem nicht die unsichtbaren, all die kleinen und großen Freuden und Tragödien, die sich in solch einem Pfarrhaus abspielten. Als sie so über alles nachdachte, kam sie sich plötzlich ganz verloren vor. Was habe ich hier zu suchen? fragte sie sich. Aber dann gab sie sich einen Ruck und fing an, das Bett zu beziehen. Extra für dieses erste Mal mit dem Seidensatin-Bezug, blaßblaue Blüten auf lindgrünem Grund. Dann schob sie kurzentschlossen das Bett in die Ecke und breitete den Berberteppich davor aus. Der verdeckte die Abdrücke im Linoleum und sah aus wie eine Insel. Eine weiche, weiße Insel. Schön! Zufrieden betrachtete sie ihr Werk.

An die freie Wand lehnte sie den großen Spiegel. Sobald wie möglich würde sie ihn mit Herrn Bahlmanns Hilfe befestigen. Für die Fenster mußte sie sich noch etwas einfallen lassen. Auf jeden Fall brauchte sie Vorhänge zum Zuziehen. Aber das eilte ja nicht. Sie räumte die Wäsche in den Schrank und brachte die leeren Kartons in eines der überzähligen Zimmer. Auf dem Flur stach ihr der Petroleumgeruch wieder in die Nase. Sie vergewisserte sich, daß alle Türen geschlossen waren, und ging wieder nach unten.

Kurz nach neun rief Julia an.

»Ich wollte nur mal hören, wie es dir geht in deinem Dorf am Ende der Welt«, sagte sie. »Hast du schon die Hausnummern im Kopf?«

Elisabeth lachte.

»Ach, Julia, wie stellst du dir das vor? Ich bin überhaupt noch nicht im Dorf gewesen.«

»Das gibt es ja nicht! Was hast du denn den ganzen Tag gemacht?«

»Zum Beispiel Tee getrunken beim Superintendenten, aus Rosentäßchen.«

»Das ist doch was!« sagte Julia anerkennend. »Aber trotzdem mußt du auf jeden Fall heute noch einen Rundgang durchs Dorf machen.«

»Meinst du?«

»Ja natürlich!«

»Ich weiß nicht ...« Elisabeth zögerte. »Was denken die Leute bloß, wenn da jemand zu nachtschlafender Zeit um ihre Häuser schleicht? Bestimmt bin ich der einzige Mensch, der um diese Zeit in Canrade spazierengeht.«

»Na und? Dann bist du eben der einzige Mensch. Und am Deich warst du natürlich auch noch nicht?«

»Nein!«

»Du wirst schon wissen, was du zu tun und zu lassen hast«, meinte Julia.

Als Elisabeth den Hörer aufgelegt hatte, fiel ihr ein, daß sie ihr nichts von der Traumstimme erzählt hatte. Nächstes Mal, dachte sie, so wichtig ist es ja nicht. Sollte sie tatsächlich jetzt noch durchs Dorf gehen? Sie öffnete die Küchentür, die in den Garten führte. Ein paar Sterne waren zu sehen, aber keine Spur vom Mond. Sie ging den Gartenweg entlang und atmete die frühsommerlichen Düfte tief ein. Wunderbar, dieser Abend. Das Haus stand groß und dunkel da, nur aus dem Küchenfenster und aus der offenen Terrassentür fiel ein warmer Lichtschein in den

Abend. Plötzlich huschte etwas lautlos über sie hinweg. Erschrocken fuhr sie auf und sah einen Schatten in der Fichte verschwinden. Sie fühlte, wie ihr Herz klopfte, obwohl sie wußte, daß es nur ein Käuzchen gewesen war. Ob es nachts schreit? überlegte sie und ging ins Haus zurück. Als sie die Tür abschloß, läutete das Telefon. Sie hastete ins Amtszimmer und nahm den Hörer ab.

»Haben Sie jetzt Feierabend?« wollte Michael Rothe wissen.

»Wie man's nimmt. Ich überlege gerade, ob ich noch einen Rundgang durchs Dorf mache. Haben Sie Lust mitzukommen?«

»Gute Idee«, sagte er, »ich wollte mir sowieso noch ein bißchen die Beine vertreten.«

Als die Haustür hinter ihr ins Schloß fiel, wartete er schon an der Gartenpforte.

Später erinnerte sie sich gern an diesen ersten Spaziergang durch das nachtdunkle Dorf. Wie verzauberte Wesen schmiegten sich die Häuser in den verwinkelten Gassen aneinander. Rund um den Kirchplatz und den Friedhof mitten im Dorf gab es ein Gewirr von gepflasterten Wegen, die Michael Rothe als Straßen bezeichnete und die tatsächlich Namen trugen. Bei jedem Straßenschild blieben sie stehen, und Elisabeth bemühte sich, die Namen zu behalten.

»Beim dritten Rundgang durch Ihre Gemeinde haben Sie's«, prophezeite er. »Intelligent wie Sie sind.«

»Woher wollen Sie wissen, wie es um meine Intelligenz bestellt ist?«

»Das setze ich voraus. Hätten Sie sich sonst Canrade ausgesucht?«

»Falsch«, sagte sie lachend, »das war Zufall«, und erzählte ihm, wie es gewesen war.

»Und?« fragte er.

»Was, und?«

»Warum haben Sie nicht nein gesagt?«

»Warum sollte ich? Canrade gefällt mir ausgesprochen gut.«

»Abwarten«, meinte er.

Sie breitete die Arme aus, als wollte sie den ganzen Ort umarmen.

»Wo gibt es sonst so ein Dorf?« fragte sie begeistert.

»Die Krummhörn wimmelt davon«, erklärte er nüchtern. »Es gibt hier mindestens dreißig Warfendörfer, eins interessanter als das andere.«

»Wenn schon«, gab sie zu, »aber einen Organisten wie Sie gibt es bestimmt nirgendwo in Ostfriesland.«

Er lachte.

»Da wüßte ich einige, die besser sind als ich.«

»Das glaube ich nicht«, sagte sie, bevor ihr einfiel, daß sie ihn noch gar nicht gehört hatte.

Währenddessen hatten sie den Kirchplatz schon mehrmals umrundet und die eine oder andere Katze aufgeschreckt. Als ihnen wieder eine vor die Füße lief, sagte Elisabeth: »Wissen Sie vielleicht, wer eine junge Katze zu verkaufen hat?«

Er lachte.

»Sie wollen eine Katze kaufen?«

»Was ist daran so komisch?« fragte sie. »Ich habe Platz genug.«

»Nein«, sagte er, »deswegen lache ich nicht, aber die Vorstellung, eine Katze kaufen zu wollen, ist wirklich witzig. Katzen laufen einem zu.«

»Noch besser. Dann warte ich einfach, bis eine kommt.«

Vor ihrer Gartenpforte verabschiedeten sie sich. Als die Turmuhr schlug und lange nicht aufhören wollte, zählte sie erschrocken mit.

»Sind wir tatsächlich so lange unterwegs gewesen?« fragte sie. »Hoffentlich ist Ihre Frau nicht böse auf mich, daß ich Sie so lange mit Beschlag belegt habe.«

An seine Antwort konnte sie sich nicht mehr erinnern, nur daran, daß sie sich im gleichen Augenblick vornahm, sich möglichst bald mit seiner Frau bekannt zu machen.

Sie war noch sehr jung, seine Frau: Anita Rothe. Als sie ihr zum ersten Mal gegenüberstand, dachte sie, wie kommt er denn mit diesem Mädchen klar?

Anita hatte ihre glatten, blonden Haare zu einem dicken Zopf geflochten und trug ein weites, kariertes Hemd über den engen Jeans. Niedlich, dachte Elisabeth, sie ist richtig niedlich.

Ein paar Tage später erzählte Frau Bahlmann – unaufgefordert und ganz nebenbei –, daß Anita aus Wiesbaden stamme und früher in der Sparkasse gearbeitet hätte. Aber seitdem die Kinder da wären, ginge das ja nicht mehr.

»Eine tüchtige junge Frau«, lobte Frau Bahlmann.

Elisabeth hatte nicht gefragt in welcher Hinsicht. So sehr interessierte sie die junge Nachbarin nicht, und seit Julias Bemerkung am Abend ihres Ordinationstages schon gar nicht. Als sie in ihr Auto stieg, hatte sie gesagt: »Und verbrenn dir nicht die Finger an deinem Organisten!«

»Der interessiert mich doch gar nicht!« hatte Elisabeth erklärt.

»Dein Wort in Gottes Ohr!« hatte Julia nur gelacht und war davongefahren. Julia mit ihrer Sensationslust!

Sie hatte wahrhaftig andere Dinge im Kopf, als sich mit deren losen Sprüchen zu beschäftigen. *Dein Organist!* Michael Rothe war nebenamtlicher Chorleiter und Organist der Kirchengemeinde, weiter nichts. Außer bei den Sonntagsgottesdiensten und den üblichen Amtshandlungen würden sie sich kaum sehen. Und wann gab es in Canrade schon Trauungen? Wenn es hochkam fünf im Jahr. Häufiger waren wahrscheinlich Beerdigungen. Aber da hatte sie an anderes zu denken als an den Organisten! Julia sollte nur auf sich selbst aufpassen. Sicher gab es den einen oder anderen Referendar oder Richter, mit dem sie sie aufziehen konnte. Ihr würde schon etwas einfallen, um sich bei passender Gelegenheit zu revanchieren.

Die Ordination ... Sehr feierlich und bewegend war alles gewesen, und die Kirche war natürlich bis auf den letzten Platz besetzt. *Gottes Wort als Verheißung und Auftrag* – diese Botschaft durchzog den ganzen Festgottesdienst. Sie war Herrn Mansauer richtig dankbar gewesen, daß er die feierliche Handlung vorher Wort für Wort mit ihr durchgesprochen hatte. Wahrscheinlich hätte sie sonst keinen klaren Gedanken fassen können und sich womöglich beim Schlußsegen versprochen vor lauter Aufregung. Michael Rothe hatte wirklich hervorragend gespielt. Die Presse war dagewesen und hatte fotografiert. *Pastorin in Canrade ordiniert*, würde morgen in der Zeitung stehen.

Der Kirchenvorstand hatte anschließend zur Teetafel ins Gemeindehaus eingeladen. Es gab Teekuchen und belegte Brote. Reden wurden gehalten, der Kinderchor sang *»Viel Glück und viel Segen auf all deinen Wegen ...«*, und der Frauenkreis überreichte Brot und Salz als Willkommensgruß.

So glücklich und unbeschwert wie an diesem Nachmittag war sie lange nicht gewesen. Es war, als hätte man sie mit offenen Armen in die Dorfgemeinschaft aufgenommen, als wäre sie nach langer Abwesenheit nach Hause gekommen, so fühlte sie sich. Richtig gut. Und natürlich auch ein wenig gerührt.

Am nächsten Morgen hörte sie Frau Bahlmann in der Küche hantieren. Was macht sie denn schon zu dieser Zeit? dachte sie und stellte erschrocken fest, daß sie verschlafen hatte. Sie sprang mit beiden Beinen zugleich aus dem Bett und war in weniger als einer Viertelstunde unten.

»Moin«, begrüßte Frau Bahlmann sie und streckte den Kopf durch die Speisekammertür. »Der Kaffee steht auf dem Tisch.«

»Sie sind ein Schatz!« Elisabeth warf ihr übermütig eine Kußhand zu.

»Nun man langsam mit den jungen Pferden«, lachte Frau Bahlmann. »Lassen Sie es sich man gut schmecken, Frau Rogge«, und zog sich wieder in die Speisekammer zurück.

Es wurde ein etwas hektisches Frühstück, denn das Telefon klingelte, als sie gerade den ersten Bissen in den Mund stekken wollte. Sie nahm ihre Kaffeetasse mit ins Amtszimmer und hob den Hörer ab, aber es meldete sich niemand. Wenigstens könnte man sich entschuldigen, ärgerte sie sich und legte auf. Weil sie nun gerade dabei war, konnte sie auch gleich den Vakanzvertreter anrufen. Frau Heine war am Apparat.

»Mein Mann ist nicht da«, sagte sie. »Soll ich etwas ausrichten?«

»Ja, wenn Sie ihm bitte sagen wollen, ich würde mich freuen, wenn er morgen abend zur Kirchenvorstandssitzung käme.«

»Das müssen Sie ihm am besten selbst sagen.« In Frau Heines Stimme schwang ein gewisser Unterton mit, für den ungnädig vielleicht die beste Bezeichnung gewesen wäre. »Ja gut, mach' ich«, Elisabeth bemühte sich um einen besonders netten, unverfänglichen Ton. »Wann kann ich ihn denn erreichen?«

»Gegen Mittag«, sagte Frau Heine. »Aber ich glaube, Ihre Einladung kommt ein bißchen zu spät.«

»Ja klar, ich hätte letzte Woche schon daran denken müssen. Aber die Ordination ...«

»Nein, nein, das meine ich nicht«, unterbrach Frau Heine sie. »Mein Mann kam gestern ziemlich verärgert nach Hause. Immerhin hat er Ihre Gemeinde fast eineinhalb Jahre mitversorgt. Da hätte er schon ein kleines Dankeschön verdient.«

»Aber«, Elisabeth war regelrecht verunsichert, »darum lade ich ihn doch für morgen abend ein!«

Das schien Frau Heine nicht zu interessieren.

»Wissen Sie, Frau Rogge, diese Sitzung ist wohl eher ein zusätzliches Opfer, das mein Mann Canrade bringt! Und Blumen haben wir selbst genug im Garten«, erklärte sie kurz und bündig.

»Was hat er denn erwartet, Frau Heine?« fragte sie gereizt. »Soll ich ihn küssen?«

»Darauf erwarten Sie ja wohl keine Antwort, Frau Rogge! Was heißt erwartet? Eine offizielle Anerkennung durch den Superintendenten gestern bei Ihrer Ordination wäre ja wohl selbstverständlich gewesen. Aber da kam nichts.«

»Und was kann ich dafür?«

»Ich habe ja nicht gesagt, daß Sie etwas dafür können, aber so ist das nun mal. Und ich glaube nicht, daß er Lust hat, morgen zur Sitzung zu kommen.«

Dann kann ich es auch nicht ändern, dachte Elisabeth, sagte aber: »Schade. Auf jeden Fall grüßen Sie Ihren Mann bitte von mir.«

»Moment mal«, unterbrach Frau Heine, »ich glaube, er ist eben hereingekommen. Einen Moment bitte.«

Sie legte den Hörer neben den Apparat. Elisabeth hörte, wie sie auf dem Flur mit ihrem Mann redete. Unmittelbar danach ertönte ein kurzes: »Heine« am Telefon.

»Guten Morgen, Herr Heine, ich habe gerade mit Ihrer Frau darüber geredet. Ich möchte Sie zur Kirchenvorstandssitzung einladen.«

»Wann?« Als wüßte er nicht, wann in Canrade Sitzungen sind!

»Morgen abend um acht. Immer noch am ersten Dienstag im Monat«, diese Bemerkung konnte sie sich nicht verkneifen.

»Gut«, sagte er. »Ich komme.«

»So«, sagte sie zu sich selbst, »nun laß dir mal was Gutes

für morgen abend einfallen, Elisabeth.« Nachdem sie eine ganze Weile überlegt hatte, womit sie Herrn Heine wohl eine Freude machen könnte, merkte sie, daß sie eigentlich gar keine Lust hatte, für den Superintendenten die Kastanien aus dem Feuer zu holen. Wenn sie auch nur ahnen konnte, was ihrem Vakanzvertreter zu schaffen machte, so hatte dieses Telefonat ihr immerhin deutlich gemacht, daß zu jedem Pfarrherrn (in der Regel) eine Pfarrfrau gehört und sie gut daran tat, sie nicht zu übersehen. Frau Heine jedenfalls war nicht zu unterschätzen, das wußte sie nun. Inzwischen war ihr Kaffee natürlich kalt geworden, aber an diesem Morgen lief sie auch ohne Kaffee auf Hochtouren. Sie brauchte nur darüber nachzudenken, was sie in dieser Woche alles erwartete. Erst einmal die Sitzung, davor der Konfirmandenunterricht und übermorgen die erste Kirchenkreiskonferenz. Auf die war sie besonders gespannt. Während ihrer Vikariatszeit war es auf den Pfarrkonferenzen oft heiß hergegangen. Das lag nicht nur an den unterschiedlichen theologischen Meinungen, sondern auch an der spannungsreichen Alterszusammensetzung und natürlich an den verschiedenen Temperamenten, die gelegentlich hart aufeinanderprallten. Wie mochte es hier sein? Hatte Herr Mansauer ein gewisses diplomatisches Geschick, die Konferenz sicher durch alle Untiefen und Klippen zu führen? Als erfahrener Segler, als der er sich gestern selbst bezeichnete, sollte ihm das nicht fremd sein.

Zum Glück war sie nicht die einzige Pastorin im Kirchenkreis, da war das allgemeine Interesse an ihrer Person sicher nicht so groß.

Die Gartenpforte fiel ins Schloß. Sie brauchte nur die Augen zu heben, dann hatte sie den ganzen Gartenweg von der Haustür bis zur Pforte im Blick. Eine Frau mit einem Einkaufskorb kam den Weg entlang und klingelte. Elisabeth begrüßte sie an der Haustür.

»Mein Name ist Geesche Ott«, sagte sie. »Ich und meine

zehn Hühner sind Ihre nächsten Nachbarn. Sie lassen schön grüßen, und ich soll Ihnen diese Eier überreichen.«

Lachend nahm Elisabeth den Korb mit den braunen Eiern in Empfang.

»Sie haben aber nette Hühner, Frau Ott«, sagte sie. »Herzlichen Dank! Kommen Sie doch näher.«

Frau Ott stand in der Diele und sah sich verstohlen um.

»Jetzt sieht es hier sicher anders aus?« Elisabeth konnte sich denken, daß es Frau Ott brennend interessierte, die Wohnung zu sehen.

»Das kann man wohl sagen«, bestätigte Frau Ott. »Und alles so hell.«

»Waren Sie öfter im Haus, als Willers hier noch wohnten?«

»Ja, sehr oft«, sagte sie. »Unsere Kinder sind praktisch in diesem Haus groß geworden. Willers und wir hatten immer Kinder im gleichen Alter.«

»Na denn«, sagte Elisabeth freundlich, »dann kommen Sie am besten gleich mit in die Küche.«

Frau Ott folgte ihr und war sichtlich beeindruckt.

»Ja«, sagte sie anerkennend, »das ist doch was ganz anderes mit den hellen Möbeln und Gardinen. Alles neu«, staunte sie, »sogar die Spüle und der Herd.«

»Ich fand das auch sehr großzügig«, gab Elisabeth zu. »Ich glaube, das ist sonst nicht üblich bei einem Wechsel, daß eine neue Küche eingebaut wird.«

»Die alte war auch ab«, erklärte Frau Ott kurz und bündig. »Wir haben ja fast alle neue Küchen inzwischen. Wer will sich denn noch mit den alten unpraktischen Sachen abplagen?«

Elisabeth stellte den Korb mit den Eiern auf die Ablage und führte Frau Ott ins Wohnzimmer.

»Nun sollen Sie auch sehen, wo ich meinen Feierabend verbringe.«

Frau Ott war sehr angetan von den schweren alten Möbeln, aber alles andere war nicht so recht nach ihrem Geschmack, das war ihr deutlich anzusehen.

»Wenn Sie erst Gardinen hängen haben«, meinte sie, »wird es ein bißchen gemütlicher.«

»Da kommen keine Gardinen hin«, erklärte Elisabeth und merkte, wie irritiert Frau Ott war.

»Ich muß jetzt nötig los«, sagte sie unvermittelt und hatte es plötzlich eilig. »Ich wollte Ihnen nur eben die Eier vorbeibringen, mehr nicht.«

»Herzlichen Dank, Frau Ott«, sagte Elisabeth und führte ihre Besucherin zur Haustür. »Ich komme demnächst auch mal bei Ihnen vorbei.«

»Ja, das tun Sie nur, Frau Rogge, und bringen Sie etwas Zeit mit.« Und schon eilte sie den Gartenweg entlang und schloß die Pforte gewissenhaft hinter sich zu.

Elisabeth ging ins Haus zurück. Und jetzt? fragte sie sich. Frau Ott hatte sie ein wenig aus dem Konzept gebracht. Zerstreut setzte sie sich wieder an den Schreibtisch. Was war das Wichtigste? Die Tagesordnung für die Sitzung. An den Anfang hatte sie die Wahl des Vorsitzenden gesetzt.

»Niemals hat es in Canrade einen anderen Vorsitzenden gegeben als den Pastor«, hatte Herr de Wall gesagt, als sie mit ihm, dem stellvertretenden Vorsitzenden, die Tagesordnung für die erste Sitzung zusammengestellt hatte. Er hielt es für unklug, diese Tradition zu einem Zeitpunkt aufzugeben, an dem sich sowieso alles ändern würde. Was er damit meinte, war schwer zu sagen. »Das sollten Sie sich gut überlegen, Frau Rogge. Da hängt mehr dran, als Sie ahnen.«

Aber sie bestand darauf, zumindest eine richtige Wahl durchzuführen.

»Mein Demokratieverständnis macht da nicht mit, Herr de Wall. Wenn ich schon durch mein Amt Mitglied bin, dann will ich nicht auch noch Sonderrechte haben.«

»Ihre Bescheidenheit in Ehren, aber es gibt ja auch Gründe, die dafür sprechen. Glauben Sie mir, während der Vakanz habe ich gemerkt, wieviel zusätzliche Arbeit mit solch einem Ehrenamt verbunden ist. Sie müssen bedenken, daß die meisten von uns einen Beruf haben, für den sie bezahlt werden. Und Ihr Beruf ist es nun mal, eine Gemeinde zu leiten, dafür werden Sie bezahlt.«

Sie mußte lachen.

»So einfach ist das nicht, Herr de Wall. Ich will mich nicht vor der Arbeit drücken, auch nicht vor der Verantwortung. Als gewählter Kirchenvorsteher haben Sie sich doch mit den demokratischen Spielregeln unserer Kirche einverstanden erklärt, nach denen Laien und Theologen in der Gemeindeleitung gleiche Rechte haben.«

Sie hatten eine Weile herumdiskutiert, bis sie sich schließlich einig waren, daß die Wahl auf die Tagesordnung gehörte, weil ja zumindest darüber gesprochen werden mußte.

Ein weiterer Punkt war die Kirchenheizung. Die Nachtspeicheröfen mußten laut landeskirchenamtlicher Verfügung auf Asbest untersucht werden. Dafür waren Mittel bereitgestellt. Herr de Wall war dafür, gleich eine neue Gasheizung zu installieren. Sie hatte keine Ahnung, wie so etwas finanziert werden könnte. Und das würde ja auch eine große Umbauaktion bedeuten. Hoffentlich gab es jemanden im Kirchenvorstand, der sich in Bausachen auskannte. Das Amt für Bau- und Kunstpflege war zwar dafür zuständig, aber sie ahnte, daß sie trotzdem nicht ungeschoren davonkommen und allerlei Arbeit und Scherereien damit haben würde. Zum Glück hatte die Gemeinde dafür gesorgt, daß das Pfarrhaus gründlich renoviert wurde, bevor sie eingezogen war. Wenigstens in dieser Hinsicht hatte sie nichts zu befürchten. Wehe, du vergißt, das morgen abend lobend zu erwähnen und dich gebührend dafür zu bedanken! warnte sie sich selbst.

Als weiterer Tagesordnungspunkt stand das Gemeindefest auf dem Programm. Dann fiel ihr ein, daß sie einen geeigneten Text heraussuchen mußte, denn die Sitzung begann immer mit einer kurzen Andacht. Das hatte Herr de Wall so bestimmt gesagt, daß sie keinen Augenblick überlegte, ob sie diese Tradition fortsetzen sollte oder nicht. Gegen eine Andacht war ja auch nichts einzuwenden. Aber welchen Text sollte sie nehmen? Sie entschied sich für das Gleichnis von der selbstwachsenden Saat:

Gottes Reich ist so, wie wenn ein Mensch Samen aufs Land streut und schläft und steht auf, es wird Nacht, es wird Tag; und die Saat geht auf, ohne daß er's weiß. Denn die Erde bringt von selbst Frucht. Zuerst den Halm, danach die Ähre, danach den vollen Weizen in der Ähre.

Ob wohl etwas dabei herauskommt, daß *ich* hierher gestreut worden bin? überlegte sie.

Am Nachmittag fiel ihr ein, daß jetzt die beste Gelegenheit wäre, die Getränke für die Sitzung zu besorgen. Sie zog sich ihren Anorak an, schloß die Haustür zu, setzte sich ins Auto und fuhr los.

Die Sonne schien warm, ein paar Wolken schwebten über dem flachen Land mit seinen roten Häusern, den windschiefen Bäumen und dem alles umfassenden Grün. Übermächtig fühlte sie sich von dieser Landschaft angezogen. Diese Farben! dachte sie, als sie an einem frischgepflügten Feld vorbeikam, auf dem die schwarzen Schollen feucht und schwer in der Sonne glänzten. Fast ohne es sich bewußt zu machen, lenkte sie das Auto über die schmalen Straßen in Richtung Deich. Soviel Zeit muß sein, dachte sie. Der kleine Parkplatz war leer. Schwer vorzustellen, daß sich hier in ein paar Wochen die Fahrzeuge und Menschen drängen würden.

»Im Sommer wimmelt es hier nur so von Touristen«, hatte Frau Bahlmann gesagt.

Sie ging die Stufen hoch, die auf den Deich führten. Und dann stand sie oben auf der Deichkrone und sah das Meer. Majestätisch, unvergleichlich unnahbar breitete es sich vor ihren Augen aus.

Das Wasser war ruhig und glänzend, fast unbewegt, aber ununterbrochen blinkten kleine Lichtfunken auf, so hell, daß sie nicht lange in das Funkeln hineinsehen konnte. In der Ferne, weit hinten am Horizont, vereinten sich der Himmel und das Meer. Links erkannte sie die holländische Küste mit ihren Industrieanlagen. Eine weiße Fähre fuhr in Richtung Borkum, und weit draußen entdeckte sie einen Fischkutter. Linker Hand, fast nebenan, stand der Leuchtturm mit seiner roten Kappe auf seinen drei grünen Beinen. Ein Wahrzeichen, ein Fotoobjekt, ein Orientierungspunkt.

Sie ging ein paar Schritte auf dem befestigten Uferweg und stieg ein paar Stufen hinunter, die bis ins Wasser führten. Sie hörte das leise Glucksen und Schmatzen, die unablässigen Geräusche des lebendigen Meeres, dessen Tatendrang die Menschen mit viel Beton und schweren Steinen, mit Erde und Gras Grenzen gesetzt hatten. Es nagt an den Steinen, dachte Elisabeth, als sie dastand und dem Rhythmus des Wassers lauschte. Sie spürte, wie sich das Meer zurückzog. Es war eine fast unmerkliche, aber doch deutlich erkennbare Bewegung, die niemand, kein Mensch, keine Maschine, aufhalten konnte. Am liebsten wäre sie so lange geblieben, bis das Watt trockengefallen war. Zum Glück wohne ich hier, dachte sie, und kann wiederkommen. Das erleichterte ihr den Abschied.

Leicht und froh ging sie zum Auto und fuhr durch die Felder Richtung Emden, um ihre Besorgungen zu erledigen.

Weil sie nun einmal da war, ging sie noch rasch zum Kirchenkreisamt und lief prompt Pastor Heine in die Arme, der gerade das Haus verlassen wollte.

»So eilig, Frau Rogge?« fragte er lächelnd, als sie in der Tür fast mit ihm zusammenprallte.

»Entschuldigung! Ich dachte, die Tür ginge schwerer auf.«

»So täuscht man sich«, sagte er und verschwand.

Die Zeit verging wie im Flug. Je intensiver so ein Tag gewesen ist, desto schneller ist er vorbei, dachte Elisabeth, als sie zu nachtschlafender Zeit bei Julia anrief.

»Weißt du, wie spät es ist?« fragte Julia am anderen Ende der Leitung. Ihre Stimme klang verschlafen und ungehalten.

»Ach, entschuldige! Hast du schon geschlafen?« fragte Elisabeth erschrocken.

»Schon ist gut! Es ist nach halb eins!«

»Tut mir leid, Julia. Ich habe gar nicht überlegt, daß es schon so spät ist. Ich wollte nur mit dir klönen. Wie in alten Zeiten.«

»Mitten in der Nacht! Was hat sich denn in Canrade Aufregendes ereignet?«

»Ich wollte dir von der Sitzung erzählen. Aber jetzt weiß ich nicht, ob es dich überhaupt interessiert.«

»Ich finde, es gibt nichts Spannenderes als Sitzungen, noch dazu eine Kirchenvorstandssitzung in der Krummhörn.«

»Du, es tut mir wirklich leid, daß ich dich aufgeweckt habe. Schlaf schön weiter. Wir reden ein andermal.« Elisabeth legte den Hörer auf und ärgerte sich.

Gleich darauf klingelte das Telefon.

»Na weißt du!« Julias Stimme klang jetzt nicht mehr verschlafen, sondern empört. »Erst reißt du mich mir nichts, dir nichts aus meinem schönsten Traum, und dann legst du einfach auf und bist sauer!«

»Ich bin nicht sauer!« So viele Mißverständnisse mitten in der Nacht! »Von was hast du denn gerade geträumt?«

»Ach, das weiß ich schon gar nicht mehr. Irgend etwas von Fischen. Ja, warte mal, da war ein Fisch in einem tiefen, klaren Wasser, aber es war gar kein Wasser, sondern Glas.«

»Vielleicht Eis?«

»Nein, Glas.«

»Ein Aquarium also?«

»Nein, kein Aquarium. Ein See, ein gläserner See, und der Fisch war quergestreift.«

»Und was machte er?«

»Er schwamm. Im gläsernen See.«

»Ach, Julia, das ist mir jetzt zu kompliziert. Träum weiter und laß uns morgen telefonieren.«

Aber nun wollte Julia reden. »Nein«, sagte sie, »jetzt will ich wissen, wie es war. War sie gut, deine erste Sitzung in Canrade?«

»Schwer zu sagen. Ich glaube, sie war ganz normal.«

»Demnach waren sie alle friedlich, höflich und reserviert?«

»Genau so«, Elisabeth lachte in sich hinein. »Herr de Wall machte den Eindruck, als wäre er erleichtert, daß ich den Vorsitz übernommen habe.«

»Das war auch das Beste, was du machen konntest. Und wie gab sich der Vakanzvertreter?« fragte sie.

»Herr Heine war eigentlich ganz nett. In Bausachen scheint er ein Fachmann zu sein. Er hat in seiner Gemeinde alles gut voreinander gekriegt, wie er es nennt. Und Frau Bakker meinte, ohne ihn stünde unsere neue Heizungsanlage noch in den Sternen.«

»Unsere.«

»Was meinst du?«

»Mir fiel nur auf, daß du ›unsere neue Heizungsanlage‹

sagtest. Hattest du den Eindruck, daß sie froh sind, daß du jetzt ihre Pastorin bist?«

»Doch, ich glaube schon. Vor allem sind sie froh, daß abends endlich wieder Licht im Pfarrhaus brennt. Sie sagten, es hätte so tot und verlassen ausgesehen.«

»Jetzt haben sie außer dem Fernsehprogramm auf siebenundzwanzig Kanälen noch ein nettes Zusatzunterhaltungsprogramm in Canrade: die Dauerserie: *Wann geht das Licht im Pfarrhaus aus?*«

Elisabeth lachte.

»Gut, Julia! Aber das stört mich nicht.«

»Und wie kommen sie mit deinem Singledasein klar?«

»Das beschäftigt sie wahrscheinlich mehr als alles andere. Aber daran werden sie sich gewöhnen.«

»Oder es ändert sich.«

»Ja, ja, fang du auch noch damit an!«

»Und was war das Aufregende?« fragte Julia.

»Wieso, was sollte denn aufregend gewesen sein?«

»Na!« Es hörte sich an, als wollte sie sagen: Nun tu doch nicht so! »Wärst du sonst nach einem langweiligen Abend noch um Mitternacht putzmunter? Normalerweise schlafen Pastorinnen um diese Zeit.«

»Wir waren hinterher in der Mühle«, verriet Elisabeth.

»Aha! Nun kommen wir der Sache schon näher. Und wen habt ihr getroffen?«

»Rate mal.«

»Da brauche ich gar nicht zu raten, das weiß ich so. Michael Rothe natürlich.«

Elisabeth lachte. »Der glasklare Verstand einer Fischfrau im gestreiften Nachthemd!«

»Spotte du nur! Dabei mache ich mir allmählich Sorgen um dich! Triffst dich um Mitternacht mit deinem Organisten in der Dorfkneipe! Na weißt du!«

»Quatsch, das war doch Zufall!«

»Und dann habt ihr alle zusammen am großen runden Tisch gesessen, über ›Kirche‹ geredet und Bier getrunken.«

»Genau so.«

»Da tauten die Herren Kirchenvorsteher wohl so richtig auf? Oder war Frau ... wie heißt sie noch gleich?«

»Bakker.«

»Richtig. War Frau Bakker etwa auch dabei?«

»Nein, nein, die ist gleich nach Haus gegangen.«

»Siehst du. Habt ihr sie wenigstens gefragt, ob sie mit will?«

»Ich glaube. Aber ich weiß es nicht mehr genau.«

»Und der Herr Pfarrer Heine?«

»Der ist auch gleich nach der Sitzung gegangen.«

»Frau Gemahlin erwartete ihn wohl schon.«

»Kann sein. Aber, Julia, du hättest Herrn de Vries erleben sollen! Ich kann dir sagen, das ist vielleicht eine Marke! Während der Sitzung hat er kaum einen Ton von sich gegeben, und dann dreht er in der Mühle voll auf. Der war überhaupt nicht mehr zu bremsen. Weißt du, was er herumgesponnen hat?«

»Keine Ahnung.«

»Er behauptet, in der Kirche gäbe es eine Leiche!«

»Nicht doch! Eine frische?«

»Nein, eine uralte. Aus dem 18. Jahrhundert oder so. Er sagt, sein Großvater, der hier mal Kirchendiener war – ja wirklich, so hieß das damals! –, hätte davon gewußt. Es soll jemand in der Kirche ermordet worden sein. Ein Pastor, glaube ich.«

»Hat er auch den Namen gesagt?«

»Ja, aber ich habe ihn nicht richtig verstanden, weil die anderen alle auf ihn einredeten. Sie wollten nichts davon hören. Herr de Wall saß neben mir und sagte: Hören Sie bloß nicht auf Freddy de Vries! Wenn der einen in der Krone hat, redet er nur dummes Zeug.«

»Hatte er denn einen in der Krone?«

»Schwer zu sagen, aber möglich wäre es schon.«

»Und du?«

»Was meinst du?«

»Wie ist es um deine Nüchternheit bestellt?«

»Na, ein Glas Bier macht mir nun wirklich nichts aus.«

»Wenn es dabei geblieben ist ...«

»Ist es. Du, Julia, ist das nicht spannend? Wer weiß, ob da nicht etwas dahintersteckt. Sobald wie möglich werde ich mich auf Spurensuche begeben.«

»Wie denn? Wo denn? Meinst du, die erzählen dir gleich ihre bestgehüteten Dorfgeheimnisse?«

»Wenn etwas daran sein sollte, dann finde ich es bestimmt in irgendeiner Akte im Archiv, bestenfalls als Notiz im Sterberegister.«

»Waidmannsheil! Aber müßtest du dich nicht erst einmal intensiv mit den lebenden Seelen befassen, bevor du die toten auferweckst?«

»Das eine muß das andere ja nicht ausschließen.« Elisabeth sah auf die Uhr. »So, Julia, das war das Neueste aus Canrade. Nun schlaf weiter. Ich geh' jetzt auch ins Bett.«

»Tu das, mein Herz, gute Nacht!«

Elisabeth legte den Hörer auf, machte das Licht aus, vergewisserte sich, daß die Haustür abgeschlossen war, und streifte sich schon auf der Treppe den Pullover über den Kopf. Als sie ins Schlafzimmer kam, wurde ihr erst bewußt, wie müde sie war. Kaum hatte sie die allernotwendigsten Badezimmerangelegenheiten erledigt, lag sie auch schon im Bett und schaltete die Nachttischlampe aus.

Ein paar Atemzüge lang versuchte sie noch an Freddy de Vries' Geschichte zu denken. Aber dann hörte sie Herrn de Wall entschieden sagen: »Ist doch alles dummes Zeug!« und war schon eingeschlafen.

Als sie aufwachte, war es taghell. Sie beeilte sich mit dem Frühstück, weil sie nicht wollte, daß sie womöglich im Schlafanzug überrascht würde.

»Schon auf?« wunderte sich Olga Bahlmann und ahnte nicht, daß Elisabeth sich dadurch in ihrem eigenen Haus kontrolliert fühlte.

»Ja«, sagte sie, »schon lange«, obwohl sie wußte, daß sie ihr das nicht glauben würde.

»Ist wohl spät geworden gestern?« fragte Frau Bahlmann.

Elisabeth nickte. »Ja«, sagte sie, »reichlich spät.«

Dann redeten sie über das Wetter, und Olga Bahlmann sagte: »Das wächst alles wie wild dieses Jahr. Der Rasen muß auch schon wieder gemäht werden.«

»Eigentlich sind kurzgeschorene Rasen nicht nach meinem Geschmack«, gestand Elisabeth. »Ich finde Wiesen viel schöner.«

Das fand Frau Bahlmann ganz und gar nicht, im Gegenteil. Zu einem ordentlichen Haus gehörte ihrer Meinung nach auch ein ordentlicher Garten, und zu einem ordentlichen Garten ein gemähter Rasen.

»Das wäre ja genau so, als wenn Sie nie zum Friseur gingen«, meinte sie. »Es sieht einfach gepflegter aus.«

»Das ist Geschmacksache«, stellte Elisabeth fest. Aber als Frau Bahlmann sagte: »Der Rasen war Frau Willers' ganzer Stolz«, da gab sie sich geschlagen. »Sie hätte es jedenfalls nicht übers Herz gebracht, ihn verwildern zu lassen. Und im Dorf würde das auch niemand gern sehen.«

Eins zu Null. Elisabeth verzog sich ins Amtszimmer. Als sie die Tür hinter sich zuzog, dachte sie: Ich bezahle sie für ihre Arbeit, und sie macht mit mir, was sie will, das steht doch in keinem Verhältnis! Frau Bahlmann ließ den Rasenmäher an. Und Elisabeth schloß das Fenster, als hätte sich das Problem dadurch erledigt. Sie setzte sich an den Schreibtisch, um das Protokoll von gestern abend zu schreiben. Noch war alles ganz frisch in ihrem Gedächtnis, so daß es ihr leicht fiel, die richtigen Worte zu finden.

Es wird einstimmig beschlossen, daß der Unterricht für die Vor- und Hauptkonfirmanden erst nach den Sommerferien beginnt. Diesen Beschluß hatte sie Herrn Heine zu verdanken. Er hatte sich dafür eingesetzt, daß ihre Anfangszeit in Canrade nicht zu stressig würde.

»Arbeiten wird sie genug«, hatte er gesagt. »Gönnen Sie Ihrer jungen Pastorin einen langsamen Anlauf.«

Es waren ohnehin nur noch ein paar Wochen bis zu den Sommerferien. Sie war übrigens nicht nach ihrer Meinung gefragt worden. Ob ich mich wohl jemals so durchzusetzen lerne wie Herr Heine? überlegte sie. Seine autoritäre, selbstbewußte Art wurde bestimmt hochgeschätzt. Ob er in seiner Gemeinde wohl beliebt war? Oder kam es den Leuten weniger auf den Beliebtheitsgrad ihres Pastors an als darauf, wie er Macht und Ansehen der Kirche repräsentierte? Elisabeth seufzte. Wie auch immer, ich werde meine eigene Vorstellung von Kirche zu verwirklichen versuchen, dachte sie trotzig. Auf meine Art. Warum sollte das in Canrade nicht möglich sein? Woher kommen jetzt diese Anwandlungen von Selbstzweifel und Resignation? Weil Frau Bahlmann gegen meinen Willen den Rasen mäht? Das wäre ja noch schöner! Sie schrieb das Protokoll zu Ende und legte es in die Kirchenvorstandsmappe.

Herr Bahlmann kam den Gartenweg entlang. Er ging zu seiner Frau und redete mit ihr. Frau Bahlmann schaltete den Rasenmäher aus und wies mit einem Kopfnicken zum Pfarrhaus hinüber. Elisabeth stand auf und öffnete die Haustür. Sie blieb auf der Schwelle stehen und atmete tief die würzige Luft ein, die intensiv nach frischgemähtem Rasen duftete.

»Moin, Frau Rogge«, begrüßte Herr Bahlmann sie. »Schönes Wetter, was?«

»Das kann man wohl sagen. Nicht zu warm und nicht zu kalt. Ein richtiges Wetter zum Genießen.«

»Das dauert nun nicht mehr lange, dann geht das hier los«, meinte er. Sie sah ihn verständnislos an.

»Dann wimmelt das hier von Touris.«

Einer seiner Lieblingssprüche, dachte sie.

»Gibt es sonst noch was?« Er war doch bestimmt nicht ohne Grund gekommen.

»Da wollte ich Sie gerade nach fragen. Was haben Sie denn gestern beschlossen? Geht es nun los mit der Heizung?«

»Ja, es geht los. Herr Heine hat alle Probleme beseitigt.«

»Denn man zu. Aber die Touris werden sich schön ärgern.«

»Es kommt doch vor allem darauf an, daß wir es im Winter warm haben. Die Gäste müssen es eben in Kauf nehmen, daß die Kirche eine Baustelle ist. Das ist ja leider nicht zu ändern. Ach, übrigens, Herr Bahlmann ...«, sie zögerte.

»Ja? Ist noch was?«

»Gestern abend sprach Herr de Vries von einem ...«, sie mochte es gar nicht aussprechen, »von einem Mord in der Kirche.«

»Ach, diese ollen Kamellen!« Er schmunzelte. »Da hat er Ihnen aber einen Floh ins Ohr gesetzt, was?«

»Na ja, das ist doch interessant. Wissen Sie mehr davon?«

»Doch, das kann man sagen.« Er sah sie mit Verschwörermiene an. »Ich kenne ihn sogar.«

»Wen? Den Mörder?«

»Nee, den Mörder nicht, den Ermordeten.«

»Und?« fragte sie gespannt.

»Er liegt anderthalb Meter unter der Erde, wie es sich gehört. Das heißt, was von ihm übriggeblieben ist.«

»Wo denn?«

»Na, in der Kirche.« Für Herrn Bahlmann schien das so

selbstverständlich zu sein, daß es sich gar nicht lohnte, länger darüber zu reden.

»Wie kam es, daß Sie ihn gesehen haben, und woher wissen Sie, daß er ermordet wurde?«

Er merkte, daß er Elisabeths Neugier erst einmal stillen mußte.

»Also, das war so: Als der Fußboden auf einmal einbrach ...«

»Wieso?« unterbrach sie ihn. »Wieso brach der Fußboden ein? Wann war das?«

»Das ist jetzt schon ein paar Jährchen her. Jetzt haben wir ja einen neuen Fußboden. Aber der alte war morsch, und die Bretter gaben nach. Warum, weiß ich auch nicht, das war am Erntedankfest ...«

»Ohne jeden Grund?«

»Unsere Kirche steht ja auf einer Warf«, erklärte er, »und da kommt das schon mal vor, daß die Mauern Risse kriegen. Sie brauchen sich ja nur die Kirche in Suurhusen anzugucken, die ist schiefer als der schiefe Turm von Pisa.«

Sie sah ihn ungläubig an.

»Doch, das stimmt, das können Sie mir glauben. Jetzt haben sie den Turm ja mit Beton gesichert. Aber vor ein paar Jahren rutschte er immer mehr zur Seite.«

»Und hier in Canrade kam es auch zu Verschiebungen unter der Kirche?«

»Das muß wohl. Woher käme sonst plötzlich ein Loch unter dem Fußboden? Jedenfalls war es eines Tages passiert. Ja stimmt, das war gerade zum Erntedankfest, als Olga eine Schubkarre Kartoffeln neben den Altar stellen wollte. Da brach auf einmal der Fußboden weg.«

»Ist ihr was passiert?« fragte Elisabeth erschrocken.

»Nee«, grinste er in Erinnerung an damals. »Sie kam mit dem Schrecken davon. Ich hab' das Loch erst mal provisorisch abgedeckt, aber gleich nach dem Erntedankfest bin ich der Sache auf den Grund gegangen. Es gab da einen ganz schönen Hohlraum unter dem Chor. Und da lag auch das Skelett.«

»Das kann ein ganz normales Grab gewesen sein. Früher wurden die Leute immer in der Kirche beigesetzt.«

»Ja, das war wohl auch ein Grab, aber trotzdem kann es keine normale Sache gewesen sein, damals, als er beerdigt wurde.«

»Warum sind Sie sich da so sicher?«

»Na ja, normalerweise haben die toten Leute ja kein Loch im Schädel.«

»Er hatte ein Loch im Kopf?«

»Ja, im Hinterkopf. Er muß von hinten erschlagen worden sein.«

Elisabeth sah ihn so erschrocken an, daß er laut auflachte. »Nun machen Sie man nicht so ein erschrockenes Gesicht, Frau Rogge! Das ist schon lange, lange her und längst vergessen. Heutzutage sind die Canrader die friedlichsten Menschen der Welt.«

»Meinen Sie, der Mörder war aus Canrade?«

»Ich meine gar nichts«, sagte er unwirsch. »Und Freddy de Vries soll man aufhören, damit rumzuprahlen. Er soll sich man lieber um seine eigenen Angelegenheiten kümmern und nicht so viel saufen.«

Für Onno Bahlmann war das Thema damit anscheinend erledigt, denn nun wollte er wissen, ob der Marder wieder dagewesen wäre. Sie sagte, sie habe nichts gehört, aber das Petroleum verpeste immer noch das ganze Haus.

»Lieber erstunken als ertrunken«, sagte er. Das hatte zwar in diesem Fall keine Logik, aber es gehörte wohl zu seiner Taktik, lästige Diskussionen mit einem Witz zu beenden. »Ich werde das denn wohl gewahr werden, wenn es losgeht in der Kirche«, meinte er.

»Sie sind der erste, der es erfährt«, versprach sie. »Sobald das Amt für Bau- und Kunstpflege sich meldet, sage ich Ihnen Bescheid. Pastor Heine hat schon alles Notwendige in die Wege geleitet. Er sagt, es dauert nun nicht mehr lange.«

»Wenn Herr Pastor Heine das meint«, brummte er, »dann man zu.« Er ging den Gartenweg zurück, machte die Pforte hinter sich zu, nahm sein Fahrrad und schob es neben sich her über den Friedhof.

Was war das denn für ein Unterton bei seiner letzten Bemerkung? Mag er ihn etwa nicht? Lächelnd ging Elisabeth ins Haus zurück. So, so, dachte sie, Herrn Pastor Heines Art ist also auch nicht jedermanns Sache. Und das beruhigte sie irgendwie.

In ganz kurzer Zeit – sie konnte es selbst nicht glauben, daß seit ihrem Einzug erst ein paar Wochen vergangen waren – kam es ihr so vor, als lebte sie bereits monatelang in Canrade.

Michael Rothe meinte anerkennend: »Sie kennen sich wirklich schon gut aus«, als sie zusammen nach Emden fuhren, weil sie zufällig beide etwas im Kirchenkreisamt zu erledigen hatten. »Man merkt, daß es Ihnen bei uns gefällt. Sie geben sich jedenfalls viel Mühe.«

»Das halte ich für selbstverständlich. Dafür werde ich ja bezahlt.«

»Was tut man nicht alles für Geld!«

»Nein, so habe ich es nicht gemeint. Das wissen Sie genau.« Er nickte.

»Was halten Sie von einem kleinen Abstecher?« fragte er, als sie sich der Straße näherten, die zum Deich führte. »Oder haben Sie es sehr eilig?«

Sie sah auf die Uhr.

»Nicht sehr. Aber viel Zeit habe ich nicht.« Sie blinkte nach rechts.

»Haben Sie Ihren Badeanzug dabei?«

Sie sah ihn so verblüfft an, daß er laut auflachte.

»Lassen Sie sich nur nicht irritieren«, bat er.

Kopfschüttelnd murmelte sie: »Sehr witzig!« und fuhr zügig weiter.

»Was für einen Eindruck hatten Sie übrigens von Ihren Amtsbrüdern und -schwestern?« fragte er. »Gab es auf der Kirchenkreiskonferenz Überraschungen für Sie?«

»Nicht übermäßig viele.« Sie wich einem Schlepper aus, der ihnen auf dem schmalen Wirtschaftsweg entgegenkam.

»Wie kamen Sie denn mit Frau Witte zurecht?«

»Die war nicht da. Kennen Sie sie näher?«

»Näher wäre zuviel gesagt, aber sie predigt öfter mal bei uns, und was sie sagt, hat Hand und Fuß, trotz ihrer feministischen Einstellung.«

»Ach ja?« Sieh an, dachte Elisabeth, das ist ja interessant. »Macht sie im Gottesdienst davon Gebrauch?«

»Was heißt Gebrauch? Sagen wir mal, sie hält nicht damit hinter dem Berg.«

»Das ist in der Krummhörn wohl auch nicht gut möglich.«

Er lachte.

»Wo Sie recht haben, haben Sie recht. Wie ist eigentlich Ihr Verhältnis zur feministischen Theologie?«

»Wieso?«

»Ich habe darüber nachgedacht und wüßte es gern«, gab er zu.

»Warum?«

Sie parkte den Wagen unter dem Deich. Es war windig, und als sie die Stufen hochgestiegen waren, pfiff ihnen der Wind derart entgegen, daß sie sich aneinander festhielten. Nur einen Augenblick, aber lange genug, um es nicht wieder zu vergessen.

Ohne ein Wort zu wechseln, standen sie oben auf dem Deich und blickten über das graubraune Wasser, bis Elisabeth sagte: »Mir ist es hier zu windig« und zum Auto zurückging. Er folgte ihr wortlos.

»Meine Lippen schmecken salzig«, stellte Elisabeth fest, »nach Meer.«

Er sah sie an.

»Und Ihre Haare sehen auch nach Meer und Wind aus.«

Sie strich sich rasch über den Kopf.

»Geht es so?« fragte sie, aber es schien sie nicht weiter zu interessieren.

Im Kirchenkreisamt trennten sich ihre Wege.

Auf dem Rückweg fachsimpelten sie über kirchliche Angelegenheiten. Als Mitglied der Mitarbeitervertretung im Kirchenkreis kannte Michael Rothe sich in Rechtsfragen gut aus. Sie wunderte sich, daß er als Lehrer in die kirchliche Personalvertretung gewählt worden war.

»Warum nicht? Als Chorleiter und Organist bin ich Angestellter der Kirche. Das müßten Sie als meine Arbeitgeberin doch wissen.« Sie lachte. »Im Ernst. Sie sind meine Arbeitgeberin, und ich bin Ihr Angestellter.«

»Nun machen Sie aber halblang! Als wenn das irgendeine Bedeutung hätte.«

»Haben Sie eine Ahnung! Das kann sich unter Umständen schnell ändern und sehr wohl von Bedeutung sein.«

»Wie denn?«

»Ach, dafür gibt es Beispiele genug.« Er deutete ihr Auseinandersetzungen zwischen Angestellten und Kirchenvorständen an, die sie schlecht als Erfindungen abtun konnte. Sie gab zu, sich in arbeitsrechtlichen Dingen überhaupt nicht auszukennen.

»Ich wäre Ihnen dankbar, wenn Sie mich in die Grundbegriffe einweihen würden«, sagte sie.

Er schlug vor, sich die kirchliche Rechtssammlung gelegentlich zusammen anzusehen und einmal die wichtigsten

Paragraphen der Kirchengemeindeordnung und des Mitarbeiter-Vertretungs-Gesetzes durchzugehen.

»Ich finde, das gehört unbedingt zu Ihrer pastorlichen Allgemeinbildung.«

»Manchmal kommt es mir vor, als hätte ich das meiste während meines Studiums versäumt«, gestand sie. »Sicher, ich habe eine Menge Wissen in meinem Gehirn gespeichert: lateinische, hebräische, griechische Vokabeln und Grammatik, Kirchen- und Religionsgeschichte, Exegese, Hermeneutik, Literatur und so weiter.« Sie seufzte. »Wenn ich meine Predigten ausarbeite, hilft mir das auch; aber unter dem Strich kommt es nur darauf an, den Text so auszulegen, daß die Predigt Herrn Bahlmann, Herrn de Vries und Frau Bakker gefällt.«

»Und dem Organisten«, ergänzte er.

»Ja richtig. Da sehen Sie mal, wie kompliziert allein das Predigen ist! Und dann reden Sie auch noch von Dingen, von denen ich nichts verstehe.«

»Soll ich Sie bemitleiden?«

»Ach ja, bitte!«

»Ich komme bei Gelegenheit darauf zurück«, versprach er und kam dann auf das Gemeindefest zu sprechen.

»Am besten, Sie überlassen alles mir, dem Kirchenvorstand und den Frauen vom Frauenkreis. Wir haben schon eine gewisse Routine im Feiern entwickelt. Sie mischen sich dann einfach dazwischen und machen eine gute Figur.«

»Darüber reden wir noch«, sagte sie, als sie vor ihrer Garage ausstiegen.

Sie weiß genau, was sie will, dachte er und merkte, daß es ihm gefiel.

Julia meldete sich zum Gemeindefest an. Elisabeth versuchte vergeblich, es ihr auszureden.

»Warum hast du etwas dagegen? Anstatt dich zu freuen, daß ich mich an meinem freien Wochenende auf den langen

Weg zu dir ans Ende der Welt mache, versuchst du mich abzuwimmeln.«

»Ich kann mich kaum um dich kümmern«, gab Elisabeth zu bedenken.

»Das ist doch klar!« sagte Julia. »Darüber mach dir nur keine Sorgen! Ich kümmere mich schon um mich selbst.«

Sie kam am Samstagnachmittag, als in Canrade bereits alles auf Hochtouren lief. Herr und Frau Bahlmann schleppten Tische und Stühle aus dem Gemeindehaus in den Pfarrgarten, die ersten Kuchenspenden wurden abgegeben, und Elisabeth kramte in ihrer Küche herum, denn dort sollte der Tee zubereitet werden. Julia versuchte sich nützlich zu machen, aber sie stand überall nur im Weg.

Sie schlenderte zur Kirche hinüber. Die große Eingangstür knarrte, wie es sich für eine alte Kirchentür gehört, und fiel scheppernd hinter ihr ins Schloß.

Michael Rothe saß an der Orgel und blätterte in seinen Noten, ohne Notiz von ihr zu nehmen. Julia setzte sich in eine Bank und versank augenblicklich in der Stille, die sich von Wand zu Wand ausbreitete. Sie fühlte sich wohl, zum ersten Mal seit langer Zeit. Sie lehnte sich zurück und ließ ihren Gedanken freien Lauf.

Ein einzelner Sonnenstrahl hatte sich einen Weg durch die bunten Fensterscheiben gebahnt. Wie ein Balken aus Licht schien er vom Altarraum geradewegs bis in den Himmel zu reichen. Winzige Staubkörnchen belebten ihn, brachten ihn in Bewegung, tanzten in ihm herum. Julia starrte auf dieses faszinierende Schauspiel. Darüber solltest du predigen, Lisa, über dieses lebendige Licht in deiner Dorfkirche, dachte sie, und wußte doch, daß solche Augenblicke nicht mit Worten wiederzugeben sind. Dieser Sonnenstrahl galt einzig und allein ihr, jetzt, hier, in dieser Minute. Sie fühlte sich wie beschenkt und dachte, dafür hat sich die Fahrt hierher schon gelohnt.

Das Präludium, das Michael Rothe anstimmte, war ihr gut bekannt. Eine Weile folgte sie der Melodie aufmerksam, dann ließ sie sie einfach nur über sich hinwegströmen und achtete nicht mehr auf die einzelnen Töne. Sie vergaß alles um sich her und träumte mit offenen Augen.

Plötzlich hatte sie das Gefühl, beobachtet zu werden. Unauffällig sah sie sich nach allen Seiten um, doch es war niemand da außer ihr und dem Organisten auf der Orgelempore. Aber irgend etwas war anders. Julia hielt den Atem an. Der Lichtstrahl war verschwunden, und es wurde zunehmend dämmrig in der Kirche. Der Altarraum wirkte jetzt wie von grauen Schleiern verhüllt. Sie beugte sich über die Rückenlehne der Bank vor ihr und starrte in das Grau. Die Orgel verstummte mitten im Satz. Sie schrak zusammen, als Michael Rothe von der Empore herunterrief: »Guten Abend, Frau Estorf!«

Julia stand auf und winkte zu ihm hinauf. Dann verließ sie, ohne noch einmal zum Altar zu sehen, eiligen Schrittes die Kirche.

Draußen empfing sie das allabendliche Gezeter der Dohlen. Michael Rothe schloß die Kirchentür ab, und gemeinsam gingen sie hinüber zum Pfarrhaus.

»Hoffentlich hält sich das Wetter«, sagte er. »Ein verregnetes Gemeindefest ist wirklich das letzte, was wir uns wünschen.«

»Notfalls habt ihr ja die Kirche. Und die Kuchenschlacht wird ins Gemeindehaus verlegt.«

»Notfalls ja. Aber das wäre natürlich kein Vergleich mit einem ordentlichen Gartenfest. Noch sieht es ja gut aus, die Sonne geht richtig schön rot unter, und der Wetterbericht war auch nicht schlecht.« Galant öffnete er ihr die Gartenpforte und ließ sie vorangehen.

Elisabeth erwartete sie schon in der Haustür.

»Ihre Frau hat gerade angerufen«, sagte sie. »Sie möchten bitte gleich nach Haus kommen.«

»Ja dann«, er zögerte und schien enttäuscht. »Dann wünsche ich den Damen einen schönen Abend.«

Elisabeth seufzte.

»Schön wär's. Ich werde wohl noch ein Stündchen im Amtszimmer verbringen müssen, um meiner Predigt den letzten Schliff zu geben.«

»Kann ich dir helfen?« fragte Julia scheinheilig, denn natürlich konnte sie es nicht.

»Willst du nicht an den Deich fahren und dir den Sonnenuntergang ansehen?«

»Allein?« fragte Julia. Es klang so enttäuscht, daß Elisabeth auf die Uhr sah und beschloß mitzufahren.

»Eigentlich habe ich mir einen Spaziergang am Deich nach all dem Streß heute richtig verdient«, meinte sie. Gesagt, getan. Sie setzten sich in Julias Auto und fuhren los.

Michael Rothe sah ihnen kopfschüttelnd nach. Es kam ihm wie ein unerhörter Luxus vor, daß sie so mir nichts, dir nichts aufbrachen, um einem momentanen Gefühl nachzugeben. Ohne es zu wollen, verglich er die beiden Freundinnen mit seiner Frau. Anita wäre nie auf die Idee gekommen, alles stehen- und liegenzulassen, nur um einen Sonnenuntergang am Deich zu bewundern! Tief innen spürte er so etwas wie ein leichtes Ziehen.

Anita erwartete ihn in der Küchentür.

»Wo bleibst du nur so lange?« fragte sie vorwurfsvoll.

»Ich war an der Orgel, dabei ist mir die Zeit völlig abhanden gekommen«, entschuldigte er sich. »Gibt es etwas Besonderes?«

»Nein«, sagte Anita zögernd.

»Und warum hast du angerufen?« fragte er ärgerlich. »Soll ich dir die Langeweile vertreiben? Oder was?«

Sie sah ihn erschrocken an.

»Ich hatte gehofft, wir würden rasch zum Deich fahren«, sagte sie leise. »Die Sonne geht so schön unter.«

Beschämt nahm er sie in die Arme.

»Es tut mir leid, Anita«, sagte er, »aber das konnte ich wirklich nicht ahnen.«

»Ist schon gut«, sagte sie. »Es gibt ja noch genug Sonnenuntergänge.«

Dann ging sie in die Küche, um den Abendbrottisch zu decken.

Wie erhofft, wurde das Gemeindefest ein voller Erfolg. Der Himmel war blau, die Sonne schien, und als die Glokken läuteten, war das ganze Dorf auf den Beinen. Elisabeth gab sich die größte Mühe, es mit ihrer Predigt allen recht zu machen, den Alten und den Jungen, den Konservativen und den Progressiven, den Einheimischen und den Gästen. So empfand es Julia jedenfalls, die es bewunderte, wie geschickt Elisabeth die Anwesenden in ihre Auslegung mit einbezog, dazu die Wolken, das Meer, den Sonnenschein und auch die Kinder, die ihren Kindergottesdienst draußen im Garten feierten und deren munteres Lachen sich mit den hohen, spitzen Schreien der Dohlen vermischte. Auch sie kamen in ihrer Predigt vor. Als die Gemeinde dann zum Abschluß das Lied sang: *»Geh aus, mein Herz, und suche Freud, in dieser schönen Sommerzeit, an deines Gottes Gaben …«*, da schien die Kirche von diesem Gesang zu erbeben.

Julia sah lauter zufriedene Gesichter. Und vor der Kirchentür wartete der Posaunenchor, um das fröhliche Sommerlied mit Trompeten und Hörnern weiterzuspielen. Herr de Vries blies die Tuba. Es war ihm anzusehen, daß er nichts lieber tat, als seinem mächtigen Instrument die lautesten Töne zu entlocken. Und Herr Bahlmann ließ es sich nicht nehmen, zu allem Überfluß noch einmal das volle Glockengeläut einzuschalten. Es war ein ohrenbetäubender Lärm. Niemand konnte sein eigenes Wort verstehen. Trotzdem standen alle in kleinen Grüppchen zusammen und schienen sich gut zu unterhalten.

Nach und nach leerte sich der Kirchplatz. Die Leute gingen nach Hause zum Mittagessen und zum Mittagsschlaf. Für ein, zwei Stunden kehrte Ruhe ein im Dorf. Nur ein paar Kinder vertrieben sich die Zeit mit allerlei Unsinn und Radfahrkünsten.

Gegen zwei Uhr eröffneten die Posaunen das Gartenfest, und alles nahm seinen vorgesehenen Verlauf: Die Kuchentische waren ständig umlagert, Frau Bahlmann und ihre Helferinnen kamen kaum nach mit dem Tee. Berge von Geschirr wurden heraus- und hineingetragen, Kinder und Erwachsene wetteiferten im Sackhüpfen, Tauziehen und Dosenwerfen, die Chöre sangen mit den Vögeln um die Wette – ein schöneres Gemeindefest hatte es in Canrade noch nie gegeben, darin waren sich alle einig, vor allem nachdem Onno Bahlmann den Grill angezündet hatte, Bratwurstduft durch den Garten zog und das Bierfaß angestochen wurde.

Die Mondsichel stand bereits über der großen Kiefer, als Olga Bahlmann zu Elisabeth sagte: »Wer jetzt noch was zu meckern hat, hat selber schuld.«

»Und was ist mit dir, Lisa, bist du erschlagen oder zufrieden?« fragte Julia.

»Beides. Und froh, daß jetzt Feierabend ist.«

»Noch nicht ganz«, Julia zeigte auf die Männer, die sich an der improvisierten Theke zusammengefunden hatten und Bier tranken, als würden sie dafür bezahlt.

»Laß sie«, winkte Elisabeth ab. »Das sind erwachsene Leute, darum kümmere ich mich jetzt nicht mehr. Irgendwann haben sie genug und gehen heim.«

»Oder auch nicht. Vielleicht schlafen sie an Ort und Stelle ein.«

»Das wäre mir auch egal. Der Garten ist ja groß genug.«

»Am liebsten würde ich auch draußen schlafen«, seufzte Julia. »Sieh nur den Himmel ... die vielen Sterne, den Mond ...«

»Aber nicht gerade heute nacht«, meinte Elisabeth und ging ins Haus.

Julia folgte ihr widerstrebend.

»Wie alt bist du eigentlich?« fragte sie. Elisabeth sah sie erstaunt an. »Na ja«, stellte Julia fest, »keine romantischen Gefühle, keine Lust auf ein Abenteuer ...«

»Doch nicht mit diesen Kerlen«, sagte Elisabeth, worüber Julia schallend lachte.

»Ich meinte doch nur die Übernachtung unter freiem Himmel, Frau Pastorin!«

»Na und?« Sie hatte keine Lust, sich zu streiten. Jetzt, wo das Fest vorüber war, spürte sie ihre Erschöpfung. »Weißt du was? Ich bin müde zum Umfallen. Ich gehe jetzt sofort ins Bett. Tut mir leid, Julia«, sagte sie, als sie deren enttäuschtes Gesicht sah, »aber ich kann es nicht ändern. Mach es dir noch ein bißchen gemütlich. Nimm dir, was du brauchst, morgen früh bin ich wieder fit, und wir frühstücken gemütlich zusammen.« Ohne ihre Antwort abzuwarten, ging sie nach oben.

Julia zuckte mit den Schultern. Sie überlegte, ob sie in den Garten zurückgehen, sich noch ein gemütliches Stündchen im Wohnzimmer gönnen oder gleich nach Hause fahren sollte. Dann ging sie in Elisabeths Arbeitszimmer, setzte sich an den Schreibtisch, nahm sich ein Blatt Papier und schrieb:

Guten Morgen, Lisa, nicht traurig sein, aber ich bin schon abgereist. War wohl doch keine so gute Idee, Dir an diesem Wochenende auf die Pelle zu rücken. Wir sehen uns ein andermal, wenn Du mehr Zeit hast. Ich ruf' Dich an. So long! Julia.

Sie legte den Brief auf den Küchentisch, schlich ins Gästezimmer, packte ihre Reisetasche, verließ unbemerkt das Haus, den Garten, stieg ins Auto und fuhr los. Niemand nahm Notiz von ihrer Abreise, nicht einmal Nachbars Hund.

Natürlich war Elisabeth enttäuscht, als sie die Mitteilung fand. Sie war extra früh aufgestanden, um den Tisch zu decken und ihrer Freundin eine Tasse Tee ans Bett zu bringen. Auch hatte sie ein schlechtes Gewissen, daß sie sich nicht mehr um sie gekümmert hatte. Echt Julia, ärgerte sie sich, wenn etwas nicht nach ihrem Gusto läuft, haut sie einfach ab. Aber dann beschloß sie, sich ganz auf ihre Arbeit zu konzentrieren, zu tun gab es heute wahrscheinlich reichlich. Wie auf ein Stichwort kam Frau Bahlmann in die Küche.

»Gut geschlafen?« fragte sie. Sie hatte gesehen, wie müde Elisabeth gestern abend gewesen war. »Ihre Freundin schläft wohl noch?«

»Nein, sie ist schon abgereist«, sagte Elisabeth kurz.

Frau Bahlmann zuckte mit den Schultern. Julia Estorf war sowieso nicht ihr Fall. Ihrer Meinung nach war sie eine Großstadtpflanze und paßte nicht ins Dorf.

»Reisende soll man nicht aufhalten«, meinte sie und verkündete: »Ich gehe jetzt erst mal in den Garten und suche den restlichen Krempel zusammen. Für heute haben sie Regen angesagt. Was für ein Glück, daß wir gestern soviel Sonne hatten.« Und war schon aus der Tür.

Elisabeth war alles recht, wenn nur die Aufräumarbeiten so schnell wie möglich beendet waren.

Nachmittags fing es tatsächlich an zu regnen. Nach einem langen Mittagsschlaf zog sie sich mit einem Becher Kaffee ins Amtszimmer zurück.

Nachdem sie die Post gelesen hatte, räumte sie alles beiseite und holte sich die Visitationsakten aus dem Archiv. Gleich nach ihrem Antrittsbesuch bei Herrn Mansauer hatte sie sich vorgenommen, die Unterlagen ihrer Vorgänger anzusehen. Es war ein ganzer Stapel. Die ältesten waren in graues Packpapier gewickelt und mit einem Bindfaden verschnürt. Sie enthielten Unterlagen aus dem 17. und 18. Jahrhundert. Die jüngsten Formulare hatte ihr Vorgänger vor sechs Jahren ausgefüllt, und jetzt war sie an der Reihe.

Als sie in den alten Aktenstücken herumblätterte, tat sie das mit einem andächtigen Gefühl. Dabei hatte sie noch vor wenigen Tagen die ganze Prozedur für einen lästigen bürokratischen Akt und für eine hierarchisch verordnete Kontrolle gehalten. Aber diese jahrhundertealten Niederschriften machten ihr deutlich, welch langen Atem die Geschichte hat, und welche Erinnerungsschätze von einer Generation an die andere weitergegeben worden waren. Als sie geschrieben wurden, war der regierende Fürst zu Ostfriesland noch der oberste Visitator gewesen, wie sie an den Titeln und Unterschriften feststellen konnte. Ein wenig unschlüssig blätterte sie in den alten Handschriften herum, als ihr zufällig ihr eigener Name ins Auge fiel.

Elisabeth van Klos, las sie, *ist adeliger Abkunft …* Mühsam entzifferte sie Wort für Wort der alten, schwerleserlichen Schrift. Ohne aufzusehen las sie die ergreifende Geschichte ihrer Namensschwester, vergaß alles um sich her und versank in dem Stück Canrader Vergangenheit, das sie zufällig entdeckt hatte. Als sie die vergilbten Blätter schließlich zur Seite legte, war es schon dunkel geworden.

»Bist du wieder da, Elisabeth?« flüsterte sie ihrem Spiegelbild in der regennassen Fensterscheibe zu.

Sie saß da und überlegte, ob diese Frage, die sie in der ersten Nacht im Traum gehört hatte, nun einen Sinn bekam. Plötzlich spürte sie die Kühle im Raum und die Dunkelheit, und ein eigenartiges Gefühl von Einsamkeit und Verlassenheit, das sie bis dahin nicht kannte, überwältigte sie. Erschrocken merkte sie, daß eine Träne auf das wertvolle Dokument tropfte. Als sie sie vorsichtig fortwischen wollte, hatte sich die schwarze Tinte bereits aufgelöst und einen Fleck hinterlassen.

»Arme Elisabeth«, flüsterte sie und überlegte, was sie an diesem fremden Schicksal so sehr berührte. Außer daß sie meinen Namen trägt, hat die ganze Geschichte doch nichts mit mir zu tun, dachte sie. Niemand erinnert sich an diese Tragödie, warum gerate ich deswegen außer Fassung?

Entschlossen stand sie auf, ging in die Küche und machte sich etwas zu essen. Das Telefon klingelte. Julia war am Apparat. Laß dir jetzt bitte nichts anmerken, Elisabeth, beschwor sie sich. Und es gelang ihr tatsächlich, ein belangloses Gespräch zu führen.

»Nein, ich bin dir nicht böse, Julia! Warum denn? Eher müßte ich mich ja bei dir entschuldigen ... Nein, finde ich nicht ... Bestimmt! Es gibt noch tausend Gelegenheiten ... Mach's gut, Julia.«

Es zog sie in den abendlichen Garten. Es regnete nicht mehr, aber das Gras war feucht, und jeder Busch und Baum tropfte vor Nässe. Alles wirkte wie frisch geduscht, und es duftete nach Sommer. Jetzt einen Gang durchs Dorf machen, überlegte sie. Oder zum Deich fahren. Für den Deich sprach, daß sie dort um diese Zeit wahrscheinlich keinem Menschen begegnen würde.

Als sie das Auto herausfuhr, stand Michael Rothe vor dem Gartentor. Sie drehte die Scheibe herunter und fragte: »Wollten Sie gerade zu mir?«

»Erraten«, gab er zu. »Aber es scheint nicht der richtige Moment zu sein, wie ich sehe.«

»Ich fahre nur eben zum Deich«, erklärte sie. »Es ist so schön nach dem Regen.«

»Am liebsten würde ich mitkommen«, sagte er spontan.

Und fügte schnell hinzu, als er ihr Zögern bemerkte: »Aber es muß nicht sein.«

»Steigen Sie schon ein«, sagte sie und öffnete die Wagentür. »Es braucht ja nicht lange zu dauern.«

»Überredet.« Er ließ sich auf den Beifahrersitz fallen. »Für eine halbe Stunde wird meine Frau mich wohl laufen lassen.«

»Sie können ihr ja Bescheid sagen«, schlug Elisabeth vor. Aber davon wollte er nichts wissen.

»Fahren Sie nur los. Um so eher sind wir wieder da.«

Das Wasser war ruhig und glatt und vermischte sich zu einer untrennbaren Einheit mit der Luft und dem Land. Sie hörten es mehr, als sie es sahen, und die Weite ahnten sie nur, weil sie wußten, wie grenzenlos sich das Meer vor ihnen ausbreitete. Vom Wasser her zog Nebel auf, der alles in einen feuchten Schleier hüllte, alles Licht, alle Geräusche, alle Konturen. Nach wenigen Schritten schon waren sie wie verloren und unsichtbar geworden in diesem verwunschenen Land.

Schweigend gingen sie nebeneinander her, bis er die Stille durchbrach und sagte: »Sie sind so nachdenklich. Was bewegt Sie denn? Oder möchten Sie nicht darüber reden?«

Aber sie hatte schon angefangen, ihm von ihrer »Entdeckung« zu erzählen. Von Elisabeth, die hochschwanger und völlig verzweifelt in Canrade eine Bleibe gesucht und sie schließlich im Haus des Lehrers und Organisten gefunden hatte.

»Wer war sie?« fragte er. »Und vor wem oder was flüchtete sie?«

»Ihr Name war Elisabeth van Klos. Und sie war ihrem Mann, einem Brückenwärter aus Holland, Vater von acht Kindern, davongelaufen, weil sie ihn nicht mehr ertragen konnte.«

»Und warum kam sie ausgerechnet nach Canrade?«

»Eine Schwester ihrer Mutter hat dort gewohnt. Sie war aber schon gestorben, als Elisabeth sich in ihrer Not an sie erinnerte.«

»Und ihre Eltern? Lebten die nicht mehr?«

»Nein. Ihr Vater starb, als sie noch ein Kind war. Und mit dem Tod der Mutter begann ihr Unglück.«

»Erzähl mal der Reihe nach«, bat er.

Sie sah ihn erstaunt an.

»Habe ich du gesagt?« fragte er verblüfft und blieb stehen. »Wollen wir es nicht dabei lassen?« Er sah sie erwartungsvoll an.

»Von mir aus«, sagte sie. »Wenn es deiner Frau nichts ausmacht?«

»Ihr könnt euch ja auch duzen. Das wäre das einfachste.«

»Ich werde sie fragen.«

Sie gingen weiter, als wäre nichts gewesen, und doch hatte sich etwas verändert. Etwas, das keinen Namen hat und keine Gestalt, für das Vertrautsein nur eine Metapher und Freundschaft, dieses große Wort, zu klein ist, begleitete sie. Vielleicht wäre Wärme die bestmögliche Bezeichnung gewesen oder Nähe. Später vielleicht, aber nicht an diesem Abend mit seiner nebelfeuchten und kühlen Grenzenlosigkeit.

»Soll ich weitererzählen?« fragte Elisabeth. »Oder langweilt es dich?«

»Wie kommst du denn darauf? Ich bin gespannt auf deine Geschichte. Schließlich hat sie auch etwas mit mir zu tun.«

»Mit dir?«

»Sagtest du nicht, jene Elisabeth wäre im Haus des Organisten gelandet?«

»Richtig!« sagte sie verblüfft. »Das ist mir noch gar nicht aufgefallen. Das ist ja …« Es schien ihr die Sprache zu verschlagen.

»Erzähl einfach der Reihe nach«, bat er.

»Sie war fünfzehn, als ihre Mutter starb. Eine Tochter aus gutem Haus und für eine standesgemäße Ehe erzogen. Aber nun war sie eine arme Waise, weltfremd und unerfahren, und ein Ehemann war anscheinend nicht in Sicht. Ein ehemaliger Geschäftsfreund ihres Vaters, der zufällig in Emden zu tun hatte und Elisabeth aus besseren Tagen kannte, nahm sich des jungen Mädchens an und brachte sie nach Groningen. Dort lebte sie etwa zwei Jahre als Haustochter in seiner Familie. Danach kam sie zu einem Weinhändler, einem Freund des Hauses. Worin ihre Tätigkeit in seinem Haus bestand, weiß ich nicht. Nach einem Jahr wechselte sie die Stelle erneut und arbeitete für einen anderen Weinhändler. Der wohnte in Amsterdam. Dort war sie ein Jahr als Kammermädchen beschäftigt. Warum sie diese Arbeit aufgab, ist nicht bekannt. Der Phantasie sind keine Grenzen gesetzt.«

»Unter einem Kammerkätzchen stellt man sich ja auch das eine oder andere vor.«

»Richtig. Jedenfalls wurde sie sehr krank und daraufhin entlassen.«

»Welch eine Karriere!« murmelte er.

»Ja, es ging steil bergab mit ihr. Aus Gnade und Barmherzigkeit, wie es heißt, nahm sie danach eine Frau namens Greta in ihrem Haus auf und pflegte sie etwa ein halbes Jahr. Sobald sie wieder halbwegs gesund war, übernahm sie die Stelle eines Dienstmädchens bei einem gewissen Jakob. Aber sie wurde bald wieder krank.«

»Und da hatte der gute Herr Jakob keine Verwendung mehr für sie. Weil er keine kranke Magd gebrauchen konnte, setzte er sie auf die Straße«, vermutete Michael.

»Du scheinst dich ja gut auszukennen.«

»Das ist heute noch genauso wie damals. Wer einmal tief unten ist, kriegt immer noch eins drauf. Aber erzähl weiter.«

»Es gelang ihr, sich irgendwie am Leben zu erhalten, indem sie zu einem Brückenwärter in Stellung ging. Der hieß Kobus Bontje. Er war Witwer, hatte acht Kinder und keine Frau. Seine junge Haushälterin war für alles zuständig, auch für seine persönlichen Bedürfnisse. Wie er es schaffte, ob mit Bitten oder mit Gewalt, sie ins Bett zu kriegen, weiß ich nicht.«

»Vielleicht wollte sie es selbst? Jung und liebebedürftig wie sie war.«

»Wie auch immer. Jedenfalls wurde sie schwanger und heiratete den Brückenwärter.«

»Sieh an«, sagte er. »Happy-End.«

»Von wegen. Kobus Bontje war ein Rohling und Trunkenbold. Er schikanierte und mißhandelte seine junge Frau und verspottete und verachtete sie wegen ihres ›vornehmen Getues‹, wie er es nannte. Er forderte wohl auch Geld von ihr, weil er ihr in seiner primitiven Art unterstellte, sie verberge ihr Erbteil vor ihm. Schließlich hielt sie es nicht mehr aus und flüchtete. In ihrer verzweifelten Lage, sie war hochschwanger, fiel ihr nur ihre alte Patentante in Canrade ein.«

»Die aber nicht mehr am Leben war.«

»Leider nicht. Sonst wäre es ihr vielleicht besser ergangen. So kam sie nach Canrade und stellte fest, daß ihre Hoffnung umsonst gewesen war. Nach längerem Hin und Her fand sie schließlich im Haus des Kantors, den sie irgendwie von früher kannte, eine Bleibe.«

»Das ist ja ein ganzer Roman, den du mir da erzählst. Stand das wirklich alles in den alten Visitationsakten?«

»Ja, alles. Und noch mehr. Es geht weiter.«

»Ich ahne schon Fürchterliches!« seufzte Michael. »Die Visitation stand vor der Tür.«

»So ist es. Nach etwa einem halben Jahr besuchte der Visitator den Organisten und stellte fest, daß sie bei ihm wohnte.«

»Und der Organist war vermutlich Junggeselle.«

»Junggeselle oder Witwer. Das geht aus den Unterlagen nicht hervor. Jedenfalls hatte er keine Frau.«

»Ach, die Phantasie der Leute! Wahrscheinlich haben die guten Canrader nichts Besseres zu tun gehabt, als über die beiden herzuziehen. Weißt du, wann die Visitation war?« fragte er.

»1713.«

»Nein, ich meine, zu welcher Jahreszeit.«

»Das Protokoll ist am 12. Februar geschrieben worden.«

»Siehst du wohl! Das dachte ich mir. Es muß Winter gewesen sein, ein langweiliger und eintöniger Winter in der Krummhörn. Wahrscheinlich gab es nicht einmal eine ordentliche Sturmflut. Da kocht es in der dörflichen Gerüchteküche.«

Stumm und gedankenverloren gingen sie nebeneinander her, bis Elisabeth schließlich vorschlug: »Laß uns lieber umkehren. Wir sind schon ein ganzes Stück gegangen, sonst wird es stockdunkel, bis wir zu Hause sind. Und die Leute könnten sich über uns auch Gedanken machen, wenn es stimmt, was du sagst.«

»Das stimmt«, sagte er entschieden. Anscheinend sprach er aus Erfahrung.

Sie gingen den gleichen Weg zurück, den sie gekommen waren. Aber jetzt wehte ihnen ein leichter Wind entgegen, und sie merkten, daß es kühler geworden war.

»Und weiter?« fragte Michael und griff nach ihrem Arm, um sie vor der Kälte ein wenig in Schutz zu nehmen.

»Der Visitator fragte Elisabeth, ob sie in Holland regelmäßig zur Kirche gegangen sei und am Abendmahl teilgenommen habe. Sie bestätigte das. Aber der Visitator wollte den Namen des Predigers wissen, und den kannte sie nicht. Sie sagte, sie habe ihn nicht verstanden, es wäre ein schwieriger Name gewesen.«

»Tja«, meinte Michael, »das war es dann wohl.«

»Jedenfalls wußte sie nicht, wie sie sich aus der Affäre

ziehen sollte. Und die Gerüchte, die in Canrade kursierten, konnte sie auch nicht aus der Welt schaffen.«

»Was hat der Kantor denn zu Protokoll gegeben?« fragte Michael interessiert. »Konnte er ihr nicht helfen und die Herren von ihrer Unschuld überzeugen?«

»Er hat ihnen mit bewegenden Worten geschildert, in welch erbarmungswürdigem Zustand sie vor seiner Tür gestanden und ihn angefleht hatte, sich ihrer in ihrem Elend zu erbarmen und nicht zuzulassen, daß sie und ihr Kind, das in wenigen Wochen geboren würde, elendiglich umkämen. Er beteuerte, sie aus christlicher Liebe und Erbarmen vorm Bettelstab gerettet zu haben, indem er ihr etwas zu essen gegeben und ihr eine Kammer in seinem Haus eingerichtet habe.«

»Genügte ihnen das nicht?«

»Nein, denn sie war ja immer noch da. Der Kantor berichtete, daß sie, nachdem sie ihr Kind zur Welt gebracht hatte, Tag und Nacht darüber nachdachte, wie sie sich ihren Lebensunterhalt verdienen könnte. Nach einiger Zeit sei sie mit ihrem Säugling nach Bremen gereist, um sich dort bei einer Familie auf eine Hauswirtschaftsstelle zu bewerben, die sie durch einen ihrer wohlhabenden früheren Dienstherren aus Groningen kannte. Sie habe zu ihm gesagt, notfalls würde sie sich dort auch als Amme verdingen. Aber diese anstrengende Reise war umsonst gewesen. Niemand wollte sie haben. Und so war sie mit ihrem Kind wieder nach Canrade zurückgekommen und führte ihm seitdem den Haushalt.«

»Und der Herr Visitator nahm an, daß der gute Kantor mit ihr in einem eheähnlichen Verhältnis lebte«, vermutete Michael.

»Und wenn es so gewesen wäre?«

»Dann wäre sie als Ehebrecherin zur Verantwortung gezogen worden. Schließlich war sie ja mit ihrem Brückenwärter verheiratet.«

»Und wenn sie sich scheiden ließe?«

»Ich bitte dich, Elisabeth! 1713 doch nicht! Wie stellst du dir das vor? Selbst wenn sie es versucht hätte, Kobus Bontje, oder wie er hieß, hätte niemals in eine Scheidung eingewilligt! Er war der verlassene, betrogene Ehemann, Vater von mittlerweile neun Kindern. Nein, an Scheidung konnte sie nicht denken. Niemals.«

»Was sollte sie deiner Meinung nach tun?« fragte Elisabeth.

»Was hat sie denn getan?« fragte er zurück.

»Der Visitator und der Pastor machten ihr klar, daß es unmöglich so weitergehen könne mit ihrem unsittlichen Lebenswandel. Sie forderten sie auf, das Haus des Kantors binnen acht, spätestens aber nach vierzehn Tagen zu verlassen. Ihr wurde zugesichert, daß ihr in ihrer Armut alle christliche Liebe und Beistand gegeben würden, wenn sie sich der Frömmigkeit mehr befleißigen und einen besseren Lebenswandel führen würde. Bis dahin müsse sie sich nach einem anderen Aufenthaltsort umsehen, wenn sie nicht mit einer anderen, härteren Verordnung seitens der kirchlichen und weltlichen Obrigkeit rechnen wolle.«

»Und der Kantor?«

»Der Kantor versprach, den Skandal zu beenden und sie fortzuschicken.«

»Schrecklich.« Michael schüttelte sich. »Und was ist aus ihr und ihrem Kind geworden?«

Elisabeth zuckte die Schultern.

Schweigend gingen sie nebeneinander her durch die Dunkelheit und durch den Nebel.

»Wie geht die Geschichte weiter?« fragte er nach einer Weile.

»Ich weiß es nicht. In der Visitationsakte habe ich nichts gefunden. Auch nicht im Sterberegister. Wahrscheinlich hat sie Canrade verlassen.«

»Arme Elisabeth«, sagte er und fügte hinzu: »Ich meine nicht dich.«

»Ich weiß«, sagte sie und überlegte, ob sie ihm von der Traumstimme erzählen sollte. Aber sie tat es nicht.

»Weinst du?« fragte er erschrocken, als sie am Auto angekommen waren. »Nimm dir doch diese traurige Geschichte nicht so zu Herzen!« Er legte ihr die Hände auf die Schultern und sah sie mitfühlend an. »Es ist schon so lange her, und vielleicht ist ja noch alles gut geworden.«

»Ich weiß auch nicht, warum mich diese Geschichte so umhaut«, gestand sie und wischte sich über die Augen. »Aber mir ist, als hätte sie etwas mit mir zu tun. Vielleicht, weil wir den gleichen Namen haben.«

»Du kannst dich doch überhaupt nicht mit ihr vergleichen«, sagte er. »Was könnte dir Vergleichbares passieren? Du bist Beamtin auf Lebenszeit mit Pensionsberechtigung.«

Sie mußte unwillkürlich lachen.

»Als wenn das alles wäre! Das Geld!«

»Nicht alles. Aber besser, als auf die Güte und Barmherzigkeit anderer angewiesen zu sein, ist es allemal.«

»Okay, überredet«, gab sie zu und stieg ins Auto. »Mir geht es gut. Auch wenn ich erst in drei Jahren eine Beamtin mit Pensionsberechtigung bin. Zufrieden?«

»Vollständig.« Er schüttelte sich. »Ich friere wie ein junger Hund«, stellte er fest. »Ist dir nicht kalt?«

»Und ob!« Ihr kam es vor, als dringe ihr die naßkalte Luft durch alle Poren.

»Jetzt trinken wir erst mal einen heißen Tee«, schlug er vor. »Das ist jetzt genau das richtige. Lädst du mich ein?«

»Von mir aus gern«, sagte sie, »aber Anita wartet bestimmt schon lange auf dich. Vielleicht macht sie sich Sorgen?«

»Ach, Anita«, sagte er so schuldbewußt, daß sie fragte: »Hast du deine Frau etwa total vergessen?«

»Da kannst du mal sehen, was so eine alte Geschichte anrichtet.«

»Läßt Weib und Kind vergessen«, spottete sie. »Wirst du ihr davon erzählen?«

»Ich weiß es nicht. Ich glaube nicht. Ich werde darüber nachdenken. Es ist unsere Geschichte. Unsere Nacht- und Nebelgeschichte, dieses Drama, das du da entdeckt hast.«

»Irgendwie möchte ich auch nicht, daß sie im Dorf die Runde macht. Laß sie uns noch eine Zeitlang für uns behalten.«

»Versprochen«, sagte er und legte seine Hand für einen kurzen Moment auf ihr Knie. Erschrocken zog er sie aber sofort wieder zurück und räusperte sich.

Vor der Garage verabschiedeten sie sich. Er ging über die Straße und verschwand in seinem Haus, als sie ihre Haustür aufschloß. Sie drehte sich noch einmal um. Alles war still. Die Vögel hatten ihre allabendliche Debatte beendet, und die Menschen schienen schon zu schlafen.

»Gute Nacht«, flüsterte sie.

Dann ging sie ins Haus und schloß die Tür sorgfältig hinter sich zu.

Es vergingen einige Tage, bis sie Zeit fand, sich wieder mit der Visitation zu befassen. Es eilte ja nicht, der Termin war erst der 17. November. Aber weil sie ständig an die alte Geschichte denken mußte, wollte sie die lästige Beantwortung der Fragen so bald wie möglich hinter sich bringen. Vielleicht konnte sie sie dann vergessen. Kurzentschlossen packte sie Kugelschreiber, Papier, Terminkalender und die Fragebögen zusammen, ging nach draußen und setzte sich an den Gartentisch, weil die Sonne allzu verlockend schien. Sie breitete alles vor sich aus und vertiefte sich in die Fragen: Wie viele Gottesdienste und Andachten wurden gehalten, wie oft wurde das Abendmahl gefeiert, wie viele Kinder wurden getauft und konfirmiert, wie viele Paare getraut, wie viele Beerdigungen durchgeführt? Das konnte sie ohne Sakristeibuch und ohne die Kirchenbücher nicht beantworten. Auch nicht die Frage nach der Anzahl der Gottesdienstbesucher und der Abendmahlsgäste. Sie las die Fragen, die das Gemeindeleben betrafen. Wie viele Bibelkreise, Jugendgruppen und Altenkreise gab es, wie viele Chöre und Frauenkreise, wie viele Teilnehmer waren in den jeweiligen Gruppen, wie oft kamen sie zusammen, welche Themen wurden behandelt?

Wahrscheinlich haben solche statistischen Erhebungen ihre Berechtigung, dachte sie. Aber was sagt es aus, wenn ich die durchschnittliche Anzahl der Besucher und Besucherinnen aufschreibe?

Sie erinnerte sich an einen Abend, an dem es hoch hergegangen war im Bibelkreis, weil eine der Teilnehmerinnen behauptete, Jesus sei nur scheintot gewesen.

»Das gibt es ja nicht«, hatte sie gesagt, »daß jemand tot ist und nach drei Tagen wieder lebendig wird.« Diese Frau war vor kurzem Witwe geworden. Sie erzählte, wie inständig sie gebetet hätte, daß ihr Mann am Leben bliebe, als es mit ihm zu Ende ging. Selbst dann noch, als die Ärzte ihn schon aufgegeben hatten, habe sie weitergebetet und auf ein Wunder gehofft. Ja, sogar als er im Sarg lag, so unverändert und fast wie verjüngt, habe sie die Hoffnung noch nicht aufgegeben.

»Erst als er unter die Erde kam, habe ich begriffen, daß es keine Hoffnung mehr gibt«, sagte sie.

Und ich habe dabeigesessen und nicht gewußt, wie ich sie trösten kann, dachte Elisabeth. Sie erinnerte sich genau, wie sie angestarrt worden war und wie alle auf ein klärendes Wort von ihr gewartet hatten. Schließlich war sie die Pastorin, und die mußte es doch wissen! Aber ihr war nichts Besseres eingefallen, als zu der Frau in Schwarz zu sagen: »Ich verstehe Sie. Ich weiß, wie schwer es ist, den Kinderglauben zu verlieren. Ich wünsche Ihnen, daß Sie eines Tages einen ganz neuen Zugang zur Bibel und zum Glauben finden.«

Niemand hatte etwas dazu gesagt, und sie selbst war sich so hilflos wie selten vorgekommen. Im Anschluß an diesen Bibelabend hätte sie gern jemandem ihr Herz ausgeschüttet. Aber wem? Mit wem konnte sie über ihre Schwierigkeiten reden? Bestimmt nicht mit Herrn Heine. Auch nicht mit Julia. Vielleicht mit Michael. Aber sie wollte ihm nicht andauernd mit ihren Problemen kommen. Wahrscheinlich schleppte er selbst genug mit sich herum. Sie fuhr erschrokken auf, als Frau Bahlmann plötzlich vor ihr stand.

»Keine Angst, ich bin es nur«, sagte sie. Und mit einem Blick auf die Papiere fragte sie: »So fleißig?« Ihre Stimme hatte dabei diesen Unterton, den Elisabeth nicht gut vertragen konnte. Außerdem wußte sie, daß Frau Bahlmann unter »fleißig« etwas anderes verstand. Etwas, womit man sich die Hände schmutzig machte. Gartenarbeit, Fensterputzen, Fußböden wischen oder dergleichen. Aber am hellichten Tag im Garten sitzen, ein paar Zahlen in vorgefertigte Kästchen schreiben und vor sich hindenken, das war für Olga Bahlmann alles andere als arbeiten. Anstatt ihrem Ärger Luft zu machen, sagte Elisabeth freundlich zu ihr: »Setzen Sie sich, Frau Bahlmann. Ruhen Sie sich ein bißchen aus.« Olga Bahlmann zierte sich.

»Eigentlich habe ich keine Zeit, aber einen kleinen Moment kann ich wohl mal hier sitzen.« Umständlich rückte sie den Stuhl zurecht, bevor sie sich auf ihm niederließ. Sie sah sich nach allen Seiten um und meinte: »Die Hecke müßte auch bald wieder geschnitten werden.«

»Nun vergessen Sie mal die Arbeit und genießen Sie diesen wunderbaren Augenblick in der Sonne«, bat Elisabeth. Frau Bahlmann lehnte sich entspannt zurück.

»Die Sonne ist wirklich lecker warm«, stellte sie fest.

Schmetterlinge tummelten sich auf dem Sommerflieder,

die Rosen dufteten, in der Nachbarschaft gackerte ein Huhn, und irgendwo fuhr gerade ein Traktor über ein Feld.

»Schön haben Sie es hier«, sagte sie.

»Ja«, gab Elisabeth zu, »so ein Sommertag ist fast zu schön, um wahr zu sein.«

»Nur schade ...«

»Was denn?«

»Ach, nichts«, Frau Bahlmann zögerte. »Nur daß Sie keine Familie haben. Hier ist so viel Platz ...«, sie machte eine weitausholende Bewegung, »das große Haus, der große Garten ... Da gehören eigentlich Kinder rein.«

»Dazu müßte ich erst mal verheiratet sein.«

»Ja, warum heiraten Sie eigentlich nicht?« Es hörte sich an, als habe sie schon lange auf eine Gelegenheit gewartet, diese Frage loszuwerden.

»Zum Heiraten gehören bekanntlich zwei«, stellte Elisabeth fest. Das Gespräch amüsierte sie.

»Wissen Sie, wir haben da schon oft von geredet.«

»Wer, wir? Sie und Ihr Mann?«

Das ließ sie offen.

»Im Dorf redet man ja über alles mögliche«, sagte sie, »und da fragen sich die Leute natürlich, warum heiratet sie wohl nicht? Sie sieht gut aus, ist jung und gesund, was hindert sie daran?«

Elisabeth lachte leise vor sich hin.

»Das ist nicht zum Lachen! Erst dachten die Leute schon, Sie wären vom anderen Stern. Sie wissen schon, wegen Ihrer Freundin, als die hier immer aufkreuzte.«

Elisabeth sah sie ungläubig an.

»Haben Sie das auch gedacht?«

»Nein, nein«, beteuerte Frau Bahlmann schnell. »Aber man erfährt ja, was die Leute so reden.«

»Die Leute! Wer ist das denn, ›die Leute‹?«

»Das ist mal der und mal der. Neulich hat Freddy de Vries zum Beispiel in der Mühle gesagt ...«

»Ach, hören Sie bloß auf mit Freddy de Vries«, ärgerte sich Elisabeth. »Wenn der einen zuviel getrunken hat, redet er nur dummes Zeug.«

»Das mag sein«, gab Olga Bahlmann zu, »aber Gerüchte lassen sich nicht so schnell aus der Welt schaffen.«

»Was denn für Gerüchte? Was verbreitet Freddy de Vries, wenn er nicht mehr nüchtern ist?«

»Nun seien Sie man nicht gleich sauer«, versuchte Frau Bahlmann sie bei Laune zu halten. »Vielleicht ist es manchmal sogar besser, wenn man es selbst auch zu wissen kriegt, was die Leute reden.«

»Und?« fragte Elisabeth gespannt. »Was reden sie?«

»Ach, nichts Bestimmtes. Nur daß Enno de Wall neulich zu seiner Aline gesagt hat, er hätte Sie nachts am Deich erwischt.«

»Mich?« fragte Elisabeth verblüfft.

»Ja, Sie und Herrn Rothe.«

»Wieso?« Elisabeth merkte, wie ihr das Blut ins Gesicht schoß. »Was heißt denn ›erwischt‹? Was ist dabei, wenn wir am Deich spazierengehen?«

»Na, ich weiß ja nicht«, Olga Bahlmann schüttelte bedenklich den Kopf, »mitten in der Nacht ...«

»Vielleicht hat Enno de Wall sich verguckt«, meinte Elisabeth und kämpfte mit ihrer Verlegenheit.

»Nee, nee«, lachte Frau Bahlmann, »das hat er nicht. Er hat Ihr Auto am Deich stehen sehen und auf Sie gewartet. Er dachte, Sie wären allein, und hat sich Sorgen gemacht. Als er sie dann beide sah, ist er umgedreht und nach Haus gefahren.«

»Mit dem Auto?« fragte Elisabeth. Sie konnte sich an kein Auto erinnern.

»Nee, mit dem Rad, und sein Licht brannte nicht. Er hat das gleich Aline erzählt, und die hat so lange wachgelegen, bis Sie nach Haus kamen. Und da hat sie es ja mit eigenen Augen gesehen, daß Herr Rothe aus Ihrem Auto stieg.«

Elisabeth wußte nicht, was sie dazu sagen sollte.

»Und Aline de Wall hat es Ihnen erzählt?«

»Nein. Enno hat es Freddy erzählt. Aber da wußte ich es schon.«

»Sagen Sie mal«, fragte Elisabeth, nachdem sie sich einigermaßen gefaßt hatte, »wird noch mehr über mich herumgetratscht im Dorf?«

»Nicht, daß ich wüßte. Nicht mehr als über andere auch. Und denn duzen Sie sich ja neuerdings wohl auch mit Herrn Rothe«, sagte sie unvermittelt.

»Jetzt ist aber Schluß!« empörte sich Elisabeth. »Das ist meine private Angelegenheit, die niemanden etwas angeht!«

»Nun regen Sie sich man nicht auf, Frau Rogge«, versuchte Olga Bahlmann sie zu beruhigen. »Ich meine man bloß.«

»Alle Welt duzt sich. Ich duze mich übrigens auch mit Anita Rothe, ist das im Dorf ebenfalls bekannt?«

»Sie müssen es so sehen: Sie sind eine junge, alleinstehende Frau und unsere Pastorin. Bisher waren alle Pastoren in Canrade verheiratete Männer. Da kommt man ja gar nicht auf solche Gedanken.«

»Haben Sie nie darüber geredet, wie die zu ihren Kindern gekommen sind?« fragte Elisabeth spitz.

»Nun hören Sie aber auf! Über so was spricht man nicht!« Elisabeth lachte schallend, was Frau Bahlmann veranlaßte, sich zu erheben und zu sagen: »Onno weiß gar nicht, wo ich bin, nun wird es aber Zeit, daß ich nach Hause komme.« Damit verschwand sie.

Was sie jetzt wohl von mir denkt, überlegte Elisabeth, als sie ihre Unterlagen zusammenlegte und ins Haus ging. Jetzt traut sie mir bestimmt alles zu, was Freddy de Vries und die anderen über mich im Dorf verbreiten. Aber insgeheim erschreckte sie die Vorstellung, daß die Canrader sie anscheinend wie eine Art Ausstellungsstück begutachteten. Ihr fiel ein, daß sie in ihrer gutgläubigen Vertrauensseligkeit nicht einmal die Vorhänge zuzog, obwohl fast alle anderen im Dorf bei anbrechender Dunkelheit die Rolläden herunterließen. Wenigstens das würde sie von nun an tun. Aber wer weiß, dachte sie, welche Schlüsse sie dann daraus ziehen?

In den folgenden Tagen fiel ihr auf, daß die Canrader sich ihr gegenüber eigenartig verhielten. Zwei Frauen, die auf dem Friedhof mit ihrer Grabpflege beschäftigt waren, drehten sich nach ihr um, als sie ins Auto stieg. Im Gemeindesaal verstummte plötzlich das Gespräch, als sie die Tür aufmachte. Onno Bahlmann und Theo Bergmann unterhielten sich angeregt und deuteten zum Pfarrhaus hinüber, als sie am Schreibtisch saß und aus dem Fenster sah.

Das können Zufälle sein, und es braucht überhaupt nichts mit mir zu tun zu haben, sagte sie sich, aber dann dachte sie wieder, geradesogut kann ich aber auch gemeint sein, und achtete genau auf jeden Hinweis.

Sie war verunsichert. Um Olga Bahlmann machte sie erst einmal einen Bogen, und sie traute sich auch nicht in die Nähe von Rothes Haus. Allerdings würde es sich nicht vermeiden lassen, mit Michael über die Lieder für den Gottesdienst zu sprechen. Daran konnte ja wohl niemand Anstoß nehmen.

Sie ließ sich nichts anmerken, ging ihrer täglichen Beschäftigung nach, bereitete ihre Gruppenstunden, die Predigt, den Konfirmandenunterricht, die nächste Kirchenvorstandssitzung vor und tat, als wäre nichts gewesen. Aber irgend etwas war anders geworden. Sie merkte es an vielen Kleinigkeiten. Schließlich gestand sie sich ein, daß ihr alles ein wenig verleidet war.

Sie zählte nun die Wochen bis zum Urlaub. Julia und sie hatten sich für Frankreich entschieden und eine Ferienwohnung in Carnac gebucht. Das war wenigstens weit genug weg von Canrade. Aber bis sie sich in der Bretagne erholen konnte, mußte sie noch fleißig sein. Trotz allem. Sie stellte gerade das Protokoll für die nächste Kirchenvorstandssitzung zusammen, als das Telefon klingelte. Als sie sich meldete, hörte sie ein Stöhnen in der Leitung.

»Wer ist denn da?« fragte sie.

Keine Antwort, aber das Stöhnen wurde heftiger.

»Melden Sie sich doch!« bat sie. »Wer sind Sie? Was ist mit Ihnen? Kann ich Ihnen helfen?«

»Ja!« stöhnte es. Es war eine Männerstimme.

»Wo sind Sie?« fragte Elisabeth erschrocken. »Sind Sie verletzt? Hatten Sie einen Unfall?«

»Nein«, flüsterte der Mann.

»Ja, was wollen Sie dann von mir?« fragte sie ratlos.

»Ich will mit dir schlafen!« stöhnte es aus der Leitung.

Sie knallte den Hörer auf die Gabel und zitterte vor Wut und Empörung.

»So langsam reicht's!« schrie sie, rannte aus dem Zimmer und schlug die Tür hinter sich zu. Gleich darauf läutete das Telefon wieder.

»Nein!« rief sie. »Mit mir nicht!«

Sie ging durch die Küche in den Garten und atmete tief durch. Wer kann das gewesen sein? fragte sie sich. Wer ist so dreist und so unverschämt? Das Telefon klingelte wieder. Will dieser Typ mich jetzt fertigmachen oder was? dachte sie.

Frau Bahlmann kam um die Ecke.

»Telefon!« rief sie.

»Ja, ich weiß«, fuhr Elisabeth sie an.

Frau Bahlmann blickte irritiert.

»Entschuldigung«, murmelte Elisabeth, »ich bin etwas nervös.«

»Soll ich rangehen?« fragte Frau Bahlmann. Aber da hatte es schon aufgehört zu läuten. Frau Bahlmann fragte, ob sie einen Blumenstrauß für den Altar aus dem Garten holen könne. Elisabeth hatte nichts dagegen. Gemeinsam stellten sie einen bunten Strauß zusammen. Eine der ersten Veränderungen während ihrer Amtszeit in Canrade waren neue Vasen für den Altar gewesen. Frau Bahlmann wußte inzwischen, daß sie Wert auf einen schön geschmückten Altar legte, und hielt sich daran. Darüber freute Elisabeth sich bei jedem Gottesdienst, und sie wußte, daß Michael Rothe oben auf seiner Orgelbank auch seine Freude daran hatte. Er mochte alle Farben gern. Und wenn es nach ihm ginge, würde sie sogar einen anderen Talar tragen.

Ganz am Anfang hatte er gesagt, er fände es viel schöner, wenn sie einen farbigen oder weißen Talar anziehen oder zumindest eine bunte Stola über ihrem schwarzen Talar tragen würde.

»Wenn ich meine Probezeit erfolgreich absolviert habe, reden wir noch mal darüber«, hatte sie ihm erwidert. Sie seufzte, als sie daran dachte. Die »Probezeit« dauerte drei Jahre. Sie mochte gar nicht mehr so weit im voraus denken. Und nach Experimenten war ihr zur Zeit wahrhaftig auch nicht zumute. Ich bin richtig verunsichert, dachte sie, warum eigentlich? Warum lasse ich mich von Gerüchten und unverschämten Blödmännern fertigmachen? Was kann ich denn dagegen tun? Mich beschweren? Wo? Protestieren? Wie? Sie war ganz in Gedanken versunken und erschrak, als sie Frau Bahlmann sagen hörte: »Sie ist im Garten.«

Es war Michael. Er stand schon vor ihr, bevor sie sich noch die Ratlosigkeit und den Anflug von Verlegenheit aus dem Gesicht wischen konnte.

»Hallo, Elisabeth«, sagte er. Es klang so unbekümmert, daß sie ihn erstaunt ansah.

»Ist was?«

»Nein, wieso?« fragte sie schnell zurück. »Was soll sein?«

»Du hast mich so eigenartig angesehen.«

»Ach was«, sagte sie ungehalten.

»Ich will dich nicht stören. Aber wir müssen uns über die

Lieder für morgen einig werden. Soll ich lieber nachher kommen?«

»Nein. Ich habe schon alles vorbereitet.« Sie ging ins Haus, um die Unterlagen zu holen.

»Warte, ich komme mit«, sagte er und ging hinter ihr her. »Irgend etwas stimmt doch nicht«, mutmaßte er, als sie stumm in ihren Papieren herumkramte und ein Gesangbuch aus dem Bücherregal zog.

»Wieso?« fragte sie, ohne ihn anzusehen.

Er faßte sie an den Schultern und drehte sie zu sich herum. »Nun sag schon, was los ist«, bat er. »Ist es etwa wegen der Elisabeth von damals? Denkst du immer noch an die alte Geschichte?«

»Nein«, sagte sie, »das ist es nicht.« Plötzlich war es mit ihrer Beherrschung vorbei. Ihre Augen füllten sich mit Tränen, und sie lehnte ihren Kopf an seine Schulter. »Ach, Michael«, klagte sie, »ich glaube, ich schaffe es nicht.«

Er nahm sie in die Arme und fragte sanft: »Was mußt du denn schaffen, Mädchen? Vielleicht kann ich dir helfen, damit es leichter wird?«

»Nein«, sagte sie und löste sich aus seinen Armen, »das kannst du leider nicht.« Und erzählte ihm von den Gerüchten, die über sie im Dorf verbreitet wurden.

Sein Gesicht spannte sich vor Zorn.

»Das ist doch nicht zu fassen! Spionieren die hinter uns her!«

»Die Geschichte am Deich mag ja ein Zufall gewesen sein, aber trotzdem fühle ich mich seitdem von allen Seiten beobachtet. Es kommt mir vor, als hätten die Häuser Augen und Ohren. Oder als wenn ich in einem Glashaus lebte.«

Er räusperte sich.

»So ähnlich ist es wohl auch«, meinte er. »Du bist eben ein Phänomen in Canrade, ein weißes Schaf unter lauter schwarzen.«

Unwillkürlich mußte sie lachen.

»Und was bist du?«

Er sah sie an, wie sie vor ihm stand, mit Tränen in den Augen und lachend. »Du bist süß, Elisabeth, wenn du so lachst mit deinen verheulten Augen«, stellte er fest. »Weißt du das?«

Sie wich vor ihm zurück, als wäre er ein giftiges Reptil. »Keine Angst, ich tu' dir nichts.«

»Warum sagst du so was?«

»Weil es stimmt. Weil du die bezauberndste, schönste, interessanteste, klügste Frau bist, der ich jemals begegnet bin.«

Sie sah ihn sprachlos an.

»Ich weiß, was du denkst, Lisa. Aber gerade jetzt, gerade weil sie sich das Maul über uns zerreißen, will ich es dir sagen: Vom ersten Augenblick an hast du mich verzaubert. Nein, sag jetzt nichts«, bat er und legte ihr den Finger auf die Lippen. »Laß es mich wenigstens ein einziges Mal sagen. Weißt du noch, als ich dich bei deiner Ankunft in Canrade mit dem Kinderchor begrüßte? Ich muß dich angestarrt haben wie eine Erscheinung, denn ich konnte immer nur denken: Das ist die Frau, auf die ich gewartet habe.«

»Und Anita?«

Als erwachte er aus einem Traum, sagte er ernüchtert und mit veränderter Stimme: »Ach, Anita. Das ist eine ganz andere Geschichte. Darüber reden wir später mal.«

Nun war der Bann gebrochen, in dem sie für ein paar Augenblicke gefangen waren.

»Hast du vorhin angerufen?« fragte sie unvermittelt.

»Ja, warum? Du hast nicht abgenommen.«

»Wir müssen die Lieder aussuchen«, sagte sie.

»Du willst also nicht mehr mit mir reden?«

»Doch. Über die Lieder für morgen.« Sie nahm das Gesangbuch und blätterte darin herum.

»Wenn du erwartest, daß ich mich jetzt entschuldige, hast du dich getäuscht«, sagte er.

»Ich erwarte es ja gar nicht«, erklärte sie und schlug vor, das Liederproblem draußen im Garten zu lösen.

Als er gegangen war, blieb sie noch eine Weile am Gartentisch sitzen. Schon trafen die ersten Dohlen ein und umkreisten ihre Schlafbäume. Gleich würde Herr Bahlmann den Sonntag einläuten. Sie stand auf und ging zum Rosenbusch, der sich üppig an der Hauswand ausbreitete, brach eine gerade aufgeblühte Rose ab und nahm sie mit ins Haus.

Michael Rothe! Wer hätte das gedacht! Am meisten wunderte sie sich über sich selbst. Warum ärgerte sie sich nicht über sein Geständnis? Es war ihr auch gar nicht peinlich, im Gegenteil. Es machte sie stolz. Plötzlich fühlte sie sich wieder stark und jung, so wie eine gutaussehende, erfolgreiche Frau sich fühlt, voller Selbstbewußtsein. Plötzlich konnte sie überhaupt nicht mehr verstehen, daß Olga Bahlmanns Gerede sie derart beeinflußt hatte. Sollten sie doch reden, was sie wollten! Danke, Michael, dachte sie, du hast mir sehr geholfen mit deiner Liebeserklärung. Sie stellte die Rose in ein Wasserglas auf ihrem Schreibtisch.

»Schön«, sagte sie, »du bist wunderschön und zauberhaft«, und lächelte vor sich hin.

Sie nahm ihr Predigtmanuskript, Papier und Kugelschreiber mit ins Wohnzimmer, machte es sich in ihrem Lieblingssessel bequem und überarbeitete ihren Entwurf noch einmal.

Sehet die Lilien auf dem Felde, wie sie wachsen. Sie säen nicht, sie ernten nicht und sind doch schöner als Salomos Kleider …

Daraus läßt sich etwas ganz anderes machen, dachte sie, etwas grundsätzlich Positives, Lebensbejahendes. Und während sie schrieb, dachte sie an den Mann, der diese Predigt morgen von seiner Orgelbank aus anhören würde, und ahnte, daß ihr niemand aufmerksamer zuhören würde als er.

Aber vielleicht haben alle anderen ja auch etwas davon, dachte sie. Das wünschte sie sich wirklich.

Und so war es auch.

»Predigen kann sie ja«, sagte Onno Bahlmann anerkennend zu seiner Frau, als er sich ein Stück vom Sonntagsbraten abschnitt. »Das muß man ihr lassen.« Und das war mehr Lob, als ihr Vorgänger jemals von ihm bekommen hatte.

Elisabeth aß mit großem Appetit einen gebackenen Schafskäse, Tomatensalat mit viel Zwiebeln, so wie sie ihn am liebsten mochte, und dazu eine Scheibe Toastbrot. Sie war rundherum zufrieden mit sich und der Welt. Der Gottesdienst war ihr leichtgefallen, und sie hatte gemerkt, wie aufmerksam die Gemeinde ihren Gedanken gefolgt war. Als Michael dann mit Zeige- und Mittelfinger ein V-Zeichen in ihre Richtung machte, hatte sie schnell in ihren Papieren herumgeblättert. Erst als er das Vorspiel für das Predigtnachlied anstimmte, wagte sie wieder aufzusehen. Die Kanzel und die Orgel befanden sich ungefähr in gleicher Höhe, und es war nicht zu übersehen, daß er ihr in seinem Spiegel entgegenblickte und mit den Augen zuzwinkerte. Was soll das? hatte sie gedacht und sich vorgenommen, ihn deswegen zur Rede zu stellen. Vielleicht war ihm gar nicht bewußt, daß er sie dadurch in Verlegenheit brachte?

Nach dem Essen räumte sie das Geschirr in die Maschine und überlegte, was sie mit diesem Sonntag, der so gut begonnen hatte, anfangen sollte.

Die Sonne schien, es war wunderschönes Wetter. Sie beschloß, ausnahmsweise auf ihren sonntäglichen Mittagsschlaf zu verzichten und an den Deich zu fahren. Sie zog ihren Badeanzug an, packte ein paar Utensilien zusammen, Handtuch, Lesestoff, Sonnenöl, und machte sich auf den Weg.

Das Dorf wirkte wie ausgestorben. Bis auf die Vögel in den Bäumen und auf den Hausdächern und die Katzen, die faul in der Sonne lagen, rührte sich nichts. Selbst der goldene

Schwan auf dem Kirchturm bewegte sich wie schlaftrunken. Erst am Deich traf sie auf Menschen, Urlauber und Ausflügler, die wie sie die günstige Tide nutzten und ans Meer gefahren waren.

Sie stellte ihr Rad unten am Deich ab, stieg die Stufen hoch und genoß das Bild, das sich ihr bot: Überall lagen und saßen halbnackte oder leichtbekleidete Menschen grüppchenweise im Gras, im Wasser tummelten sich Kinder und Erwachsene, die Luft war angefüllt mit Lachen, Rufen und leisem Geplauder, und über allem schwebten bunte Drachen, die Kinder mit Hilfe ihrer Väter in den blauen Sommerhimmel steigen ließen.

Sie ging ein Stück auf dem Deich entlang, suchte sich einen freien Platz, zog ihr Kleid über den Kopf, streifte die Sandalen von den Füßen und ließ sich aufatmend ins Gras fallen. Auf dem Rücken liegend, die Hände hinter dem Kopf verschränkt, sah sie in den blauen Himmel. Am liebsten wäre sie einfach so liegengeblieben. Aber wenn sie noch schwimmen wollte, wurde es Zeit. Das Wasser ging ihr hier ohnehin höchstens bis zur Hüfte, und bei einsetzender Ebbe war schon nicht mehr an Schwimmen zu denken.

Sie mußte ziemlich weit ins Watt hineingehen, bis das Wasser schließlich so hoch war, daß sie sich auf den Rücken legen und treiben lassen konnte. Sie kam sich vor wie ein Stück Treibgut, das zufällig irgendwo an Land gespült wird. Aber dann drehte sie sich um und schwamm ihren Gedanken in kräftigen Zügen davon. Vor ihr breitete sich das Wasser bis zum Horizont aus.

Die Weite ergriff sie wie ein Rausch. Irgend etwas lockte: Komm doch, komm, Elisabeth! Und sie folgte diesem Ruf und schwamm ins Meer hinaus. Sie wußte, daß ihr hier keine Gefahr drohte. Kilometerlang dehnte sich das Watt, und der kleine Priel in der Nähe des Deiches war so flach, daß sie ihn notfalls sogar bei Flut durchwaten konnte. Als sie sich umsah, schienen der Deich und die Menschen unerreichbar weit entfernt. Sie merkte, daß die Ebbe eingesetzt hatte. Zentimeter um Zentimeter sank das Wasser, bis es ihr nicht mehr möglich war zu schwimmen. Als sie sich hinstellte, reichte es ihr nur noch bis über die Knie. Ein paar kreischende Möwen flogen vorbei, ließen sich auf dem Wasser nieder und schaukelten in den kleinen Wellen, die unaufhaltsam, als gehorchten sie einem Befehl, dem Horizont entgegeneilten.

Sie ging dem ablaufenden Wasser langsam entgegen in Richtung Deich. Vor ein paar Stunden habe ich über die Lilien auf dem Feld gepredigt, dachte sie, und jetzt gehe ich durch dieses salzige Nordseewasser, ebenso ein Teil der Schöpfung, lebendig, verletzbar, sterblich wie alle Lebewesen. Seitdem ihr eines Tages bewußt geworden war, daß ihr eigener Monatszyklus genau dem Rhythmus des Meeres entsprach, daß sie ebenso von den Mondphasen bestimmt wurde wie Ebbe und Flut, hatte sie diese Erkenntnis mit Ehrfurcht und Freude erfüllt. Von Frau Bahlmann erfuhr sie dann, daß die Küstenbewohner die Geburten von Menschen- und Tierkindern nach dem Tidekalender berechneten. Alle wußten, daß normalerweise bei einsetzender Ebbe nicht mit einer Geburt zu rechnen war. So einflußreich war hier die Mondin, die treue Gefährtin der weiblichen Geschöpfe, so mächtig, daß sich ihr niemand entziehen konnte. Es sei denn durch Manipulation.

Als sie einmal mit Julia darüber sprach und behauptete, die Pille sei das Widernatürlichste, was sich eine Frau antun könne, hatte Julia, die Großstädterin, nur gelacht und gemeint: »Sieh zu, wie du ohne Pille auskommst. Canrade liegt zwar hinter dem Mond, aber selbst da würde ich mich nicht unbedingt auf Mutter Natur verlassen.«

Julia, dachte sie, als sie sich nach einer Muschel bückte, Julia muß ich unbedingt dazu bringen, auch mal in diese

Urnatur einzutauchen. Sie fing einen bunten Wasserball auf, der in ihre Richtung geflogen kam, und warf ihn einem Kind zu, das ihr die Hände entgegenstreckte.

Hier in Ufernähe war das Watt inzwischen schon so trockengefallen, daß sie Mühe hatte, noch eine Pfütze zu finden, um sich den Schlick von den Füßen zu spülen. Sie stieg die Stufen hoch, überquerte den befestigten Uferstreifen und legte sich ins Gras. Sie spürte das Salzwasser in ihren Poren und im Haar und freute sich schon jetzt auf eine frische Dusche. Aber das hatte Zeit. Jetzt legte sie sich erst einmal auf den Bauch, schloß die Augen, fühlte das Streicheln der leichten Brise auf der Haut, hörte die Geräusche um sich herum, das Reden und Lachen der Menschen, das Rufen und Schreien der Vögel, das Gesumm der Insekten im Gras. Sie wußte, daß das Meer jetzt irgendwo, weit weg von hier, ein anderes Ufer überschwemmte. Ihr war, als hörte sie die Brandung von ganz weit her. Ob dort wohl auch die Sonne schien? Bevor sie den Gedanken zu Ende gedacht hatte, war sie schon eingeschlafen.

»Guck mal, wer da liegt!« sagte jemand in ihrer Nähe.

Erschrocken fuhr sie hoch.

»Moin, Frau Rogge«, Thorsten ließ sich neben ihr ins Gras fallen, »schönes Wetter heute, was?«

»Das kann man wohl sagen«, Elisabeth fuhr sich mit allen zehn Fingern durchs Haar. »Bin ich doch tatsächlich eingeschlafen«, stellte sie fest.

»Das macht ja nichts«, meinte Thorsten forsch. Sein Freund stand neben ihm und warf einen dunklen Schatten auf Elisabeth.

»Geh mal aus der Sonne!« kommandierte Thorsten.

Elisabeth lachte.

»Hallo, Alexander«, sagte sie.

»Der heißt nicht Alexander«, erklärte Thorsten. »Das ist Bernd.«

»Ich weiß«, sagte Elisabeth. »Du heißt ja auch nicht Diogenes.«

Die beiden sahen sie verständnislos an.

»Das ist eine ganz alte Geschichte. Wollt ihr sie hören?«

»Klar«, sagte Thorsten. Er ließ sich ins Gras fallen und gab seinem Freund ein Zeichen, sich neben ihn zu setzen.

Elisabeth erzählte:

»Eines Tages besuchte Alexander der Große, der Weltenherrscher, den weisen Gelehrten Diogenes, der sich am Ufer des Schwarzen Meeres häuslich in einer Tonne eingerichtet hatte. Die beiden unterhielten sich über Gott und die Welt. Diogenes saß in seiner Tonne, und Alexander stand vor dem Eingang. Bevor sie sich voneinander verabschiedeten, sagte Alexander der Große zu dem weisen Diogenes: ›Du darfst dir etwas von mir wünschen.‹ Daraufhin bat Diogenes den Alexander: ›Geh mir aus der Sonne.‹«

Die beiden sahen sich an.

»Ach so«, meinte Bernd. »Jetzt versteh' ich das.«

»Lernt man das, wenn man Pastor lernt?« fragte Thorsten.

»Na ja«, meinte Elisabeth, »das lernt man eigentlich so nebenbei. So wie ihr jetzt hier am Deich.«

»Das stimmt«, stellte Bernd fest.

»Sind Sie schon mal mit Hoover Craft nach Borkum gedüst?« wollte Thorsten wissen und konnte es nicht glauben, daß sie während ihrer Canrader Zeit noch nicht auf Borkum gewesen war.

»Aber auf Norderney schon?« wollte er wissen.

»Du wirst es nicht für möglich halten, aber auf Norderney war ich auch noch nicht.«

»Das gibt es nicht«, meinte Bernd verblüfft. »Nicht mal auf Norderney?«

»Die Fähre fährt doch jede Stunde«, sagte Thorsten, woraufhin Bernd kicherte: »Die Fähre fährt? Ich dachte, die schwimmt.«

»Ein Schiff schwimmt und eine Fähre fährt«, erklärte Thorsten bestimmt.

Elisabeth hielt sich da raus. »Demnächst haben wir eine Konferenz auf Norderney«, sagte sie.

»Ich würde lieber privat hinfahren«, meinte Thorsten. »Oder ist Ihnen das zu langweilig allein?«

»Nein, überhaupt nicht. Das bin ich ja gewohnt.«

»Haben Sie eigentlich einen Freund?« wollte Bernd wissen. Thorsten stieß ihn so unsanft in die Seite, daß der seinen Freund anschrie: »He, was soll das, du Blödmann?«

Thorsten tippte sich mit dem Finger an die Stirn.

Elisabeth amüsierte sich.

»Und du?« fragte sie. »Hast du eine Freundin?«

Woraufhin Thorsten einen Lachanfall bekam und sich im Gras wälzte.

Elisabeth zog sich ihr Kleid an, schlüpfte in die Sandalen und packte ihre Sachen zusammen.

»Wollen Sie schon nach Haus?« fragte Bernd.

»Ja, so langsam wird es Zeit.« Sie nahm ihre Tasche und verabschiedete sich von den beiden. »Ich wünsch' euch was«, sagte sie und schlenderte zur Treppe. Sie schloß ihr Fahrrad auf und fuhr geradewegs nach Hause.

Frisch geduscht und gefönt kam sie aus dem Bad, als das Telefon klingelte. Noch vor ein paar Wochen wäre sie im Laufschritt die Treppe hinuntergerannt, um nur ja rechtzeitig am Apparat zu sein. Aber inzwischen ließ sie sich Zeit und war nicht mehr außer Atem, wenn sie den Hörer abnahm.

»Gerade wollte ich auflegen«, es war Frau Witte, ihre Amtsschwester aus Warfsdorf. »Aber nun habe ich Sie ja doch noch erwischt.«

Was mag sie auf dem Herzen haben, überlegte Elisabeth, daß sie mich am Sonntag anruft?

»Haben Sie Lust, heute abend auf ein Glas Wein herüberzukommen?« fragte Frau Witte. »Oder haben Sie schon etwas anderes vor?«

Elisabeth zögerte einen Moment.

»Nein«, sagte sie, »ich habe eigentlich nichts vor.«

»Das ist ja wunderbar. Dann bis heute abend«, sagte Frau Witte und legte auf.

Elisabeth fühlte sich ein wenig überrumpelt. Noch auf dem Weg nach Warfsdorf wußte sie nicht so recht, was sie von der plötzlichen Einladung halten sollte. Erst als sie ihren Wagen vor dem Pfarrhaus parkte, beschloß sie, sich auf den Abend zu freuen.

Frau Witte erwartete sie an der Haustür, begrüßte sie herzlich und führte sie in ihr Wohnzimmer.

Überrascht sah Elisabeth sich um. Der Raum war phantastisch. Sechs hohe, schmale Fenster gaben ihm Großzügigkeit und Eleganz. Dazu trug auch die Einrichtung bei, das halbrunde Sofa, die bequemen Sessel, der formschöne Glastisch, der hohe Schrank und das Spinett. Elisabeth erfaßte alles mit einem Blick. Besonders dekorativ machte sich der lindgrüne Teppich mit seinen pastellfarbenen Ornamenten auf dem alten Parkett.

»Kommen Sie, setzen Sie sich«, bat Frau Witte. »Sie können sich auch im Sitzen alles ansehen.«

»Schön haben Sie es hier«, sagte Elisabeth. »Ich bin ganz überwältigt.«

Frau Witte schmunzelte.

»Haben Sie es sich anders vorgestellt?«

»Ich hatte überhaupt keine Vorstellung«, gestand Elisabeth. »Wir kennen uns auch nur von den Sitzungen oder wenn wir uns manchmal im Kirchenkreisamt über den Weg laufen. Aber nun hat es endlich mal geklappt.«

Der Abend verging beiden Frauen wie im Flug. Es war, als hätten sie seit langem auf die Gelegenheit gewartet, sich einmal so richtig gut zu unterhalten. Als die alte Standuhr auf dem Flur elfmal schlug, erwähnte Frau Witte gerade, daß ihr Sohn vorhabe, Theologie zu studieren.

»Sie haben einen Sohn?« fragte Elisabeth überrascht.

»Einen Sohn und eine Tochter. Wußten Sie das nicht?«

»Nein. Ich wußte nicht einmal, daß Sie verheiratet sind.«

»Ich bin geschieden. Meinem Mann wurde das Sorgerecht für die Kinder zugesprochen.«

Elisabeth spürte, wie schwer es ihrer Gastgeberin fiel, darüber zu reden.

»Das tut mir leid«, sagte sie hilflos. »Das muß schlimm für Sie sein.«

»Menschen gewöhnen sich an alles«, seufzte Frau Witte und erzählte, wie es dazu hatte kommen können. »Damals ging es mir um meinen Beruf, um mein Amt. Ich war gerade erst ein paar Jahre im Dienst und begeisterte Pastorin. Meine Güte, was habe ich für Träume gehabt! Mit wieviel Idealismus bin ich an die Arbeit gegangen, und mit wie vielen Ideen!« Sie lächelte in Erinnerung an jene Zeit, die ihre schönste und schwerste zugleich gewesen war. »Mein Mann hat Archäologie studiert und schrieb an einem historischen Roman, der aber nie fertig geworden ist, soviel ich weiß. Er war ein phantastischer Vater, mehr nicht. Mit meinem Beruf konnte er wenig anfangen, ich glaube, er haßte ihn irgendwann und mich dazu. Wissen Sie«, fragte sie, »wie es ist, gehaßt zu werden?«

»Nein«, gab Elisabeth zu, »ich bin auch nicht scharf darauf.«

»Wohl wahr.« Frau Witte leerte schweigend ihr Glas. »Ich könnte heute noch nicht sagen, wann es angefangen hat«, sann sie vor sich hin. »Irgendwann spürte ich, wie er so etwas wie Neid und Eifersucht entwickelte. Auf meinen Glauben, auf das Amt, auf die Leute, mit denen ich zu tun hatte. Er kümmerte sich um das Haus, den Garten, die Kinder, und ich dachte, er wäre genauso zufrieden wie ich. Aber er war es nicht«, seufzte sie. »Vielleicht fühlte er sich von Anfang an unglücklich in seiner Rolle als Pfarrmann. Wäre ich nicht so aktiv gewesen, hätte ich es merken müssen. Aber so ...«

»Und die Kinder? Weshalb bekam er sie zugesprochen?«

»Sie wollten es so«, sagte sie kurz. »Er bewarb sich auf eine Museumsstelle und reichte die Scheidung ein.« Sie lachte bitter. »Und ich mußte die Gemeinde verlassen.«

»In der Sie so begeistert gearbeitet hatten.«

»Ja. Ist das nicht verrückt? Aber so sind nun mal die Bestimmungen, da gibt es kein Wenn und Aber.«

»Haben Sie es versucht?«

»Selbstverständlich. Die ganze Gemeinde stand hinter mir. Aber das war alles nicht der Rede wert und interessierte im Grunde niemanden. Strafe muß sein.« Wieviel Verbitterung in ihren Worten lag!

Nun verstehe ich einiges besser, dachte Elisabeth, vor allem, warum diese kluge, erfahrene Pastorin so zurückhaltend und unauffällig wirkt. Sie mußte sie wohl ganz mitleidig angesehen haben, denn Frau Witte meinte: »Hoffentlich habe ich Ihnen jetzt nicht den Abend verdorben mit meiner Geschichte. Ich wollte überhaupt nicht darüber reden und verstehe gar nicht, wie wir darauf gekommen sind.«

»Sie erwähnten Ihren Sohn«, erinnerte Elisabeth.

»Ja, richtig, mein Sohn«, sagte sie. »Inzwischen habe ich ein recht gutes Verhältnis zu meinen Kindern, dafür bin ich sehr dankbar.«

»Daß Ihr Sohn Pastor werden will, ist doch wohl der beste Beweis.«

»Das ist wirklich ein kleines Wunder. Und hoffentlich ist es das, was er will, und nicht nur ein Racheakt gegen seinen Vater. Ich kann es nicht ändern«, seufzte sie.

»Freuen Sie sich doch! Sind Sie nicht auch Pastorin aus Leidenschaft geworden?«

»Der Enthusiasmus meiner ersten Jahre hat sich leider nicht ausgezahlt. Inzwischen sehe ich manches mit anderen Augen. Ich bin nicht mehr davon überzeugt, daß sich irgend etwas ändert in der Kirche. Jedenfalls nicht durch mein Dazutun. Selbst das, was ich kritisiere, kann ich nicht ändern. Die Strukturen sind einfach stärker als die Menschen. Damit müssen wir uns abfinden oder daran kaputtgehen.«

»Ganz schön resignativ«, sagte Elisabeth.

»Finden Sie?« Frau Witte schenkte nach. »Trinken wir auf die Jugend«, sagte sie und erhob ihr Glas. »Und auf Sie.«

Es war schon längst nach Mitternacht, als sie sich voneinander verabschiedeten. Es war ein ausgesprochen schöner Abend gewesen.

»Nächstes Mal bei mir!« sagte Elisabeth.

Und Frau Witte antwortete: »Ich freue mich darauf.«

Obwohl Elisabeth todmüde war, lag sie noch lange wach und dachte über den Abend nach. Das Schicksal ihrer Kollegin berührte sie sehr. Sie hatte auf ein normales Familienleben verzichtet, um sich ganz dem Gemeindeleben widmen zu können. Und hatte beides verloren. Typisch, dachte sie, typisch Frau. »Wissen Sie, wie es ist, gehaßt zu werden?« Nein, das weiß ich nicht, dachte Elisabeth, aber ich ahne, wie zerstörerisch er ist, dieser Haß, der aus Neid und Eifersucht geboren wird. Sie schämte sich, wenn sie sich daran erinnerte, für wie einfältig sie diese unscheinbare Frau gehalten hatte, die bei den Sitzungen nur selten den Mund aufmachte. Profillos und ohne Feuer, hatte sie gedacht und: Hoffentlich werde ich nicht auch mal so wie die Witte! Aber nun, nachdem sie ihre Geschichte kannte und ahnte, wie tief die Verletzungen waren, die diese Frau erlitten hatte, bewunderte sie die Selbstverständlichkeit, mit der sie ihren Dienst in Warfsdorf versah.

Irgendwann war sie dann doch eingeschlafen. Sie träumte, daß sie in der Kirche war und neben einem Mann saß. Der Mann kehrte ihr den Rücken zu. »Michael«, hörte sie sich flüstern, »was habe ich dir getan?« Der Mann stand auf und verließ die Kirche, ohne sich nach ihr umzusehen. »Wart auf mich!« rief sie ihm nach und hörte im Aufwachen, wie die Tür ins Schloß fiel, und wußte, daß es gar nicht Michael gewesen war.

Traumverloren hörte sie ein Poltern und Stampfen und war plötzlich hellwach. Verdammt, dachte sie, ist er also wieder da! Sie war schneller aus dem Bett, als sie es selbst für möglich gehalten hätte, rannte über den Flur, die Bodentreppe hoch, riß die Tür auf und schrie in den stockdunklen Raum: »Mach bloß, daß du wegkommst! Dies hier ist mein Haus!« Sie riß einen Dachziegel von dem Stapel neben der Tür und warf ihn mit aller Kraft gegen die Wand, so daß er in kleine Stücke zerbrach. Der Lärm war wirklich enorm. Sie lauschte noch eine Weile, aber es rührte sich nichts. Zufrieden ging sie wieder ins Schlafzimmer, legte sich ins Bett und schlief fest, bis der Wecker klingelte.

Als sie Frau Bahlmann von dem nächtlichen Zwischenfall erzählte, sagte sie: »Onno sagt, er weiß jetzt, wie er ihn wegkriegt.«

»Und wie will er das machen?« fragte Elisabeth gespannt.

»Er sagt, WC-Steine helfen.«

»Wie denn?« Elisabeth konnte sich nicht vorstellen, was die bewirken sollten.

»Er kann den Geruch nicht ausstehen.«

Elisabeth lachte. »Genausowenig wie ich«, sagte sie. »Aber wenn es hilft, soll es mir recht sein.«

»Ich sag' ihm das. Dann läßt er sich bestimmt nicht mehr blicken.«

Elisabeth mußte sich zusammennehmen, um nicht zu lachen. Irgendwie irritierten sie die vielen »er's«.

»Wie macht er das denn?« fragte sie interessiert.

»Wer?« fragte Frau Bahlmann. »Onno?«.

»Ja.«

»Er legt sie einfach auf dem Dachboden aus.«

»Na, ich bin gespannt«, Elisabeth konnte ihre Skepsis nicht verbergen. »Aber so langsam ist mir schon jedes Mittel recht. Hauptsache, er verschwindet endlich.«

»Haben Sie heute Ihren freien Tag?« fragte Frau Bahlmann, als sie nach einer halben Stunde wieder in die Küche kam und Elisabeth immer noch frühstückte.

Sie sah von der Zeitung auf.

»Nein, wieso?«

»Weil Montag ist, das ist doch der Pastorensonntag.«

»Hat mein Vorgänger das so gehalten?«

»Ja, immer. Dann ist er nicht mal ans Telefon gegangen. Da war er ganz eisern.«

»Das ist eine gute Idee, die werd' ich mir merken«, sagte Elisabeth, weil fast gleichzeitig das Telefon klingelte.

»Ich kann ja rangehen«, erbot sich Frau Bahlmann, aber Elisabeth war schon an der Tür.

Es war das Beerdigungsinstitut. Frau Weber war gestorben.

»Doch nicht Else Weber?« fragte Elisabeth erschrocken.

»Ja«, sagte die nüchterne Stimme am anderen Ende der Leitung.

Sie konnte es nicht fassen. »Aber es ging ihr doch wieder gut! Wie ist das möglich?«

»Embolie«, sagte der Beerdigungsunternehmer. Er sagte es so endgültig, weil er wußte, daß gegen diese Art Sterben jede ärztliche Kunst vergeblich war.

»Das ist ja schrecklich!« Elisabeth war ganz aufgelöst.

»Ja«, sagte der Unternehmer, »das ist es. Die Beerdigung ist Donnerstag um zwei. Das ist Ihnen doch recht?«

»Ja, ja«, sagte sie schnell. Als käme es darauf an, ob es ihr zeitlich paßte oder nicht! Sie legte den Hörer auf und lehnte sich zurück. Ich kann das nicht! Ich will das nicht! dachte sie und sah die Kinder vor sich und den Mann und die Eltern. Plötzlich fühlte sie die erdrückende Bürde, die dieses Amt ihr auferlegte. Alle wollen etwas von mir, dachte sie. Trost und gute Worte, Zuwendung, Verständnis und was nicht noch alles! So fängt dieser Tag an, so wird er seinen Verlauf nehmen und enden. Kein Tag wie jeder andere mit dieser Todesbotschaft, und doch angefüllt mit Gesprächen, Überlegungen, Absprachen, Geschäftigkeit. Und so wie er angefangen hat, wird er vergehen mit all den Haupt- und Nebensachen. So werden alle Tage vergehen, alle Wochen, alle Jahre. Bis ich alt und grau bin und zermürbt von all dem, was ich aufgehalst bekomme und mir selber aufhalse. Manchmal, in Augenblicken wie diesen, wurde ihr erschreckend bewußt, wie ihr Leben dahinfloß, ohne daß sie es verhindern konnte. Und sie fürchtete sich vor der Sinnlosigkeit all der Worte, die sie sagen würde. Worte, nichts als Worte, dachte sie, mehr habe ich nicht gelernt. Ist das genug? Wie hat mein Vorgänger es bloß ausgehalten? Und dessen Vorgänger? Und alle anderen, die sich für dieses Amt haben ausbilden lassen und die für dieses Amt gelebt haben? Wie haben sie es ausgehalten, immer nur zu reden?

Der Tag, an dem Else Weber beerdigt wurde, war ein glutheißer Hochsommertag. Die schwarzgekleideten Menschen, die sich in der Kirche einfanden, paßten so wenig in die hitzeflimmernde Landschaft, daß ihr Anblick etwas Unwirkliches hatte. Elisabeth war ebenfalls von Kopf bis Fuß schwarz gekleidet und zog darüber noch ihren schwarzen Talar. Flüchtig fiel ihr die bunte Stola ein, von der Michael einmal gesprochen hatte. Absurd, sie sich bei einem Gottesdienst in Canrade vorzustellen!

Als die Glocken zu läuten begannen, warf sie einen letzten Blick in den Spiegel, nahm die Agende und ihr Konzept unter den Arm und ging hinüber zur Kirche. Bis auf den letzten Platz war sie mit schwarzgekleideten Männern und Frauen gefüllt. Sie ging den Mittelgang entlang bis zu dem blumengeschmückten Sarg, der von riesigen bunten Kränzen umrahmt war und von zwei achtarmigen Leuchtern, die das Beerdigungsinstitut von einer Beisetzung zur anderen transportierte, zusammen mit zwei kugelförmigen Lebensbäumen, die in großen Kübeln hinter dem Sarg standen, und sprach ein stilles Gebet.

Sie wußte, daß Michael sie beobachtete, und konnte sich nicht konzentrieren. Er würde natürlich genauso wie sie für einen reibungslosen, agendarischen Verlauf der feierlichen Handlung sorgen. Darauf konnte sie sich verlassen. Aber irgendwie fühlte sie sich heute von seinen Blicken belästigt. Was ist das für ein Gebet, dachte sie, wenn er mich von oben herab beobachtet? Am liebsten wäre sie sich durchs Haar gefahren. Aber das war natürlich unmöglich. Erst als sie sich zur Gemeinde umwandte, wurde ihr bewußt, daß sie nicht nur von zwei, sondern von mindestens hundert Augen beobachtet wurde. Seltsamerweise fühlte sie sich davon aber nicht verunsichert, sondern im Gegenteil gestärkt. Aufrecht und sicher stand sie da, schwarz und blond, vor all den Schwarzgewandeten, und sagte mit fester und lauter Stimme: »Friede sei mit Euch. Amen.«

Ohne zu wissen, was eine Schauspielerin empfindet, wenn sich der Vorhang hebt und sie allein auf der Bühne steht, erlebte sie in diesem Augenblick genau das gleiche. Das Lampenfieber war vorbei, der Text gelernt, das Kostüm perfekt. Auch das Bühnenbild stimmte, und die Zuschauer saßen erwartungsvoll auf ihren Plätzen. Es war nur eine andere Bühne, auf der sie sich bewegte. Und ein anderes Schauspiel, zu dem eingeladen worden war. Dieses hier war echt. Niemand hatte sich das Drehbuch ausgedacht. Ein

Mensch war wirklich gestorben. Eine Frau, die nur fünfzig Jahre leben durfte. Im Frühjahr hatte sie noch den Garten umgegraben und die Samenkörner in die Erde gelegt. Und nun war sie tot.

Du lässest uns dahinfahren wie einen Strom. Wir sind wie ein Schlaf, wie ein Gras, das am Morgen grünt und blüht und des Abends welkt und verdorrt. Unser Leben fähret schnell dahin, als flögen wir davon …

Es war schwer, für diese Trauergemeinde die richtigen Worte zu finden. Else Weber war an ihrem »Frauenleiden« gestorben, wie Olga Bahlmann es bezeichnet hatte, an den Folgen einer Unterleibsoperation, die an sich nichts weiter als ein Routineeingriff war. Elisabeths Mutter war ebenfalls an einer Embolie gestorben. Um so mehr hatte sie sich vor dieser Beerdigung gefürchtet.

Aber sie schien die richtigen Worte gefunden zu haben. Sie merkte es an dem Ausdruck auf den Gesichtern der Trauergemeinde. Bis auf die zugereisten Verwandten kannte sie alle. Sie spürte eigentlich zum ersten Mal, wie stark die Gemeinschaft war, die ein Dorf wie Canrade darstellte, in guten wie in bösen Tagen …

Vor der Kirchentür empfing sie die Hitze wie ein wildes Tier, das dort auf der Lauer gelegen hatte. Die schwarzen Trauergäste entströmten der Kirche und verteilten sich um das offene Grab wie ein Dohlenschwarm. Nach wenigen Minuten würden sie auf und davon geflogen sein, und die Blumengebinde würden anfangen zu verwelken. *Wir sind wie Gras …*

Elisabeth hatte es von vornherein abgelehnt, an der obligatorischen Teetafel im Anschluß an eine Beerdigung teilzunehmen. So verließ sie auch heute als erste den Friedhof, nachdem sie sich von den nächsten Angehörigen der Verstorbenen verabschiedet hatte. Nur raus aus diesen schwarzen, verschwitzten Sachen, dachte sie, als die Haustür hinter ihr ins Schloß gefallen war. Sie sehnte sich förmlich nach einer Dusche und luftiger Kleidung.

Kurz nach 22 Uhr meldete sich Julia.

»He, was ist los mit dir?« fragte sie.

Elisabeth sparte sich die Antwort und sagte statt dessen: »Hallo, Julia! Lange nichts von dir gehört.«

»Danke, gleichfalls. So geht es uns streßgeplagten Einzelwesen. Stell dir vor, wir hätten auch noch Männer und Kinder.«

»Nicht auszudenken! Und dann gleich mehrere! Im Ernst, Julia, könntest du es dir vorstellen?«

»Was?«

»Na, verheiratet zu sein.«

»Doch, könnte ich, aber noch ist es nicht soweit.« Julia sagte es so nachdrücklich, daß Elisabeth fragte: »Bist du etwa verliebt?«

»Getroffen!«

»In wen? Kenne ich ihn?«

»Nein, ich glaube nicht, obwohl es ja die verrücktesten Zufälle gibt.«

»Und? Ist es ernst?«

»Was heißt ernst?« Julia lachte. »Neugierig bist du gar nicht, liebste Freundin.«

»Stimmt! Auf jeden Fall freue ich mich für dich, Julia. Wo habt ihr euch denn kennengelernt?«

»In der Kanzlei, in der ich mich neulich vorgestellt habe.«

»Kannst du bitte mal so nett sein und mir alles der Reihe nach erzählen?« bat Elisabeth. »Ich muß dir jede Einzelheit wie ein Geheimnis entlocken.«

»Das Wesentliche weißt du ja inzwischen, was soll ich dir sonst noch sagen? Er ist fünf Jahre älter als ich, sieht gut aus und heißt Henning.«

»Henning mit Vor- oder mit Nachnamen?«

»Henning vorne und Jager hinten. Und ganz vorn hat er noch einen Doktor. Doktor jur.« Julia machte einen total verliebten Eindruck.

Elisabeth freute sich ehrlich mit ihr.

»Ich gratuliere dir zu deiner Eroberung«, sagte sie.

»Danke! Aber es war umgekehrt.«

»Selbstverständlich! Wie es sich gehört.«

Sie telefonierten fast eine Stunde, bis Elisabeth schließlich auf die Idee kam, Julia und ihren Freund nach Canrade einzuladen. Dann machten sie Schluß.

Als sie gegen Mitternacht im Bett lag, dachte sie noch lange über das Gespräch nach. Sie verglich sich mit Julia und seufzte, als sie sich vorzustellen versuchte, wie es wäre, wenn da plötzlich ein Mann im Pfarrhaus aus- und einginge, den sie liebte. Was würden die Canrader wohl dazu sagen? Und Frau Bahlmann? Der Tratsch um Michael Rothe fiel ihr ein. Und dann dachte sie an sein Geständnis. Ach, Michael, seufzte sie, warum hast du es nicht für dich behalten? Und wußte doch, daß sie froh darüber war, daß er es gesagt hatte. Sehr froh sogar.

Die Leute sagten, solch einen Sommer habe es seit Jahren nicht mehr gegeben. Die Sonne schien Tag für Tag, das Heu war trocken hereingekommen, der Weizen stand hervorragend, das Vieh war gesund, keine Schweinepest, kein Rinderwahnsinn, es gab weder eine Ölkatastrophe noch eine Algenpest im Wattenmeer, und alle Ferienwohnungen waren ausgebucht.

Elisabeth merkte es am Gottesdienstbesuch. Die kleine Dorfkirche war Sonntag für Sonntag gut besetzt. Michael spielte seine Lieblingsstücke, und sie gab sich viel Mühe mit der Ausarbeitung ihrer Predigten. Die Gedanken an ihren eigenen Urlaub hatte sie erst einmal beiseite geschoben. Julia und sie würden sich auf die Reise machen, wenn sich der allgemeine Ferienhunger gelegt hatte. Jetzt genoß sie diesen Jahrhundertsommer in der Krummhörn.

Im Pfarramt war es verhältnismäßig ruhig, denn in den Sommerferien fand keine Sitzung und kein Konfirmandenunterricht statt. Selbst der Altenkreis machte Pause, obwohl die meisten Canrader die Hochsommerwochen im eigenen Garten verbrachten und nicht verreisten. Anita Rothe war allerdings mit den Kindern wie jedes Jahr zu ihren Eltern nach Süddeutschland gefahren. Michael hatte sie hingebracht und würde sie gegen Ende der großen Ferien wieder abholen. Die restliche Zeit nutzte er zur Vorbereitung auf das neue Schuljahr und zur eigenen Erholung. So hätten sie es immer gemacht, sagte Anita, auch als die Kinder noch ganz klein waren. Einer der vielen Kompromisse in ihrer Ehe, dachte Elisabeth, als Anita gestand, daß sie oft Heimweh nach Wiesbaden habe und die Sommerwochen in ihrem Elternhaus nicht missen möchte.

»Ich bin gern hier«, sagte sie, »und seitdem du hier bist und dich in Canrade wohlfühlst, sehe ich auch manches mit anderen Augen. Aber mit Wiesbaden ist das hier einfach nicht zu vergleichen.«

Daß Anita nicht vollkommen glücklich war, hatte sie von Anfang an geahnt. Sie tat ihr immer ein wenig leid. Warum Michael und sie geheiratet hatten, würde sie nie verstehen. Sie lebten ganz offensichtlich in verschiedenen Welten, auch wenn Anita noch so gut die Rolle der zufriedenen Hausfrau und Mutter spielte. Niemals beklagte sie sich, immer war sie freundlich und nett. Nur ihre Augen verrieten sie manchmal. Und ihre kindliche Vorfreude auf »Zuhause«, wie sie sagte. Seit Elisabeth mit Rothes befreundet war, ahnte sie, wie tief die Kluft war, die das Ehepaar voneinander trennte. Für Michael ist sie noch tiefer geworden, seitdem es mich gibt, dachte sie. Manchmal überlegte sie, ob es nicht besser wäre, sich nach Ablauf der Probezeit auf eine andere Pfarrstelle zu bewerben. Und was wäre dann? Paßten Anita und Michael dann besser zusammen? Vielleicht spielte sich in einer anderen Gemeinde ein anderes Drama ab, in das sie hineingezogen würde. Wer könnte das wissen.

Seit Donnerstag waren Julia und Henning da. Elisabeth freute sich über ihren Besuch. Sie war sehr gespannt auf Julias Freund gewesen und angenehm überrascht von seiner Natürlichkeit und Liebenswürdigkeit. Er war wirklich pflegeleicht, wie Julia behauptete. Er hatte sein Fahrrad mitgebracht und entdeckte in diesen Tagen die Schönheit Ostfrieslands. Begeistert berichtete er von seinen Erlebnissen und von den Eindrücken, die dieses Land, der Himmel und das Meer, und die freundlichen Menschen auf ihn machten.

»Schön«, sagte er, wenn er sich zu den beiden Freundinnen setzte und seinen Tee trank. »Es ist einfach schön hier.« Julia erinnerte ihn an seine Lieblingswege in der Eilenriede und zählte ihm die Vorteile des urbanen Wohnens auf; aber er meinte, das eine sei mit dem anderen überhaupt nicht zu vergleichen. Und außerdem schmecke der Tee hier so gut wie nirgendwo sonst.

Zum Wochenende kam Michael Rothe aus Wiesbaden zurück. Elisabeth war froh, daß er wieder auf der Orgelbank saß, denn während seiner Abwesenheit hatte einer seiner Schüler gespielt, und sie hatte »vor Ohren« geführt bekommen, wie die Canrader Orgel klang, wenn sie mittelmäßig gespielt wurde.

Nach dem Gottesdienst trafen sie sich im Pfarrgarten. Michael hatte die Einladung zum Mittagessen gern angenommen, und nun saßen sie zu viert um den Gartentisch. Henning war heute der Koch. Er hatte den Tisch liebevoll gedeckt, und alle waren des Lobes voll über sein »Canrader Sommermenü«, wie er es nannte. Es bestand aus Kräutersuppe, Kressesalat, Weißbrot mit einem Hauch Knoblauch und Olivenöl, frischem Schafskäse und Roter Grütze mit Sahne zum Nachtisch. Für den Wein hatte Michael gesorgt.

Julia erzählte von ihrer Fahrradtour, zu der sie gleich nach dem Frühstück aufgebrochen war.

»Ich habe sämtliche Feld- und Wiesenwege der Krummhörn kennengelernt«, erklärte sie, »in Begleitung der Lerchen.«

Auf Michaels Nachfrage reduzierte sich die Strecke dann auf die Gegend zwischen Pewsum und Rysum, ein Gebiet, von dem er behauptete, dort befänden sich weitaus mehr Wege, als ein Stadtmädchen an einem Vormittag abfahren könne. Aber Henning nahm sie in Schutz und meinte, in seinen Augen wäre es schon eine enorme Leistung, daß sie überhaupt mit dem Fahrrad unterwegs gewesen sei, noch dazu allein.

Dafür strich sie ihm zärtlich über den Kopf und lobte sein Menü, das sie als genial bezeichnete. Elisabeth hatte gar nicht richtig zugehört. Sie war noch mit dem Gottesdienst beschäftigt.

»Der Predigttext paßte eigentlich gar nicht richtig zu diesem herrlichen Sommertag«, sagte sie nachdenklich.

»Warum hast du dir denn nicht einen passenden ausgesucht?« fragte Julia.

»Ich finde, du machst es genau richtig, Elisabeth, wenn du dich an die vorgeschriebene Reihe hältst«, meinte Michael. »Es liegt ja an ihr, was sie daraus macht«, sagte er zu Julia.

Elisabeth gab zu, daß es ihr leichter fiele, sich mit einem vorgegebenen Text auseinanderzusetzen.

»Bis ich mich für einen anderen entschieden habe, ist schon viel zuviel Zeit vergangen«, sagte sie. »Manchmal komme ich dann so unter Druck, daß mir am Ende überhaupt nichts Gescheites mehr einfällt.«

»Das habe ich zwar noch nicht erlebt«, schmunzelte Michael, »aber ich kann mir gut vorstellen, daß es schwerer ist als andersherum.«

»Ihr habt vielleicht Probleme!« Henning seufzte so abgrundtief, daß Julia sich ihm tröstend zuwandte.

»Ach Schatz, wir wissen doch, wie groß der Unterschied zwischen den Problemen einer Theologin und denen eines Juristen ist.«

»Ganz abgesehen von denen eines Lehrers«, meinte Michael.

»Und eines Organisten«, ergänzte Elisabeth.

Henning interessierte, ob Michael lieber improvisiere oder lieber die alten Meister spiele. Darüber entspann sich eine längere Diskussion, in deren Verlauf sich herausstellte, daß der Musikgeschmack der Tafelrunde durchaus nicht als einheitlich zu bezeichnen war.

Über dem Reden verging die Zeit. Als die Turmuhr zweimal schlug, beschloß Julia, sich unter dem Apfelbaum ins Gras zu legen.

»Siesta«, gähnte sie. »Jetzt wäre ein Mittagsschläfchen angebracht.«

Sie trugen das Geschirr in die Küche, und weil Henning gekocht hatte, erklärte Michael sich zum Abwaschen bereit. Julia und Henning verzogen sich in den Garten, und Elisabeth leistete Michael in der Küche Gesellschaft. Er spülte das Geschirr, sie trocknete es ab, und in wenigen Minuten war alles erledigt. Gerade hatte sie das letzte Glas in den Schrank gestellt, als er sie unversehens umarmte.

»Na, weißt du!« sagte sie und versuchte, sich aus seinen Armen zu winden.

»Was?« fragte er und hielt sie fest. »Was soll ich wissen? Daß ich dich liebe? Das habe ich dir schon gestanden.«

»Sei doch nicht kindisch«, murmelte sie. »Laß mich los!«

»Ich bin weder kindisch, noch denke ich daran, dich loszulassen«, sagte er und pustete ihr zärtlich eine Locke aus der Stirn. »Vergiß einfach mal deine Grundsätze«, bat er. »Genieß den Augenblick! Laß dich verführen, Mädchen, und hör auf, dich gegen dich selbst zu wehren.«

»Das kann ich nicht«, sagte sie leise.

»Du willst es nicht«, verbesserte er. »Aber du möchtest es schon, das fühle ich.«

Wie stark er ist, schoß es ihr durch den Kopf. Sie fühlte seine Muskeln auf ihrer Haut und spürte seinen Atem in ihrem Gesicht. Sie merkte, wie sich ihr Körper entspannte, und wunderte sich über sich selbst, daß sie ihren Widerstand aufgab und sich in seine Arme schmiegte. Als er sie küßte, kam es ihr vor, als schwebte sie wie eine Wolke auf und davon. Alle Gedanken und Skrupel waren dahin. Es war wie ein Rausch.

Ich muß verrückt sein, schoß es ihr durch den Kopf, als sie seine leidenschaftlichen Küsse erwiderte. Aber nichts galt mehr in diesem Augenblick als das beglückende Gefühl, lebendig zu sein. Durch und durch lebendig. Und das war ein gutes, ein unvergleichlich starkes Gefühl.

Julia und Henning amüsierten sich derweil unter dem Apfelbaum. Henning hatte sich auf den Rücken gelegt. Er starrte in den Himmel und beobachtete die Wolken, die weißen Wattebäusche auf himmelblauer Seide. Gerade hatte er angefangen, Wolkengeschichten zu erfinden, als ihn eine Ameise zwickte, die sich unter sein Hemd verirrt hatte. Mit einem Schrei sprang er auf und tat, als wäre er von einer Schlange gebissen worden. Er zog sein Hemd aus und forderte Julia auf, die Bißstelle auszusaugen.

»Das könnte dir so passen«, lachte sie. »Beweis mir erst mal, daß dich überhaupt etwas gebissen hat.«

»Beweisen, beweisen! Du hast Urlaub, Süße!«

»Gut, daß du mich daran erinnerst«, neckte sie, faßte nach seinem Knöchel, zog ihn zu sich ins Gras und setzte sich auf seinen Bauch.

»Au, laß das, das sticht!« jammerte er.

»Wer oder was sticht?«

»Das Gras!«

»Ich dachte, die Schlange?«

»Na warte, du!« drohte er, nahm sie fest in die Arme und wälzte sich mit ihr herum. Als sie unter ihm im Gras lag, sah er auf sie herab wie ein Eroberer. »So geht es besser«, stellte er zufrieden fest.

»He, weißt du, wo du bist?«

»Genau«, grinste er und versuchte, sie zu küssen.

Sie stieß ihn unsanft zurück.

»In einem Pfarrgarten küßt man sich nicht!«

»Was du nicht sagst«, spottete er. »Steht das in der Bibel?«

»Ach, hau ab, du Heide!« schimpfte sie. »Treibst deinen Spott mit Sachen, von denen du nichts verstehst.«

»Das ist doch wohl nicht dein Ernst, Liebste! Soll ich es dir beweisen?«

»Nein danke, Herr Anwalt, beweis mir lieber was anderes.«

»Und was?«

»Daß du Kaffee kochen kannst.«

»Kaffee! Ich bitte dich!« empört rappelte er sich auf. »Doch nicht in Ostfriesland!« Er schüttelte sein Hemd aus, zog es umständlich über den Kopf und steckte es in die Hose, während er in Richtung Küche trollte, um das Teewasser aufzusetzen.

Elisabeth und Michael hatten gerade noch Zeit, unverfängliche Positionen einzunehmen. Sie sahen ihn verlegen an. Aber Henning schien nichts gemerkt zu haben.

»Habt ihr auch Lust auf Tee?« fragte er und ließ Wasser in den Kessel laufen.

»Immer«, sagte Michael und räusperte sich.

Elisabeth stellte das Teegeschirr auf das Tablett und trug es in den Garten. Sie schlenderte zum Apfelbaum und setzte sich zu ihrer Freundin ins Gras.

»Na?« fragte Julia. »Habt ihr euch gut amüsiert?«

»Was heißt amüsiert? Wir haben abgewaschen!«

»Die ganze Zeit?«

Elisabeth stand wieder auf.

»Bleib«, bat Julia. »Manchmal bin ich richtig fies; aber du kennst mich doch.«

»Ich decke schon mal den Tisch.«

Gleich darauf kam Henning mit der Teekanne und setzte sich zu ihr.

»Was ich schon immer mal wissen wollte«, sagte er und spielte mit einem Teelöffel, »was würden die Leute wohl sagen, wenn hier plötzlich ein Mann auftauchte?«

»Plötzlich?« wiederholte Elisabeth. »Ein Mann?«

»Ach, tu nicht so. Du weißt genau, was ich meine.«

»Wie kann ich das wissen? Ich habe es noch nicht ausprobiert.«

»Rein theoretisch könnte doch niemand etwas dagegen haben, wenn du dich verliebtest«, vermutete er.

»Nein«, sagte sie. »Was ginge es die Leute an? So was kommt vor. Oder nicht?«

»Ich denke mir mal, daß eine Pastorin so eine Art Heilige ist, besonders auf dem Land«, meinte er. »Du spielst hier eine Extrarolle. Jedenfalls werden auf dich andere Maßstäbe angewandt als auf Normalsterbliche.«

»Solange sie kein Verhältnis mit einem verheirateten Mann anfängt, darf sie das«, stellte Julia fest und setzte sich zu ihnen an den Tisch.

Gleich darauf kam Michael summend aus der Küche. Er blieb hinter Elisabeths Stuhl stehen und legte ihr die Hände auf die Schultern.

»Gemütlich sieht das aus«, stellte er fest. »Henning mit zwei hübschen Damen.«

Fehlt bloß noch, daß er sie in den Arm nimmt, dachte Julia und warf Henning einen vielsagenden Blick zu, den Elisabeth besser verstand als er.

»Laßt den Tee nicht kalt werden«, mahnte sie und merkte, daß sie rot wurde.

Seit dem Mittagessen sind sie sich ja wohl ziemlich nahe gekommen, dachte Julia. Es war ja fast zu hören, wie es zwischen ihnen knisterte. Nur Henning schien ahnungslos zu sein.

»Lecker!« schwärmte er, als er die Teetasse abstellte. »Elisabeth und ihr Organist haben es gut, die können so was alle Tage genießen«, bemerkte er in Julias Richtung.

»Quatsch!« sagte Elisabeth, stand auf und ging ins Haus.

Henning sah ihr verwundert nach.

»Was habe ich denn Schlimmes gesagt? Wieso ist sie plötzlich sauer?«

Julia konnte sich auch keinen Reim darauf machen.

»Verstehst du das?« fragte sie Michael und wollte ihrer Freundin nachgehen.

Michael legte die Hand auf ihren Arm.

»Komm, bleib hier«, bat er. »Ich kann mir schon denken, was los ist.«

Sie setzte sich wieder hin und sah ihn gespannt an.

»Es ist wahrscheinlich die alte Geschichte«, vermutete er. »Hennings Bemerkung hat sie daran erinnert.«

»Ich bin mir absolut keiner Schuld bewußt!« Henning war ganz verwirrt. »Was meinst du mit alter Geschichte? Ist sie gegen irgend etwas allergisch oder was?«

»Wenn ihr wollt, kann ich sie euch erzählen.«

Sie baten beide dringend darum, und Michael weihte sie

in die Tragödie ein, die sich einst vor langer Zeit in Canrade abgespielt hatte.

»*Elisabeth und ihr Organist,* das war das Stichwort, sozusagen der Titel der Tragödie, die sie vor einiger Zeit zufällig in den alten Visitationsakten entdeckt hat«, begann er und erzählte, wie es damals gewesen war, als die schwangere Elisabeth ins Dorf kam, im Haus des Organisten Unterkunft gefunden hatte und ein Kind zur Welt brachte. Er erzählte ihren ganzen Leidensweg, angefangen von ihrer ersten Arbeitsstelle im Haus des Groninger Geschäftsmannes über die weiteren Stationen beim Weinhändler, bei Greta, bei Jakob, und wie sie dann schließlich im Haus des Brükkenwärters Kobus Bontje gelandet war und dessen Frau wurde. Wie der sie gequält und mißhandelt hatte und sie ihm davongelaufen sei, hochschwanger, bettelarm, verzweifelt. Daß es ihr in Canrade zum ersten Mal seit langer Zeit relativ gut gegangen war, aber daß die kirchliche Obrigkeit ihren Aufenthalt im Organistenhaus nicht geduldet habe und sie aus der Gemeinde vertrieb.

»Warum hat der Organist sie nicht geheiratet? Damit wäre doch der Verdacht der Ehrenrührigkeit von ihr genommen, oder?« fragte Julia.

»Sie war noch mit dem Brückenwärter verheiratet«, erinnerte Henning sie. »Und der hätte wahrscheinlich niemals in eine Scheidung eingewilligt.«

»Sicherlich nicht«, sagte Michael. »Und außerdem hätte das wohl kaum etwas an der Situation geändert, denn wie es scheint, haben die beiden im Organistenhaus in einem eheähnlichen Verhältnis zusammengelebt, und das war den Dorfbewohnern ja nicht entgangen. Das war Ehebruch, ein sehr schwerwiegendes Delikt. Niemand übertrat damals ungestraft das sechste Gebot.«

»Wurde dem Organisten ein Disziplinarverfahren angehängt?« fragte Henning.

»Ich weiß nicht, ob es dazu noch gekommen ist. Jedenfalls wurde angeordnet, Elisabeth müsse mit ihrem Kind das Dorf vierzehn Tage nach der Visitation verlassen. Was aus ihr und ihrer Tochter geworden ist, weiß niemand.«

»Und das alles nur wegen der Moral«, seufzte Julia. »Um die Menschen ging es gar nicht. Die Elisabeth von damals hat bestimmt glaubwürdig versichert, daß sie vom Brükkenwärter mißhandelt wurde, wahrscheinlich hat er sie sogar vergewaltigt. Daß sie ihr Kind in Liebe empfangen hat, wie es so schön heißt, kann wohl niemand behauptet haben.«

»Mit Liebe oder ohne, sie hat es jedenfalls zur Welt gebracht«, stellte Henning lakonisch fest.

»Hätte sie es abtreiben sollen?« fragte Julia. »Sie war arm und konnte bestimmt keine Engelmacherin bezahlen. Vielleicht hat sie es versucht«, überlegte sie.

»Glaube ich nicht«, meinte Michael. »Elisabeth, unsere Elisabeth, sagt, dem Protokoll nach war sie eine gehorsame, fromme Frau, die ihr Los wie ein von Gott verfügtes Schicksal getragen hat.«

»Die Arme«, seufzte Julia und stand auf. »Ich sehe mal nach, wie es ihr geht«, sagte sie und ging ins Haus.

»Eigenartig, daß es keine Hinweise darauf gibt, wie es mit dem Schulmeister weitergegangen ist«, überlegte Henning. »Es muß doch so etwas wie eine Dorf- oder Schulchronik geben. Hast du da nicht mal nachgesehen?«

»Doch«, sagte Michael. »Hab' ich.«

»Und?« fragte Henning gespannt. »Ist er wegen Ehebruch verurteilt worden?«

»Nein. Viel schlimmer. Sie haben ihn erschlagen.«

Henning fuhr auf.

»Was sagst du? Erschlagen?«

»Ja. Bald nachdem Elisabeth und das Kind Canrade verlassen hatten, schlug ihm jemand den Schädel ein, als er auf der Orgelbank saß und sich für den Gottesdienst vorbereitete.«

»Steht das so in der Chronik?«

Michael nickte.

»Wer kann das gewesen sein?« Michael zuckte die Schultern. »Gab es keine Untersuchung?«

»Doch. Alles nahm seinen ordnungsgemäßen Verlauf. Aber der Mörder blieb unbekannt. Es war schließlich jedem zuzutrauen. Angefangen vom Bälgetreter bis zum Schmied. Jedenfalls bekam er im Gegensatz zu Elisabeth ein ehrenvolles Begräbnis. Er wurde in der Kirche beigesetzt.«

»Das sind ja Geschichten!« wunderte sich Henning. »Ein ganzer Roman, und alles ordentlich dokumentiert und wirklich wahr? Was es nicht alles gibt!«

»Elisabeth ist diese Geschichte irgendwie unheimlich«, sagte Michael. »Ich weiß auch nicht, warum, aber sie hat sich fürchterlich darüber aufgeregt und war ganz durcheinander, als sie sie mir erzählt hat. Von dem Ende des Organisten weiß sie übrigens noch gar nichts. Ich wollte es ihr bei passender Gelegenheit erzählen. Ich habe die Story selbst erst vor ein paar Wochen entdeckt, als ich mir die Schulchronik daraufhin einmal genauer durchgesehen habe.«

»Aber das wird sie doch brennend interessieren«, meinte Henning. »Schließlich ist er ja in ihrer Kirche gestorben und begraben worden.«

»Ich weiß«, seufzte Michael. »Und sie hat auch schon von dem Mord in der Kirche gehört. Vor Jahren wurde das Skelett zufällig entdeckt, das hat sie schon mitgekriegt. Aber sie weiß nicht, wer der Ermordete war. Vielleicht kommt sie eines Tages von selbst darauf. Die Angelegenheit scheint ihr ja keine Ruhe zu lassen, wie man jetzt wieder an ihrer Reaktion sieht.«

»Und ich Idiot habe das mit meiner Bemerkung ausgelöst. Dabei habe ich mir wirklich überhaupt nichts dabei gedacht ... Elisabeth und ihr Organist ... das war doch nur so dahingesagt.«

»Nun komm«, bat Michael, »mach kein Drama draus, sie wird sich wieder beruhigen. Julia schafft das schon. Laß uns lieber überlegen, was wir heute abend unternehmen. Wollen wir nach Emden ins Kino fahren?«

»Was gibt es denn?«

»Irgendwas. In der Saison laufen immer ganz gute Filme.«

»Wenn die Damen Lust haben«, meinte Henning. »Von mir aus gern. Ich bin schon lange nicht mehr im Kino gewesen. Irgendwie kommt man ja zu nichts in seinem täglichen Trott. Und abends hängt man vorm Fernseher. Finde ich eine gute Idee, Michael. Hinterher setzen wir uns noch in eine gemütliche Kneipe.«

Michael stand auf.

»Ich geh' mal eben rüber zu mir«, sagte er, »es kann sein, daß Anita gleich anruft.«

Henning stellte das Teegeschirr zusammen und brachte es in die Küche. Aus dem Wohnzimmer hörte er helles Lachen. So sind sie, schmunzelte er, ich mache mir Vorwürfe, und die lachen sich krank. Er riß die Wohnzimmertür auf. »He, ihr zwei«, sagte er vorwurfsvoll, »euch geht es wohl gut, was?«

»Wie du siehst«, lachte Julia.

»Heute abend gehen wir ins Kino«, verkündete er.

»Ja, gute Idee«, sagte Elisabeth. »Das tut nur.«

»Nein, wir alle zusammen«, sagte er. »Das ist doch klar.«

»Hast du schon ja gesagt?« fragte Julia ihre Freundin.

»Nein. Aber wir können es uns ja noch überlegen.«

»Tut das«, sagte Henning. »Ich geh' mal rüber in die Kirche.«

»Warte, ich komme mit!« Julia stand auf und folgte ihm.

»Der Schlüssel hängt am Brett!« rief Elisabeth ihnen nach.

›Jenseits von Afrika‹ stand auf dem Spielplan, das hatte Michael inzwischen herausgefunden. Die beiden Frauen freuten sich.

»Ich habe ihn zwar schon mindestens dreimal gesehen«, sagte Julia, »aber das macht nichts. Ich liebe ihn.«

Elisabeth ging es genauso.

»Und wie steht es mit euch?« wollte sie wissen.

»Wenn er euch gefällt, gefällt er uns auch«, meinte Michael.

»Du sagst es«, bestätigte Henning.

Ganz kurz dachte Elisabeth an Frau Bahlmann. Wahrscheinlich hätte sie etwas daran auszusetzen, daß ich mit Michael ins Kino gehe. Aber zu viert war es hoffentlich erlaubt. Ich habe ihre Zensur schon verinnerlicht, dachte sie, ihre und die des ganzen Dorfes. Sie behielt diese Gedanken aber für sich, um Michael nicht die Freude auf diesen Abend zu verderben, und sich selbst natürlich auch nicht. Sie konnte sich nicht sattsehen an ihm und achtete trotzdem auf jeden Blick, aus Angst sich zu verraten. Es war schwer, die Gefühle in seiner unmittelbaren Nähe zu verheimlichen. Ihm ging es ebenso, und auch er schien ihre Befürchtungen über die dörfliche Meinung zu teilen, denn als sie das Auto vor dem Kino parkten, sagte er: »Hoffentlich sitzt nicht halb Canrade im Saal.«

»Hast du Angst?« fragte sie.

»Nein, natürlich nicht. Wir sind erwachsene Menschen. Es wäre ja noch schöner, wenn wir nach ihrer Pfeife tanzten.«

»Ich höre schon Olga Bahlmanns spitze Bemerkungen«, gestand Elisabeth. Er lachte vor sich hin.

»Schade, daß sie nicht alles mitkriegt.«

»Da wäre ich mir nicht so sicher. Ich glaube, sie weiß alles. Und außerdem hört sie das Gras wachsen.«

»Ja dann«, meinte er, »dann muß sie eben sagen, was sie will. Hauptsache, du läßt dich nicht bange machen von deiner Putzfrau.«

Elisabeth dachte, soweit ist es schon mit mir gekommen! Und sagte: »Auf jeden Fall will ich mir diesen Abend nicht verderben lassen.«

Als sie sich im Kino umsahen, entdeckten sie nicht nur ein paar Canrader Gesichter, sondern auch eine Reihe Schülerinnen und Schüler, die sich gegenseitig auf ihren Lehrer aufmerksam machten.

»Na wunderbar«, murmelte er, »ein Glück, daß Julia und Henning dabei sind, das gibt dem Ganzen doch einen gewissen Anflug von Ehrenhaftigkeit.«

Julia schmunzelte.

»Komm«, sagte sie zu Henning, »wir sind das Alibi, nehmen wir sie am besten in die Mitte.«

Aber damit war er nicht einverstanden. Er nahm sie an die Hand und zog sie hinter sich her, als er sich für eine Bankreihe entschieden hatte. Julia setzte sich neben ihn. Dann kam Elisabeth, und Michael nahm neben ihr Platz.

Julia flüsterte Elisabeth zu: »So ist es auch nicht ungeschickt.«

Als das Licht ausging und die Filmmusik einsetzte, lehnte sie sich entspannt zurück. *»Ich hatte eine Farm in Afrika, am Fuße der Ngongberge …«*

Sie kannte den Anfang schon auswendig, und doch ergriff er sie wieder, als hörte sie diese Sätze zum allerersten Mal. Sie tastete nach Michaels Hand, und als er ihre Finger berührte, strömte ein unbändiges Glücksgefühl durch ihren Körper. Den ganzen Film über spürte sie seine Nähe wie ein Geschenk, und die Handlung rührte sie mehr denn je. Schließlich ermahnte sie sich selbst. Reiß dich zusammen, dachte sie, es ist ja nur ein Film! Hinterher sagte sie: »Ich habe eigentlich gar keine Lust, jetzt noch in die Kneipe zu gehen. Seid ihr sauer, wenn ich gleich nach Haus fahre?«

»Und du, Michael?« fragte Julia.

Michael hatte auch keine Lust.

»Wenn es euch recht ist, könnt ihr ja allein gehen«, schlug er vor.

Julia war damit einverstanden.

»Hauptsache, ich kriege noch mein Bier vom Faß. Und was sagst du, Henning?«

Henning war alles recht, wenn nur alle glücklich und zufrieden waren.

Elisabeth und Michael verabschiedeten sich und fuhren los. Unterwegs sprachen sie beide kein Wort. In Canrade waren die Straßen leer, kein Mensch war zu sehen. Aber das hatte nicht viel zu sagen, der eine oder andere hatte es inzwischen längst registriert, daß ein Auto durchs Dorf fuhr und Rothes Garagentor geschlossen wurde.

»Kommst du noch mit rein?« fragte er.

»Gerade wollte ich dich fragen, ob du noch auf ein Glas Wein zu mir kommst«, sagte sie.

Er hielt das für eine gute Idee.

»Ich komme durch den Garten«, flüsterte er, als könnte ihn jemand hören. »Mach schon mal die Küchentür auf.« Daß sie sich dann förmlich auf der Straße voneinander verabschiedeten, hielten sie beide für Heuchelei, aber sie hatten keine andere Wahl.

Elisabeth stellte gerade die Gläser auf den Tisch, als er ins Wohnzimmer kam. Als hätten sie ein Leben lang auf diesen Augenblick gewartet, fielen sie sich in die Arme.

»Hinter dieser Stelle werden Drachen sein ...«, flüsterte sie. Er verschloß ihr den Mund mit einem Kuß. Aber seine Zärtlichkeit tröstete sie nicht über die Gewißheit hinweg, daß sie diesen Satz für alle Zeit im Gedächtnis behalten würde und daß es die Wahrheit war.

Am anderen Morgen verkündete Julia, daß Henning und sie sich entschlossen hätten, nach Groningen zu fahren.

»Was wollt ihr denn in Groningen?« fragte Elisabeth. »Bis mittags sind sowieso alle Geschäfte zu.«

»Wer redet denn von Geschäften? Wir wollen die Spuren deiner Vorfahrin erkunden«, sagte Henning.

»Meiner Vorfahrin?« fragte Elisabeth erstaunt.

»Na ja, Vorfahrin vielleicht nicht«, meinte er. »Eben der Elisabeth von 1713 aus Canrade.«

»Hat Michael euch davon erzählt?«

»Ja, gestern. Eine irre Geschichte. Sie hat mich richtig mitgenommen. Wirklich sagenhaft, was so ein Dorf für Geheimnisse birgt. Und dann noch das tragische Ende des Schulmeisters ...«

»Wieso?« fragte Elisabeth. »Was für ein tragisches Ende?«

Julia versuchte, ihn zu bremsen. Aber er sagte schon: »Michael hat es in einer alten Schulchronik aufgestöbert.«

»Was denn?« Elisabeth setzte die Tasse ab. »Was geschah mit ihm?«

»Er ist ermordet worden. Erschlagen.«

Sie wurde kreideweiß.

»Es tut mir leid«, sagte er erschrocken. »Ich wußte ja nicht, daß es dich so aufregt.«

»Macht nichts«, erklärte sie und versuchte, ihr Erschrekken zu verbergen. »Erzähl weiter. Was weißt du noch?«

»Nichts mehr. Sie haben ihn beim Orgelspielen erschlagen. Hinterher bekam er ein ehrenvolles Begräbnis in der Kirche.«

»Das Skelett«, murmelte sie.

»Genau. Es waren seine sterblichen Überreste, die irgendwann zufällig gefunden wurden. Der arme Organist. Er ruhe in Frieden.«

Elisabeth stand auf und ging in den Garten. Julia folgte ihr. »Nimm es dir nicht so zu Herzen«, bat sie. »Es ist doch schon so lange her!«

»Darum geht es nicht«, seufzte sie. »Aber es hat irgend etwas mit mir zu tun.«

»Bist du plötzlich abergläubisch geworden, oder was ist los mit dir?«

»Du weißt ja nicht alles«, sagte sie leise.

»Erzähl«, bat Julia.

»In der ersten Nacht in Canrade habe ich eine Stimme gehört.«

»Eine Stimme?« Julia sah sie forschend an. »Du bist ja doch abergläubisch!«

»Nein, bin ich nicht. Wirklich nicht. Aber die Stimme fragte: ›*Bist du wieder da, Elisabeth?*‹ Ich konnte damals nichts damit anfangen, weil ich die alten Aufzeichnungen nicht kannte. Aber trotzdem wußte ich schon in dieser ersten Nacht, daß ich gemeint war.«

Julia legte den Arm um sie.

»Hab keine Angst, Mädchen! Du bist eine kluge, gebildete, selbständige Frau, unabhängig, frei. Sieh dich um: Du wohnst in einem Traumhaus mit einem Traumgarten, du hast einen interessanten, was sage ich, einen phantastischen Beruf, du hast Freunde ... du bist reich, Elisabeth! Dein Leben ist mit dem deiner Namensschwester überhaupt nicht zu vergleichen! Denk dran, wie elend sie war, wie aussichtslos alles von Anfang an für sie gewesen ist, als sie hier in Canrade auftauchte. Wie ganz anders bist du hier eingezogen! Das hat doch nichts mit dir zu tun! Deine Phantasie in Ehren, aber du mußt auf den Boden der Tatsachen zurückkommen, Liebes.«

»Michael ist heute nacht bei mir geblieben«, gestand sie unvermittelt.

»Ach, du Schreck!« entfuhr es Julia, sie nahm ihren Arm von Elisabeths Schulter und starrte sie an. »Auch das noch!«

»Ich weiß«, sagte sie. »Aber so ist es nun mal.«

»Gratulieren werde ich dir nicht. Aber wenn es nun mal

passiert ist, wünsche ich euch beiden, daß ihr irgendwie damit klarkommt.«

Henning rief: »Wenn wir noch fahren wollen, wird es Zeit!«

»Ich komme«, rief Julia zurück. »Mach keine Dummheiten!« empfahl sie Elisabeth.

»Keine Sorge! Nicht mehr als sonst.« Sie ging ins Haus, weil das Telefon klingelte, nahm den Hörer ab und meldete sich.

»Guten Morgen, du Schöne, hast du gut geschlafen?« fragte Michael.

»Deine Stimme ist wie Samt und Seide«, flüsterte sie. »Ich fühle sie auf meiner Haut. Himmlisch habe ich geschlafen. Und du?«

»Wie es besser nicht geht.«

»Bist du sicher?« neckte sie. »Weißt du, wer gerade durch die Pforte kommt?«

»Doch nicht Olga Bahlmann?«

»Erraten. Also mach's gut.«

»Rufst du durch, wenn die Luft wieder rein ist?«

»Mal sehen«, sagte sie und legte den Hörer auf.

Frau Bahlmann erwartete sie in der Küche.

»Ihr Besuch ist ja schon weg«, stellte sie fest. »Dann fange ich am besten gleich mit dem Gästezimmer an.«

»Nein, wieso?« fragte Elisabeth verblüfft. »Julia und Henning sind nur nach Groningen gefahren. Die bleiben noch ein paar Tage.«

»Dann mähe ich den Rasen.« Sie sagte es so bestimmt, daß es müßig war, etwas dagegen einwenden zu wollen, obwohl Elisabeth es sich gerade heute gern in ihrem Liegestuhl bequem gemacht hätte, um eine Zeitlang nichts anderes zu tun, als vor sich hinzuträumen.

»Ich glaube, es gibt heute noch ein Gewitter«, meinte Frau Bahlmann im Hinausgehen. »Die Sonne sticht gewaltig.«

»Was hat denn der Wetterbericht gesagt?«

»Darauf gebe ich nichts. Und bei uns an der Küste ist das Wetter sowieso immer anders.«

»Nicht nur das Wetter«, lachte Elisabeth, »manches andere auch.«

»Gott sei Dank«, brummte Olga Bahlmann und verschwand im Geräteschuppen.

Elisabeth ging ins Amtszimmer und schloß die Fenster. Für die nächsten zwei Stunden würde der Rasenmäher den Ton angeben. Am besten, ich verschwinde hier, dachte sie. Nach kurzer Überlegung beschloß sie, Geesche Ott im Krankenhaus zu besuchen.

Seit jenem Tag, an dem sie ihr den Korb mit Eiern geschenkt hatte, war Geesche Ott schon oft im Pfarrhaus gewesen. Sie war eine der wenigen Frauen im Dorf – außer Olga Bahlmann und Anita Rothe –, die gelegentlich ohne Grund vorbeikamen. Elisabeth hatte angeboten, ihre Blumen zu gießen, als sie erfuhr, daß sie sich einer Hüftoperation unterziehen mußte. Aber dafür war Evchen Kleinert, die Nachbarin von der anderen Seite, zuständig. Trotzdem schien sie sich über ihr Angebot gefreut zu haben.

»Wenn ich erst wieder laufen kann«, hatte sie gesagt, »komme ich auch wieder in die Kirche.«

Elisabeth fand es rührend, daß sie einen Gottesdienstbesuch für eine Gegenleistung hielt.

Inzwischen hatte Geesche Ott die Operation überstanden und machte bereits die ersten Gehversuche. Das hatte Frau Kleinert ihr gestern nach dem Gottesdienst erzählt. Elisabeth überlegte, womit sie ihrer genesenden Nachbarin eine Freude machen könnte, und entschied sich für Blumen. Sie ging in den Garten und stellte einen bunten Strauß zusammen. Es machte ihr richtig Spaß, sich als Floristin zu betätigen.

Im Krankenhaus kannte sie sich aus. Auf der Station erkundigte sie sich nach dem Zimmer von Frau Ott, klopfte an und überraschte sie mit ihrem Besuch. Sie überreichte ihr den wunderschönen Blumenstrauß mit einem gewissen Stolz, denn er war wirklich eine gelungene Komposition aus Lila, Weiß und Grün, dieser Gruß aus dem Canrader Pfarrgarten. Aber anstatt ihn sich überhaupt richtig anzusehen, sagte Geesche Ott nur: »Legen Sie ihn man ins Waschbecken, die Schwester stellt ihn dann in die Vase«, und fing an, von allen schrecklichen Einzelheiten ihrer Operation zu erzählen. Sie schlug die Bettdecke zurück und zeigte die kaum verheilte Wunde in ihrem weichen, weißen Fleisch. Elisabeth wußte nicht so recht, was sie dazu sagen sollte. Aber Frau Ott erwartete anscheinend auch nichts weiter von ihr, als daß sie geduldig zuhörte.

Elisabeth versuchte, sich in die Lage dieser alleinstehenden alten Frau zu versetzen. Aber es gelang ihr nicht. Während sie stumm dasaß, schweiften ihre Gedanken in ganz andere Gefilde. Als sie auf einer Kaffeeplantage im afrikanischen Hochland angekommen waren, wo Tanja Blixen ihrem geliebten Denys Finch-Hatton gerade eine Geschichte am Kamin erzählte, hörte sie Frau Ott sagen: »... wahrscheinlich hat sie abgetrieben.«

»Wer?« fragte sie.

»Na, Adams Jessica, von der ich gerade rede.«

»Ach, Entschuldigung«, bat Elisabeth, »ich habe gerade nicht aufgepaßt. Ist Jessica auch im Krankenhaus?«

»Ja, in der Gyn. Sie können sie ja besuchen, wenn Sie schon mal hier sind.«

Eine Schwester kam ins Zimmer.

»Ihre Buttermilch, Frau Ott«, sagte sie und stellte das Glas auf den Nachttisch. »Haben Sie sonst noch einen Wunsch?«

»Nein danke«, antwortete Geesche Ott. »Ich bin wunschlos glücklich.«

»Das hört man gern«, meinte die Schwester und war schon fast wieder aus der Tür, als Frau Ott hinter ihr herrief: »Könnten Sie wohl die Blumen in die Vase stellen, die Frau Pastorin Rogge mir mitgebracht hat?«

Elisabeth wunderte sich. Geesches Stimme klang, als wäre sie es seit jeher gewohnt, Arbeitsaufträge zu erteilen.

»Ich komme gleich wieder«, antwortete die Schwester. »Dann bringe ich eine Vase mit.«

Elisabeth sagte schnell: »Ich hole gleich eine, lassen Sie nur. Das geht schon in Ordnung.«

Als die Schwester das Zimmer verlassen hatte, meinte Frau Ott: »Das hätten Sie gar nicht zu sagen brauchen. Das macht sie gern«, und erzählte von ihren Beobachtungen, die sie vom Krankenbett aus machen konnte. Es gab nette und weniger nette Schwestern, und eine konnte sie überhaupt nicht leiden. Sie hielt mit ihrer Kritik nicht hinter dem Berg. Aber der Pfleger war dafür ausgesprochen freundlich. »So ein junger Mann«, sagte sie, »und so höflich und zuvorkommend. Das gibt es selten.«

Als Frau Otts Bettnachbarin samt Bett ins Zimmer zurückgebracht wurde, nahm Elisabeth die momentane Unruhe zum Anlaß, sich zu verabschieden.

»Ich stelle noch eben die Blumen in die Vase«, sagte sie, »dann mache ich mich wieder auf den Weg.«

Es gab nur eine dürftige Auswahl an passenden Gefäßen im Abstellraum. Sie nahm ein einigermaßen ansprechendes Modell aus dem Regal, hielt es unter den Wasserhahn und dekorierte den Blumenstrauß, so gut es ging.

»Stellen Sie ihn bitte auf den Nachttisch«, bat Frau Ott, »dann ist Canrade ganz nah bei mir.«

Das fand Elisabeth nun wieder richtig nett. Sie wünschte ihrer Nachbarin und deren Mitpatientin weiterhin gute Besserung und verabschiedete sich mit dem Versprechen, bald wiederzukommen. Auf dem Flur überlegte sie, ob sie tatsächlich bei Jessica vorbeischauen sollte oder nicht. Jetzt bist du einmal hier, sagte sie sich, jetzt besuchst du sie auch, und machte sich auf den Weg zur Gynäkologischen Station.

Jessica lag mit zwei anderen jungen Frauen in einem Zimmer. Vielmehr schien sie dort zu wohnen. Es sah weniger nach einem Krankenzimmer als nach einer Ferienwohnung aus. Das Radio lief, eine der jungen Frauen saß im Bett und strickte, die andere saß am Tisch und löste Kreuzworträtsel. Jessica war anscheinend gerade damit beschäftigt, den Schrank aufzuräumen.

»Huch!« quiekte sie erschrocken, als Elisabeth ins Zimmer kam, entweder wegen der Zimmertür, die sie fast ins Kreuz gekriegt hätte, oder wegen des unerwarteten Besuchs. »Wo kommen Sie denn her?« fragte sie.

»Ich war gerade bei Geesche Ott«, erklärte Elisabeth ihr unvermutetes Erscheinen und reichte Jessica die Hand. »Als sie mir sagte, daß du auch hier bist, dachte ich, ich sehe mal kurz vorbei. Wie geht es dir denn? Wirst du schon bald entlassen?«

»Ja, morgen.« Jessica wußte offenbar nicht, wie sie sich ihrer Besucherin gegenüber verhalten sollte.

»Wollen Sie sich nicht setzen?« fragte die junge Frau, die am Tisch saß.

Elisabeth setzte sich zu ihr, Jessica nahm auf der Bettkante Platz. »Freust dich bestimmt, daß du morgen schon wieder in Canrade bist?« vermutete Elisabeth.

»Kann man wohl sagen.« Jessicas Einsilbigkeit war so offensichtlich Verlegenheit, daß sie Elisabeth fast leid tat.

»Bist du schon länger hier? Ich habe gar nicht mitgekriegt, daß du im Krankenhaus bist«, sagte sie, nur um irgend etwas zu sagen.

»Eigentlich sollte es auch niemand wissen. Das geht keinen was an«, sagte Jessica trotzig. »Aber Geesche Ott kann ihren Mund ja nicht halten. Nun ist es bestimmt rum im Dorf.«

Elisabeth konnte ihr ihren Ärger nachempfinden, trotzdem meinte sie: »So ist das Dorfleben nun mal. Es hat ja nicht nur Nachteile, wenn sich die Menschen füreinander interessieren.«

»Aber meistens«, murrte Jessica.

»Ich kann mir nicht vorstellen, daß du dich in einer Großstadt wohler fühlen würdest, wo alles anonym ist und niemand Notiz vom anderen nimmt. Da würdest du einfach untergehen, ohne daß es irgend jemand mitkriegt.«

»Na und? Dann geh' ich eben unter. Das ist doch wohl meine Sache.«

»Du hast Angst, nach Canrade zurückzukommen«, vermutete Elisabeth, »weil du nicht weißt, was die Leute sagen.«

»Nee«, meinte Jessica, »das ist mir egal. Ich komm' schon klar, machen Sie sich man keine Sorgen.«

Elisabeth stand auf.

»Ich will nicht länger stören«, sagte sie.

Jessica erhob sich auch und gab ihr die Hand.

»Auf Wiedersehen, Frau Rogge«, sagte sie artig. »Nett, daß Sie mich besucht haben.«

»Wenn du Lust hast, besuch mich doch auch mal«, schlug Elisabeth vor.

»Klar, mach' ich.« Jessica begleitete sie zur Tür. Auf dem Flur flüsterte sie plötzlich: »Finden Sie es schlimm, was ich gemacht habe?«

»Was heißt schlimm? Ich kann dich auf jeden Fall verstehen.« Jessicas Augen leuchteten auf.

»Wirklich?«

Elisabeth nickte. Sie legte den Arm um sie und flüsterte: »Wir Frauen müssen doch zusammenhalten.«

Jessica lachte verlegen.

»Sie sind so eine«, sagte sie.

»Wie soll ich das verstehen?«

»Haben Sie überhaupt Ahnung davon?« fragte Jessica naiv.

»Na hör mal!« protestierte Elisabeth. »Ich bin ja wohl ein paar Jahre älter als du!«

»Ich meine ja nur, Sie sind doch eine Pastorin.«

»Na und? Ich bin trotzdem eine Frau.«

»Aber nicht verheiratet.«

»Das ist richtig«, sagte Elisabeth und dachte: Du auch nicht. Jessica sah ihr nach, als sie den langen Flur entlangging. Elisabeth drehte sich noch einmal um und winkte ihr zu. Da verschwand das junge Mädchen in seinem Zimmer. Nun haben sie sich eine Menge zu erzählen, vermutete Elisabeth.

Ein Blick auf die Uhr sagte ihr, daß noch genug Zeit blieb für die Bank. Sie fuhr zu ihrer Filiale und zahlte die gestrige Kollekte ein, eine hübsche runde Summe für das Diakonische Werk. Sie bezahlte die Rechnung für die letzte Büchersendung, ließ sich einen Auszug ausdrucken und stellte erfreut fest, daß sich ein kleines Polster auf ihrem Privatkonto angesammelt hatte. Kurzentschlossen hob sie einen Betrag ab und nahm die Gelegenheit wahr zu einem kleinen Einkaufsbummel. Gleich im ersten Laden entdeckte sie einen roten engen Rock, der eine Handbreit über dem Knie endete und ihr hervorragend stand. Die Verkäuferin war begeistert.

»Wie für Sie gemacht«, sagte sie und suchte nach einem passenden Oberteil. Elisabeth entschied sich für einen weißen Body mit rundem Ausschnitt.

Hochzufrieden fuhr sie nach Canrade zurück. Erst als sie ins Haus ging, überlegte sie, ob sie diese gerade erworbene Kombination überhaupt in Canrade tragen konnte. Egal, dachte sie, ich finde die Sachen schick, das ist die Hauptsache.

Aber für den Anlaß, der heute auf dem Terminplan stand, mußte sie etwas anderes aus dem Schrank holen. Herr de Wall hatte Geburtstag. Ausdrücklich war sie gebeten worden, gegen drei Uhr zum Tee vorbeizukommen. In der Regel plante sie die Geburtstagsbesuche so, daß sie nicht in die allgemeine Familienfeier geriet. Aber wenn sie so förmlich eingeladen wurde wie von Herrn de Wall, ihrem Stellvertreter, dann mußte es eben sein.

Das Wetter hatte sich gehalten, aber es wurde zunehmend schwül. Der Himmel war nicht mehr bleifarben wie noch vor ein paar Stunden, sondern fast weiß.

Was ziehe ich an? überlegte Elisabeth vor der offenen Schranktür. Sie suchte sich ein ganzes Sortiment zusammen und probierte es der Reihe nach aus. Nichts gefiel ihr. Und was ihr gefiel, kam nicht in Frage, wie der neue Rock zum Beispiel. Aber der neue Body war gut. Vielleicht ein bißchen zu figurbetont? Sie zog dazu einen Wickelrock an, den schwarzgrundigen mit den großen weißen Blüten, dazu schwarze Sandalen. Sie besah sich von allen Seiten im Spiegel. Ihr Haar saß heute wirklich perfekt. Sie fuhr sich mit beiden Händen durch die blonde Lockenpracht und nickte ihrem Spiegelbild freundlich zu.

Die restlichen Sachen hängte sie wieder ordentlich in den Schrank, kramte noch ein bißchen im Badezimmer herum und ging dann nach unten. Einen Augenblick überlegte sie, ob sie noch kurz bei Michael vorbeisehen sollte. Aber dann schloß sie die Haustür hinter sich zu und ging die wenigen Schritte zu Herrn de Walls Haus.

Die Geburtstagsrunde war schon vollzählig versammelt. Elisabeth wurde von allen Gästen herzlich begrüßt. Die meisten kannte sie. Herr de Wall freute sich sichtlich, daß sie ihn zu seinem fünfundsechzigsten Geburtstag mit ihrem Besuch beehrte. Ihr wurde der Platz auf dem Sofa neben seiner ältesten Schwester zugewiesen. Der Tee wurde eingeschenkt, Kuchen und Torten gab es reichlich, alles redete durcheinander ... es war richtig gemütlich.

»Können Sie unser Platt auch verstehen?« wurde sie besorgt gefragt, als sie sich nicht an dem allgemeinen Gespräch beteiligte, das sich um das Problem der neuen Radwege entlang der Hauptstraße drehte. Ihre Sofanachbarin war davon besonders betroffen, weil die Brücke, die über den Straßengraben – sie sagte »Schlot« – führte, dem neuen Radweg weichen mußte. Die Brücke schien ihr ganzer Stolz zu sein. Jedes Frühjahr, erzählte sie Elisabeth, sei sie neu gestrichen worden. Alle Anwesenden bedauerten es, daß die Brücken, die das Ortsbild geprägt hatten, nun verschwinden müßten, mitsamt dem Graben, der verrohrt wurde und später unsichtbar unter dem neuen Radweg verlaufen würde.

Elisabeth verstand tatsächlich nicht alles; aber sie konnte dem Gespräch doch folgen, weil Herr de Wall ihr die wichtigsten Passagen netterweise übersetzte.

»Andererseits ist es aber doch auch nötig, daß dieser Radweg gebaut wird«, meinte sie. »Es ist wirklich lebensgefährlich, bei dem Autoverkehr mit dem Rad auf der Straße zu fahren.«

Darin stimmten ihr alle zu. Vor allem für die Kinder, die täglich mit dem Fahrrad zur Schule fuhren, wäre es unverantwortlich, wenn die Gemeinde noch länger gewartet hätte. Letzten Sommer war eine Schülerin auf dieser Strecke tödlich verunglückt. Dieser Unfall hatte wohl auch den Ausschlag für den Baubeginn gegeben.

»Nur unsere schöne Brücke, die kommt nun weg«, klagte Herrn de Walls Schwester. Und sie erzählte, wie diese Brücke das erste gewesen wäre, was ihr an ihrem neuen Zuhause wirklich gefallen hätte, als sie, eine junge Frau von zwanzig Jahren, damals in das Haus ihrer Schwiegereltern einzog. »Die Brücke und die Haustür«, sagte sie. So etwas Schönes hatte sie bis dahin noch nicht gesehen.

Nachdem das Radweg-Thema erschöpfend behandelt worden war, wendete sich das allgemeine Interesse Elisabeth zu. Ob es ihr in Canrade gefiele? Ob es nicht zu einsam sei in der großen alten Pastorei?

Lobend wurde erwähnt, daß die Gottesdienste immer gut besucht seien, besser als in den umliegenden Gemeinden. Elisabeth meinte, das läge auch an den Kurgästen.

»Nun sind Sie man nicht so bescheiden«, sagte Herr de Wall und wies voll Stolz und sehr zufrieden darauf hin, was für ein Glück sie mit ihrer tüchtigen Pastorin hätten, die nicht nur hervorragend predigen könne, sondern auch alles andere souverän meistere, was das Pfarramt ihr abverlangte. »So eine junge Frau«, sagte er anerkennend, »und so tüchtig.«

Elisabeth lobte ihrerseits den Kirchenvorstand, mit dem es keinerlei Schwierigkeiten gäbe. »Im Gegenteil«, sagte sie, »der Kirchenvorstand macht es mir wirklich leicht.«

Jemand erwähnte Freddy de Vries, und daß der doch eigentlich alles andere als ein seriöser Kirchenvorsteher sei. Herr de Wall lachte.

»Ach«, meinte er, »den verkraften wir schon, was, Frau Rogge?«

»Ich finde ihn ganz in Ordnung«, sagte sie.

»Wenn er nüchtern ist, mag es ja gehen«, meinte Frau de Wall. Alles lachte.

Elisabeth hielt nun die Zeit für gekommen, eine kleine Rede zu halten. Alle hörten ihr aufmerksam zu, als sie von der Lebensreise sprach, die jeder Mensch mit seiner Geburt angetreten hat.

»Fünfundsechzig Jahre«, sagte sie, »das ist eine weite Wegstrecke, die Sie, lieber Herr de Wall, zurückgelegt haben. Wenn Sie darüber nachdenken – und ein Tag wie dieser ist dafür ja wie geschaffen –, dann erinnern Sie sich an viele Stationen, an denen Sie erfreut und gestärkt worden sind. Sie erinnern sich aber auch an Situationen, die Sie am liebsten vergessen möchten. Menschen fallen Ihnen ein, die mit Ihnen unterwegs waren, die Sie verlassen haben, und andere, die bei Ihnen geblieben sind. Sie erinnern sich an Ihre beruflichen Erfolge und Mißerfolge, an die Ehrenämter, die Ihnen Freude bereiten und manchmal auch lästig sind. Weil

Sie mir als ein gläubiger Mensch begegnet sind, der sein Leben als ein Gottesgeschenk ansieht und dankbar und voller Vertrauen lebt, wünsche ich Ihnen nun für die Wegstrecke, die vor Ihnen liegt, die so schön und so beschwerlich sein wird wie die Wegstrecke, die hinter Ihnen liegt, Gottes Schutz und Segen. Und ich fände es wunderbar, wenn wir weiterhin so gut zusammenarbeiteten, wie wir es bis jetzt getan haben. An mir soll es nicht liegen.«

Herr de Wall erhob sich und bedankte sich bei ihr, indem er ihre beiden Hände ergriff und kräftig drückte.

»An mir auch nicht!« sagte er gerührt.

Leicht und beschwingt ging sie zum Pfarrhaus hinüber. Sie schloß die Haustür auf, öffnete die Fenster im Amtszimmer und die Küchentür, die zum Garten führte, und inspizierte Olga Bahlmanns Vormittagswerk. Der Rasen war mustergültig gemäht. Er sah so weich und verlockend frisch aus, daß sie nicht widerstehen konnte, barfuß über ihn hinwegzugehen. Sie streifte die Sandalen ab und ging hinüber zum Staudenbeet, um sich eine Nase voll Sommerduft zu gönnen. Erschrocken fuhr sie herum, als sie Michael sagen hörte: »Schade, daß ich keinen Fotoapparat dabeihabe! Du siehst verführerisch aus! Wie Eva unter dem Apfelbaum.«

»Hallo, Michael«, sagte sie. Es hörte sich nicht sehr begeistert an.

Er kam über den Rasen und wollte sie in die Arme nehmen, aber sie ließ es nicht zu.

»Ist was?« fragte er erstaunt.

»Nein, wieso? Was soll sein?«

»Du hast doch was. Hast du einen schlechten Tag gehabt?«

»Nein, ganz und gar nicht«, sagte sie und schlüpfte in die Sandalen. »Aber ich finde es nicht gut, wenn du vergißt, daß wir beide etwas zu verlieren haben.«

»Wer soll uns hier sehen?« Er blickte sich nach allen Seiten um und tat, als suche er die Zuschauer, die sich in den Büschen versteckt hielten.

»Na weißt du!« wunderte sie sich. »Am hellichten Tag! In Canrade!« Sie gingen zum Gartentisch. »Möchtest du etwas trinken? Wasser, Cola, Bier?«

»Wenn es dir nichts ausmacht, letzteres.«

Sie ging in die Küche und kam gleich darauf mit zwei Flaschen gutgekühltem Bier und zwei Gläsern zurück.

»Es wird immer schwüler«, meinte sie und schenkte ein. »Heute gibt es bestimmt noch ein Gewitter. Wann ist eigentlich Flut?«

»Gegen Mitternacht. Hast du Angst vor Gewittern?«

»Angst nicht, aber unheimlich ist es doch.«

»Soll ich kommen und dich beschützen?« neckte er.

Als sie nichts darauf erwiderte, fragte er: »Tut es dir leid, Lisa?«

»Nein … Nein, es tut mir nicht leid. Aber es wird keine Fortsetzung geben.«

Er sah sie so erschrocken an, daß sie schnell sagte: »Ich hatte heute verschiedene Erlebnisse, die mich sehr nachdenklich gemacht haben, Michael.« Sie drehte das Glas in der Hand und lehnte sich zurück. »Unsere Situation ist unmöglich«, erklärte sie. »Du mit deiner Familie und ich mit meiner Gemeinde. Wie soll das gehen?«

»Daß ich nicht lache! *Meine Gemeinde.*«

»Von mir aus versteh es falsch. Aber du weißt genau, daß ich hier meine Probezeit absolviere. Meinst du, ich setze meinen Beruf aufs Spiel für eine Affäre mit einem verheirateten Mann?«

»*Meinen Beruf! Affäre!* Wie redest du plötzlich?«

»Ich könnte auch sagen: meinen guten Ruf. Oder: das Vertrauen der Leute. Du weißt genau, daß ich sehr viel zu verlieren habe. Ganz abgesehen davon, daß ich es Anita gegenüber unmöglich fände und nicht verantworten könnte, wenn es eine Fortsetzung gäbe.«

»Willst du das nicht mir überlassen?«

»Das würde ich ja gern tun, aber leider habe ich auch ein moralisches Gewissen. Du kannst mir weder meine Verantwortung noch meine Schuldgefühle abnehmen, Michael. Und wie könnte ich ein Verhältnis mit dir mit dem vereinbaren, was ich zu predigen habe?«

»Wenn es diese Nacht nicht gegeben hätte, hielte ich dich für prüde«, stellte er fest.

»Komm, Michael«, bat sie, »laß uns diese Sommernacht in guter Erinnerung behalten.«

Er ging gar nicht darauf ein. Statt dessen fragte er: »Und wenn ich mich scheiden ließe?«

»Das steht doch gar nicht zur Debatte!« Wollte er sie nicht verstehen oder konnte er es nicht? Sie merkte, daß sie langsam die Geduld verlor. Sie hatte keine Lust, sich mit ihm zu streiten, aber je länger sie sich mit ihm unterhielt, desto klarer wurde ihr, daß sie sich auf keinen Fall auf eine Fortsetzung einlassen würde. Sie fand ihn sehr nett und sympathisch, dabei würde es bleiben.

»Aber wie sollen wir weiter miteinander umgehen?« fragte er. »Wie stellst du dir das vor? Sollen wir so tun, als wäre nichts gewesen? Auch wenn wir allein sind wie jetzt? Das kann doch nicht dein Ernst sein!«

Sie nickte.

»Anders geht es nicht.«

»Doch, es geht anders, Lisa, und das weißt du auch.«

»Aber ich will es nicht! Ich kann es nicht! Und nenne mich bitte nicht Lisa!«

Er stand auf.

»Danke für das Bier«, sagte er förmlich. »Ich geh'. Vielleicht komme ich nachher noch einmal rüber, wenn Julia und Henning wieder da sind.«

Elisabeth spielte mit ihrem Glas und schwieg.

»Ist dir das auch nicht recht?«

»Lieber wäre mir, du kämst heute nicht mehr.«

Er sah sie ungläubig an.

»So leicht ist es für mich auch nicht. Kapierst du das nicht?« Sie stand auf und ging zum Haus. Er sah, daß ihr Tränen übers Gesicht liefen.

»Lisa!« sagte er zärtlich und wollte ihr nachgehen. Aber sie war schon im Haus und zog die Tür demonstrativ hinter sich zu. Da blieb ihm nichts anderes übrig, als zu gehen.

Julia und Henning kamen spät abends müde und schwerbeladen aus Groningen zurück. Sie hatten vier riesige Grünpflanzen eingekauft.

»Eine für jede und jeden«, verkündete Henning.

Außerdem hatten sie noch Heringe mitgebracht, die wollten sie gemeinsam auf holländische Art verspeisen, wie es ihnen auf dem Fischmarkt in Groningen vorgeführt worden war, zusätzlich einen ganzen Laib Edamer, jede Menge Honigkuchen und türkischen Honig.

Elisabeth wunderte sich.

»Habt ihr Angst, in Canrade zu verhungern?« fragte sie. »Wer soll das denn alles essen?«

»Den Käse nehmen wir mit nach Hannover«, erklärte Julia. »Und den Honigkuchen auch.«

»Nur die Heringe verzehren wir auf der Stelle, und dazu trinken wir das hier«, Henning stellte eine Flasche Genever auf den Tisch.

»Aber heute nicht mehr«, bat Julia und bekannte, daß sie bereits in Winschoten üppig zu Abend gegessen hatten.

Den Genever probierten sie dann doch, weil Henning darauf bestand. Zu dritt, wie sich zeigte, denn Michaels Platz blieb leer, was Elisabeth nicht einmal zu bemerken schien. Direkt wie immer fragte Julia: »War's das?«

Elisabeth nickte.

Aber Henning hörte nicht auf, sich über Michaels Abwesenheit Gedanken zu machen.

»Was kann er denn Wichtiges zu tun haben?« überlegte er.

»Ich erzähl' es dir später«, sagte Julia.

Doch damit gab er sich nicht zufrieden.

»Ich geh' mal rüber und bring' ihm den Blumenpott«, meinte er.

Die beiden Freundinnen ließen ihn ziehen. Es wetterleuchtete, aber das Gewitter blieb anscheinend aus.

»Schade«, meinte Julia. »Ich hatte mich richtig darauf gefreut.« Sie fände Gewitter so schön gruselig, sagte sie.

Elisabeth legte eine CD ein.

»Vielleicht kommt es ja doch noch«, tröstete sie.

Vivaldis ›Vier Jahreszeiten‹ erfüllten den Raum. Julia zog die Schuhe aus und machte es sich auf dem Sofa bequem.

»So, nun erzähl mal«, bat sie.

Elisabeth setzte sich in ihren Lieblingssessel.

»Ich weiß gar nicht, wo ich anfangen soll«, begann sie zögernd. »Heute ist so viel passiert, ich glaube, es wird eine ganze Zeit dauern, bis ich das alles verarbeitet habe.«

»Kaum läßt man dich allein, schon machst du Weltgeschichte«, spottete Julia.

Elisabeth mußte lachen.

»Lästere du nur«, sagte sie.

Eine Weile hörten sie auf die Musik und sahen dem Wetterleuchten zu. Es war ein windstiller, warmer Abend. Julia wippte mit dem Fuß zum Takt der Musik.

»Kurz und gut«, sagte Elisabeth, als käme sie gerade zum Abschluß ihres langen Berichtes vom Tage, »ich habe Michael gesagt, daß ich nichts mehr mit ihm zu tun haben will.«

»Und wie hat er es aufgenommen?«

»Na, wie wohl. Natürlich ist er enttäuscht, traurig, gekränkt, sauer ... Weiß ich, wie ein Mann empfindet, der einen Korb bekommt?«

»Und du? Wie geht es dir damit? Gestern machtest du

jedenfalls einen glücklicheren Eindruck als heute, wenn ich das mal so sagen darf. Hast du es dir auch wirklich gut überlegt?«

»Es gibt gar nichts zu überlegen. Es ist die einzige Möglichkeit für mich, aus dieser blöden Situation wieder rauszukommen. Ehrlich gesagt habe ich keine Ahnung, wie er mich überhaupt rumkriegen konnte. Meine Gefühle müssen total verrückt gespielt haben.«

»Hast du also einen Sündenbock gefunden«, stellte Julia fest.

»Jedenfalls war es nicht mein Verstand, der mich in diese Lage gebracht hat.«

»Und wie soll es nun weitergehen?«

»Von mir aus, als wäre nichts gewesen. Hoffentlich benimmt er sich wie ein erwachsener Mann, der klug genug ist, die Unmöglichkeit einer solchen Beziehung einzusehen. Nicht auszudenken, was passierte, wenn Olga Bahlmann oder irgend jemand sonst dahinterkommen würde!«

»Und Anita?«

»Anita ...«, Elisabeth zuckte die Schultern. »Keine Ahnung, wie ich mich ihr gegenüber verhalten soll. Ich kann es ihr auf keinen Fall eingestehen.« Sie stöhnte: »Wie konnte ich nur so bescheuert sein! Kannst du mir das sagen?«

»Nun mach doch kein Drama daraus, Mädchen. Es ist nun mal passiert, das kannst du nicht mehr ändern und damit basta. Du hast doch schon alles geklärt. Es ist aus und vorbei. Was du tun konntest, hast du getan.«

»Und Michael?«

»Michael wird seine Enttäuschung verwinden, Anita wird nie etwas erfahren, und du wirst die beste Pastorin sein, die Canrade je haben wird – um eine Erfahrung reicher, ein wenig erwachsener, mit gerade soviel Schuldgefühlen, daß du dich deinen Schäflein gegenüber nicht für unfehlbar hältst. Und außerdem«, fügte sie verschmitzt hinzu, »müßtest du doch eigentlich überzeugt davon sein, daß dein lieber Gott es gewollt hat, sonst hätte er es ja wohl verhindern können.«

Elisabeth lachte.

»Laß gut sein, Julia«, bat sie. »Bleib du bei deiner Juristerei, davon verstehst du schließlich etwas.«

»Richtig«, sagte sie. »Gut, daß du mich daran erinnerst. Wo kein Ankläger ist, da braucht man auch niemanden zu verteidigen. Warum rede ich mir eigentlich den Mund fusselig?«

Sie prosteten sich zu mit dem guten Genever.

»Jetzt fühle ich mich schon viel besser«, erklärte Elisabeth.

»Halleluja«, murmelte Julia und schenkte nach.

Henning kam zurück und berichtete, daß Michael ihm alles erzählt habe und ziemlich sauer sei.

»Aber ich kann dich verstehen, Lisa«, meinte er. »Es ist wirklich das Beste, was du machen konntest. Lieber ein Ende mit Schrecken als ein Schrecken ohne Ende.« Er schob Julias Beine ein wenig zur Seite und setzte sich zu ihr aufs Sofa.

»Ich habe ihn daran erinnert, wie es dem Schulmeister damals ergangen ist und daß du ihm möglicherweise mit deinem Entschluß das Leben gerettet hast«, sagte er.

»Und?« fragte Julia. »Wie fand er deinen Vergleich?«

»Keine Ahnung. Ich glaube, nicht überzeugend.«

»Was man ihm wohl auch nicht verdenken kann«, meinte sie und kitzelte ihn mit dem Fuß.

»Laß das«, drohte er, »sonst kitzle ich dich auch«, und setzte seine Worte sogleich in die Tat um.

Julia quiekte und strampelte mit den Beinen.

»Du Schuft!« fauchte sie. »Eine wehrlose Frau belästigen!« und schlug ihm auf die Hand.

»Na, Kinder, ich glaube, es wird Zeit, ins Bett zu gehen«, neckte Elisabeth.

»Au ja, komm!« bat Henning.

»Ich schlafe heute nacht im Garten«, verkündete Julia.

»Spinnst du? Es gibt gleich ein Gewitter!«

»Das ist doch nur Wetterleuchten«, meinte Elisabeth.

Aber Henning hatte es bereits donnern hören. »Es dauert nicht mehr lange«, prophezeite er, »dann geht es los.«

Julia gähnte. »Wenn das so ist, dann gehe ich eben ins Bett.«

Sie stand auf, legte den Arm um Elisabeth und wünschte ihr eine gute Nacht.

»Schlaf schön, träum schön«, sagte sie, »morgen sieht alles ganz anders aus.«

Henning erhob sich ebenfalls.

»Gute Nacht, Lisa«, sagte er. »Hör auf das, was Julia sagt, sie hat immer recht. Das ist ihr angeboren. Und außerdem ist es ihr Beruf.«

»Na denn«, lächelte Elisabeth und wünschte ebenfalls eine gute Nacht.

Als sich die Tür hinter den beiden geschlossen hatte, stand sie auf und ging zum Fenster. Sie war müde und zugleich hellwach. Ein eigenartiger Zustand. Sie sah in das Wetterleuchten und hörte jetzt auch das Grollen in der Ferne. Es klang nicht beängstigend, nur ein wenig unheimlich.

Sie brachte die leeren Gläser in die Küche, stellte die Flasche in den Kühlschrank, öffnete die Terrassentür und trat ins Freie. Was für eine Luft!

Sie ging in den nachtdunklen Garten und beobachtete den Himmel. Tiefschwarze Wolken kamen vom Deich her über das flache Land gezogen. Es blitzte jetzt ununterbrochen, und irgendwo über dem Meer grollte und polterte der Donner lang und schwer. Eine Spannung lag in der Luft, die fast körperlich zu spüren war. Die ganze Natur wirkte wie elektrisiert.

Unter der Kiefer hielt sich noch die aufgestaute Tagwärme, und das Gras unter dem Apfelbaum glänzte bei jedem Blitz. Aber das Auffälligste war der Himmel. Sie konnte sich nicht erinnern, irgendwann in ihrem Leben schon etwas Dramatischeres gesehen zu haben. Die Wolken über der Krummhörn waren oft überwältigend und immer wieder wie Botschaften aus einer anderen Welt. Ganz egal, ob sie sich zu riesigen weißen Türmen aufbauten oder zu schweren grauen Wassersäcken zusammenschoben, ob sie als langgestreckte Windfahnen dahinzogen oder als dichtgedrängte Schäfchenwolken federleicht und heiter am Himmel schwebten, ja sogar dann, wenn sich der Himmel vor dem dunkelgrünen Küstenland mit einer undurchdringlichen Wolkendecke verbarg oder wenn das Land im dichten Nebel versank – immer hatte sie das Zusammenspiel von Erde, Luft und Meer fasziniert. Aber was war das alles gegen diese Gewitternacht? Gegen diesen Himmel, der unentwegt von farbensprühenden, grelleuchtenden Blitzen zerrissen wurde, begleitet vom Donnergrollen, das fast ununterbrochen zu hören war und wie in langen Wellen näher kam.

Unmöglich, jetzt ins Haus zu gehen. Sie überließ sich ihren Gedanken und Gefühlen und genoß es, allein zu sein. Welch ein Unterschied zur letzten Nacht! Sie spürte, wie sich ihr Körper zusammenzog in Erinnerung an die Zärtlichkeit und an die Ekstase, an die Gefühle, die über sie hereingebrochen waren, so wie dieses Wetter über das Land. Und Gott sah, daß es gut war, dachte sie. Wenn sie nur alles andere vergessen könnte! Anita. Das Dorf. Die Amtskirche ... Ein bißchen viel, was ich vergessen müßte, um glücklich zu sein, dachte sie.

Und dann war da noch etwas, an das sie bis jetzt noch nicht zu rühren gewagt hatte. Ein Wissen, das sich ganz tief innen, irgendwo zwischen Kopf und Bauch, eingenistet hatte, für das sie aber keine Bezeichnung fand. War es ihr schlechtes Gewissen? War es Angst? Im gleichen Augenblick, in dem sie es gedacht hatte, wußte sie, daß es Angst war. Angst vor den möglichen Folgen ihrer Liebesnacht. Nein, so grausam kannst du nicht sein, Gott, dachte sie, daß du mir das antust!

Der Wind frischte auf und trieb die schwarze Wolkenwand schneller vor sich her. Mit nichts vergleichbar, was sie bis dahin gehört hatte, rollte der Donner über das Meer. Schlag auf Schlag zuckten die Blitze in bizarren Windungen und Linien über den Himmel. Sie kam sich plötzlich so ungeschützt und verletzbar vor, daß sie ins Haus flüchtete. Erst nachdem sie die Fenster und Türen verschlossen hatte, fühlte sie sich ein wenig sicherer.

Dann war das Gewitter so nahe, daß die Fensterscheiben unter den Donnerschlägen vibrierten. Von einer Minute zur anderen brach ein Sturm los, von dem die Baumwipfel gegen das Haus gedrückt wurden. Es klang, als tobte eine wildgewordene Herde um das Haus. Das Krachen und Zischen war ohrenbetäubend.

Elisabeth hatte sich ins Amtszimmer geflüchtet. Da! Dieser Blitz ging in den Kirchturm! Sie hatte es deutlich gesehen. Mit angehaltenem Atem starrte sie auf die Kirche, als rechnete sie damit, daß sie gleich in Flammen aufging.

Statt dessen fing es an zu regnen. Ach was, regnen, die Wolken schütteten alles Wasser, das sie von der Nordsee herangetragen hatten, über Canrade aus. Einen solchen Wolkenbruch hatte sie noch nicht erlebt. Erst nach ungefähr einer Viertelstunde strömte der Regen gleichmäßig vom Himmel herab. Sie hörte auf das Rauschen und das wohlbekannte Tropfen, Rieseln, Rinnen und wußte, daß das Unwetter vorüber war. Es blitzte zwar noch ab und zu, und es polterte, als würden Steinkarren über uralte Straßen gezogen, aber dieser Donner erschreckte niemanden mehr. Sie konnte sich jetzt ruhig schlafen legen, ohne Angst um mögliche Schäden und ohne Sorgen um die Menschen in ihrem Kirchspiel.

Als sie sich im Bett ausstreckte, fühlte sie sich wie befreit. Ihr war, als habe sie der Gewitterregen reingewaschen und alles Belastende weggeschwemmt. Fest und traumlos verschlief sie den Rest der Nacht.

Am anderen Morgen wachte sie früher als gewöhnlich auf und fühlte sich wie neugeboren.

Das Unwetter war natürlich Tagesgespräch in Canrade. Onno Bahlmann lobte die Blitzableiter am Glockenturm. »Das hätte auch danebengehen können«, sagte er.

Elisabeth versuchte gar nicht erst, sich vorzustellen, was er damit meinte.

Evchen Kleinert hatte gehört, daß in Rysum zwei Kühe vom Blitz erschlagen worden waren. »Zwei auf einmal«, sagte sie, »von einem Blitz. Und das ganze Korn ist plattgewalzt.«

Das waren wirklich schlechte Nachrichten.

Im Garten sah es auch ziemlich schlimm aus. Der Rittersporn war umgeknickt, der Sommerflieder zerzaust, und vom Apfelbaum war ein armdicker Ast abgebrochen.

Das Telefon beendete Elisabeths Rundgang. Sie lief ins Haus und meldete sich atemlos. Es war Michael.

»Ich wollte dir nur sagen, daß ich nach Wiesbaden fahre.«

»Und wann kommst du zurück?«

»Das weiß ich noch nicht. Vielleicht bringe ich Anita und die Kinder gleich mit.«

»Ja, kommst du denn nicht bis Sonntag wieder?« fragte sie.

»Das glaube ich nicht.«

»Und die Orgel?«

»Ist alles geregelt. Herr Silbermann hat sich bereit erklärt, mich zu vertreten.«

»Herr Silbermann?« fragte sie erstaunt. »Ich wußte gar nicht, daß Herr Silbermann Orgel spielt.«

»Doch, sogar ganz gut. Er war früher mal Organist. Das wird wohl klappen.«

»Danke«, sagte Elisabeth.

»Wofür? Daß ich wegfahre?«

»Daß du dich um die Vertretung gekümmert hast.«

»Das ist wohl selbstverständlich! Was hältst du von mir? Ich mag keine ungeklärten Verhältnisse.«

»Na!« entfuhr es ihr.

»Du hast mir keine Chance gegeben, Lisa, vergiß das nicht.«

»Laß uns nicht wieder davon anfangen«, bat sie. »Ich wünsche dir eine gute Reise. Und grüß Anita von mir.«

Sie war froh, daß er die Initiative ergriff und ein wenig Distanz schuf. Wenn die Ferien vorbei sind, sieht alles anders aus, dachte sie.

Julia und Henning verschliefen den halben Vormittag. Das nächtliche Inferno hatte sie um den Schlaf gebracht. Was lag näher, als ihn nachzuholen?

Nach dem Frühstück, das zugleich ihr Mittagessen war, wollten sie nach Greetsiel und Norden fahren. Und morgen sollte es ins Rheiderland und nach Leer gehen. Elisabeth war alles recht, wenn sie nur nicht auf die Idee kamen, sie zum Mitfahren überreden zu wollen.

Nachdem sie die Post durchgesehen hatte, überlegte sie, wie sie sich den Vormittag am besten einteilen könnte. Am liebsten wäre sie erst einmal zum Deich gefahren. Warum nicht? Kurzentschlossen setzte sie sich ins Auto und fuhr zum Leuchtturm.

Die Sonne hielt sich hinter einem Wolkenschleier verborgen, aber es war warm, trocken und windstill. Sie wußte nicht, was sie erwartet hatte nach dem Unwetter der letzten Nacht. Aber als sie auf die See hinaus sah, war sie doch einigermaßen überrascht. Das Wasser war abgelaufen, das Watt breitete sich himmelweit aus wie immer. Als wäre nichts gewesen, hockten die Möwen träge am Priel.

Sie streifte die Sandalen ab, krempelte ihre Hosenbeine hoch und stieg die Stufen hinunter. Der Schlick war fest und kühl. Schon nach ein paar Schritten merkte sie, wie sich ein starkes Glücksgefühl von den Fußsohlen aus über ihren ganzen Körper ausbreitete. Sie genoß jede Berührung mit dem Meeresboden, jede Welle, die das Wasser geformt hatte, jede Lache, in der sich der Himmel spiegelte. Sie nahm alles, die Nähe und die Weite, mit allen Sinnen auf. Ihre Haut sog die feuchte, salzhaltige Luft förmlich ein. Und wenn sie mit der Zunge über die Lippen fuhr, schmeckte sie das Salz.

Das unaufhörliche Wispern und Raunen im Schlick, die Wattwürmer, die Muscheln und Krebse, all die Lebewesen, die sich vor der Sonne versteckten, und das Rinnen und Rieseln des Meeres, das sich – dem Mond gehorchend – gerade wieder in andere Gegenden zurückzog, dazu die Vogellaute, das unmelodische Kreischen, die schrillen Schreie der Austernfischer, der Silbermöwen, das höhnische Gakkern der Lachmöwen über den Salzwiesen ... Nirgendwo, dachte sie, nirgendwo sonst bin ich so eingebunden in die Elemente wie hier in dieser Landschaft, die der Erde, dem Wasser, der Luft und dem Feuer gemeinsam und zu gleichen Teilen gehört.

Das seltsam gebrochene Licht, die Farben, die das endlos scheinende Watt in allen Schattierungen widerspiegelte, obwohl das Grau auf den ersten Blick zu überwiegen schien, dieses Licht bezauberte sie immer wieder neu. Inzwischen wußte sie, daß sie sich ihm nur auszusetzen brauchte, gewissermaßen hinzugeben, um inspiriert und energiegeladen wieder an die Arbeit gehen zu können. Was in ihrem Fall bedeutete: zurück zu den Menschen, denen sie für einen Augenblick den Rücken gekehrt hatte.

Als sie sich zum Umkehren entschlossen hatte, sah sie, daß sich nun ein paar Kinder und Erwachsene im Watt tummelten. Die Luft trug ihre Stimmen hoch hinauf zu den Wolken und weit über den Sand bis hin zu ihr, der Frau, die aus dem Meer zu kommen schien. Zwei, drei junge und alte Männer stapften in Gummistiefeln, mit Eimern und Forken bewaffnet, zielstrebig über den Schlick, um nach Wattwürmern zu graben. Ihre Angelleidenschaft verläßt sie nie, dachte Elisabeth, nicht einmal bei Ebbe.

Wieder am Deich angekommen, nahm sie ihre Sandalen in die Hand und ging barfuß über das tiefgrüne Gras zu ihrem Auto, stieg ein und fuhr nach Canrade zurück.

Julia und Henning hatten eine kurze Nachricht hinterlassen. *Kommen später zurück,* las Elisabeth. *Gehen evtl. noch ins Orgelkonzert.*

Richtig. Das hatten sie sich ja eigentlich alle zusammen vorgenommen. Wann war das gewesen? Vorgestern? Es kam ihr vor, als wäre es Wochen her, daß Michael von den Konzerten in Norden erzählt hatte. Sie waren sich schnell einig gewesen hinzufahren, solange Julia und Henning noch in Canrade waren.

»Ihr dürft es euch einfach nicht entgehen lassen«, hatte Michael gesagt und von der berühmten Arp-Schnitger-Orgel in der Ludgerikirche geschwärmt, die für Kirchenmusiker aus aller Welt ein Begriff sei. Er hatte ihnen richtig den Mund wäßrig gemacht.

Während Elisabeth ihren alltäglichen Beschäftigungen nachging, die anfallenden Büroarbeiten erledigte, Patenscheine ausstellte, Termine verabredete ... kam ihr immer wieder die Orgel in den Sinn.

Gegen Abend hatte sie sich dann entschlossen, ebenfalls nach Norden zu fahren und zusammen mit Julia und Henning in das Konzert zu gehen. Für den Fall, daß die beiden es sich doch anders überlegt haben sollten, hinterließ sie ihnen eine kurze Mitteilung und legte sie auf den Küchentisch.

Es waren nur wenige Autos unterwegs. Bis auf ein paar jugendliche Raser, die es anscheinend nicht aushalten konnten, hinter ihr herzuzockeln, und sie mit hundertdreißig Sachen überholten – ein Wahnsinn auf der kurvenreichen Strecke! –, kam es ihr so vor, als wäre sie einer der wenigen Menschen in der Krummhörn, die um diese Zeit noch das Haus verließen.

In Norden dagegen herrschte reger Betrieb. In der Innenstadt gingen Urlauber spazieren, Taxis, Fußgänger, Motorräder, Mofas, Autos, Fahrräder wuselten durch die Straßen. Verglichen mit ihrem Dorf kam es ihr in Norden immer vor, als wären die Straßen für den Verkehr zu eng und die Stadt zu klein für die Bedürfnisse der Menschen. Aber sie schienen sich trotzdem alle wohlzufühlen, die Einheimischen ebenso wie die Gäste.

Sie parkte ihr Auto auf dem Marktplatz und schlenderte zur Kirche hinüber. Ob Julia und Henning da waren? Sie war gespannt. Weil sie nichts verabredet hatten, mußten sie es dem Zufall überlassen, ob sie nebeneinander sitzen konnten oder nicht. Sie bezahlte ihren Eintritt, bekam ein Programm in die Hand gedrückt und sah sich suchend um, während sie den Mittelgang entlangging.

Julia sah sie zuerst und winkte ihr zu.

»Toll, Lisa«, freute sie sich, als sie sich neben sie setzte. »Hast es dir also doch noch überlegt.«

Michael wurde nicht erwähnt, obwohl sie alle drei an ihn dachten, schließlich war er es ja gewesen, der sie auf diesen Abend aufmerksam gemacht hatte.

»Eine ungewöhnliche Kirche«, flüsterte Henning. »Julia und ich waren schon rechtzeitig da und haben uns umgesehen.«

»Besonders die barbusigen Kanzelfiguren haben ihn beeindruckt«, kicherte Julia.

Er gab zu, daß er nicht widerstehen konnte, sie zu streicheln.

»Ich auch nicht«, gestand Julia.

Elisabeth war schon mehrmals hier gewesen und kannte sich aus. Eigenartig fand sie den Fürstenstuhl, der den Hochchor vom Langschiff trennte, so daß in der Kirche eine zweite Kirche entstanden war, mit je einem Altar. Auch der Umgang um den Hochchor und die verschiedenen Emporen mit ihren Gittern und Fenstern waren ungewöhnlich.

Als sie das erste Mal hier gewesen war, hatte sie sich überlegt, ob sie in dieser altehrwürdigen Kirche predigen möchte, auf der großen Kanzel unter dem riesigen Schalldeckel. Es reizte sie schon; aber wenn sie sie mit ihrem Canrader Gotteshaus verglich, dann wollte sie doch nicht tauschen. Beide waren etwa um die gleiche Zeit erbaut worden, und beide waren Schmuckstücke, Kirchenjuwelen sozusagen, aber sie waren in keiner Weise miteinander zu vergleichen.

Während Julia und sie sich leise auf das eine oder andere Detail aufmerksam machten, fingen die Glocken an zu läuten. Sie übertönten den Verkehrslärm und verbreiteten eine festlich-feierliche Stimmung. Als sie verklungen waren, begann das Konzert.

Leicht und schwer zugleich spielte der Organist eine Variation über den Choral *Wer nur den lieben Gott läßt walten …* Elisabeth lehnte sich zurück und ließ sich von der Musik entführen. Von Vers zu Vers folgte sie der Melodie, die sich dahinschlängelte wie ein Bach. Plätschernd, sprudelnd, fließend …

Sie hätte gern den Text dabeigehabt, bruchstückhaft fielen ihr die einzelnen Strophen ein. *Was helfen uns die schweren Sorgen … Wir machen unser Kreuz und Leid nur größer durch die Traurigkeit …*

Wieviel Menschenkenntnis und Lebenserfahrung steckten in diesem alten Lied. Sie nahm sich vor, es bei passender Gelegenheit einmal singen zu lassen. Ob Michael die Noten zu diesen Variationen hatte? Bestimmt.

Michael. Erzengel. Gottesstreiter ...

Ihre Gedanken gingen ihre eigenen Wege. In die Vergangenheit und in die Zukunft. Seltsamerweise bereute sie nichts. Im Gegenteil. Sie freute sich über die Zärtlichkeit, mit der sie umfangen worden, und über die Lust, die wie eine Woge über ihr zusammengeschlagen war. Ein schlechtes Gewissen hatte sie nur Anitas wegen. Und Sorge machte sie sich über die zukünftige Zusammenarbeit mit Michael. Bei bestem beiderseitigem Willen konnte ja nichts mehr so sein wie vorher. Auch wenn er seine Enttäuschung oder Kränkung oder was immer es sein mochte, eines Tages überwunden hatte.

Man halte nur ein wenig stille und sei nur in sich selbst vergnügt ... Die Mischung aus Weisheit, Frömmigkeit und Menschenverstand ist dem Dichter wirklich gelungen, dachte sie, und die Melodie paßt hervorragend dazu.

Als zweites Stück stand ein Werk von Jan Pieterson Sweelinck auf dem Programm. Einer ihrer Lieblingskomponisten. Weil seiner Melodie kein Text unterlegt war, konnte sie sie einfach nur genießen. Ein Blick zur Seite zeigte ihr, daß Julia und Henning auch zufrieden und entspannt dasaßen und der alten Musik zuhörten.

Beim nächsten Stück spürte sie die gedrechselten Stäbe in der Rückenlehne und wechselte die Haltung. Gern wäre sie aufgestanden und hätte sich bewegt. Aber daran war natürlich nicht zu denken. Auch Henning begann herumzurutschen, was ihm einen mißbilligenden Blick von Julia einbrachte.

Elisabeth schmunzelte. Schade, dachte sie, daß sie schon wieder abreisen. Sie hatten ein paar sehr schöne Tage zusammen verlebt. Aber um so näher kommt mein Urlaub, tröstete sie sich, die Wochen mit Julia in der Bretagne. Sie würden dann mehr Zeit füreinander haben und sicher viel Neues erleben.

Nachdem der letzte Orgelton verklungen war, leerte sich

die Kirche rasch. Im Hinausgehen sagte Henning, er habe jetzt einen Bärenhunger und müsse unbedingt noch etwas essen. Julia hatte nichts dagegen, aber Elisabeth wollte lieber gleich nach Hause. So trennten sich ihre Wege vor der Kirche. Während die beiden eine Pizzeria ansteuerten, fuhr Elisabeth zurück in ihr Dorf.

Es war noch relativ hell, die Sonne gerade erst hinter dem Deich verschwunden. Im Lehrerhaus waren die Jalousien heruntergelassen. Elisabeth seufzte. Sie schloß die Garage ab und ging ins Haus.

Demonstrativ schaltete sie alle Lampen an, um zu zeigen, daß sie wieder da war. Während sie von einem Zimmer ins andere ging, sang sie: *»Man halte nur ein wenig stille und sei nur in sich selbst vergnügt ...«* Warum sollte ich mich denn unterkriegen lassen? fragte sie sich, von wem, durch was? und wunderte sich schon wieder über sich selbst, daß sie es überhaupt dachte.

Julia und Henning waren abgereist, und Elisabeth fing an, das Ende der Sommerferien herbeizusehnen. Das war eine ganz neue Erfahrung. Sie erinnerte sich noch genau, daß sie als Schülerin regelrecht in Panik geriet, sobald das Ende der Ferien näher rückte und nichts und niemand den Schulbeginn hinauszögern konnte. Nicht einmal Gott in seiner Allmacht. Allerhöchstens konnte sie krank werden, aber wer wurde das schon in den Ferien? Und nun war es plötzlich umgekehrt. Sie sehnte sich nach der Normalität einer gewöhnlichen Arbeitswoche mit Unterricht, Sitzungen, Gruppenstunden und Telefonaten, mit Hausbesuchen, Amtshandlungen und nach ganz normalen Gottesdiensten. In den Ferien war alles anders. Das ganze Dorf war verändert. Die Touristen schlenderten durch die schmalen Gassen, bewunderten die Blumen in den Gärten, hielten sich für eine Weile in der kühlen Kirche auf, fotografierten die efeuberankte Pastorei mit ihren alten Bäumen, den Dorfteich, die Tauben, die liebend gern auf den alten Grabsteinen neben der Kirche saßen – sehr zum Ärger von Onno Bahlmann –, und was ihnen sonst vor die Kamera kam.

Elisabeth konnte die Begeisterung der Großstadtmenschen für diese ländliche Idylle nachempfinden. Canrade war wirklich ein Schmuckstück und zu jeder Jahreszeit fotogen. Aber im Sommer, wenn die bunten Blumenbeete geradezu überquollen und die Mauersegler pfeifend und kreischend um den Kirchturm jagten, wenn der Dorfteich grün war von Entengrütze und die Katzen träge durch die Straßen schlichen, dann gab es nichts Schöneres als dieses Dorf in dieser Landschaft, die ihre saftigen Weiden und weiten Felder ungehemmt dem Himmel preisgab, der unendlich war. Nicht nur Erwachsene, sondern auch Kinder erkannten das Ungewöhnliche und Besondere dieser Landschaft, wie sie kürzlich zufällig mitbekam. Zwei kleine Mädchen kamen über den Deich. Als sie zum Wasser hinuntergingen, sagte das eine zum anderen:

»Sei leise!«

»Warum soll ich leise sein?«

»Hier ist die Natur.«

Dann setzten sie sich auf die Stufen, die zum Watt hinunterführten, flüsterten miteinander und sahen zu, wie das Meer allmählich zurückkam.

Dieser kurze Dialog beschäftigte Elisabeth noch lange. Er hatte sie mehr berührt als eine Predigt von zwanzig Minuten. Die beiden Mädchen hatten sie an die Geschichte vom brennenden Dornbusch erinnert. Gottes Engel sagte zu Moses: »Zieh deine Schuhe aus, hier ist heiliges Land.« Er war ein erwachsener Mann und mußte darauf hingewiesen werden, aber dieses kleine Mädchen war von ganz allein darauf gekommen.

Es gab Tage, an denen sie sich träge und unzufrieden fühlte. Am liebsten hätte sie sich dann in den Garten verkrochen und gelesen, geschlafen und nichts weiter getan als gewartet, daß die Zeit verging. Statt dessen machte sie Haus- und Krankenbesuche, saß auf Gartenbänken und an Krankenbetten und hörte zu, wenn die alten Leute von früher erzählten. Solch eine geduldige Zuhörerin hatten sie nicht alle Tage, diejenigen schon gar nicht, die das eine oder andere Erlebnis wieder und wieder erzählten. Zum Leidwesen ihrer Angehörigen.

Es gab aber auch Tage, an denen sie von der kritischen Einstellung und der politischen Meinung der Menschen in ihrem Dorf überrascht wurde. Dann dachte sie, so weltfremd und unbedarft, wie die Touristen glauben, die Canrade nur als Idylle sehen, ist es hier gar nicht. Allmählich erkannte sie das eigentliche Gesicht des Dorfes hinter den blankgeputzten Fensterscheiben und hinter den unverbindlich freundlichen Worten. Sie lernte, auf den Tonfall zu achten. Denn entscheidend war oft, wie etwas gesagt wurde. Fremde ließen sich leicht täuschen. Und auch sie versah sich noch oft genug in der Bedeutung der Worte. Nur wenn Olga Bahlmann sie lesend antraf und fragte: »Na, so fleißig?«, dann wußte sie genau, woran sie war, und ärgerte sich.

Als die Sommerferien jedoch vorbei waren und der Alltagsrhythmus wieder zur Gewohnheit wurde, war es Elisabeth auch nicht recht. Schon gleich nach Schulbeginn beklagte sie sich bei Julia über den Streß, dem sie sich ausgesetzt fühlte.

»Aber du wolltest es doch so, Lisa«, sagte Julia. »Du konntest es doch kaum erwarten, daß alles wieder seinen normalen Gang geht, wie du dich auszudrücken beliebtest.«

»Ja, ich weiß«, gab sie zu. »Aber irgendwie wird mir jetzt alles zuviel.«

»Und was ist mit Michael?«

»Nichts. Schweigen im Walde. Wir reden gerade mal das Nötigste miteinander.«

»Fällt das nicht auf?«

»Kann sein. Ist mir aber egal.«

»An deiner Stelle würde ich versuchen, das zu ändern. Du weißt, wie schnell sich Gerüchte verbreiten. Ich höre förmlich, wie Geesche Ott Evchen Kleinert streng vertraulich zuflüstert, ihr hättet was miteinander gehabt und könntet euch nun nicht mehr in die Augen sehen.«

»Ach, laß doch deine Unkereien«, fuhr Elisabeth auf, bemühte sich dann aber um einen freundlicheren Ton und sagte: »Ich rede mit ihm.«

Julia machte sich Sorgen um ihre Freundin. Als sie nach Wochen zum ersten Mal wieder in Canrade war, kam sie ihr verändert vor.

»Hast du was?« fragte sie.

Elisabeth schüttelte müde den Kopf.

»Irgend etwas stimmt nicht mit dir«, bohrte Julia. »Bist du krank?«

»Nein, nur ein bißchen erschöpft. Ich freue mich auf den Urlaub.«

Julia hatte einen Reiseführer besorgt, den studierten sie gemeinsam und machten Pläne, wie sie die drei Wochen in Frankreich einteilen wollten. Sie freuten sich beide darauf. Einmal auf die Bretagne, zum anderen auf die gemeinsame Zeit im Ferienhaus. Beide hatten ihre Französischkenntnisse inzwischen wieder aufgefrischt und schwelgten schon in den kulinarischen Genüssen, die sie sich gönnen wollten.

»Rotwein und frisches Baguette, das würde schon reichen«, meinte Julia.

»Hoffentlich ist mein Magen bis dahin wieder in Ordnung«, seufzte Elisabeth. Seit Tagen quälte sie sich mit Übelkeit herum.

»Ach was, krank sein gibt es nicht«, erklärte Julia kategorisch.

»Na gut, wenn du es sagst«, lächelte Elisabeth und fühlte sich schon gleich besser.

Dann war es soweit. Die Urlaubsvertretung war geregelt, der Wagen zur Inspektion gewesen, und früh am nächsten Morgen sollte die Reise losgehen. Gegen Abend klingelte es. Michael Rothe stand vor der Tür.

»Hallo, Michael«, sagte Elisabeth überrascht, »komm rein.«

Sie führte ihn ins Wohnzimmer. »Was kann ich dir anbieten? Wein, Wasser, Bier?«

»Mach dir keine Umstände«, bat er. »Wasser, von mir aus.« Während sie die Flasche und die Gläser aus der Küche holte, stellte er sich ans Fenster und sah hinaus. Der Garten war schöner denn je. Jedenfalls hatte er den Sommer gut überstanden, und der Apfelbaum trug gewaltig.

»Äpfel hast du jedenfalls genug«, sagte er, als sie die Gläser auf den Tisch stellte. »Was wirst du damit machen? Zur Mosterei bringen?«

»Da bringst du mich auf eine gute Idee! Ich hatte schon die Horrorvorstellung, ich müßte sie alle zu Apfelmus verarbeiten.«

Eine Weile redeten sie über den Garten und über Belanglosigkeiten. Zum Beispiel fiel Michael ein, daß Freddy de Vries neulich fast eine Blutvergiftung bekommen hätte, weil er in einen rostigen Nagel gegriffen hatte, als er die Leiter hochstieg, um einen losen Dachziegel auf seinem Scheunendach zu befestigen. »Düwel ok!« hatte er geflucht und den verletzten Daumen auf der Stelle mit Schnaps behandelt.

»Äußerlich oder innerlich?« fragte Elisabeth lachend.

»Wahrscheinlich beides«, antwortete er. »Jedenfalls hat es geholfen.«

»Und was führt dich zu mir?« fragte sie unvermittelt.

»Bevor du fährst, wollte ich mit dir reden.«

»Über was?«

»Das weißt du doch. Ach, Lisa«, seufzte er, »warum ist alles nur so kompliziert?«

»Was ist kompliziert? Es ist doch alles in Ordnung.«

»In Ordnung nennst du das?«

»Ja, wie denn sonst? Wenn es für dich nicht so ist, tut es mir leid. Aber ich kann dir nicht helfen, Michael, das weißt du.«

Er nickte.

»Wenn du bloß nie nach Canrade gekommen wärest«, klagte er.

»Na hör mal!« empörte sie sich. »Wie soll ich das verstehen? Soll ich mir eine andere Gemeinde suchen, nur um dir aus dem Weg zu gehen? Das kann wohl nicht dein Ernst sein.«

»Ich habe längst begriffen, wie einseitig unsere Beziehung ist und daß ich dir egal bin«, stellte er traurig fest.

Seine Wehleidigkeit ärgerte sie.

»Warum sagst du so etwas? Du weißt genau, daß ich dich sehr schätze. Als Organist und als Mensch. Ich könnte mir einen Gottesdienst ohne dich gar nicht vorstellen.«

»Ja, ja«, gab er zu, »das mag schon sein. Aber es hat ja auch eine Zeit gegeben, in der du mich darüber hinaus mochtest.«

Sie stand auf.

»Ich finde es nicht fair, Michael, daß du wieder davon anfängst.«

»Ich kann mich nicht daran erinnern, daß ich ein Schweigegelübde abgelegt habe.« Er sagte es so ironisch, daß sie erschrak.

»Wehe, wenn du darüber redest! Wehe, Michael!« fuhr sie ihn an.

»Reg dich nicht auf. Wofür hältst du mich?«

»Weiß es Anita?«

»Nein, natürlich nicht.«

»So natürlich finde ich es gar nicht. Aber es beruhigt mich, das muß ich zugeben. Kannst du es nicht einfach so akzeptieren?« bat sie. »Wie einen Sommernachtstraum?«

Er seufzte.

»Wenn ich dich nicht täglich sehen würde, könnte ich mir vielleicht einbilden, ich hätte diese Nacht nur geträumt.«

»Im Ernst, Michael, willst du mir damit sagen, ich soll weg von hier? Meinst du, ich sollte mich auf eine andere Stelle bewerben?«

Er sah sie nachdenklich an. »Vielleicht wäre es das beste für uns«, sagte er zögernd. »Aber wäre es das auch für Canrade? Ich weiß, wie beliebt du hier bist und wie gut du dich hier eingearbeitet hast. Die Canrader wären wie vor den Kopf gestoßen, wenn du ihnen sagen würdest, du gingest freiwillig fort von hier. Nein, ich glaube, das könntest du ihnen nicht antun.«

»Und mir auch nicht«, gestand sie. »Du kannst es dir wahrscheinlich gar nicht vorstellen, wie wohl ich mich hier fühle. Eigentlich schon vom ersten Tag an. Dies ist mein Dorf, hierher gehöre ich, das war der erste Eindruck von Canrade, als ich dich mit den Kindern vor dem Pfarrhaus sah. Und dann der Traum in der ersten Nacht. Die Stimme, die fragte: *Bist du wieder da, Elisabeth?* Ob du es glaubst oder nicht, ich habe sie immer noch im Ohr. Als hätte sie sich in mein Gehirn eingebrannt, so gegenwärtig ist sie mir. Und dann das Haus, der Garten, die Kirche, unsere Gottesdienste ... Nein, Michael, ich kann das nicht alles aufgeben, nur weil du dich unglücklicherweise in mich verliebt hast.«

»Dann gehe ich«, sagte er kurz und bündig.

»Bist du verrückt?« fuhr sie auf. »Das ist nicht dein Ernst!«

»Doch, ich denke darüber nach. Es ist ja nicht so unmöglich für einen Lehrer, die Schule zu wechseln. Anita könnte wieder arbeiten. Und die Kinder wären keine Fahrschüler mehr ... Ich habe mich schon erkundigt. Möglich, daß wir irgendwann nach Wiesbaden ziehen. Anita wäre es nur recht.«

Elisabeth war sprachlos.

»Alles wegen nichts«, sagte sie fassungslos.

Er stand auf.

»Du verstehst es eben nicht. Am besten, wir reden einfach nicht mehr davon.«

»Überstürz bitte nichts«, bat sie, »es eilt doch nicht. Und, Michael, niemand erwartet von dir, daß du die Konsequenzen trägst. Vergiß das nicht. Ich bin für mich selbst verantwortlich.«

»Ich wünsche dir und Julia eine schöne, erlebnisreiche Zeit in der Bretagne«, sagte er, als wäre das Thema für ihn erledigt. »Und komm gesund wieder.«

»Ich werde mir Mühe geben.«

»Übrigens habe ich mit Henning gesprochen. Er hält es auch für die eleganteste Lösung, wenn ich gehe.«

»Henning! Was versteht der davon?«

»Ich glaube, er versteht eine ganze Menge.«

Sie begleitete ihn zur Haustür und sah ihm nach, wie er den Gartenweg entlangging. Er geht wie jemand, der einen Kampf verloren hat, dachte sie.

Kurz darauf traf Julia ein. Der Urlaub konnte beginnen. Sie gingen noch einmal die Reiseroute durch: Aachen, Brüssel, Paris, Le Mans, Nantes, Carnac. Sie hatten sich vorgenommen, früh schlafenzugehen, aber dann wurde es doch wieder spät. Trotzdem fuhren sie am anderen Morgen pünktlich los.

Zu zweit war alles kein Problem, sie wechselten sich ab, legten oft genug Pausen ein und erreichten in bester Laune die französische Grenze.

»Wie in alten Zeiten«, sagte Julia, denn ihren ersten gemeinsamen Urlaub hatten sie auch in Frankreich verbracht. Damals hatte es sie nach Südfrankreich gezogen. In Les Saintes Maries sur Mer hatten sie sich aus der Hand lesen lassen; in Arles wehte der Mistral ihr Zelt um – eine stürmische Erinnerung an einen unglaublich heißen Sommer mit vielen Waldbränden in der Provence – , in Avignon war Julia verliebt gewesen – ach, Pierre! –, und in Nizza leisteten sie sich das größte Eis ihres Lebens.

In diesem Jahr hatten sie sich für die Bretagne entschieden und sich in Carnac eine Ferienwohnung gemietet. Ihre Urlaubslektüre bestand vorwiegend aus keltischen Mythen und Sagen. Elisabeth hatte außer dem Reiseführer auch noch Abhandlungen über die vorgeschichtliche Megalithkultur und über keltische Kultplätze mitgenommen, und Julia hatte sich noch unmittelbar vor ihrer Abreise ›Die Nebel von Avalon‹ eingesteckt.

Die Ferienwohnung war so lala: Betten, Stühle, Tisch, eine Küchenzeile. Die Möbel waren abgenutzt, zusammengesucht, billig. Aber es gab eine winzige Dusche. Immerhin. »Keine Spur von Wohnkultur«, lästerte Julia.

Aber die Umgebung, die Landschaft, der Sommerhimmel entschädigten sie für ihr spartanisches Domizil. Und der kleine Innenhof, der zur Wohnung gehörte, mit seinem Feigenbaum.

Die lange Reise hatte Elisabeth angestrengt. Sie fühlte sich am nächsten Morgen schwach und elend und kämpfte mit Übelkeit. Eigentlich hatten sie sich vorgenommen, gleich nach dem Frühstück zum Kultheiligtum hinauszufahren. Aber daran war nicht zu denken. Sie setzte sich neben den Feigenbusch und blätterte im Reiseführer, während Julia sich im Ort umsah.

»Wenn es morgen nicht besser ist, gehst du zum Arzt«, sagte sie bestimmt, als Elisabeth erzählte, sie habe sich übergeben. Sie wußte auch schon zu wem und kannte sogar seinen Namen, denn sie hatte das blankpolierte Messingschild an seiner Praxis entdeckt. »Monsieur le Docteur wohnt hier ganz in der Nähe«, sagte sie, »nur zwei Straßen weiter. Du kannst zu Fuß hingehen.«

Elisabeth war einverstanden. Schließlich wollte sie sich selbst nicht den Urlaub verderben. Am Nachmittag fühlte sie sich besser, so daß sie beschlossen, der Kultstätte wenigstens einen ersten kurzen Besuch abzustatten. Sie wurden von rotblühender Heide und dunklen Wacholderbüschen empfangen, ein Gastgeschenk der Natur. Staunend standen sie vor den Menhiren, den Steinzeugen einer versunkenen, vergessenen Zeit, versteinerte Erinnerungen, und berührten die uralten Monumente, sahen zu ihnen auf, auf sie herab und grübelten darüber nach, wer sie hierher gebracht hatte und warum sie hier aufgestellt worden waren. Ziellos schlenderten sie von einem Felsblock zum anderen, verwirrt von dieser steingewordenen Geschichte, die nicht aufgeschrieben, sondern sichtbar, zum Anfassen, zum Drinherumgehen, zum Bewundern überliefert worden war. Nicht in Form eines Freiluftmuseums, sondern als Original.

»Sie hätten eine Gebrauchsanweisung mit überliefern sollen«, meinte Julia.

Elisabeth hielt die Gesamtanlage für etwas Ähnliches wie eine Kathedrale. Als sie vor einer riesigen Steinplatte standen, die wie ein Altar aussah, ringförmig umgeben von den mächtigsten Menhiren, vermutete sie: »Dies ist wahrscheinlich die Cella gewesen. Die drei Kilometer langen Steinreihen sind das Langschiff mit vier Säulenreihen, die zum Hochchor führen.«

»Eine Open-air-Kirche sozusagen«, Julia fand die Vermutung gar nicht so abwegig. »Bleibt die Frage, warum sie das

Kultheiligtum ausgerechnet hier angelegt haben und welche Götter verehrt wurden.«

»Die gleichen wie in Stonehenge«, sagte Elisabeth.

»Ja, aber wie hießen sie? Wie sahen sie aus, was bewirkten sie, wie wurden die Gottesdienste gefeiert, welche Opfer wurden ihnen gebracht?«

Elisabeth ging um die Altarplatte herum.

»Ein idealer Opferstein. Darauf könnte jedes Tier geopfert werden, sogar Stiere oder Pferde.«

»Oder Menschen? Vielleicht haben die Kelten hier ihre Kriegsgefangenen geopfert, wie es bei den alten Germanen üblich war, um ihren Göttern für einen gewonnenen Krieg zu danken?« überlegte Julia.

»Möglich. Aber was wäre, wenn alles ganz anders war?«

»Wie denn?«

»Wenn hier ein neuer König oder eine neue Königin gekrönt wurden zu bestimmten Zeiten? Vielleicht alle neun Jahre zur Sonnenwende? Solch eine feierliche Krönungszeremonie ohne Mord und Totschlag mit einem Riesenaufgebot von Gästen könnte ich mir hier durchaus auch vorstellen.«

Julia war skeptisch.

»Ich kann mir nicht helfen«, sagte sie, »das hier sieht mir verdächtig nach Männerwahn aus. Stell dir nur mal die Kraftanstrengung vor, die nötig war, um diese Riesensteine herzuschaffen und aufzustellen. Käme eine Frau auf die Idee, solch eine Anlage zu bauen? Wirklich, diesen Gigantismus traue ich nur Männern zu. Sie haben es mit den Steinen. Je schwerer und größer, um so besser. Denk an die Burganlagen, an die Festungen, Stadtmauern, Kathedralen. Welch eine Anhäufung von Steinen!«

»Du hast recht«, überlegte Elisabeth, »Frauen würden andere Kultplätze bauen.«

»Sie würden sie überhaupt nicht bauen. Sie würden sie aufsuchen, aufspüren, die heiligen Orte, Höhlen, Quellen,

Felsen, sie würden Feuer anzünden, Essen kochen, Bier brauen, tanzen, ein wenig Hokuspokus treiben und sich amüsieren.«

Elisabeth lachte.

»Wie du dir das nun wieder vorstellst!«

»Dieses hier ist jedenfalls ein Männerort«, entschied Julia. »Ein blutiger, allmächtiger Männerkraftplatz, auf dem Frauen allenfalls Objekte waren: gut zum Lieben, zum Tanzen, zum Opfern.«

»Magst du hier nicht sein?«

»Doch, ich finde es phantastisch hier.«

»An diesem Männerort?«

»Das ist es ja gerade«, sagte sie und schlug mit der flachen Hand gegen den größten Menhir, »inmitten dieser Manneskraft.«

»Wer's glaubt.«

»Glaub es oder laß es bleiben. Ich mag auch Dudelsackmusik und Bier. Und außerdem glaube ich dir ja auch jedes Wort, das du von deiner Kanzel verkündigst.«

»Wie kommst du nun darauf?«

»Hast du nicht gesagt, dies hier sei eine Kirche?«

»Ach, gib's auf! Es ist zu schwer für dich.«

»Aber für dich ist es ganz leicht. Du als Theologin verstehst natürlich alle Zusammenhänge, Hinter- und Vordergründe und sogar den Sinn von Carnac.«

»Ja klar. Das lernt man alles in den ersten vier Semestern.«

»Spaß beiseite. Hast du wirklich auf der Uni davon gehört?«

»Ach was, kein Wort. Da hätte ich etwas anderes als evangelische Theologie studieren müssen.«

»Keltische Religionsgeschichte zum Beispiel.«

»Du hättest das eine oder andere kulturgeschichtliche Seminar ja genausogut belegen können.«

»Ich habe nie davon gehört, daß während meines Studiums eine Vorlesung über das Thema *Wie kamen die Steine nach Carnac* angeboten wurde.«

»Vielleicht hast du dich nur nicht dafür interessiert? Du warst viel zu sehr damit beschäftigt, hinter das Geheimnis deiner Paragraphen zu kommen.«

»Was für ein Geheimnis? Die hatte ich nur auswendig zu lernen. Mehr nicht.«

Inzwischen war es fast unerträglich heiß geworden. Die Sonne strahlte unentwegt vom wolkenlosen Himmel, und die Hitze staute sich auf dem sandigen, trockenen Gelände. Elisabeth hatte einen Heidestrauß gepflückt und merkte, daß ihr die Hitze zu schaffen machte.

»Laß uns erst mal nach Haus fahren«, bat sie. »Wir können ja immer wiederkommen.«

Julia sah sie aufmerksam an.

»Fühlst du dich nicht gut?« fragte sie besorgt.

»Es geht. Aber ich hätte jetzt auch nichts gegen einen luftigen Schattenplatz und ein Eisgetränk. Es ist ziemlich heiß hier.«

»Aber morgen gehst du zum Arzt. Darauf bestehe ich«, sagte Julia entschieden.

Elisabeth fiel nichts ein, was sie dagegen einwenden sollte. Schaden konnte es nicht, und vielleicht kannte er ja ein Rezept für erschöpfte Touristinnen.

»Wenn du willst, komme ich mit«, schlug Julia vor.

Aber davon wollte Elisabeth nichts wissen.

»Ich kann wohl noch allein zum Doktor gehen«, meinte sie.

»Entschuldigung«, sagte Julia. »Es war nur ein Angebot.«

Eigentlich wollten sie ihren ersten Abend in einem Restaurant verbringen und richtig toll französisch essen, aber weil Elisabeth sich nicht gut fühlte, beschlossen sie, es sich im Innenhof gemütlich zu machen und es bei einem deutschen Abendbrot zu belassen.

Die brütende Hitze verwandelte sich allmählich in eine wunderbar laue Sommernacht. Als es dunkel geworden war, zauberte Julia eine Kerze aus ihrer unergründlichen Reisetasche hervor. Sie saßen zufrieden auf ihren Holzstühlen, sahen in den Sternenhimmel und tranken Wein.

»Sieh mal, wie der Rotwein funkelt«, sagte Julia und hielt das Glas vor die Augen.

»Es sind die Sterne«, murmelte Elisabeth. »Funkeln tun nur Sterne.«

»Gut. Dann sind es eben Sterne«, entschied Julia und trank von dem Wein.

Die Grillen veranstalteten ein großes Nachtkonzert.

»Ob sie wohl niemals schlafen?« überlegte Elisabeth.

»Dazu ist ihr Leben wahrscheinlich zu kurz. Ich glaube, sie zirpen deswegen unentwegt, weil sie wissen, daß sie sterben müssen. Erst dann sind sie stumm. Für immer.« Nach einer Weile fragte sie: »Sind sie wirklich nur einen Sommer lang lebendig?«

»Keine Ahnung. Vielleicht nur einen Monat. Oder nur eine Nacht. Vielleicht leben sie nur für eine Sommernacht.«

Sie hörten ihnen eine Weile zu, bis Elisabeth sagte: »Sie leben bestimmt länger.«

»Wie meinst du das?«

»Sonst könnte ich ihr Gezirpe nicht ertragen. Es hörte sich sonst an wie Todesschreie.«

»So ein Quatsch!« entrüstete sich Julia. »Das ist doch Liebesgezwitscher! Denk doch einfach, es wären Vögel.«

»Aber Grillen bauen keine Nester.«

»Nein, tun sie nicht. Sie haben auch keine Federn und sind faul. Jedenfalls fauler als Ameisen. Die Story kennst du doch. Steht sie nicht in der Bibel?«

Elisabeth lachte. »Bestimmt nicht.«

»Aber irgend etwas von Ameisen steht drin, das weiß ich ganz genau. Warte mal ... ›*Geh zur Ameise, du Fauler ...*‹, heißt es nicht so?«

»Kann sein«, gähnte Elisabeth.

»Das mußt du aber wissen! Schließlich hast du Theologie studiert.«

»Na hör mal! Heute nachmittag sollte ich alles über die Megalithkultur, über Carnac und Stonehenge wissen, und heute abend löcherst du mich mit Grillen und Ameisen.«

»Du hast damit angefangen«, behauptete Julia.

»Und du bist doof«, antwortete Elisabeth.

Sie kicherten wie Schulmädchen.

»Wer uns heimlich zuhören würde, hielte uns für bescheuert«, lachte Julia.

»Wenn uns jemand heimlich zuhörte, verstünde er kein Wort, wir sind nämlich in Frankreich.«

»Oder sie.«

Elisabeth sah verständnislos zu ihr hinüber.

»Oder wenn sie uns hörte.«

»Ich verstehe kein Wort.«

»Du hast gesagt: Wenn uns jemand hörte, verstünde *er* kein Wort, daraufhin habe ich *oder sie* gesagt, weil du es leider immer noch nicht begriffen hast.«

Weil Elisabeth nichts darauf erwiderte, fragte Julia: »Bist du jetzt etwa sauer?«

Sie schüttelte den Kopf.

»Aber du hast doch was?«

»Ja«, gab sie zu. »Ich habe Angst.«

»Wovor hast du Angst, um Himmels willen?« Julia konnte es nicht fassen. »Friedlicher als hier in diesem Nest kann es wohl nirgendwo sein. Nicht einmal in deinem ostfriesischen Dorf am Ende der Welt.«

»Vor morgen. Am liebsten würde ich nicht zum Arzt gehen, aber es muß wohl sein.«

»Nun mach mal halblang! So ein Theater wegen einer Sommergrippe! Er verschreibt dir ein paar Vitaminpillen oder dergleichen, und schon geht es dir wieder gut.« Aber sie merkte wohl, daß sie ihr die Angst nicht ausreden konnte.

Sie schliefen ruhig und ungestört in dieser Nacht und wachten erst auf, als die Sonne schon hoch am Himmel stand. Beiden kam es vor, als hätten sie lange nicht so tief und traumlos geschlafen.

»Ist ja auch kein Wunder«, gähnte Elisabeth und reckte sich. »Nach all den Eindrücken und Anstrengungen.«

»Was denn für Anstrengungen?« wunderte sich Julia und sprang mit beiden Beinen zugleich aus dem Bett.

»Na, sag bloß, die Fahrerei hätte dich nicht angestrengt.«

»Ja klar, aber das war doch schon vorgestern.«

Typisch Julia. Sie behielt immer das letzte Wort.

Während Julia frisches Baguette besorgte, deckte Elisabeth den Frühstückstisch im Hof. Die Grillen übertönten den Straßenlärm.

Gerade sagte Julia: »Sie geben keine Ruhe!«, als Elisabeth aufsprang und eilig im Haus verschwand.

Als sie zurückkam, fragte Julia: »Ist was?«

»Nein, was soll sein?«

»Du springst auf wie von der Tarantel gestochen und rennst ins Haus, ohne etwas zu sagen, da werde ich wohl fragen dürfen, was los ist!«

»Gut, wenn du es unbedingt wissen willst, ich habe mich übergeben. Weiterhin guten Appetit.«

Julia schob ihre Tasse zur Seite.

»So«, sagte sie energisch, »wenn das kein Stichwort ist! Auf der Stelle gehst du zum Arzt.«

»Gleich, wenn ich zu Ende gefrühstückt habe.«

»Du hast vielleicht Nerven!«

Elisabeth sah sie an, ohne etwas zu erwidern.

Da fiel Julia ein, daß sie gestern abend von ihrer Angst geredet hatte. Arme Lisa. Allmählich machte sie sich wirklich Sorgen.

Sie begleitete ihre Freundin bis vor die Praxis. Als Elisabeth hineingegangen war, schlenderte sie hinüber zum Wochenmarkt, um Obst und Gemüse einzukaufen und in die Atmosphäre und die Gerüche eines französischen Wochenmarktes einzutauchen. Sie ging von einem Stand zum anderen und kaufte, was ihr in die Augen sprang: grüne Bohnen, Tomaten, Honigmelonen, Salat, rote Kartoffeln, Käse, Eier, Oliven aus dem Faß und ein rundes Walnußbrot. Schwerbeladen trat sie schließlich den Heimweg an.

Sie verstaute ihre Schätze im Kühlschrank und trank durstig ein Glas Mineralwasser. Dann überlegte sie, wie sie sich die Wartezeit am besten vertreiben könnte. An Lesen war nicht zu denken, dazu war sie viel zu nervös. Was ist, fragte sie sich immer wieder, wenn sie ernsthaft krank ist? Schließlich machte sie sich über die Bohnen her und schälte ein paar Kartoffeln. Als sie gerade die letzte Kartoffel in den Topf fallen ließ, kam Elisabeth zurück. Julia sprang auf und ging ihr erwartungsvoll entgegen.

»Nun, was ist? Was hat er gesagt? Was fehlt dir?« fragte sie ungeduldig, als Elisabeth ein Glas nahm, zum Kühlschrank ging, die Wasserflasche aufschraubte, sich einschenkte und durstig trank.

»Nichts«, sagte sie und sah gedankenverloren aus dem Fenster.

»Was heißt: nichts? Hat er nichts gesagt? Oder fehlt dir nichts? Sprich doch nicht in Rätseln!«

»Nein, mir fehlt nichts.« Seufzend drehte sie sich zu ihr um und sagte leise: »Ich bin nur schwanger.«

Julia starrte sie fassungslos an.

»Sag das bitte noch mal!«

»Ich bin schwanger. Sonst fehlt mir nichts«, wiederholte Elisabeth geduldig, als wäre ihre Freundin schwer von Begriff.

»Schwanger? Du?«

Sie nickte.

»Und nun?«

»Was meinst du mit ›und nun‹?«

»Mein Gott!« schrie Julia sie an. »Du mußt dir doch Gedanken darüber machen, wie es nun weitergehen soll!«

»Muß ich das? Ich denke, es wird seinen normalen Verlauf nehmen. Ich kriege ein Kind. So ist das nun mal, wenn man schwanger ist.«

»Komm, Lisa, setz dich. Du mußt ja fix und fertig sein.«

Sie schob ihr einen Stuhl hin, und Elisabeth ließ sich schwer und müde darauf niederfallen.

»Sollen wir nach Haus fahren?« fragte Julia besorgt.

»Nein, warum?«

»Ich finde, du solltest dich richtig untersuchen lassen. Was weiß denn so ein französischer Provinzarzt schon! Vielleicht hat er sich geirrt und alle Aufregung ist umsonst.«

Elisabeth schüttelte den Kopf.

»Nein, nein«, sagte sie, »das Testergebnis ist eindeutig. Da gibt es nichts zu bezweifeln. Meine Übelkeit paßt dazu, und nachdem meine Regel längst überfällig war, hatte ich natürlich schon so eine Ahnung.«

Julia sah sie mitleidig an. »Ach Lisa! Was machst du für Geschichten! Willst du es denn?«

Elisabeth schluchzte plötzlich auf und fing hemmungslos an zu weinen. Erschrocken nahm Julia ihre Freundin in die Arme, wiegte sie wie ein Kind und sprach beruhigend auf sie ein.

»Gib mir bitte ein Taschentuch«, bat Elisabeth nach einer Weile. Sie schnaubte sich die Nase, trocknete die Tränen und beruhigte sich allmählich wieder.

»Ich habe überhaupt keine Wahl«, seufzte sie. »Also werde ich es bekommen.«

»Du mußt es ja nicht sofort entscheiden.«

»Was gibt es denn da zu entscheiden?«

»Immerhin gibt es Mittel und Wege, es zu verhindern.«

»Ja klar, die gibt es. Aber nicht für mich.«

»Niemand, ich schwöre es dir, niemand wird es jemals erfahren, Lisa.«

Sie schüttelte den Kopf.

»Es kommt nicht in Frage, Julia.«

»Weißt du, was dann passiert?«

Sie zuckte die Schultern.

»Wie kann ich das wissen?«

»Ich sage es dir: Du wirst deinen Beruf aufgeben müssen.«

»Meinst du? Ich habe keine Ahnung.«

»Hast du auf der Uni nicht gelernt, was? Typisch! Aber daß ein Schwangerschaftsabbruch vom Teufel ist, das hat man euch beigebracht.«

»Reg dich nicht auf, Julia. Das hat sowieso keinen Zweck. Es ist ganz allein meine Entscheidung. *Ich* entscheide über meine Zukunft. Das hat weder etwas mit der Kirche noch mit meinem Glauben oder mit meinem Beruf zu tun.«

»Wenn du dich da nur nicht irrst! Die lassen kein gutes Haar an dir, wenn rauskommt, daß du mit einem verheirateten Mann ins Bett gegangen bist. Das muß dir doch wohl klar sein!«

Erschrocken sagte Elisabeth: »Das darf auf keinen Fall herauskommen!«

»Ja, meine Liebe, dann sieh mal zu, wie du das verhindern willst. Du in deinem Dorf mit den tausend Ohren! Die Spatzen werden es von den Dächern pfeifen, das sage ich dir.«

»Mit Sprichwörtern ist mir nicht geholfen«, klagte Elisabeth.

»Du willst dir ja nicht helfen lassen.« Julia schob ihren Stuhl dicht vor den ihrer Freundin, legte ihr die Hände auf die Knie und sagte eindringlich: »Überleg doch, wie günstig die Situation ist. Du hast jetzt Urlaub. Niemand würde dahinterkommen, wenn du ein paar Tage in die Klinik gingst. Vielleicht wird es ja auch ambulant gemacht, dann pflege ich dich gesund. Du bleibst eben so lange weg, bis alles vorüber ist. Einfacher geht es wirklich nicht, das mußt du selbst zugeben.«

Elisabeth starrte vor sich hin.

»Nein, einfacher ginge es nicht.«

»Und ein Attest bekommst du«, sagte Julia eifrig, »das kannst du mir Paragraphenfrau glauben.«

Elisabeth sah sie lächelnd an.

»Du bist lieb«, sagte sie. »Und mich rührt deine Fürsorge. Aber kümmere dich am besten um nichts. Es hat keinen Zweck. Eine Abtreibung kommt für mich nicht in Frage.« Wütend schob Julia ihren Stuhl zur Seite.

»... und führe uns nicht in Versuchung ...«, spottete sie.

»Ungefähr kann ich mir vorstellen, was jetzt in deinem Kopf vorgeht«, sagte Elisabeth. »Du denkst bestimmt, mein Gott, ist die rückständig.«

»Das denke ich nicht nur, das bist du auch! Wirfst deine Zukunft weg wegen nichts! Ich kann es nicht fassen!«

»Wegen nichts? Wie meinst du das?«

»Du willst mir doch nicht weismachen, daß du glaubst, sie ließen dich ungeschoren? Oder daß du plötzlich Muttergefühle entwickelst und dir ein Kind wünschst?«

Elisabeth seufzte. »Ich muß gestehen, daß ich momentan überhaupt nicht weiß, was ich denke oder fühle.« Dann lachte sie plötzlich unvermittelt auf und sagte: »Ich weiß nur, daß ich hungrig bin. Was gibt es denn Gutes zu essen?«

»Grüne Bohnen. Hoffentlich wird dir nicht schlecht davon.«

Elisabeth lehnte sich zurück und verschränkte die Arme hinter dem Kopf. Nach einer Weile stand sie auf.

»Ich geh' mal kurz rüber zum Laden und besorge was zu trinken.«

Es hörte sich an, als wäre nichts gewesen.

Julia sah ihr kopfschüttelnd nach und seufzte.

Elisabeth war der Meinung, es erübrige sich, Tag und Nacht nur über das eine Thema zu diskutieren, aber Julia gab die Hoffnung nicht auf, sie doch noch zur Vernunft bringen zu können.

»Mich stört es nicht«, sagte sie, »und du denkst sowieso an nichts anderes, also können wir auch darüber reden.«

Um den Kopf ein wenig freizubekommen, brachen sie früh am nächsten Morgen zu einer Tagestour auf.

Sie genossen die Fahrt durch malerische Dörfer und hohe Buchenwälder und hielten dann irgendwo an einem Waldweg an. Schon als sie ausstiegen, umfing sie die Waldluft wie eine Freudenwolke. Wenige Schritte nur, und sie fühlten sich wie verzaubert.

»Ein Märchenwald«, flüsterte Julia. »Es sollte mich nicht wundern, wenn wir einem Zwerg begegneten.«

»Oder einem Riesen«, flüsterte Elisabeth zurück.

»Glaube ich nicht. Riesen sind dumm, die wohnen in der Stadt.«

»Ach so. Und Zwerge sind schlau und wohnen im Wald?«

»Klar. Sie mögen keinen Smog und keinen Lärm, davon tun ihnen ihre kleinen Ohren weh.«

»Was du nicht alles weißt!«

»Ach, das ist noch längst nicht alles«, prahlte Julia. »Ich weiß sogar, wo sie ihre Nester haben.«

»Ist ja ganz was Neues. Zwerge haben Nester?«

»Das sind ihre Wohnungen. Hier, unter diesem Farn zum Beispiel, das ist ein idealer Zwergennistplatz.«

Der Farnbusch breitete sich mitten in einer Mooslandschaft aus, zwischen Glockenblumen und Hasenklee, er war üppig gewachsen und überragte alle anderen Pflanzen.

»Feine Wohngegend«, stellte Julia fest und schichtete aus herumliegenden Kieselsteinen eine kleine Pyramide auf dem Moosteppich auf. »Das ist der Zwergentempel«, erklärte sie und besah sich ihr Werk zufrieden von allen Seiten.

»Da werden sie aber staunen«, meinte Elisabeth. »So einen schönen Tempel haben sie bestimmt noch nie gesehen. Aber vielleicht brauchen sie gar keinen? Ich erinnere mich an deine Ausführungen über den ›Männerwahn‹ im Zusammenhang mit Bauwerken.«

Julia stand breitbeinig neben der kleinen Pyramide, die Hände in die Hüften gestemmt und sah Elisabeth angriffslustig an.

»Nun will ich dir mal was sagen. Dieses hier ist genau der Unterschied«, sie machte eine weitausholende Handbewegung.

»Von was?«

»Ich bin gerade dabei, es dir zu erklären. Zufällig lagen ein paar Steinchen da, wurden aufgesammelt, hübsch geordnet von einer phantasiebegabten Frau, für Zwerge, die klug genug sind, den Sinn zu begreifen, der dahintersteckt.«

»Beziehungsweise den Unsinn«, lachte Elisabeth. »Du mußt dir schon bessere Argumente einfallen lassen, um mir den Unterschied zwischen männlichen und weiblichen Bauwerken zu erklären.«

»Menhire sind riesige Steinbrocken, ganz zu schweigen von festgemauerten Ritterburgen und Kathedralen. Versuch doch mal, die spurlos zu beseitigen! Diesen Tempel hier kann jedes Kind wieder abtragen, und es sähe aus, als hätte es ihn nie gegeben.« Demonstrativ steckte sie eine Glokkenblume in die Spitze der Pyramide.

»Hast du vergessen, wie klein Zwerge sind? Für sie sind diese Kieselsteine sicher mindestens so groß und schwer wie für uns ein Felsen.«

Julia zuckte die Schultern. »Vielleicht wohnen sie hier ja nicht«, sagte sie und ging weiter.

Elisabeth lachte. Sie bückte sich nach einem Kieselstein und steckte ihn in ihre Rocktasche.

Nach einer Weile hörten sie von irgendwo her ein Plätschern. Sie blieben stehen und lauschten. Julia bahnte sich einen Weg durch das Farnkraut, das ihr bis an die Brust reichte. Aber sie konnte nicht bis zu dem Bachlauf vordringen. Da gab sie es auf und kam zurück.

»Schade«, sagte sie. »Ich hätte meine zarten Füße gern in den Zwergenfluß getaucht.«

»Vielleicht kommen wir ja noch an eine günstigere Stelle«, tröstete Elisabeth.

Julia summte vor sich hin und begann, den Waldweg entlangzutanzen und sich im Kreis zu drehen. Sie fühlte sich pudelwohl.

»So ähnlich wie hier war es in meinem Kinderwald«, sagte sie begeistert.

Plötzlich blieb sie stehen. »Versprich es mir!« bat sie.

»Was denn?«

»Daß ich die Patentante werde.«

»Wie bitte?«

»Also nicht?«

»Na weißt du! Gestern hast du mich für verrückt erklärt und heute sprichst du von Patenschaft.«

Julia gab zu, daß das schwer zu verstehen sei.

»Gestern hat mein Verstand geredet«, sagte sie, »und heute ist es mein Gefühl.«

»Und was ist es morgen?«

Darauf ging sie nicht ein.

»Weißt du, Lisa, dieser Wald, diese Pflanzen, diese Gerüche, das hat soviel Kindliches, soviel Paradiesisches, da ist soviel Lebenskraft und Herrlichkeit, daß ich am liebsten noch das kleine Mädchen wäre, das ich einmal gewesen bin. Vielleicht wird es ja ein Mädchen. Dann weihe ich es ein.«

»Die Waldluft scheint dir tatsächlich zu Kopf zu steigen«, stellte Elisabeth fest. »Laß uns lieber umkehren, wer weiß, was dir sonst noch einfällt.«

»Keine Sorge. Das war's schon. Ich kenn' mich aus.«

»Was für mich das Meer ist, ist für dich anscheinend der Wald«, sagte Elisabeth. »Ich liebe den Wald sehr, aber wenn ich die Wahl hätte, würde ich dem Meer und dem weiten Land doch immer den Vorzug geben.«

»Du hattest die Wahl«, sagte Julia. »Du Glückliche.«

»Haben wir nicht immer die Wahl?«

»Na, ich weiß nicht. Ich habe mir die Gegend, in der ich wohne, jedenfalls nicht aussuchen können.«

»Bist du dir sicher?«

»Du mit deinem Pfarrhaus kannst dir doch gar keinen Begriff davon machen, wie es auf dem freien Wohnungsmarkt aussieht!«

»Nur keinen Neid. Dafür habe ich den Marder gratis.«

»Und Frau Bahlmann fast umsonst.«

»Gar nicht wahr, die bezahl' ich.«

»Nach Canrader Tarif.«

»Überdurchschnittlich.«

»Ich möchte sie nicht geschenkt haben.«

»Wieso nicht?«

»Wenn ich etwas hasse, dann sind es Leute, die in meiner Privatsphäre herumschnüffeln.«

»Na hör mal! Frau Bahlmann und schnüffeln!«

»Und auch noch alles ausposaunen.«

»Nein, Julia, da täuschst du dich. Wirklich. Auf Frau Bahlmann kann ich mich verlassen. Wenn sie auch ihre Macken hat – wer hat die nicht –, aber ich habe noch nie gehört, daß sie herumgetratscht hat.«

»Du hörst ja nicht alles.«

»Du kannst sagen, was du willst; aber auf Olga Bahlmann lasse ich nichts kommen.«

Julia lachte.

»Ob ihr wohl gerade die Ohren klingen?«

Das brachte Elisabeth auf die Idee, ihr heute noch eine Ansichtskarte zu schreiben.

Die Tage und Nächte vergingen rasend schnell. Elisabeth sagte, noch nie sei ihr eine Woche so kurz vorgekommen wie diese erste Urlaubswoche in Carnac.

»Wahrscheinlich kommt dir das deswegen so vor, weil du nicht an Canrade und was auf dich zukommt denken magst«, vermutete Julia.

Das wollte sie nicht ausschließen.

»Ehrlich gesagt, ich weiß wirklich nicht, wie ich mich verhalten soll.«

»So lange wie möglich verschweigst du es, das ist klar.«

»Und wie lange ist das?«

»Bis man es sieht, dauert es mindestens vier Monate.«

»Also noch zweieinhalb. Und dann?«

»Dann sagst du, du hast in Frankreich den Mann deines Lebens kennengelernt. Damit gewinnst du einen guten Vorsprung. Später hat er dich sitzenlassen, der Schuft, und ist mit einer anderen auf und davon. Oder noch besser, er kommt bei einem Autounfall ums Leben. Ja, das ist noch besser.« Julia begeisterte sich an ihrer Idee. »Mensch, Lisa, das ist es! Paß auf, ich sag' dir jetzt, was du machen mußt. Als erstes kaufst du dir einen Ehering. Dann vertraust du Olga B. an, du hättest dich im Urlaub außerordentlich heftig verliebt, in … na, warte mal, in einen gewissen Cord Meyerling oder so, der zufällig auch seinen Urlaub in Frankreich verbrachte.« Elisabeth lachte. »Lach nicht! Ich meine es ernst! Wenn es sich aus optischen Gründen nicht mehr verheimlichen läßt, gestehst du ihr, daß er der Vater deines Kindes ist und daß ihr demnächst in aller Stille heiraten werdet. Das läßt du eine gewisse Zeit reifen, bis du dann die traurige Nachricht erhältst, daß Cord Meyerling mit seiner Yacht im Ärmelkanal gekentert und ertrunken ist. Oder meinetwegen ist er auf einer seiner Geschäftsreisen irgendwo in Italien oder sonstwo einem Verkehrsunfall zum Opfer gefallen. Du trauerst eine angemessene Zeit, und dann bringst du deine Tochter zur Welt.«

»Und du wirst ihre Patentante.«

»Ja, sehr gern. Also abgemacht?«

»Was?«

»Na, was ich dir eben alles erzählt habe, deine Legende, wie die Geheimagenten sagen.«

Statt ihr zu antworten, sagte Elisabeth: »Heute könnten wir ja mal nach Locmariaquer fahren und uns den Großen Menhir ansehen.«

»Hach!« Julia funkelte sie böse an. »Ein Ausweichmanöver! Hast du mir überhaupt zugehört?«

»Aber ja doch.«

»Du hältst also nichts von meinem Rettungsversuch?«

Elisabeth schüttelte den Kopf.

»Du kannst nicht im Ernst annehmen, ich würde solch ein Lügengebäude erfinden.«

»Erfunden habe ich es soeben. Du brauchst dich nur noch häuslich darin einzurichten.«

»Du weißt genau, daß das Unsinn ist.«

»Unsinn, Unsinn, nichts als Unsinn! Manchmal ist es unsinniger, die Wahrheit zu sagen, als sich eine Notlüge auszudenken! Was hast du vor? Willst du Michael ruinieren und seine Ehe kaputtmachen? Oder was?«

»Nein, natürlich nicht.«

»Und wer soll der Vater sein?«

»Es gibt keinen Vater.«

»Es gibt keinen Vater! Ein Wunderkind!«

»Niemand kann mich zwingen, den Namen zu nennen. Also quäl mich nicht damit.«

»Ich dich quälen? Ich will dir nur helfen! Du bist erledigt, wenn du nicht auf mich hörst! Willst du das nicht begreifen oder kannst du es nicht?«

»Julia«, sagte Elisabeth ruhig, »begreif es endlich! Das ist mein Problem. Ich habe mir die Geschichte eingebrockt und ich muß sie auslöffeln.«

»Willst du damit sagen, dein Zustand soll mir egal sein

oder was? Kapierst du nicht, daß mich deine Schwangerschaft ganz schön umgehauen hat? Selbstverständlich kann ich dir nur bedingt helfen. Aber ich bin doch deine Freundin und nehme Anteil an deinem Leben. Umgekehrt würde es genauso sein. Oder nicht?«

»Klar.«

»Hältst du mich eigentlich für oberflächlich?«

»Nein, nicht für oberflächlich. Aber meinst du nicht auch, daß wir zwei ganz schön verschieden sind?«

»Das kann man wohl sagen«, seufzte Julia. »Bei aller Liebe, Lisa, ich hätte nie geglaubt, daß du eine solch sture Wahrheitsfanatikerin bist. Das grenzt ja schon an ...«, sie unterbrach sich.

»An was?«

»Ach nichts. Jedenfalls hatte ich geglaubt, es gäbe keine Märtyrerinnen mehr, aber wenn du so weitermachst, wirst du mich noch bekehren.«

»Ich wünschte, wir könnten uns diese Debatten ersparen. Aber es muß wohl sein.«

Julia verzog angewidert das Gesicht.

»Schon wieder dieser schicksalsergebene Ton! Mein Gott, Lisa, kämpfe! Wehr dich!«

»Gegen wen oder was soll ich mich wehren? Gegen dich? Gegen mein Kind? Wie könnte ich gegen mein Kind kämpfen? Kannst du mir das bitte mal sagen? Ich müßte mich ja selbst zerstören. Es ist doch ein Teil von mir. Verstehst du das nicht?«

»Wenn du *nichts* unternimmst, zerstörst du dich! Wenn du kämpfst, gäbe es vielleicht eine Chance. Und bei meinem Vorschlag, einen Vater zu erfinden, könntest du sogar das Kind bekommen, ohne alles aufs Spiel zu setzen. Das versuche ich dir die ganze Zeit klarzumachen.«

»Ich erfinde keinen Vater und damit basta.«

»Ja, dann sieh zu, wie du fertig wirst. Meinen Segen hast du.«

»Das ist doch was. Ich werde ihn mir gut aufheben.«

»Du Schaf«, murmelte Julia mitleidig. »Du hast keine Ahnung, was auf dich zukommt!«

»Wir leben nicht mehr im Mittelalter, so schlimm wird es nicht werden.« Während sie es sagte, fiel ihr die andere Elisabeth ein, die einst mit Schimpf und Schande aus Canrade davongejagt worden war. Aber sie wollte sich nicht mit deren Tragödie belasten. »Jetzt sind wir jedenfalls in der Bretagne, in Carnac. Stell dir das vor, Julia!« Sie munterte sich selbst auf, um nicht in Panik zu geraten. »Canrade ist weit weg. Laß uns diese Tage auskosten. Es ist viel zu schade, sich mit Problemen herumzuschlagen, die noch gar keine sind.«

Julia verzog spöttisch das Gesicht. Dann sagte sie: »Okay. Waffenstillstand.«

»Du bist ganz schön clever«, lachte Elisabeth. »Ich dachte, es liefe auf einen Friedensvertrag hinaus.«

»Denkste. Ich bin zäher als du.«

»Was erst noch bewiesen werden müßte.«

»Wird es«, versprach Julia.

Die Gedanken, die den beiden Freundinnen unabhängig voneinander im Kopf herumgingen, und die Gespräche über die Schwangerschaft machten den Unterschied zwischen diesem Urlaub und allen anderen aus. Während Elisabeth versuchte, sich ihre Zukunft vorzustellen, wurde Julia nicht müde, ihrer Freundin deutlich zu machen, wie es möglich sei, sich aus der schwierigen Lage zu befreien.

»Noch«, sagte sie. »Aber nicht mehr lange. Das weißt du genau.«

Manchmal gelang es ihr, Elisabeth nachdenklich zu machen. Es ließe sich ja tatsächlich perfekt organisieren. Niemand würde die Wahrheit erfahren, und sie könnte so weiterleben wie bisher.

»Wenn dich noch etwas mit Michael verbinden würde, oder wenn du ihm Rechenschaft schuldig wärest, könnte ich dich vielleicht verstehen. Aber wenn er es nicht einmal wissen soll, daß er der Vater ist, begreife ich dein Verhalten nicht.«

»Ich weiß«, seufzte Elisabeth.

»Kannst du mir einen einzigen Grund nennen, warum du es so kompliziert haben willst?«

»Du stellst dir das recht eigenartig vor. Glaubst du denn, ich machte mir keine Gedanken, nur weil ich nicht dauernd darüber rede?«

»Wer kennt sich schon aus in anderer Leute Gedanken? Sag mir klipp und klar, was dafür spricht. Erstens, zweitens, drittens ...«

Ohne lange zu überlegen, antwortete sie: »Erstens bin ich jetzt zweiunddreißig, also schon ziemlich alt. Zweitens will ich unbedingt ein Kind zur Welt bringen, das habe ich immer gewollt. Drittens glaube ich, daß dieses Kind sich mich als seine Mutter ausgesucht hat. Und wenn du noch mehr Gründe hören willst ...«

»Nein danke, das reicht.«

»Und bist du nun überzeugt? Oder nicht?« fragte sie, weil Julia sie nur schweigend ansah.

»Ich finde, du hättest es mir ein wenig eher erklären können.«

»Das hört sich leichter an, als es ist. Erstens hast du mich dauernd mit deinen Abtreibungs- und Vertuschungsideen genervt, zweitens mußte ich mich ja auch erst mit den plötzlich veränderten Tatsachen vertraut machen.«

»Gib zu, daß du es schon vor dem Test wußtest.«

»Ich hab' dir ja gesagt, daß ich es geahnt habe. Aber wissen konnte ich es erst nach dem Test. Bis dahin habe ich alle Gedanken daran so gut wie möglich verdrängt.«

Julia seufzte.

»Am besten halte ich mich raus. Mein Lebenswunsch ist

es jedenfalls nicht, Kinder zu haben und eine Familie zu gründen.«

»Du bist ein ganz anderer Typ Frau als ich. Karrierefrauen träumen nun mal nicht davon, Kinder zur Welt zu bringen.«

»Auch noch gleich mehrere!«

Elisabeth lachte.

»Wer zuletzt lacht, lacht am besten«, sagte Julia. »Wir sprechen uns noch! Alleinerziehende Mütter haben jedenfalls nicht das große Los gezogen. Das laß dir gesagt sein. Und deinen Beruf kannst du vergessen.«

»Ich bin wirklich darauf gespannt, wie die Landeskirche reagiert.«

»Wann wirst du deinen Fehltritt offiziell eingestehen?«

»Weiß ich noch nicht. Jetzt sind wir jedenfalls weit vom Schuß, und das ist gut so. Vielleicht rede ich erst mal mit Lore Witte, die ist eine vernünftige Frau und hat Erfahrung mit Konflikten. Auf keinen Fall werde ich es gleich Herrn Mansauer beichten.« Sie verzog das Gesicht.

»Schrecklich, wenn ich mir vorstelle, ich sitze ihm in seinem Amtszimmer gegenüber und rede mit ihm darüber! Aber es wird sich nicht vermeiden lassen.«

»Das ist erst der Anfang. Das dicke Ende kommt noch.«

»Ja, ich weiß«, seufzte Elisabeth.

»Wie Michael wohl damit umgeht? Er wird sich alles zusammenreimen können. Ich glaube nicht, daß du ihn ganz raushalten kannst.«

»Das wird sich zeigen. Klar ist nur, daß er weder einen Anspruch noch Verpflichtungen irgendwelcher Art haben wird.«

Julia war skeptisch, sagte aber nichts. Sie hat schon genug zu bedenken, die Arme, dachte sie, und dazu noch die ständige Übelkeit. Der Arzt hatte ihr ein Mittel verschrieben, das den Brechreiz lindern sollte, aber sie nahm es nicht.

»Es ist ja nur vorübergehend«, sagte sie. »Ein paar Wochen noch, dann geht es mir wieder gut. Hauptsache es stört dich nicht, daß ich immer für zwei esse.«

»Solange du auch für zwei einkaufst, ist es mir egal«, versicherte Julia. Aber in Wirklichkeit hielt sie es für spleenig, die Pillen nicht zu nehmen.

Wie immer kam ihnen der Heimweg kürzer vor als die Hinreise. Sie waren am frühen Morgen in Carnac aufgebrochen und kamen am späten Abend in Canrade an. Müde und erschöpft nach der langen Fahrt, aber wohlbehalten und in guter Stimmung.

In Canrade war alles wie eh und je: Die Straßenlampen verlöschten zur gleichen Zeit, die Katzen gingen auf Mäusejagd, ein Hofhund bellte, die Dohlen rumorten in den Linden, und die engen Gassen waren menschenleer. Das Pfarrhaus hielt sich hinter Büschen und Bäumen versteckt, und die Gartenpforte quietschte leise, als wäre sie erschrocken, daß sie geöffnet wurde. Elisabeth ging über den Gartenweg, schloß die Haustür auf, machte das Licht an und wartete auf Julia.

Julia sagte: »Guten Abend, Frau Pastorin, schön, daß ich Sie antreffe.«

»Sie haben Glück«, ging Elisabeth auf ihren Ton ein, »ich komme gerade aus Carnac.«

»Carnac? Wo ist das denn?«

Lachend gingen sie ins Haus.

Verwundert stellten sie fest, daß überall Blumensträuße verteilt waren.

»Olga Bahlmann, die gute Seele«, sagte Elisabeth gerührt. »Mit solch einem netten Empfang habe ich nicht gerechnet.«

»Was hast du gedacht? Daß sie dich vergessen würden in der Zwischenzeit?«

»Nein, das nicht, aber dieser Willkommensgruß ist doch einmalig, das mußt du zugeben.«

»Das muß der Neid dir lassen.« Julia dachte an ihre Zweizimmerwohnung in Hannover und seufzte.

»Dafür hast du Henning«, tröstete Elisabeth sie. »Oder möchtest du mit mir tauschen?«

»Du kannst ihn haben.«

»Danke für das Angebot«, lachte Elisabeth. »Aber du kannst ihn behalten.«

»Da siehst du mal, wie unwichtig Männer sind. Was ist ein Mann gegen einen Blumenstrauß?«

»Bevor wir ungerecht werden, besorge ich erst mal was zu trinken«, schlug Elisabeth vor.

Sie kam mit einer Flasche Champagner zurück, und Julia fragte verblüfft: »Hast du den aus Frankreich mitgebracht?«

»Nein, den habe ich in weiser Voraussicht schon vor unserer Reise besorgt.«

Sie füllte die Gläser. »Auf Carnac! Daß es uns in guter Erinnerung bleibt.«

Sie stießen an und freuten sich an dem hellen Klang.

Elisabeth hatte sich noch ein paar freie Tage aufgehoben. Eigentlich hätte sie sie als Urlaub genießen können, aber nachdem Julia abgereist war, kehrte der Alltag rasch zurück. Frau Bahlmann hatte einen ganzen Stapel Post auf ihren Schreibtisch gelegt. Damit fing das gewöhnliche Leben wieder an. Die persönlichen Schreiben interessierten sie am meisten, Urlaubsgrüße waren darunter, auch ein Brief von Henning an Julia, aber nichts von Michael. Hatte sie es gehofft oder befürchtet? Sie wußte es selbst nicht. Nachdem sie die Post durchgesehen hatte, stand sie auf und ging in den Garten. Täuschte sie sich, oder roch es tatsächlich schon ein wenig nach Herbst? Es war nur ein Hauch, eine Ahnung auf kommende Tage. Aber genug, um sie zu beunruhigen. Sie ging ins Haus zurück und rief Lore Witte an.

»Haben Sie Lust, auf eine Tasse Tee vorbeizukommen?«

»Lust schon, aber keine Zeit«, antwortete Frau Witte. Weil sie Elisabeths Enttäuschung spürte, fragte sie aufs Geradewohl: »Wie war es im Urlaub?« und setzte sofort hinzu: »Blöde Frage. Entschuldigen Sie.«

Elisabeth lachte.

»Ja, was soll ich darauf antworten? Drei Wochen lassen sich schlecht in einem einzigen Satz unterbringen. Ich war mit meiner Freundin Julia in Carnac«, sagte sie, als erübrigten sich dadurch weitere Erklärungen.

»Davon müssen Sie mir unbedingt erzählen! Das interessiert mich wirklich sehr. Wahrscheinlich haben Sie auch Aufnahmen gemacht?«

»Jede Menge. Hoffentlich sind sie was geworden.«

Sie verabredeten sich für den nächsten Abend.

»Ich möchte gern etwas mit Ihnen besprechen«, sagte Elisabeth, bevor sie auflegte, um sich selbst eine Brücke zu bauen.

Als sie die Fotos zum Entwickeln brachte, lief ihr Jessica in der Fußgängerzone über den Weg, frisch und unbefangen wie eh und je.

»Hallo, Jessica!« begrüßte Elisabeth sie. »Lange nicht gesehen.«

Sie standen mitten auf der Straße und redeten über alles mögliche, bis Elisabeth fragte: »Und was gibt es Neues in Canrade?«, obwohl sie wußte, daß es nichts Neues gab, denn sonst hätte Frau Bahlmann es ihr längst erzählt. Es war ihr nur gerade so eingefallen. »In Canrade nichts«, antwortete Jessica, »aber ich habe eine Lehrstelle.«

»Erzähl!« sagte Elisabeth freudig überrascht. »Hast du Lust auf ein Eis?« fragte sie und lud Jessica in die Eisdiele ein. Jessica berichtete, daß sie am 1. Oktober in der Gärtnerei anfangen würde.

»Ich möchte Floristin werden«, sagte sie, »und will es richtig von der Pike auf lernen.«

Elisabeth freute sich.

»Das finde ich richtig klasse. Und irgendwann eröffnest du den ersten Blumenladen in Canrade.«

Jessica schüttelte den Kopf.

»Das lohnt sich nicht. Die haben alle Blumen genug im Garten.«

»Aber doch nur im Sommer.«

»Egal. Ich bleibe nicht hier. Wenn ich ausgelernt habe, gehe ich erst mal woanders hin. Nach Oldenburg oder so.«

Elisabeth konnte das verstehen. Meine Güte, dachte sie, als Jessica sich über den Eisbecher hermachte, was wäre aus ihr geworden, wenn sie demnächst Mutter würde?

»Dir geht es richtig gut jetzt, habe ich den Eindruck«, stellte sie fest.

»Kann man wohl sagen!« strahlte Jessica. »Ihnen aber auch. Sie sind ganz schön braun geworden.«

Sie löffelten ihr Eis und redeten noch ein wenig über französische und ostfriesische Eigentümlichkeiten, dann verabschiedeten sie sich voneinander und gingen beide ihre eigenen Wege.

Im Kirchenkreisamt traf sie Herrn Mansauer, der gerade das Haus verlassen wollte.

»Na, auch wieder im Lande?« fragte er. »So langsam trudeln sie alle wieder ein.« Ein Chef in Eile. Elisabeth hatte keine Chance zu fragen, ob er seinen Urlaub noch vor sich hätte. Geschäftig hastete er weiter. »Wir sehen uns ja demnächst«, sagte er und verschwand.

Wie hat er das gemeint? fragte sie sich, wo sollten wir uns sehen? Da fiel ihr ein, daß die nächste Kirchenkreiskonferenz in Canrade war. Zum Glück hatte sie noch Zeit genug, sich darauf vorzubereiten. Sie war nicht nur Gastgeberin, sondern hatte auch die Andacht zu halten. Warum habe ich mich bloß freiwillig gemeldet? dachte sie. Selber schuld.

Nachdem sie noch einen Rundgang durch den Supermarkt gemacht und sich mit dem Nötigsten versorgt hatte, fuhr sie nach Canrade zurück. Obwohl sie es sich nicht vorgenommen hatte, bog sie in die Straße zum Deich ein und fuhr bis zum Leuchtturm.

Das Wasser kam gerade zurück, noch lag das Watt schwer und grau unter dem Wolkenhimmel. Große Vogelscharen hatten sich in mehreren Kolonien zusammengefunden. Ihr aufgeregtes Geschrei und Geschnatter erfüllte die Luft. Sie fühlte sich wieder dazugehörig. Zu den Geräuschen, zum Wind, zu den Wolken und zu den Gezeiten, dem eindrucksvollsten Beispiel von Ordnung und Kraft. Sie blieb gerade so lange, bis ihr einfiel, wie schön es gewesen war, mit Michael am Deich entlangzugehen. Dann drehte sie sich um, ging zum Auto zurück und fuhr nach Hause.

Nachmittags trank sie Tee bei Geesche Ott. Deren neues Hüftgelenk war prima angewachsen und machte ihr kaum noch Beschwerden.

»Ich bin sogar schon wieder auf die Leiter geklettert und habe Zwetschen gepflückt«, erzählte sie stolz.

Was sollte man dazu sagen?

»Passen Sie nur gut auf sich auf!« mahnte Elisabeth. »Wie leicht kann da wieder was passieren. Ich würde an Ihrer Stelle lieber nichts riskieren und schön vorsichtig sein.«

Das meinte Geesche Ott auch.

»Vorsicht ist die Mutter der Porzellankiste«, sagte sie und drückte Elisabeth ein Glas Zwetschenmus in die Hand. »Schmeckt lecker«, sagte sie mit einem zufriedenen Lächeln. »So was kriegen Sie nirgends zu kaufen.«

Das glaubte Elisabeth ihr aufs Wort.

Abends rief Julia an, um zu hören, ob sie alles gut überstanden habe.

»Wenn du damit meinst, wie ich mit der Umstellung fertig werde, dann kann ich nur sagen: Sehr gut. Sogar meine Übelkeit ist wie weggeblasen.«

Darüber war Julia ehrlich erfreut.

»Gott sei Dank«, sagte sie. »Ich dachte schon, das hört nie auf.«

»Für morgen abend habe ich mich übrigens mit Lore Witte verabredet.«

»Schon? Willst du dein großes Geheimnis nicht erst noch ein bißchen für dich behalten?«

»Habe ich auch überlegt, aber irgendwie möchte ich wissen, woran ich bin.«

»Und du meinst, das kann Frau Witte dir sagen?«

»Nein, wahrscheinlich nicht. Aber vielleicht kann sie sich mal umhören. Es braucht ja niemand sonst zu wissen.«

»Und du meinst, du kannst dich auf sie verlassen?« fragte Julia besorgt.

»Hundertprozentig, da bin ich mir sicher. Außerdem ist sie zum Schweigen verpflichtet.«

»Dann wünsche ich dir viel Glück für morgen abend.«

»Wie meinst du das?«

»Na, es könnte doch sein, daß sie dir die Leviten liest.«

»Glaube ich nicht. Und wenn, dann kann ich es nicht ändern.«

»Du bist ganz schön cool«, stellte Julia fest. »Ich möchte nicht in deiner Haut stecken. Wie lange ist es eigentlich her, daß Frauen ordiniert werden können?«

»Ungefähr seit den sechziger Jahren. Das ist in den einzelnen Landeskirchen ganz verschieden. Und bei den Katholiken ist ja überhaupt nicht daran zu denken. Warum fragst du?«

»Ich kann mir vorstellen, daß den Herren, die sich mit deinem Fall befassen werden, wieder die Diskussionen über das leidige Thema *Frauen im geistlichen Amt* einfallen.«

»Das kann ihnen niemand verwehren«, meinte Elisabeth. »Aber ich verstehe deine Frage nicht. Willst du mir jetzt ein schlechtes Gewissen machen, oder was ist los?«

»Nein, nein, keine Sorge. Ich will dich nur vorwarnen, weil ich ahne, wie sie über dich herfallen, wenn es ruchbar wird.«

»Ruchbar. Gehört das zu deinem juristischen Sprachschatz?«

»Nein, das ist gutes Kirchendeutsch.«

»Habe ich noch nie gesagt.«

»Nein, du nicht, aber trotzdem gehört es in deinen Bereich. Zu der Terminologie des Männerbundes, in den du gnädig aufgenommen worden bist.«

»Du tust so, als wäre ich die erste und einzige Theologin.«

»In gewisser Hinsicht möglicherweise die erste, wer weiß. Jedenfalls möchte ich nicht mit dir tauschen.«

»Das erwartet ja auch niemand. Es ist mir schon klar, daß ich allein damit fertig werden muß. Wie auch immer.«

»Ich wünsche dir jedenfalls, daß Frau Witte dir nicht nur seelischen Beistand leistet, sondern dich auch praktisch unterstützt.«

»Wir werden sehen«, sagte Elisabeth.

Das Gespräch mit Julia brachte sie auf die Idee, gleich am nächsten Morgen in der landeskirchlichen Rechtssammlung nachzusehen. Sie suchte den entscheidenden Paragraphen im Pfarrergesetz heraus, in dem es um die Lebensführung geistlicher Amtspersonen ging. Aber über die Schwangerschaft einer unverheirateten Pastorin war darin nichts vermerkt. Solch ein Fall war anscheinend nicht vorgesehen. Sie stellte den Band wieder ins Regal zurück. Vielleicht würde sie tatsächlich Staub aufwirbeln. Sie sah schon Herrn Mansauers peinlich berührtes Gesicht. Ihr graute vor dem Gespräch mit ihm, aber trotzdem mußte es irgendwann sein.

Es führte ja kein Weg daran vorbei. Es klingelte. Anita Rothe stand vor der Tür. Elisabeth kam es vor, als wäre es Monate her, daß sie sich zuletzt gesehen hatten. Einladend öffnete sie die Tür.

»War's schön in Frankreich?« fragte Anita und trat sich die Schuhe ab, bevor sie ins Haus ging.

»Ja, es war wunderschön. Hast du Lust auf einen Tee?« fragte sie und führte ihren Gast in die Küche.

»Ich will nicht lange bleiben«, erklärte Anita. »Ich bin gerade dabei, die Gardinen abzunehmen. Ich wollte dir nur rasch guten Tag sagen.«

Sie hatten sich aber doch viel zu erzählen. Über die Wochen in Carnac kamen sie auch auf die Wochen in Wiesbaden zu sprechen. Anita sagte, Michael sei es dort anfangs ziemlich schlecht gegangen.

»Er war wahrscheinlich total überarbeitet«, meinte sie. »Aber das ist jedes Jahr dasselbe. Die Hälfte der Ferien kannst du ihn vergessen.«

»Jetzt geht es wieder?« fragte Elisabeth und schämte sich ihrer heimlichen Gedanken. Anita seufzte. »Immer noch nicht?«

»Doch, doch. Jetzt ist er wieder in Ordnung. Ich verstehe nur nicht, warum er die Ferien nicht genießen kann. Ich glaube, er hält es nicht ohne seine Arbeit aus. Er könnte sich ja auch mal richtig mit mir und den Kindern beschäftigen, aber dann fühlt er sich nicht gut. Manchmal glaube ich, seine Familie interessiert ihn gar nicht, nur seine Schule und seine Orgel.«

Elisabeth versuchte, diesen Eindruck ein wenig zu verwischen, und plädierte für mehr gegenseitiges Verständnis.

»Ich bemühe mich ja«, klagte Anita. »Aber was soll *ich* sagen? Ich möchte auch lieber in die Bank gehen, als ständig zu Hause bei den Kindern zu sein. Er könnte doch wenigstens während der Ferien so tun, als liebe er seine Kinder. Und mich«, fügte sie leise hinzu.

Elisabeth schenkte Tee ein. Sie wußte nicht, was sie dazu sagen sollte.

»Manchmal beneide ich dich«, sagte Anita.

»Mich? Warum?«

»Du bist so selbstbewußt und frei. Du kannst reisen, wohin du willst, und tun und lassen, was dir Spaß macht.«

Elisabeth schüttelte den Kopf.

»Stimmt das etwa nicht? Du verdienst dein eigenes Geld, hast ein tolles Haus, und alle mögen dich.«

»Nun übertreibst du aber«, wehrte Elisabeth ab. »Dafür habe ich keine Familie«, sagte sie. »Glaubst du nicht, daß ich auch gern Kinder hätte?« Im gleichen Moment dachte sie: Wie kann ich das ausgerechnet Anita Rothe fragen!

»Am besten haben es immer noch die Männer«, stellte Anita fest. »Die haben alles: einen Beruf und eine Familie.«

»Aber anscheinend haben sie Schwierigkeiten, eins mit dem anderen zu vereinbaren, so daß nichts und niemand zu kurz kommt.«

»Ich finde es ungerecht«, seufzte Anita. »Und während wir hier reden und Tee trinken, wartet Michael bestimmt ungeduldig auf mich, weil er noch an die Orgel will.«

»Kann er die Kinder nicht mitnehmen?«

Anita lachte. »Wie du dir das vorstellst! Die Kinder mitnehmen! Da kennst du Michael aber schlecht.«

Dem wußte Elisabeth nichts hinzuzufügen.

Sie begleitete Anita bis an die Gartentür. Von Umzug scheint nicht die Rede zu sein, dachte sie, sonst hätte sie es bestimmt erwähnt.

»Sonntag mußt du wieder predigen. Freust du dich darauf?« fragte Anita. Elisabeth zögerte.

»Doch«, sagte sie dann, »ich freue mich. Ich hatte nun eine ganze Weile Pause, da ist es ganz gut, sich wieder einmal an den Schreibtisch zu setzen.«

»Kann ich verstehen. Ich will sehen, ob ich auch kommen kann. Die Kinder gehen neuerdings in den Kindergottesdienst, da habe ich vielleicht eine Chance, von zu Haus wegzukommen.«

Kurz darauf klang Orgelmusik über den Kirchplatz. Michael ist wieder in seinem Element, dachte Elisabeth und öffnete die Fenster.

Eine Weile später ging sie zur Kirche hinüber, um die Eintragungen im Sakristeibuch nachzusehen. Es interessierte sie, worüber die Urlaubsvertreter in der Zwischenzeit gepredigt hatten. Um Michael nicht zu stören, benutzte sie den Seiteneingang, der direkt in die Sakristei führte. Sie setzte sich an den kleinen Tisch, schlug die betreffenden Seiten auf und machte sich Notizen. Die Kollektenbeträge waren ziemlich hoch, also waren die Gottesdienste auch während ihrer Abwesenheit gut besucht gewesen. Zufrieden legte sie das Buch zur Seite und hörte der Orgelmusik zu. Von ihrem Platz aus konnte sie den Altarraum und einen Teil des Kirchenschiffes überblicken. Wie ganz anders nahm sie jetzt alles wahr als im Anfang ihrer Canrader Zeit. Michael improvisierte. Ganz selbstvergessen konzentrierte er sich auf den Choral *Auf meinen lieben Gott trau ich in Angst und Not ...*

Elisabeth glaubte, seine Gedanken und Empfindungen aus seiner Improvisation heraushören zu können.

Er kann mich allzeit retten aus Trübsal, Angst und Nöten ... Warum bin ich ausgerechnet hier in Canrade gelandet? fragte sie sich wieder. Steckt dahinter ein Plan oder ist alles nur Zufall? Warum mußte ich ausgerechnet diesem Mann begegnen? Wir hätten uns im Leben nicht kennengelernt, wenn ich in eine andere Gemeinde gekommen wäre. Nun ist er der Vater meines Kindes und weiß es nicht einmal. Ist es unfair, es ihm zu verheimlichen? Aber was würde es bringen, wenn er es wüßte? Es machte alles noch komplizierter und kettete uns für alle Zeit aneinander. Das will ich nicht. Entschlossen stand sie auf und verließ die Kirche.

Michael unterbrach sein Spiel, als die Tür unbeabsichtigt laut ins Schloß fiel. Dann blätterte er in den Noten, zog andere Register und spielte ein Präludium von Bach. Ein Jammer, daß sich ihr Verhältnis so grundlegend geändert hatte! Plötzlich war sie einfach nur wütend auf ihn. Warum hatte er ihr nachgestellt und sie bedrängt wie ein verliebter Kater? Er hatte sich ganz schön viel herausgenommen, der Herr Rothe. Sollte er nun leiden, dann konnte sie es auch nicht ändern. Bedauern würde sie ihn jedenfalls nicht. Und wenn er Canrade verließe? Wenn er es wirklich wahrmachte und sich nach Wiesbaden versetzen lassen würde? Um so besser, dachte sie, um so besser für alle.

Onno Bahlmann arbeitete auf dem Kirchplatz. Als er sie kommen sah, stützte er sich auf die Harke und sagte: »Moin, Frau Rogge! Lange nicht gesehen!«

»Moin, Herr Bahlmann«, erwiderte sie und gab ihm die Hand. »So fleißig?«

»Das muß«, sagte er, »die Blätter können ja nicht liegenbleiben.«

»Ist es schon wieder soweit?« wunderte sich Elisabeth, als habe sie gar nicht mitgekriegt, daß es allmählich Herbst wurde.

»Fällt in Frankreich das Laub nicht von den Bäumen?« fragte Herr Bahlmann und sah sie verschmitzt an.

Elisabeth lachte. »Wahrscheinlich schon«, sagte sie, »aber, ehrlich gesagt, ist es mir gar nicht aufgefallen.« Sie erzählte ihm von dem Feigenbusch in ihrem Innenhof. »Der hatte noch dunkelgrüne Blätter, als wir abgereist sind.«

»Sehen die wirklich so aus wie bei Adam und Eva im Paradies?« fragte er interessiert.

»Ja, wirklich genauso.«

»Schade, daß Sie mir keins mitgebracht haben. Möchte ich gern mal sehen, so ein Feigenblatt.« Er griente von einem Ohr zum anderen und guckte sie dabei so herausfordernd an, daß sie dachte: Was soll das denn? Fängt der etwa auch noch an? Denkt er etwa an die Gemälde der alten Meister? An Adam und Eva mit dem Feigenblatt?

»Das wäre ja vertrocknet«, wandte sie ein.

»Sie hätten es ja pressen können.«

»Ja, stimmt«, gab sie zu, »aber nun ist es zu spät.«

»Was nicht ist, kann ja noch werden. Wenn Sie mal wieder hinfahren, bringen Sie mir eins mit. Oder besser zwei«, fiel ihm ein, »damit Olga auch eins hat.«

Volltreffer, dachte Elisabeth. »Ich habe noch zu tun«, sagte sie und ging weiter.

Er sah ihr nach. »Nettes Mädchen«, brummte er. Dann machte er sich wieder an die Arbeit. Er stellte sich vor, es wären keine Linden-, sondern Feigenblätter und harkte sie schmunzelnd zusammen. Schade, daß Olga nicht der Sinn danach steht, sonst hätten wir mal wieder was zu lachen. Er seufzte. Nee, dachte er, Olga nicht. Und im selben Moment verwandelte sich das Laub wieder in Lindenblätter, die auf den Komposthaufen gehörten.

Am Nachmittag fing es an zu wehen. Der Wind trieb schwere Regenwolken vom Meer her, und die Möwen flogen scharenweise landeinwärts. Elisabeth ging durch das Haus und schloß alle Fenster. Im Wohnzimmer drehte sie sogar die Heizung auf.

Gegen Abend frischte der Wind weiter auf. Er fuhr durch das Dorf, daß es überall ächzte und stöhnte. Die Straßenlaternen schepperten, und welke Blätter fegten über die Straßen und verfingen sich in Hecken und Zäunen. Es wurde früh dunkel, und die Menschen machten es sich in den Häusern gemütlich.

Als Frau Witte klingelte, fielen die ersten Tropfen.

»Da habe ich ja Glück gehabt, daß es nicht eher anfing«, sagte sie, als sie ihren Mantel an die Garderobe hängte. »Den Schirm hätte ich gar nicht aufspannen können bei dem Wind.«

Elisabeth führte ihren Gast ins Wohnzimmer. Frau Witte war angenehm überrascht. Auf dem Fensterbrett brannte eine Kerze und auf dem Tisch stand ein Heidestrauß.

»Den Strauß habe ich in Carnac gepflückt«, sagte Elisabeth, als Frau Witte ihn bewunderte. Daß ihr im gleichen Moment Onno Bahlmann mit seinen Feigenblättern einfiel, konnte sie nicht verhindern. »Wir hatten noch gar nicht an den Herbst gedacht«, sagte sie ein wenig unvermittelt, »und nun ist er plötzlich da.«

»Jedenfalls hat er seine ersten Vorboten schon mal losgeschickt.«

»Leider«, seufzte Elisabeth.

»Ist es nicht auch schön, sich wieder auf eine neue Jahreszeit einzustellen?«

»Von mir aus könnte der Sommer noch lange dauern. Ich finde es herrlich, draußen zu leben.«

»Meine Einstellung ist, daß ich das, was nicht zu ändern ist, einfach von der positiven Seite sehe. Das mag sich nach Altersweisheit anhören, aber es bekommt mir einfach besser, als mich ständig gegen etwas zur Wehr setzen zu müssen, das ich doch nicht ändern kann.«

Sie erzählte, daß sie einmal sogar versucht habe, sich gegen das Meer zu wehren.

»Stellen Sie sich vor«, sagte sie, »ich stand auf Norderney am Strand und habe die Flut beschworen, nicht höher zu steigen als bis zu meinen Zehenspitzen. Aber die Wellen kamen näher und näher. Sie umspülten meine Füße und liefen über den Strand, als gäbe es mich gar nicht. Ich rührte mich nicht vom Fleck, bis mir das Wasser an die Knie reichte. Da gab ich es auf. Das Meer hätte mich erbarmungslos ersäuft. Es hat keinen Verstand und kein Gefühl. Es ist wie das Schicksal, das über einen hereinbricht. Man kann nur zusehen, wie man sich am besten davor schützt und in Sicherheit bringt. Als ich mich umdrehte, sah ich, daß der Priel hinter mir schon vollgelaufen war, während ich noch damit beschäftigt gewesen war, der Nordsee zu widerstehen. Ich mußte meinen Rock ausziehen, um noch einigermaßen trocken davonzukommen. Seit diesem Erlebnis habe ich meine Einstellung geändert. Ich wehre mich nicht mehr, sondern sehe zu, wie ich trockenen Fußes an Land komme. Im übertragenen Sinn«, fügte sie hinzu.

Elisabeth verstand, was sie ihr sagen wollte.

Frau Witte lehnte sich in ihrem Sessel zurück.

»Schön haben Sie es hier«, sagte sie und sah sich um. »Fühlen Sie sich immer noch so wohl in Canrade?«

Elisabeth zögerte einen Augenblick.

»Ja«, sagte sie dann. »Ich habe mich bisher nirgends so wohl gefühlt wie hier. Die Leute sind wirklich sehr nett zu mir. Es gibt kaum Probleme, jedenfalls bis jetzt nicht, und das Haus ist natürlich herrlich ...«

»Nur?«

Elisabeth sah sie erstaunt an.

»Es hörte sich an, als fehlte etwas in Ihrer Aufzählung.«

»Und was vermuten Sie?«

»Kann ich nicht sagen, aber es klang, als käme noch ein ›nur‹, etwas nicht so Erfreuliches. Soviel ich weiß, haben Sie im November Visitation. Ist es das, was Sie belastet?«

»Nein, nein«, wehrte Elisabeth ab, »daran denke ich noch gar nicht. Das stelle ich mir gar nicht so kompliziert vor.«

Ich werde mich hüten, noch einmal nachzufragen, dachte Frau Witte. Wenn sie etwas auf dem Herzen hat, dann muß sie selbst davon anfangen. Das war auch Elisabeth klar. Nach ein paar Augenblicken sagte sie: »Ich möchte Sie um einen Gefallen bitten.«

Frau Witte nickte.

»Nur zu«, sagte sie, »wenn ich etwas für Sie tun kann, tue ich es gern.«

»Ich habe schon in der Rechtssammlung nachgesehen, aber nichts Genaues gefunden. Vielleicht kennen Sie sich besser darin aus. Oder vielleicht kennen Sie jemanden im Landeskirchenamt, den Sie gelegentlich fragen können ...«

Das muß ja ein ganz schwerer Brocken sein, den sie da mit sich herumschleppt, dachte Frau Witte, sagte aber nichts.

»Es ist nämlich so ...«, Elisabeth zögerte noch einmal, dann sagte sie entschlossen: »Ich bin schwanger.«

Frau Witte sah sie entsetzt an und hielt die Hand vor den Mund.

»Nein!« flüsterte sie.

»Doch«, sagte Elisabeth. Jetzt klang es selbstbewußter und sogar ein wenig stolz: »Ich erwarte ein Kind.« Ihre Kollegin hatte sich gefangen.

»Herzlichen Glückwunsch«, sagte sie und lächelte Elisabeth an.

»Das meinen Sie nicht im Ernst?«

»Natürlich meine ich das ernst. Es ist wunderbar, ein Kind zu bekommen.«

»Egal unter welchen Umständen?«

»Na, egal nicht. Aber ich denke doch, daß Sie sie meistern werden.«

Elisabeth seufzte.

»Ich habe keine Ahnung, was auf mich zukommt.«

»Das ist für Sie sicher kein Problem im biologischen Sinn?«

»Nein«, sagte Elisabeth, »soweit bin ich schon aufgeklärt. Aber wie ich es mit meinem Beruf vereinbaren kann, das weiß ich nicht. Da erhoffe ich mir von Ihnen Rat und Hilfe.«

Warum ist sie ausgerechnet auf mich gekommen? fragte sich Frau Witte. Aber das erübrigte sich ja nun. Sie war um

Hilfe gebeten worden und würde tun, was in ihrer Macht stand.

»Zunächst«, sagte sie entschieden, »stehen Ihnen die gleichen sozialen Rechte zu wie jeder anderen Frau. Sie bekommen Mutterschutz und Erziehungsurlaub. Besser wäre es natürlich gewesen, wenn Sie Ihre Probezeit schon absolviert hätten und beamtet wären. Aber das können wir ja erst einmal beiseite lassen. Was ist mit dem Vater des Kindes?«

»Er existiert nicht«, sagte Elisabeth entschieden. »Es gibt keinen Vater.«

Frau Witte schüttelte den Kopf und verzog dabei das Gesicht, als habe sie in einen sauren Apfel gebissen. Es sah so komisch aus, daß Elisabeth an sich halten mußte, um nicht zu lachen. Aber danach war ihr wahrhaftig nicht zumute.

»An eine Heirat ist also nicht zu denken?«

»Absolut nicht.«

»Tja, dann weiß ich auch keinen Rat«, gab sie zu. »Mir ist leider kein ähnlicher Fall bekannt. Ich könnte nur spekulieren, aber das hilft Ihnen nicht weiter.«

»Doch«, sagte Elisabeth, »es hilft mir insofern, als ich mit einer erfahrenen Frau, für die interne Kirchenangelegenheiten vertrautes Terrain sind, offen über alles reden kann. Meine Freundin Julia kennt sich zwar hervorragend im allgemeinen Rechtswesen aus, aber vom Kirchenrecht hat sie natürlich wenig Ahnung.«

Frau Witte sagte, davon wisse sie leider auch herzlich wenig. »Was Sie von mir erwarten, ist wohl auch keine Rechtsberatung, sondern vermutlich eine Art kollegiale Beratung.«

Genau das meinte Elisabeth.

»Und Sie wollen dieses Kind?«

»Ja«, sagte Elisabeth. »Ich will es.«

»Und der Vater weiß nichts davon?«

»Nein. Und wenn es irgend möglich ist, wird er es auch

nicht erfahren. Und seinen Namen gebe ich auf keinen Fall bekannt.«

Brisant, brisant, dachte Frau Witte. Wenn ihr soviel daran liegt, macht sie sich natürlich des Ehebruchs verdächtig. Und das zöge unter Umständen ein Disziplinarverfahren nach sich.

»Es wird sich zeigen«, sagte sie.

»Was?«

»Ob sich die Herren damit zufrieden geben.«

»Sie müssen es. Von mir erfahren sie es jedenfalls nicht.«

»Das glaube ich Ihnen gern. Aber es wird sich nicht verhindern lassen, daß Gerüchte entstehen. Damit müssen Sie leider rechnen.«

Elisabeth nickte.

»Ich weiß«, seufzte sie. »Was halten Sie davon, wenn ich meine Probezeit vorzeitig beende?«

»Nichts. Wovon wollen Sie denn leben?«

»Von Arbeitslosengeld.«

»Überstürzen Sie bitte nichts«, riet Frau Witte. »Ich werde mich umhören und sage Ihnen Bescheid, sobald ich etwas herausbekommen habe. Solange reden Sie am besten mit niemandem. Dann sehen wir weiter.«

»Ich bin Ihnen jedenfalls schon mal sehr dankbar, daß Sie mir keine Vorwürfe machen.«

»Wie käme ich dazu? Es tut mir nur leid, daß ich Ihnen nicht besser helfen kann.«

»Sie helfen mir schon genug. Ich wüßte überhaupt nicht, was ich ohne Sie machen würde.«

»Na, nun übertreiben Sie man nicht«, lächelte Frau Witte. »Ich glaube, Sie kämen auch ganz gut ohne mich zurecht. Aber ich kann verstehen, daß es Sie erleichtert, mit jemandem über Ihre Situation zu reden, die auch vom Fach ist.«

Sie erzählte, daß es ihr seinerzeit in ihren Auseinandersetzungen mit der Amtskirche auch eine große Hilfe gewesen wäre, mit einem erfahrenen Kollegen reden zu können.

»Ich habe gelernt, daß selbst aus dem vermeintlich Bösen immer etwas Gutes erwächst«, sagte sie. »Ich habe damals soviel Zuwendung und Freundlichkeit erfahren, daß ich fest daran glaube, daß Ihnen auch geholfen wird. Gott läßt es nicht zu, daß wir kaputtgehen. Solche Zeiten sind dazu da, um zu wachsen und stark zu werden, nicht um zu zerbrechen.«

Als sie sich voneinander verabschiedeten, war beiden klar, daß sie noch oft miteinander reden würden.

»Ich danke Ihnen für Ihre Unterstützung«, sagte Elisabeth, als Frau Witte ins Auto stieg. »Und für Ihre Geschichte von Norderney, ich werde sie nicht vergessen.«

»Und ich danke Ihnen für Ihr Vertrauen.«

Elisabeth sah ihr nach, bis sie um die Ecke gebogen war. Dann ging sie ins Haus zurück. So, dachte sie, der Anfang wäre gemacht.

Sie schaltete die Tagesschau ein. Als sie aber merkte, daß sie die Nachrichten aus aller Welt nicht interessierten, probierte sie ein paar Sender durch, gab es dann auf und schaltete den Apparat aus. Sie ging im Zimmer auf und ab. Das Schlimmste wäre für mich, wenn ich niemanden zum Reden hätte, dachte sie. Aber ich habe Julia und nun auch noch Lore Witte, das müßte wohl hinkommen.

Daß der Sommer vorüber war, ließ sich nicht mehr übersehen. Die Saison war vorbei. Jetzt gingen die Berufstätigen wieder ihrem Beruf nach, die Mütter brachten ihre Kinder in den Kindergarten, fuhren sie zur Musikschule, zum Reiten, zum Tennis …, Sitzungen und Tagungen fanden statt, alles nahm wieder seinen normalen Verlauf.

Elisabeth bereitete sich auf die Kirchenkreiskonferenz vor. Als Gastgeberin mußte sie für ein Frühstück sorgen, und außerdem fiel ihr die Aufgabe zu, die Konferenz mit einer Andacht zu eröffnen. Das Frühstück war das kleinere Übel. Dank Olga Bahlmanns Hilfe ließ sich das ohne großen Zeitaufwand organisieren. Die Andacht machte ihr mehr Schwierigkeiten. Weil es üblich war, über den Predigttext des folgenden Sonntags zu reden, war die Geschichte der Ehebrecherin an der Reihe. Zunächst erschien es ihr unmöglich, sich über diesen Text überhaupt Gedanken zu machen, geschweige denn darüber zu predigen.

Aber dann überwand sie ihre Abneigung und entschloß sich, ihn doch zu nehmen. Bis jetzt weiß es außer Lore Witte noch niemand, überlegte sie, ich gehe also überhaupt kein Risiko ein. Und Michael? Sie stellte sich vor, wie er ihrer Predigt aufmerksam zuhören würde. Jedes Wort könnte peinlich werden. Aber bis Sonntag war ja noch Zeit. Jetzt ging es erst einmal nur um die Andacht für die Konferenz. Sie setzte sich an den Schreibtisch, schlug das achte Kapitel des Johannes-Evangeliums auf und las:

Jesus kehrte am nächsten Morgen sehr früh zum Tempel zurück. Alle Leute versammelten sich dort um ihn. Er setzte sich und begann, mit ihnen zu sprechen.

Da führten die Gesetzeslehrer eine Frau herbei, die beim Ehebruch ertappt worden war. Sie stellten sie so, daß sie von allen gesehen wurde. Dann sagten sie zu Jesus: »Diese Frau wurde beim Ehebruch erwischt. In unserem Gesetz schreibt Mose vor, daß eine solche Frau gesteinigt werden muß. Was sagst du dazu?« Mit dieser Frage wollten sie ihm eine Falle stellen, um ihn anklagen zu können.

Aber Jesus bückte sich nur und schrieb mit dem Finger in den Sand. Als sie nicht aufhörten zu fragen, richtete er sich auf und sagte zu ihnen: »Wer von euch noch nie gesündigt hat, der soll den ersten Stein auf sie werfen.« Dann bückte er sich wieder und schrieb weiter in den Sand.

Als sie das hörten, zog sich einer nach dem anderen zurück, die Älteren gingen zuerst. Zuletzt war Jesus allein mit der Frau, die immer noch dort stand. Er richtete sich wieder auf und fragte sie: »Wo sind sie geblieben? Ist keiner mehr da, um dich zu verurteilen?« – »Keiner, Herr«, antwortete sie. »Gut«, sagte Jesus, »ich werde dich auch nicht verurteilen. Du kannst gehen; aber tu es nicht wieder.«

Sie griff nach dem Briefbeschwerer, einem rundgewaschenen Stein, den sie irgendwann aus Dänemark mitgebracht hatte, ein besonders hübsches Exemplar ihrer Sammlung. Einen Stein in dieser Größe an den Kopf zu kriegen, das könnte es schon gewesen sein. Aber so einfach würden es ihr die ehrenwerten Herren wohl nicht gemacht haben. Wohin hätten sie zuerst gezielt? Auf die Beine? Auf die Brust? Mit solch einer Person brauchte man nicht zimperlich umzugehen. Überhaupt nicht. Die konnte man ruhig ein bißchen zappeln lassen.

Der Strand an der dänischen Küste war eine wahre Fundgrube für Steine unterschiedlicher Größe und Beschaffenheit gewesen. Ihre Steinsammlung hatte ihr schon manch guten Dienst erwiesen und war eine echte Bereicherung ihres Methodenrepertoirs. Ich könnte die Steine auf den Tisch legen und die Anwesenden bitten, sich einen auszusuchen und in die Tasche zu stecken, überlegte sie.

Viele von ihnen wußten sicher, wie es auf dem Tempelberg in Jerusalem aussah, und sie selbst hatte sogar einmal miterlebt, daß ihr Bus im Westjordanland mit Steinen beworfen worden war. Sie kannte das Gefühl, das die Steinewerfer der Frau vermittelten. Die ausgebeulten Taschen waren nicht zu übersehen. Angreifbar, wehrlos, hilf- und machtlos stand sie vor ihnen, eine lebendige Zielscheibe, verletzliche Haut, empfindliches Gewebe, weich und warm und starr vor Angst.

Und der Fremde hockte da und malte Zeichen in den Sand!

Plötzlich spürte sie, wie sich Verachtung in ihr ausbreitete. Ja, sie verachtete sie, diese Biedermänner, die taten, als wüßten sie nicht, wie leicht verführbar ein liebeshungriger

Mensch in einer lauen Sommernacht ist, wie schwül solch eine Nacht sein kann, wie empfänglich für Zärtlichkeit und Ekstase. Das wußten die Herren auch, die Ehrenmänner, denen sexuelle Erregung und der Wunsch nach Befriedigung nicht unbekannt waren. Wie oft hatten sie sich die Erfüllung ihrer Bedürfnisse wohl schon ertrotzt, erzwungen, erbettelt, und dabei riskiert, ihre Frauen zu schwängern?

Als sie sich vorstellte, wie die alten und jungen Männer die Frau fixierten, wie sie sich wichtig taten in ihrer Schamlosigkeit, da stieg plötzlich eine ungeheure Wut in ihr auf. Schande! dachte sie, Schande über euch, ihr Scheinheiligen! Alles stellt ihr unter Strafe: ihre Verweigerung, ihre Nachgiebigkeit, ihre Verhütungsmittel, ihre Schwangerschaft, ihre Abtreibung. Euer ist das Recht und die Kraft und die Herrlichkeit in Ewigkeit. Amen. Was ist eine Frau? Eine Höhle, die euch gehört, aus der ihr kommt, in die ihr eingeht, die ihr besitzt, die ihr euch kauft oder vertraglich nutzt. Ihr Zorn galt allen: Priestern, Juristen, Frauenärzten, Freiern, Ehemännern, allen Fundamentalisten, allen Vergewaltigern, allen Triebtätern. Sie dachte an die Heerscharen von Prostituierten und an all die Frauen, die von Ewigkeit zu Ewigkeit geliebte, verachtete, bewunderte, gefürchtete Objekte männlicher Begierde waren und sein werden.

Verdammt! dachte sie. Ihr sollt verdammt sein für das, was ihr uns angetan habt und antut! Ich hasse euch! Auch diesen Jesus, der so unbeteiligt tut und in den Sand malt. Ich hasse deine Überheblichkeit. Warum siehst du mich nicht an? Ich stehe da, schwanger, allein, verhöhnt, beleidigt, diesen Typen ausgeliefert, die die Institution verkörpern, die das Recht für sich in Anspruch nehmen, über meine Zukunft zu entscheiden, und du hockst da und malst in den Sand! Du siehst weg.

Die Tränen liefen ihr über das Gesicht. War es Wut? War es Selbstmitleid? Sie war völlig aufgelöst, so sehr identifizierte sie sich mit dieser Frau auf dem Tempelberg. Krampfhaft umklammerte sie den Stein und hätte ihn um ein Haar durch die Fensterscheibe geworfen, um sie zu vertreiben, die Schatten, die ihr so nah auf den Leib gerückt waren durch diesen Text. Aber in der Glasscheibe spiegelte sich ihr eigenes Gesicht. Sie starrte sich eine Weile an, wischte sich dann die Tränen aus den Augen, legte den Stein auf den Tisch und wunderte sich über sich selbst.

Was ist denn mit dir passiert? fragte sie sich. Machst du etwa Gott verantwortlich? Jesus? Das ist nicht dein Ernst. Der hat doch wirklich sagenhaft reagiert. *Wer von euch ohne Sünde ist, der werfe den ersten Stein.* Ganz cool, ganz unaufgeregt. Er hat sie gut gekannt, seine Geschlechtsgenossen mit ihren Schwächen. O ja, er kannte die Schwächen des starken Geschlechts!

Als sie sich auf das Verhalten des Rabbi Jesus konzentrierte, veränderte sich die Szene auf dem Tempelberg. Sie sah nun, wie er ihnen die Maske vom Gesicht zog. Mit unnachahmlich sparsamen Gesten und Worten. Die ganze Zeit hatte er sie durchschaut. Schon als sie die Frau eilfertig und beflissen vor sich herschoben, sie so postierten, daß sie auch ja nicht zu übersehen war, mitten auf den Platz, vor aller Augen, die Ehrvergessene, die Schändliche, die Ehebrecherin, die sie auf frischer Tat ertappt hatten in ihrem Lotterbett. Ja, bettwarm schleppten sie sie an diesem frühen Morgen hin zu dem Fremden. Er konnte es sich denken, warum. Sie brauchten einen Anlaß, um *ihm* zu schaden. Sie sollte die Falle sein, in die er hineintappen sollte mit seiner liberalen Einstellung, mit seinen revolutionären Ideen von Gleichheit und Menschenwürde und Gottesähnlichkeit. Sie benutzten die Frau als Objekt. Als eine Falle. Eine Venusfalle, in die er sich verfangen sollte wie ein Insekt.

Sie verstand die Geste, mit der Jesus gelassen in den Sand malte. Er hat die Herren durchschaut, dachte sie, er hat es wirklich gewußt, wie unverschämt, wie trickreich, wie menschenverachtend sie ihre mörderischen Pläne zu verwirklichen versuchten. Jedes Mittel war ihnen recht, um ihn zur Strecke zu bringen. Wie dummdreist sie die Frau benutzten, um eine Anklage gegen ihn vorbringen zu können! Was wollten sie von ihm hören? Daß es ihren Gesetzen gemäß nötig gewesen wäre, den am Ehebruch beteiligten Mann auch zu steinigen? Wollten sie ihn der Unkenntnis ihres Steinigungsparagraphen überführen?

Als sie an die Methoden dachte, die sich ehrenwerte, gottesfürchtige Männer einfallen ließen, wenn es darum ging, Frauen ordnungsgemäß zu foltern und umzubringen, packte sie erneut die Wut. Da waren die Hexenprozesse, die Inbegriffe aller Scheinheiligkeit und Rohheit. Oder die Massenvergewaltigungen siegreicher Heerscharen. Die perversen Praktiken ließen sich von Jahrhundert zu Jahrhundert zurückverfolgen.

Damals war es Jesus, der es auf seine Art versuchte, die Männer zur Vernunft zu bringen. Einmal war es ihm gelungen. Aber danach blieb alles wieder beim alten. Seine Nachfolger und Stellvertreter auf Erden sahen zu, wie unentwegt weiter gefoltert, gemordet, vergewaltigt wurde. Und tun es immer noch.

Wie oft mochten sie wohl schon über diesen Text gepredigt haben, wie oft hatten sie seine Worte schon wiederholt? Trotzdem blieben sie, was sie gewesen waren: machthungrige Wesen, von ihrem Geschlechtstrieb ein Leben lang unter Druck gesetzt, immer auf der Suche nach neuen und anderen Ventilen und Mechanismen, um sich selbst zu ertragen.

So weit, so gut. Aber was sage ich auf der Konferenz? Das mit den Steinen ist klar. Ich werde sie verteilen und bitten, sie in die Tasche zu stecken. Und dann? Danach lese ich den Text. Darüber können wir uns gemeinsam Gedanken machen. Ja. Das ist eine gute Idee! Ich lasse sie reden und höre zu. Genial. Und wenn sie nicht mitmachen? Ich brauche ein paar Thesen, um das Gespräch in Gang zu bringen. Vielleicht läßt sich der Text mit verteilten Rollen lesen? Oder wir machen eine Art Rollenspiel daraus? Es gibt aber nur zwei Frauen: Frau Witte und mich. Und wenn ein Mann die Frauenrolle übernimmt? Herr Mansauer vielleicht? Das wäre bestimmt spannend. Aber das ist wohl zuviel verlangt.

Sie seufzte. Ich weiß es nicht, dachte sie, ich weiß es wirklich nicht, wie ich es anstellen kann, daß sie selbst einbezogen sind und nicht nur bei der Situation von damals bleiben. Plötzlich überlegte sie, was wohl geschehen würde, wenn sie sich vor sie hinstellte und sagte: »*Ich* bin die Frau.« Ob es wohl möglich wäre, gemeinsam darüber nachzudenken, welche Konsequenzen sich daraus für mich ergeben? Wir könnten brüderlich und schwesterlich miteinander über meine Situation hier im Dorf und über meine Zukunft in der Kirche reden. Das wäre sie doch, die Gelegenheit für eine unvergeßliche Bibelarbeit. Aber dann rief sie sich selbst wieder zur Vernunft. Quatsch, dachte sie, es wäre einfach nur peinlich. Und sie stellte sich vor, wie sie unterschiedlich verlegen, empört, verärgert, unangenehm berührt zur Tagesordnung übergehen und später zu ihren Frauen sagen würden: »Stell dir mal vor, wie peinlich das war! Diese Rogge ist unmöglich! Das kommt davon, wenn man Frauen geistliche Ämter anvertraut! Das hätte man sich ja an fünf Fingern abzählen können, daß das nicht gutgeht!« Die eine oder andere Ehefrau würde sie vielleicht sogar in einem Anflug von Solidarität in Schutz nehmen. Frau Heine sicher nicht.

Wie komme ich überhaupt darauf? fragte sie sich kopfschüttelnd. Ein Geständnis ablegen! So ein Blödsinn. Und dann auch noch mit Unterstützung rechnen wollen! Julia würde sagen: »Du Schaf.« Und sie hätte recht. Wie so oft. Ein Klopfen an der Tür riß sie aus ihren Gedanken und Überlegungen.

»Entschuldige bitte die Störung«, sagte Michael, »ich wollte nur wissen, ob du schon die Lieder für Sonntag ausgesucht hast.«

»Nein, tut mir leid«, sagte sie, »hab' ich nicht, und ich weiß auch noch gar nicht, worüber ich predigen werde.«

»Nimmst du einen anderen Text?«

Sie sah ihn forschend an. Hatte er nachgesehen? Wußte er, was dran war? Sein Gesicht verriet nichts.

»Weiß ich nicht«, antwortete sie.

»Na gut«, sagte er, »ist ja noch Zeit. Wenn du soweit bist, gibst du sie mir durch.«

»Mach' ich.«

Sie sah ihm nach, wie er den Gartenweg entlangging.

Plötzlich blieb er stehen und kam zurück.

»Fast hätte ich es vergessen«, sagte er. »Wenn du willst, kann ich euch am Donnerstag bei der Konferenz begleiten. Ich muß erst zur dritten Stunde dasein, das käme genau hin.«

»Woher weißt du das denn?« fragte sie verblüfft.

»Was? Daß die nächste Kirchenkreiskonferenz in Canrade ist? Ach, das spricht sich herum.«

»Bahlmanns?«

»Es ist doch kein Staatsgeheimnis? Oder?«

»Dann weißt du auch, daß ich die Andacht halte?«

»Darum frage ich ja.«

»Ach so«, sagte sie gedehnt.

»Paßt dir das nicht?«

»Doch«, sagte sie zögernd. »Ich wundere mich nur, über was alles gesprochen wird.«

»Na hör mal!« Seinen Vorwurf konnte sie nicht gut vertragen.

»Was denn?« fragte sie so schnippisch, daß er sie erstaunt ansah.

»Du bist ziemlich gereizt«, stellte er fest. »Magst du nicht mehr mit mir reden?«

»Entschuldigung. Es geht mir nur auf den Geist, daß in diesem Dorf über jeden und alles geredet wird.«

»Sie nehmen eben Anteil. Ist das so schlimm?«

»Schlimm nicht, aber lästig.«

»Damit müssen wir leben.«

»Wieso *wir?«* fuhr sie auf.

»Verzeihung«, er deutete eine Verbeugung an, »ich lebe auch hier«, drehte sich um und ging.

Sie hielt ihn nicht auf, obwohl sie ihn am liebsten zurückgerufen hätte, um ihm einiges zu erklären.

Früh am nächsten Morgen hörte sie Olga Bahlmann in der Küche hantieren. Sie machte sich fertig und ging hinunter.

»Guten Morgen, Frau Bahlmann«, sagte sie freundlich.

»Moin«, kam es kurz zurück.

Nanu, dachte Elisabeth, was hat sie denn? Sie stellte die Kaffeemaschine an und merkte dann, daß sie kein Brot mehr im Haus hatte.

»Wissen Sie was? Ich fahre ganz schnell los und hole ein paar Brötchen, und dann frühstücken wir zusammen«, schlug sie vor.

Statt einer Antwort gab Olga Bahlmann nur ein paar Grunzlaute von sich, die soviel bedeuten konnten wie »meinetwegen«. Elisabeth zuckte die Schultern. Schlecht geschlafen, konstatierte sie, das legt sich wieder.

Es dauerte etwa eine Viertelstunde, bis sie mit der Brötchentüte zurück war.

»So«, sagte sie fröhlich, »nun kann es losgehen.«

Frau Bahlmann setzte sich zu ihr an den Tisch, strich Butter und Honig auf ihr Brötchen und sagte kein Wort.

Elisabeth wurde es langsam zu bunt.

»Ist was?« fragte sie.

»Nee, was soll sein?« fragte Frau Bahlmann zurück.

»Sie ärgern sich doch über irgend etwas. Bin ich daran schuld?«

Olga Bahlmann schüttelte stumm den Kopf.

»Nun sagen Sie schon!« drängte Elisabeth. »Fühlen Sie sich nicht gut?«

»Doch«, sagte sie. »Es ist wegen Onno.«

»Was hat er denn angestellt? Oder wollen Sie lieber nicht darüber reden?«

»Doch«, sagte sie entschieden, setzte ihre Tasse ab und fragte: »Was sollte das denn mit den Feigenblättern?«

Dabei sah sie Elisabeth so ärgerlich an, daß sie erschrokken fragte: »Wieso? Was denn?«

»Na, Sie haben ihm doch davon erzählt.«

»Ja, aber wieso …«, sie war sich keiner Schuld bewußt.

»Ich finde, das gehört sich nicht.«

»Ja, aber was meinen Sie denn?«

»Na, das mit den Blättern.«

Nun reicht es aber, dachte Elisabeth.

»Ich kann Ihnen genau sagen, wie es war.«

Sie winkte ab. »Das weiß ich schon. Da habe ich mich schon genug drüber geärgert. Von Onno bin ich das ja gewöhnt, so dummes Gerede; aber Sie als Pastorin …«

»Beste Frau Bahlmann«, sagte Elisabeth bestimmt, »nun hören Sie mir bitte mal zu. Neulich, als ich Ihren Mann auf dem Kirchplatz traf, habe ich erzählt, daß die Blätter an dem Feigenbusch im Innenhof unserer Ferienwohnung noch ganz grün waren, als wir abreisten. Mehr nicht.«

»Mehr nicht?«

»Nein. Ihr Mann bedauerte, daß ich ihm keins mitgebracht habe.«

»Mehr nicht?« fragte sie wieder.

»Nein. Was denken Sie bloß?«

»Denken? Er hat gesagt, Sie wären dafür, das mal auszuprobieren. Wie auf den alten Bildern.«

»Quatsch!« fuhr Elisabeth sie an.

»Wirklich, das hat er gesagt.«

»Er scheint ja eine rege Phantasie zu haben, Ihr Onno.«

»Hat er«, seufzte Frau Bahlmann und stellte ihre Tasse energisch auf den Tisch. »Aber warten Sie man, dem werde ich was erzählen!«

»Und ich auch.«

Olga Bahlmann sah sie an.

»Wenn Sie mir einen Gefallen tun wollen«, bat sie, »lassen Sie es sein. Sonst wird alles nur noch schlimmer. Ich weiß ja nun Bescheid, und Sie müssen sich nichts dabei denken. Sie kennen ja die Mannsleute. Und je oller, je doller, das glauben Sie man.«

Elisabeth versprach, es auf sich beruhen zu lassen.

»Hauptsache, Sie nehmen es nicht übel«, meinte Frau Bahlmann. »Das andere bringe ich schon in Ordnung.«

Elisabeth aß ihr Brötchen, trank ihren Kaffee und schwieg.

»Nun sind Sie sauer«, stellte Olga Bahlmann fest.

»Ach was, wegen so was doch nicht!«

Aber in Wirklichkeit regte sie sich fürchterlich darüber auf, daß sich die Leute auf ihre Kosten amüsierten. Du bist nun mal eine Außenseiterin im Dorf, sagte sie sich, daran kannst du nichts ändern.

»Denn wollen wir mal an die Arbeit gehen«, schlug Frau Bahlmann vor und stand auf. »Lassen Sie man alles stehen«, sagte sie, als Elisabeth anfing, den Tisch abzuräumen.

Jetzt ist sie wieder katzenfreundlich, stellte Elisabeth fest und ging ins Amtszimmer.

Nach einem Blick in den Kalender schlug sie das Telefonbuch auf und machte einen Termin beim Frauenarzt fest. Ich muß jetzt mal an mich denken, beschloß sie, und mich nicht von dem Gerede der Leute verrückt machen lassen. Wenn sie sich vorstellte, wie sie demnächst über sie herfallen würden, erfaßte sie Panik. Was soll ich tun, wenn sie es herausbekommen? überlegte sie. Es war nicht das erste

Mal, daß sie es überlegte, aber sie spürte, wie ihre Angst von Tag zu Tag größer wurde. Dagegen half nichts. Weder Julia mit ihren Sprüchen noch ihre eigene Vernunft, die ihr sagte, es wird sich alles regeln lassen.

Insgeheim dachte sie: Es ist die uralte Angst von damals, als sie Elisabeth mit ihrem Kind davonjagten und den Organisten erschlugen. Das kann niemand ungeschehen machen, und die Erinnerung bleibt. Es wäre besser gewesen, wenn ich die alten Protokolle nicht entdeckt hätte. Das sagte sie sich wieder und wieder. Aber was wäre anders? Der Traum, den sie in der ersten Nacht in Canrade geträumt hatte, würde sie genauso verfolgen. Nur daß sie ihn nicht verstanden hätte. Vielleicht war es diese Frage: *Bist du wieder da, Elisabeth?*, die es ihr zunehmend schwer machte, sich unbefangen zu geben und sich in Canrade wohlzufühlen. Schon dachte sie nicht mehr »mein Dorf«, wie sie es im Anfang getan hatte, sondern »dieses Dorf«, als gehörte sie nicht mehr dazu. Dabei konnte sie gar nicht sagen, was die Veränderung bewirkt hatte. Es gab nichts Konkretes. Alles war so, wie es immer gewesen war: die Menschen, die Vögel, die Häuser ..., alles war unverändert. Nur sie nicht. Ist das ein Wunder? fragte sie sich. Nein, es ist das Natürlichste der Welt, daß sich eine Frau verändert, wenn sie ein Kind bekommt.

Immer, wenn sie sich darauf besann, daß sie schwanger war, erschrak sie und fühlte sich zugleich von einem zärtlichen Glücksgefühl erfaßt. Trotz aller Ängste und wider alle Vernunft war sie manchmal so unglaublich froh, daß sie sich zusammennehmen mußte, um es nicht laut herauszuschreien. Was geht mich das Gerede und Getuschel an. Denkt euch doch den größten Unsinn aus! Von mir werdet ihr es nie erfahren, von wem es ist, dachte sie in solchen Momenten. Nie? Im Grunde war das ihre größte Sorge, daß Michael verdächtigt würde. Sie wollte es ihm gern ersparen. Er hatte sie glücklich gemacht. Warum sollte er dafür bestraft werden oder leiden? Ja wirklich, je länger sie über alles nachdachte, desto dankbarer war sie ihm. Dankbar auch dafür, daß sie sich frei und ungebunden fühlen konnte. Es gab nichts, was sie an ihn band. Weder Sehnsucht noch Zärtlichkeit, noch Verachtung. Es ist ein Wunder, sagte sie sich. Es ist einfach nur ein Wunder, wie es zustande gekommen ist, dieses Kind. Es wollte und sollte leben. Eine andere Erklärung gibt es nicht dafür. Hoffentlich beschränkte Doktor Wely sich auf ein medizinisches Gespräch und verkniff sich moralische Bemerkungen. Neue Sorgen, Elisabeth? lächelte sie, als sie den Termin in den Kalender eintrug. Das fehlte noch, sich von einem Arzt ein schlechtes Gewissen machen zu lassen! Sie hoffte nur, daß er ihr bestätigte, was sie ohnehin wußte: Es ist alles in bester Ordnung, Frau Rogge, die Schwangerschaft verläuft völlig normal.

Manchmal wußte sie nicht, wo ihr der Kopf stand. In der Gemeinde wurde sie überall zur gleichen Zeit erwartet. Der Kirchenvorstand drängte sie wegen der neuen Heizung, und der Altenkreis gab keine Ruhe wegen des jährlichen Ausfluges.

»Wenn es noch was werden soll, wird es langsam Zeit, Frau Rogge«, sagte Aline de Wall energisch. Die Tage wurden schon bedenklich kurz. Aber sie konnten sich lange nicht auf ein Ziel einigen. Was immer Elisabeth ihnen vorschlug, stets bekam sie zur Antwort: »Da waren wir schon.« Schließlich beschlossen sie einen Ausflug zum Museumsdorf Cloppenburg, verbunden mit einem Spaziergang an der Thülsfelder Talsperre. Irgendwann waren sie dort zwar auch schon gewesen, aber das war so lange her, daß sie sich kaum noch daran erinnern konnten.

Elisabeth bestellte den Bus, organisierte die Kaffeetafel und das Abendessen und kümmerte sich um die Finanzierung. Dann konnte es losgehen.

Eine Konfirmandenfreizeit war für die Zeit nach den Herbstferien geplant. Auch damit mußte sie sich allmählich befassen. Dazu kamen Geburtstagsbesuche, Taufgespräche, Sitzungen, Beerdigungen ... An den relativ vielen Beerdigungen wurde ihr deutlich, wie überaltert die Gemeinde war.

Weil sie sich an der Evangelischen Erwachsenenbildung im Kirchenkreis interessiert gezeigt hatte, war sie gebeten worden, sich aktiv am Arbeitskreis zu beteiligen. Sie wollte auch eine eigene Veranstaltungsreihe in Canrade durchführen. Das hatte sie zu einem Zeitpunkt geplant, an dem sie die Termine noch gar nicht übersehen konnte und natürlich auch noch nichts von den besonderen Umständen wußte, die jetzt ziemlich viel Platz einnahmen. Dabei verging die Zeit wie nichts. Wenn Julia anrief, und zum Glück rief sie immer wieder an, obwohl Elisabeth sich wenig um sie kümmern konnte, fragte sie: »Hast du gerade Zeit?«

»Ja, klar«, bekam sie zur Antwort.

Aber Julia durchschaute diese rhetorische Höflichkeit und beschränkte sich meistens auf die Frage nach ihrem persönlichen Befinden.

»Wie geht es *dir*?« fragte sie und verhinderte dadurch schon mal, daß sie ihr mit der neuen Heizung und mit ihren alten Leuten in den Ohren lag.

Elisabeth ging es erstaunlich gut, trotz oder wegen ihrer beruflichen Anspannung.

»Ich habe mich selten so gut gefühlt wie jetzt«, sagte sie.

»Vielleicht sollte ich auch mal ein bißchen schwanger werden«, witzelte Julia. »Sieht man schon was?«

Elisabeth gestand. »Ich passe in keinen Rock mehr und in keine Hose. Es ist ein teures Vergnügen, kann ich dir sagen.«

Julia wunderte sich, daß sie es noch immer geheimhalten konnte. Aber Elisabeth meinte, sie wäre inzwischen eine Meisterin im Kaschieren.

Neben Julia war Lore Witte eine wirklich gute Hilfe. Sie telefonierten oft miteinander. Kürzlich hatte sie vorgeschlagen, den Termin mit Herrn Mansauer nicht zu lange hinauszuzögern. Sie hielt es für besser, wenn er es nicht als letzter erfuhr. Sie bot Elisabeth an, sie zu begleiten, wenn sie nicht allein zu ihm gehen wollte. Das war gut gemeint. Aber sie wollte doch lieber allein mit ihm reden. »Inzwischen ist mir so viel durch den Kopf gegangen, und dank Ihrer Hilfe weiß ich auch ungefähr, was mich erwartet, und außerdem freue ich mich auf dieses Kind, da kann mir eigentlich nichts passieren«, sagte sie.

Lore Witte bat sie aber trotzdem, sich unverzüglich bei ihr zu melden, falls es Schwierigkeiten in irgendeiner Form geben sollte.

»Sie haben das Terrain mit Ihrer Bibelarbeit auf der Konferenz zwar ausgezeichnet vorbereitet«, meinte sie, »aber damals hat sich Herr Mansauer doch sehr bedeckt gehalten. Jedenfalls hat er sich weder eine persönliche noch eine amtliche Stellungnahme abgerungen. Das einzige, woran ich mich erinnere, war sein theologischer Einwand, daß der Schlußsatz: *Du kannst gehen; aber tu es nicht wieder*, nicht im griechischen Text steht, sondern später hinzugefügt worden ist.«

Darüber hatte Elisabeth sich auch gewundert. Denn ohne den Satz *Sündige hinfort nicht mehr* fehlte der Geschichte der christlich-moralische Zeigefinger. Sie sagte, dieser Satz habe für sie so selbstverständlich dazugehört, daß sie von sich aus gar nicht auf den Gedanken gekommen wäre, ihn in Frage zu stellen.

»Das ging nicht nur Ihnen so«, meinte Frau Witte. »Herrn Mansauers Bemerkung löste ja allgemein eine höchst interessante Diskussion aus. Aber trotzdem ist nicht deutlich geworden, wie er persönlich darüber denkt; denn ihm ging es ja offensichtlich nur um die historisch-kritische

Exegese. Und da kam er natürlich gut raus mit seinem Hinweis.«

»Wenn es nötig wird, werde ich ihn daran erinnern.«

Aber Frau Witte meinte, er habe ein ausgezeichnetes Gedächtnis und würde sicher von selbst darauf kommen. »Ich fand es ja ungeheuer mutig, daß Sie ausgerechnet Johannes 8 genommen haben«, meinte sie. »Aber im nachhinein war es natürlich ein geschickter Schachzug.«

»Es war doch der vorgeschriebene Text«, sagte Elisabeth unschuldig.

»Haben Sie ihn deswegen genommen?« wunderte sich Frau Witte.

»Ja, natürlich, was dachten Sie denn?«

Frau Witte seufzte.

»Den Seinen gibt's der Herr im Schlaf. Aber Ihnen war doch bewußt, was für eine enorme Nachwirkung dieser Vormittag in Canrade auf alle haben wird, wenn Ihre Angelegenheit zur Sprache kommt?«

»Klar. So naiv bin ich nicht, daß ich das nicht bedacht hätte.«

»Na also«, murmelte Frau Witte zufrieden und wünschte ihr viel Mut und guten Erfolg für das unumgängliche Gespräch mit dem Superintendenten.

Da es ja doch einmal sein mußte, wollte sie es so bald wie möglich hinter sich bringen. Sie vereinbarte einen Termin mit Frau Janssen und grübelte darüber nach, wie sie es dem Chef, wie ihn einige Kollegen nannten, beibringen sollte. Als es dann soweit war, war es wie beim Zahnarzt. Je näher sie der Superintendentur kam, desto mehr ergab sie sich in ihr Schicksal. »Herr Mansauer erwartet Sie schon«, sagte Frau Janssen, nahm ihr den Anorak ab und führte sie in sein Amtszimmer.

»Bitte, nehmen Sie Platz«, bat er, nachdem er sie freundlich begrüßt hatte. »Was darf ich Ihnen anbieten? Tee oder Saft?«

Elisabeth wollte gar nichts trinken.

»Ich habe etwas Wichtiges mit Ihnen zu besprechen«, sagte sie.

»Bitte keine Anrufe und keine Unterbrechung«, rief er daraufhin seiner Sekretärin zu, bevor er die Verbindungstür sorgfältig schloß und sich ihr gegenüber niederließ.

»Was haben Sie auf dem Herzen?« erkundigte er sich.

Elisabeth sah ihn so verblüfft an, daß er fragte: »Habe ich etwas Falsches gesagt?«

»Nein, nein«, sagte sie rasch. »Es war nur die Redewendung.« Sie räusperte sich. »Kurz und gut«, sagte sie dann entschlossen – was sollte sie lange darum herumreden –: »Ich wollte Ihnen mitteilen, daß ich ein Kind erwarte.«

Es schien ihm die Sprache verschlagen zu haben. Er starrte sie an, als sähe er sie in diesem Augenblick zum ersten Mal in seinem Leben. Was mochte in seinem Kopf vorgehen? Seine Sprachlosigkeit dauerte aber nur wenige Sekunden. Dann räusperte er sich und fragte: »Wann?«

»Im März.«

»Und wann haben Sie in Canrade angefangen?«

»Im Mai.«

Er wiegte bedenklich den Kopf.

»Ist es sehr schlimm?« fragte Elisabeth, nur um etwas zu sagen.

»Was heißt schlimm. Es ist … sagen wir mal … neu. In meinem Kirchenkreis ist es jedenfalls noch nicht vorgekommen, und ich habe auch noch niemals von solch einem Fall gehört. Wenn Sie verheiratet wären, alles kein Problem. Oder«, fragte er hoffnungsvoll, »haben Sie vor, demnächst zu heiraten?«

»Nein. Ich muß Sie enttäuschen. Heiraten werde ich nicht.«

»Hm«, er biß sich auf die Lippen. »Und der Vater? Was ist mit dem? Es ist natürlich ausgeschlossen, daß Sie in einem eheähnlichen Verhältnis mit ihm leben. Das ist Ihnen klar?«

»Ja, das ist mir klar. Aber das habe ich auch nicht vor. Außerdem gibt es gar keinen Mann.«

»Na ja«, meinte er mit einem ironischen Lächeln, »von nichts kommt nichts. Zumindest hat das Kind einen Vater.«

»Nein, auch das nicht. Es gibt weder einen Mann noch einen Vater. Ich bin ganz allein dafür verantwortlich.«

»Aber ...«, er war ganz verwirrt, »wie ... ich meine, war es eine Zufallsbekanntschaft? Ein Urlaubsflirt? Oder was? Haben Sie Ihren Urlaub nicht im Ausland verbracht?«

»Ja, in Frankreich. Aber damit hat es nichts zu tun. Und ich möchte auch nicht darüber reden.«

»Es ist Ihnen klar, daß ein Ehebruch Konsequenzen hat?«

»Ja. Das ist mir klar.«

»Und?«

Sie sah ihn verständnislos an.

»War es Ehebruch oder nicht?«

»Muß ich darauf antworten?«

»Nein.« Er seufzte. »Sie müssen es nicht. Aber Sie wissen, daß Sie sich durch Ihr Schweigen verdächtig machen.«

»Ich habe gesagt, die Vaterschaft spielt für mich keine Rolle, und dabei bleibe ich«, sagte sie bestimmt. »Sie können mit mir machen, was Sie wollen. Aber ich werde den Namen nicht nennen.«

Er schüttelte den Kopf.

»Wenn Sie damit nur durchkommen.« Eigenartigerweise wirkte er jetzt ein wenig gekränkt.

Elisabeth sah ihn interessiert an. Sie hatte das Gefühl, als säße sie neben sich und beobachtete eine Szene, die sich auf einer Bühne abspielte. Sie mußte sich zusammennehmen, um dem Gespräch aufmerksam zu folgen.

»Und?« fragte er. »Wie soll es nun weitergehen?«

Sie schwieg.

»Sie werden sich doch Gedanken über Ihre Zukunft gemacht haben.«

»Natürlich.« Jetzt war sie wieder voll da. »Aber solange ich nicht weiß, was mein Anstellungsträger mit mir vorhat, kann ich nichts Konkretes planen.«

»Tja«, er griff nach einem Döschen, öffnete es vorsichtig und steckte sich ein Pfefferminzbonbon in den Mund, »das kann ich Ihnen im Moment auch nicht sagen.« Er hielt ihr die Dose hin. »Möchten Sie auch ein Pfefferminz?«

Sie nahm sich eins und steckte es in den Mund.

»Wann, sagten Sie, ist es soweit?«

»Ende März.«

»Dann sind Sie bis Februar im Dienst«, rechnete er. »Ich werde klären, wie es mit den Umzugskosten steht. Möglich, daß wir da ein paar Mark locker machen können.«

»Ich kann nicht in Canrade bleiben?«

Sie fragte es so überrascht, daß er ziemlich grob zurückfragte: »Ja, was denken Sie? Das muß Ihnen doch klar sein, daß Canrade für Sie gestorben ist.«

Wie er sich ausdrückt, dachte sie und wunderte sich über seine Unbeherrschtheit. Die Tatsache, daß sie schwanger war, schien ihn anscheinend weniger zu tangieren als die Vorstellung, sie noch länger in seinem Kirchenkreis zu wissen.

»Nein, nein«, sagte er, weil sie ihn überrascht und interessiert ansah, »das schlagen Sie sich nur ganz schnell aus dem Kopf!« Und weil sie immer noch nichts sagte, fragte er: »Wie hatten *Sie* es sich denn vorgestellt?«

Sie lehnte sich zurück und schlug die Beine übereinander. »Ich habe mir überlegt, nach der Geburt weiterzuarbeiten und eine Kinderfrau einzustellen. Das Haus ist groß genug, der Garten ideal, und es gefällt mir so gut in Canrade, daß ich dort bleiben möchte.«

Er sah sie wieder an, als sähe er sie zum ersten Mal.

»Und die Gemeinde? Was meinen Sie denn, was der Kirchenvorstand dazu sagt?«

»Das weiß ich noch nicht«, gab sie zu. »Aber das wird sich zeigen. Ich wollte erst einmal mit Ihnen darüber reden.«

»Das war sogar Ihre Pflicht.« Er strich sich über die Haare, als hätte er das Gefühl, sie wären in Unordnung geraten.

Elisabeth konnte nur mühsam ein Lächeln unterdrücken, weil ihr Julia einfiel, die bestimmt gesagt hätte: »Ihm standen die Haare zu Berge.«

»Ich werde mich mit dem Landeskirchenamt in Verbindung setzen und mich nach der Rechtslage erkundigen«, erklärte er. »Im Moment bin ich überfragt.«

Sie stand auf.

»Ich danke Ihnen, daß Sie mir zugehört haben.«

»Das ist ja das Mindeste. Ich wünschte, ich könnte mehr für Sie tun. Aber im Augenblick ... wie gesagt.«

Sie bat ihn um einen Anruf, sobald er Genaueres wüßte, und verabschiedete sich.

»Ich wünsche Ihnen viel Kraft für den Weg, der vor Ihnen liegt«, er drückte ihr die Hand.

»Eine große Hürde habe ich ja schon überwunden.«

Er hob fragend die Brauen.

»Dieses Gespräch mit Ihnen lag mir ganz schön im Magen«, gestand sie lächelnd.

Das konnte er ihr sogar nachempfinden.

»Ich möchte jedenfalls nicht mit Ihnen tauschen, wenn es denn möglich wäre.«

Das glaubte sie ihm aufs Wort.

Im Vorzimmer verabschiedete sie sich von Frau Janssen, die ihr rasch noch ein paar Schriftstücke in die Hand drückte, Rundverfügungen und Broschüren, wie sie auf den ersten Blick sah. Als sie die Tür hinter sich zuzog, sagte Herr Mansauer: »Verbinden Sie mich bitte gleich mit

Oberkirchenrat Gerdes«, bevor er wieder in seinem Amtszimmer verschwand. Herr Gerdes war Personaldezernent im Landeskirchenamt. Darf man gespannt sein, was sich in Canrade tut? fragte sich Frau Janssen und versuchte, eine Verbindung nach Hannover herzustellen, was so kurz vor Mittag gar nicht so einfach war.

»Herr Gerdes ist in einer Sitzung«, sagte seine Sekretärin, als es endlich geklappt hatte. »Kann ich ihm etwas ausrichten, oder wollen Sie es noch mal versuchen?«

Frau Janssen blieb nichts anderes übrig. Sie teilte es Herrn Mansauer mit, der in der Rechtssammlung herumblätterte. »Ist in Ordnung, so eilig ist es nun auch wieder nicht.« Er fand nichts Entsprechendes in der Sammlung und stellte den Band wieder ins Regal.

Es arbeitete in ihm. Schöne Bescherung, dachte er, warum passiert das ausgerechnet in meinem Kirchenkreis? Er sah schon die Gesichter der Herren vor sich, wenn der Fall Rogge auf der nächsten oder übernächsten Ephorenkonferenz zur Sprache kam, je nachdem, wie schnell sich die Neuigkeit im Sprengel verbreitete. Wie sie sich wichtig tun würden in ihrer brüderlichen Anteilnahme, wie sie ihn bedauern würden wegen der Unannehmlichkeiten, die dieser Fall verursachen würde, und wie sie innerlich feixten und dachten: Gott sei Dank ist es nicht in meinem Kirchenkreis passiert. Als wenn ich etwas damit zu tun hätte oder es hätte verhindern können! dachte er. Ihn ärgerte auch die Nonchalance, mit der die junge Frau darüber geredet hatte. »Ich bekomme ein Kind.« Na und? Wenn sie wenigstens vorhätte zu heiraten oder ihren Fehltritt bereute. Aber nichts dergleichen. Offensichtlich dachte sie gar nicht daran. Elisabeth Rogge war so alt wie seine älteste Tochter. Von ihr hätte ich eine ähnliche Reaktion zu erwarten, dachte er. Ohne die Auseinandersetzungen mit dieser Tochter, sie kamen ihm jetzt wie ein jahrelanges Intensivtraining für dieses heutige Gespräch in seinem Amtszimmer vor, ohne sie hätte ich wahrscheinlich ganz anders reagiert, dachte er und sagte sich, daß er dem Überraschungsangriff der Rogge, wie er es nannte, doch eigentlich ganz gut standgehalten hatte.

Das meinte Elisabeth auch.

»Ich habe mich gewundert, wie tapfer er es aufgenommen hat«, sagte sie zu Lore Witte, die sie gleich nach ihrem Gespräch aufsuchte. »Aber vielleicht war es auch ein solcher Schock für ihn, daß er vor lauter Hilflosigkeit sachlich blieb.«

»Der Arme. Mit seinen Pastorinnen hat er es wirklich nicht gut getroffen.«

»Als Sie hier anfingen, war doch schon alles geregelt. Ihre Scheidung und so weiter, meine ich.«

»Ja, schon. Aber in den ersten Jahren habe ich ganz schön durchgehangen. Und da hat er sich rührend um mich gekümmert, das kann ich nicht anders sagen. Er war es auch, der mir dringend riet, therapeutische Hilfe in Anspruch zu nehmen. Das fand ich damals wirklich hilfreich.«

Elisabeth erzählte, daß sie ihn durch ihre Zukunftspläne anscheinend verärgert habe.

»Ich glaube, es wäre ihm am liebsten, wenn ich so schnell wie möglich von hier verschwände. Und vielleicht wäre es auch wirklich das Beste.«

»Ob es das Beste wäre, weiß ich nicht. Das Einfachste wäre es jedenfalls. Aber wie ich Sie einschätze, ist das Einfachste für Sie nicht auch zugleich das Beste. Oder sehe ich das falsch?«

Elisabeth schüttelte den Kopf.

»Das sehen Sie richtig. Jedenfalls ist es nicht vergleichbar mit Ihrem Versuch, das Meer aufzuhalten.«

Sie lachten beide darüber wie über einen Witz. Sie wußten, was sie voneinander zu halten hatten. Und wie stark sie waren.

Dazu ist sie noch zu jung, dachte Lore Witte, um widerstandslos in der Versenkung zu verschwinden. Was immer auch darunter zu verstehen sein mochte. Für einige Großstadtkollegen war es sicher ein Dorf wie Canrade.

»Eine Alternative zu Canrade wäre unter Umständen ja auch nicht das Schlechteste«, sagte sie aus ihren Gedanken heraus.

»Abwarten«, meinte Elisabeth. »Noch ist ja alles offen.«

Als sie die Haustür aufschloß, klingelte das Telefon.

»Wann ist Ihre nächste Kirchenvorstandssitzung?« wollte Herr Mansauer wissen.

»Immer am ersten Dienstag im Monat. Warum?«

»Ich dachte, es wäre vielleicht angebracht, wenn ich dazu käme.«

Elisabeth sagte nichts dazu.

»Oder hätten Sie etwas dagegen?« Es klang etwas pikiert.

»Ich weiß nicht ...«, sie zögerte. »Eigentlich hatte ich vorgehabt, es meinem Kirchenvorstand selbst mitzuteilen.« Sie sagte tatsächlich »meinem«.

»Das bliebe Ihnen unbenommen. Aber wie Sie wollen. Ich habe es Ihnen angeboten.«

»Das ist nett«, sagte sie freundlich. »Ich bin Ihnen dankbar, daß Sie mir helfen möchten.«

Möchte er das denn? Sie hatte keine Ahnung. Sie wußte nur, daß es ihm bestimmt schwerfiel, ihre Partei zu ergreifen, und hoffte, daß er es trotzdem tun würde. Zu gegebener Zeit.

Seit Tagen regnete und stürmte es. Die Linden schüttelten sich, daß die gelben Blätter nur so gegen die Scheiben klatschten. Wie wildgewordene Tiere jagten schwarze Wolkenherden über den grauen Himmel. Die Dohlen stoben schreiend um den Turm, die Möwen kreischten über dem Dorf, und der Marder baute sich sein Winterquartier auf ihrem Dachboden. Er rumorte jetzt schon tagsüber und arbeitete die Nächte durch. Onno Bahlmann wußte auch keinen Rat mehr. Eines Tages brachte er eine Katze ins Haus. Einen graugetigerten, für seine Jugend schon recht stattlichen Kater.

»Vielleicht hilft das«, meinte er und verfrachtete ihn auf den Dachboden. Als er die Tür zumachte, begann das Tier kläglich zu miauen. Herr Bahlmann meinte, das lege sich. Aber das tat es nicht. Statt des Gepolters drang nun die Katzenstimme durchs Haus. Erst als Elisabeth ihn in die Wohnung ließ, kehrte wieder Ruhe ein. Es dauerte nicht lange, bis er sich im Pfarrhaus eingelebt hatte und Elisabeths Nähe und Zärtlichkeiten duldete.

»Gutes Tier«, flüsterte sie ihm ins Ohr. »Guter Charly.«

So war sie unerwartet doch noch zu ihrem Kater gekommen.

Charly hätte das große Haus und den Garten mitsamt dem Kirchplatz und den Dorfstraßen sicher für ein Katzenparadies gehalten, wären da nicht die alten Kater gewesen, die ihre Rechte vehement verteidigten. Oder dieses Tier auf dem Dachboden, das ihn zu Tode erschreckte.

Trotz Onno Bahlmanns vernichtendem Urteil gab Elisabeth die Hoffnung nicht auf, daß Charly sich doch noch in eine Marderscheuche verwandeln würde. Aber ehrlich gesagt hielt sie es gar nicht für so zwingend notwendig, daß er den ungebetenen Gast auf dem Dachboden vertrieb. Für sie war es nur wichtig, daß er sich bei ihr wohlfühlte. Schon nach kurzer Zeit konnte sie sich gar nicht mehr vorstellen, jemals ohne ihn gelebt zu haben, ohne seine Zärtlichkeitsanfälle und ohne seine beruhigend gelassene und selbstverständliche Gegenwart.

Dabei gingen sie beide ihre eigenen Wege. Aus der Zeit ihres Vorgängers gab es ein Katzentürchen im Hauswirtschaftsraum. Unbemerkt und leise erschien und verschwand Charly, wie es ihm gerade in den Sinn kam.

Manchmal ertappte sie sich dabei, daß sie sich auf den Winter freute, auf die langen Abende, wenn es im Wohnzimmer gemütlich warm war und Charly neben ihr auf dem Sofa lag und leise vor sich hin schnurrte. Aber sie wollte die Zeit nicht vorantreiben, nicht einmal in Gedanken. Sie wollte sich nur auf die Gegenwart konzentrieren. Heute bin ich glücklich und zufrieden, sagte sie sich, wer weiß, was dann ist.

Wer was wann zu wem gesagt hatte, war im nachhinein nicht mehr festzustellen, jedenfalls ging im Dorf das Gerücht, Michael Rothe habe etwas mit der Pastorin. Bevor es Elisabeth zu Ohren kam, wußten es schon alle. Auch Anita. Sie war es, die Elisabeth zur Rede stellte.

»Stimmt es, was im Dorf erzählt wird?« fragte sie und sah dabei so wütend und elend zugleich aus, daß Elisabeth ganz erschrocken fragte: »Was denn, Anita?«

»Das frage ich ja dich!«

Als Elisabeth sie nur anstarrte und anscheinend nicht wußte, was sie sagen sollte, stellte Anita fest: »Also doch« und sah sie dabei verächtlich von oben bis unten an. »Das hätte ich nicht von dir gedacht! Von jeder anderen. Aber nicht von dir.«

»Sagst du mir jetzt bitte auf der Stelle, was du meinst?«

»Ach tu doch nicht so!« fuhr Anita auf. »Das ist Dorfgespräch Nummer eins, und du tust, als wüßtest du nicht, wovon die Rede ist.«

»Wenn du es mir nicht sagst, kann ich dir nicht antworten. Du weißt, daß im Dorf manchmal Dinge geredet werden, die weder Hand noch Fuß haben. Ich dachte, du wüßtest das«, fügte sie hinzu.

Anita schien ein wenig verunsichert zu sein.

»Na, ja, das wäre auch ein Skandal, wenn Michael und du ...«

»Was ist mit Michael und mir?«

Anita zerstückelte ihr Papiertaschentuch.

»Nun sag schon!«

»Na, daß ihr ein Verhältnis miteinander habt.« Nun war es heraus. Anita schien erleichtert.

Elisabeth schoß es siedend heiß durchs Herz. Sie spürte, wie ihr Gesicht rot anlief, und tastete nach einem Halt.

»Sag das noch mal«, flüsterte sie.

»Du hast es schon richtig verstanden. Was sagst du dazu?«

»Das ist nicht wahr«, sagte sie hilflos. »Anita, bitte glaube mir, daß es nicht wahr ist.«

Anita fixierte sie stumm.

»Hast du schon mit Michael darüber gesprochen?«

»Ja. Zumindest habe ich es versucht. Aber der ist fast ausgerastet. Er sagt, das Gerede der Leute sei ihm scheißegal.«

Elisabeth überlegte fieberhaft, ob sie Anita einweihen sollte oder nicht. Sollte sie sagen, daß es ein paar winzige Momente gegeben hatte, in denen sie sich näher gewesen waren als erlaubt? Sollte sie sagen, daß das Gerücht nicht ganz abwegig sei? Aber warum? Es war nichts gewesen, von ihrer Seite aus jedenfalls nicht. Sie hatte kein Verlangen nach seiner Nähe, noch trafen sie sich heimlich. Nur ein einziges Mal hatte sie die Grenze überschritten, um sich sofort wieder zurückzuziehen. Sollte Anita deswegen leiden? Sollte deswegen ihre Ehe in die Brüche gehen? Sollte deswegen das ganze Dorf über sie herfallen?

»Nein«, sagte sie, »mach dir keine Sorgen. Es ist alles in Ordnung. Ich gönne dir deinen Michael von Herzen. Alles andere wäre gelogen. Was reden die Leute?«

»Na, ja, daß ihr euch heimlich trefft. Am Deich und so.«

»Und das glaubst du ihnen? Bei dem Wetter?«

Anita lächelte verlegen.

»Es gibt ja auch noch andere Möglichkeiten.«

»Ohne daß du es merkst? Ist Michael so oft weg, daß es überhaupt denkbar wäre, daß er dich betrügt?«

»Nein, das nicht.«

»Na also. Laß sie reden. Irgendwann hören sie auch wieder auf. Das kennst du doch.«

Während sie beruhigend auf sie einredete und merkte, daß Anita ihr ihre Erklärungen abnahm, fühlte sie sich so elend wie nie zuvor in ihrem Leben. Sie dachte, wenn sie nicht bald geht, falle ich ohnmächtig um, oder ich kriege einen Weinkrampf. Sie schämte sich entsetzlich für jedes Wort, das ihr anscheinend so ruhig über die Lippen gekommen war. Sie fühlte sich schäbig und gemein und hinterhältig und wußte sich nicht anders zu helfen, als weiter die Unschuld zu spielen, die sie nicht war.

»Möchtest du etwas trinken?« fragte sie Anita, die stumm vor ihr stand. »Setz dich doch. Wir brauchen das nicht im Stehen zu klären.«

Anita setzte sich, und Elisabeth ging zum Schrank, um Gläser zu holen. Aber mitten in der Bewegung blieb sie plötzlich stehen. Sie wurde blaß und rot und hatte einen so seltsamen Ausdruck, als sie wie festgewurzelt dastand und sich an den Bauch faßte, daß Anita aufsprang und fragte: »Was ist, Elisabeth? Geht es dir nicht gut? Komm, setz dich«, sie griff nach ihrem Arm, um sie zum Stuhl zu führen.

Aber Elisabeth wehrte ab.

»Nein, laß nur.« Sie atmete tief durch. »Es ist schon vorbei.« Sie stellte die Gläser auf den Tisch.

»Weißt du, ich glaube, ich gehe jetzt lieber«, meinte Anita. »Mein Besuch hat dich anscheinend doch ziemlich mitgenommen. Tut mir leid, daß ich dich aufgeregt habe. Ich hätte es mir ja denken können, daß du nicht auf solche Gedanken kommst.«

»Eins kannst du mir glauben, Anita, das verspreche ich dir: Ich mag euch beide, und ich werde niemals versuchen, euch auseinanderzubringen. Ich habe kein Interesse an Michael und werde ihn dir nicht wegnehmen. Ist das in Ordnung? Was immer im Dorf geredet wird, das, was ich dir jetzt gesagt habe, ist die Wahrheit.«

Anita sah sie an und nickte.

»Ich könnte sogar verstehen, daß Michael sich in dich verliebt. Du bist wirklich eine sagenhafte Frau.«

»Dafür muß ich dich drücken«, sagte Elisabeth und nahm sie in die Arme.

So kam es, daß sie beide ein wenig gerührt waren, als sie sich voneinander verabschiedeten. Elisabeth brachte sie an die Tür. Dann schloß sie sie und lehnte sich mit dem Rükken dagegen.

Mein Kind hat sich bewegt! Ich habe es deutlich gespürt. Mein Gott, flüsterte sie, und es klang andächtiger, als sie es im Gottesdienst sagen würde, ich danke dir für dieses Kind, das in mir wächst. Und über ihre tiefe Dankbarkeit vergaß sie alles andere für einen kurzen Augenblick.

Aber schon als sie die Gläser in den Schrank zurückstellte, fielen die Gedanken wieder wie hungrige Möwen über sie her oder wie ein Gewitterregen auf freiem Feld. So, dachte sie, nun wird es Ernst. Nun laß dir mal was Gescheites einfallen, damit du am Ende nicht zum Gespött der Leute wirst.

Aber sie hatte keine Ahnung, wie sie das anfangen sollte. Keinen blassen Schimmer von Ahnung, wie ihre Konfirmanden sagen würden.

Tagsüber, wenn sie mit ihrer Gemeindearbeit beschäftigt war, konnte es schon mal vorkommen, daß sie ihren Zustand vergaß. Aber nachts lag sie oft stundenlang wach und grübelte. Kein Wunder, daß sie davon träumte, wie das Wasser höher und höher stieg, wie sie wegzulaufen versuchte, aber nicht rechtzeitig an Land kam. Immer träumte sie vom Meer, und immer war das Wasser stärker und mächtiger als sie. Mitleidslos und kalt schlugen ihr die Wellen gegen die Brust, und ihr Schreien hörte niemand. Erst wenn sie aufstand und eine Weile im Zimmer umhergegangen war, verblaßten die Traumbilder, und ihr Herz beruhigte sich.

Nach solchen Nächten fühlte sie sich wie zerschlagen. Am liebsten hätte sie sich dann versteckt. Jedenfalls vor Frau Bahlmann, die sie morgens als erste zu Gesicht bekam. Aber das ging natürlich nicht. Manchmal hatte sie den Eindruck, Olga Bahlmann wüßte von ihrem Zustand, aber sie war sich nicht sicher.

»Was meine Frau ist, die hört das Gras wachsen«, hatte Onno einmal gesagt. Sie guckte so eigenartig, irgendwie verlegen. Jedenfalls sah sie an ihr vorbei, wenn sie miteinander redeten. Elisabeth fühlte sich von ihr beobachtet. Dabei hätte sie gar nicht sagen können, wann und wie. Aber sie spürte ihre Blicke, sobald sie ihr den Rücken kehrte. Das war keine Einbildung. Eines Morgens faßte sie sich ein Herz.

»Sie sehen mich so eigenartig an, Frau Bahlmann«, sagte sie mutig und entschlossen.

»Ich? Eigenartig?« wich sie der Frage aus.

Aber Elisabeth hatte keine Lust, noch länger Vermutungen anzustellen. Ihr Zustand war wahrscheinlich nicht mehr zu übersehen. Jedenfalls nicht für eine Frau wie Olga Bahlmann. Irgendwann hörte das Versteckspielen eben auf. Aber wie sollte sie es anfangen?

»Wahrscheinlich ahnen Sie es schon?«

Frau Bahlmann tat überrascht.

»Ich? Ahnen? Was denn?«

»Daß ich ein Kind erwarte«, sagte Elisabeth und bemühte sich, ihrer Stimme einen festen Klang zu geben. Nur keine Unsicherheit zeigen, ermahnte sie sich, steh dazu!

Frau Bahlmann trocknete sich umständlich die Hände ab und sah sie an.

»Ja«, gab sie zu. »Ich habe es mir gedacht.«

»Seit wann?«

»Bald nachdem Sie aus dem Urlaub zurückgekommen sind. Da waren Sie auf einmal so anders.«

So lange schon, dachte Elisabeth.

»Und die Leute im Dorf? Wissen die es auch?«

»Ich weiß nicht. Ich habe nichts gehört.«

»Aline de Wall auch nicht?«

»Wir haben nicht darüber geredet.« Plötzlich brach sie in Tränen aus. Es kam so überraschend, daß Elisabeth ganz erschrocken war.

»So ein Jammer!« klagte sie. »So ein Jammer!«

Elisabeth versuchte sie zu trösten.

»Ist es nicht auch schön, Frau Bahlmann? Sie haben doch auch Kinder und wissen, wie es ist.«

»Das ist was ganz anderes«, schluchzte sie. »Ich bin ja verheiratet.«

»Finden Sie es wirklich so schlimm?« fragte Elisabeth. »Sagen Sie mir mal ganz ehrlich, warum es Ihrer Meinung nach schrecklich ist, daß ich ein Kind kriege.«

Frau Bahlmann wischte sich die Tränen ab und sah sie verblüfft an.

»Ja aber«, stammelte sie, »Sie ... Sie ...«, sie wußte offenbar wirklich nicht, was sie dazu sagen sollte.

»Sprechen Sie aus, was Sie jetzt denken«, bat Elisabeth. »Es interessiert mich wirklich.«

»Ich muß mich erst mal hinsetzen«, erklärte Frau Bahlmann und setzte sich an den Küchentisch.

Elisabeth holte zwei Becher aus dem Schrank, schenkte Kaffee ein und stellte Milch und Zucker auf den Tisch.

»Na?« fragte sie und setzte sich zu ihr. »Was ist es?«

Frau Bahlmann rührte in ihrem Becher.

»Wissen Sie es nicht selbst?«

»Ich kann es mir denken«, gab Elisabeth zu, »aber trotzdem möchte ich es mal hören. Von Ihnen.«

»Erstens ...«, begann Frau Bahlmann zögernd, »sind Sie Pastorin.« Elisabeth nickte. »Zweitens sind Sie nicht verheiratet.«

»Gut. Das ist richtig. Aber das beantwortet meine Frage nicht.«

»Wie meinen Sie das?«

»Ich hatte *Sie* gefragt, warum *Sie* es so schlimm finden.«

Frau Bahlmann zog die Stirn kraus.

»Ich persönlich, meinen Sie?« vergewisserte sie sich.

»Genau das. Mich interessiert Ihre persönliche Meinung.«

»Ich bin irgendwie enttäuscht«, gestand sie. »Ich dachte, Sie wären anders. Ihrer Freundin, Frau Estorf, hätte ich es zugetraut. Aber für Sie hätte ich die Hand ins Feuer gelegt. Daß Sie mit einem Mann ins Bett gchen ... Nee. Hätte ich nicht für möglich gehalten. Sie waren für mich eine ganz besondere Frau. Eine, die weiß, was sie will. Die anders ist. Frei.«

Sie schwieg und strich nachdenklich über die Tischplatte. »Wenn Sie in Ihrem Talar durch die Kirche gingen, war ich richtig stolz auf Sie. Das ist unsere Pastorin, dachte ich, die ist anders als wir. Wir haben manchmal darüber geredet, Onno und ich. Er sagte, sie wären auch rumzukriegen, da müßte nur der Richtige kommen. Wie Männer so reden. Ich war so wütend auf ihn, das können Sie sich gar nicht vorstellen. Onno mit seinen dusseligen Bemerkungen! Das mit den Feigenblättern war später. Da hatte ich es schon gemerkt. Das konnte man ja merken. Das mit den Feigenblättern hat mich richtig fertiggemacht. Da dachte ich: Also doch. Ist sie doch so eine! Da war ich richtig enttäuscht. Und irgendwie hat mir das weh getan.« Sie suchte nach ihrem Taschentuch.

Elisabeth hätte sie am liebsten in die Arme genommen,

aber sie traute sich nicht. Sie saß da, trank ihren Kaffee und beobachtete Olga Bahlmann, die um Fassung rang.

»Sie wollten es ja wissen«, schluchzte sie, »sonst hätte ich das alles nicht gesagt.«

Einerseits kann ich ihre Enttäuschung verstehen, dachte Elisabeth, andererseits bin ich auch enttäuscht über das Bild, das sie sich von mir macht. Ich war also so eine Art Heilige für sie. Und ich dachte, sie mag *mich,* Elisabeth Rogge, und nicht *nur* die Pastorin. Komme *ich* denn gar nicht vor? Wer bin ich in Canrade? Ein Phantom? Eine Ikone? Ein Vorzeigeobjekt?

»Haben Sie nie daran gedacht, daß ich ein Mensch bin?« fragte sie. »Ich bin eine Frau wie Sie, ein Mensch aus Fleisch und Blut mit Sehnsucht nach Zärtlichkeit. Ich bin jetzt etwas über dreißig«, sagte sie. »Ich bin zur Schule gegangen und habe studiert. Jahraus, jahrein. Ungefähr fünfundzwanzig Jahre lang. Stellen Sie sich das vor. Jetzt bin ich Pastorin. Ich wohne in einem wunderschönen Haus mit Garten, predige in einer zauberhaften Kirche und habe viele nette Menschen kennengelernt. Aber ich habe niemanden, den ich berühren kann, der lieb zu mir ist, der zu mir gehört. Niemanden. Nur Charly. Und das ist nicht genug. Für einen liebebedürftigen, empfindsamen Menschen ist das nicht genug. Jetzt erwarte ich ein Kind. Können Sie sich vorstellen, wie glücklich ich darüber bin? Ich spüre, wie es sich bewegt und wie es wächst. Ich rede mit ihm und kann es kaum erwarten, es in den Armen zu halten. Und Sie? Sie gönnen es mir nicht.«

»Nein, nein«, wehrte Frau Bahlmann erschrocken ab, »so ist das doch nicht. Davon kann keine Rede sein!«

»Nicht? Ich dachte. Wie soll ich das sonst verstehen?«

»Frau Rogge«, sagte Olga Bahlmann nun entschlossen, »ich bin froh, daß Sie mir das so gesagt haben. Ich glaube, ich verstehe es jetzt sogar. Und beinahe haben Sie mich schon soweit gekriegt, daß ich mich auch freue. Aber«, sie hob mahnend den Zeigefinger, »denken Sie an die Leute! Noch ist es ruhig im Dorf, aber ich garantiere für nichts, wenn es sich herumgesprochen hat. Nicht auszudenken, was daraus gemacht wird! Und die Gerüchte und Verdächtigungen, wer der Vater ist ...«, sie schüttelte den Kopf. »Nicht auszudenken!« wiederholte sie.

Elisabeth hatte an diesem Morgen in Canrade eine Verbündete gefunden. Das war ein großer Gewinn. Olga Bahlmann hätte es natürlich lieber gesehen, wenn alles in ordentlichen Bahnen verlaufen wäre – verliebt, verlobt, verheiratet und dann ein, zwei Kinder – wenn es denn sein mußte. Aber das ließ sich nun nicht ändern.

»Da müssen wir durch«, sagte sie, resolut wie eh und je. »Und das schaffen wir auch.«

Daß Elisabeth diese Entwicklung erleichtert zur Kenntnis nahm, versteht sich von selbst. Aber was besagte es schon, daß Olga Bahlmann gewonnen war? Getuschel und Gerede im Dorf waren dadurch nicht beendet, im Gegenteil. Von Tag zu Tag spürte Elisabeth mehr, daß sich etwas zusammenbraute. Da brauchte Olga Bahlmann nicht zu warnen: »Passen Sie auf, was Freddy de Vries von sich gibt, wenn er einen zuviel getrunken hat. Und so was will Kirchenvorsteher sein«, schimpfte sie.

Auf der nächsten Sitzung mußte sie es zur Sprache bringen. Da half alles nichts. Beginnen würde sie mit dem Tagesordnungspunkt: Persönliche Mitteilung. Als sie es aufgeschrieben hatte, fühlte sie sich irgendwie erleichtert. Jetzt stand es da und konnte nicht mehr übergangen werden. Sie kopierte die Einladungen und steckte sie in die Umschläge.

Auf dem Weg zum Briefkasten traf sie Michael.

»Hallo Elisabeth«, begrüßte er sie und stieg vom Rad.

»Kleine Radtour unternommen?« fragte sie.

Er fuhr sich durch seine windzerzausten Haare.

»Ja, ich war am Deich. Ganz schön windig. Aber es war wunderbar.«

»Müßte ich auch mal wieder machen, aber es ist wie verhext. Immer kommt etwas dazwischen, wenn ich los will.«

»Das kenne ich. Am besten gar nicht drum kümmern, einfach verschwinden.«

»Das hört sich einfacher an, als es ist«, lachte sie.

Ihr Lachen! Wann hatte er es zum letzten Mal gehört? Lange ist das her, dachte er und sagte rasch: »Ich muß mit dir reden. Schlag mal einen Termin vor.«

So förmlich? Sie tat, als hätte sie es nicht gemerkt, daß es ihn Überwindung kostete.

»Komm irgendwann vorbei. Du hast es ja nicht weit. Wenn ich nicht da sein sollte, hast du eben Pech gehabt.«

»Heute gegen Abend?«

»Bis fünf habe ich Unterricht. Danach.«

Damit war er einverstanden. Er verabschiedete sich und fuhr weiter.

Sie sah ihm nach. Armer Michael, dachte sie. Dabei hatte er ihr gar keinen Anlaß gegeben, ihn zu bedauern.

Mittags verzogen sich die grauen Regenwolken. Plötzlich schien die Sonne, weiße Wolken schwebten am blauen Himmel und der Wind hatte sich gelegt. Unerwartet war es noch ein wunderschöner Spätsommertag geworden.

Kurz entschlossen strich sie sich ein paar Scheiben Brot, packte einen Apfel und etwas zu trinken ein, holte ihr Fahrrad und fuhr los. Solch ein Tag war ein Geschenk, das sie nicht ausschlagen mochte. Laut Tideplan kam das Wasser erst gegen sechzehn Uhr. Es war also tiefste Ebbe.

Sie fuhr zunächst ein Stück am Binnendeich entlang mit dem Wind, der hier draußen doch ein wenig heftiger wehte als im geschützten Dorf. Anders als im Sommer war der Parkplatz an der Badestelle fast leer. Sie begegnete nur einem Ehepaar, das mit seinem Dackel spazierenging, und sah einen Mann, der seinen Lenkdrachen steigen ließ. Er stand selbstvergessen oben auf der Deichkrone und ließ seinen bunten Drachen waghalsige Sturzflüge vollführen, ohne ihn dabei aus den Augen zu verlieren. Immer waren es Männer, die solche Drachen steigen ließen. Irgend etwas mußten sie dabei empfinden. War es ein Gefühl von Stärke oder gar von Macht, das diese Windspiele für sie so faszinierend machte? Oder was steckte sonst dahinter? Kinderträume? Danach war es menschenleer am Deich. Nur von irgendwoher kam Motorenlärm. Die schweren Landmaschinen zogen jetzt tagaus, tagein mit ihren zwölfscharigen Pflügen über die Felder, umgeben von Silbermöwen. Es war immer wieder ein eigenartiges Bild, wenn riesige Vogelscharen aufgeregt kreischend dem Pflug-Ungetüm folgten, wie sie aufstoben und sich laut schreiend wieder auf den fetten, schwarzglänzenden Ackerboden stürzten. Obwohl es Futter im Überfluß gab, zankten sie sich um jeden Wurm. Oben vom Deich aus war das Schauspiel gut zu beobachten. Schade, daß ich keinen Fotoapparat dabeihabe, dachte sie, als die Möwen wieder wie eine lebendige Wolke von den glänzenden Erdschollen aufflogen.

Sie fuhr nun außendeichs und so nahe am Watt entlang, daß sie das leise Raunen und Knistern deutlich hören konnte.

Bald erreichte sie die Salzwiesen. Wie ein grüngrauer Teppich breiteten sie sich zwischen Deich und Watt aus. Noch blühten die Strandastern, und der bittere Wermut verlieh dem Ganzen einen eigenartig silbrigen Schimmer. Irgendwo führte ein ausgewiesener Weg durch das Naturschutzgelände an die See. Dieses Aroma! Sie stieg vom Rad und schob es neben sich her, um möglichst viel von dem süßherben Salzwiesengeruch in die Nase zu bekommen. Dann stellte sie das Fahrrad ab und ging ein Stück am Wasser entlang bis zum Steindamm, der in das Watt hinausführte. Die Muschelschalen, die der Gezeitenstrom hier an Land gespült hatte, lagen aufgehäuft herum. Sie bildeten einen solch festen Untergrund, daß sie ohne einzusinken bis an das Ende der

Buhne gehen konnte, um sich dort einen geeigneten Sitzplatz zu suchen. Die aufgeschichteten Steine waren sonnenwarm und trocken.

Aufatmend sah sie sich um. Sie war ganz allein. Es gab nichts als das trockengefallene Watt und den Himmel, den grünen Deich in der Ferne, die Windmühlen, Möwen, Regenpfeifer, die Muscheln und das Knistern im Schlick.

Nach einer Weile sah sie neben sich etwas über die schwarzen Steine huschen. Ein rotbraunes Fellbündel mit einem langen, buschigen Schwanz. Es verharrte zwischen den Steinen und sah sie mit runden schwarzen Augen an. Plötzlich war es verschwunden. Eine Weile später sah sie das possierliche Tierchen noch einmal, als es schnell und zielstrebig und geräuschlos über die Muschelbank lief. Danach tauchte es nicht wieder auf.

Sie konnte sich nicht daran erinnern, sich jemals so allein auf der Welt gefühlt zu haben. Der Wind, der Geruch, die Wolken, die Weite – diese Eindrücke hatten etwas so Unwirkliches, so aufregend Fremdes, daß sie bald alles andere darüber vergaß.

Einmal flog ein Flugzeug über sie hinweg. Das war alles, was sich ereignete. Sonst gab es nichts. Kein Mensch tauchte auf, mit dem sie hätte reden können. Es gab nur diesen Wind, der kein Wort verstand, so laut sie auch schreien mochte. Sie aß ihr Brot, sah sich satt und blieb solange, bis es höchste Zeit war, den Rückweg anzutreten. Der Wind frischte immer mehr auf. Er wehte ihr nun direkt entgegen. Ich werde ganz schön müde sein, wenn der Unterricht anfängt, dachte sie.

Der Himmel bezog sich, über der See war schon alles grau in grau. Entschlossen trat sie in die Pedale. Aber es dauerte lange, bis sie den Kirchturm endlich in der Ferne sah. Trotzdem, sagte sie sich, diese Stunde dahinten in der Einöde war es wert. Das Gefühl, etwas Besonderes erlebt zu haben, erfüllte sie so sehr, daß sie sich richtig auf die Jungen und Mädchen freute, die jetzt wahrscheinlich schon vor dem Gemeindehaus auf sie warteten. Ich liebe Kontrastprogramme, dachte sie, während sie gegen den Wind und ihre Uhr anfuhr, die ihr unmißverständlich zeigte, daß sie es nicht mehr schaffen würde, pünktlich zu sein.

»Wo kommen Sie denn her?« fragte Thorsten, als sie das Rad an die Wand lehnte.

»Sieht man das nicht? Vom Ende der Welt.«

»Wo ist das?« wollte Ralf wissen.

Sie machte eine vage Handbewegung in Richtung Meer.

»Dahinten irgendwo. Bei den Salzwiesen.«

»Da waren Sie?« fragte Thorsten ehrlich erstaunt.

»Ich komme sofort«, sagte sie. »Ich hole nur noch schnell meine Sachen. Geht schon mal rein.«

Nach dem Unterricht ließ sie sich erschöpft aufs Sofa fallen. Nur einen Moment ausruhen, dachte sie, schob sich ein Kissen unter den Kopf und schloß die Augen, um sofort wieder aufzuspringen, weil es klingelte. »Das darf doch nicht wahr sein!« murmelte sie ärgerlich, schlüpfte in ihre Sandalen und öffnete die Tür.

Michael. An den hatte sie gar nicht mehr gedacht.

»Komm rein«, bat sie, weil er unschlüssig dastand. »Wenn du willst, mache ich uns schnell einen Tee.«

Er hatte nichts dagegen und folgte ihr in die Küche. Sie drückte ihm die Tassen in die Hand und schickte ihn ins Wohnzimmer.

»Es dauert nur einen Moment«, sagte sie.

Als sie sich gegenübersaßen und ihren Tee tranken, fragte er unvermittelt: »Ist es wahr, was sich die Leute erzählen?«

Sie nickte.

»Meistens ist was Wahres daran.«

Er lehnte sich zurück und verschränkte die Arme hinter dem Kopf.

»Du erwartest also ein Kind.«

Sie nickte wieder.

»Ist es von mir?« Es klang, als traute er sich nicht, es auszusprechen.

Sie sah ihn so fassungslos an, daß er bat: »Entschuldige, wenn ich dich so direkt frage, aber ich möchte es natürlich wissen.«

Wütend dachte sie: Was fällt dir ein, Michael Rothe! Von wem soll es sonst sein? Sie stand auf, ging zum Fenster und sah hinaus.

Er stellte sich hinter sie, legte ihr die Hände auf die Schultern und drehte sie zu sich herum.

»Lisa«, bat er, »sag es mir bitte.«

Sie hatte Mühe, die Tränen zurückzuhalten. Was glaubte er? Daß sie es mit jedem trieb, der ihr über den Weg lief? Auch wenn er nicht der erste Mann in ihrem Leben gewesen war, konnte er wohl nicht annehmen, daß sie nach ihm schon wieder mit einem anderen geschlafen hatte. Oder doch?

»Es geht dich nichts an«, sagte sie so distanziert und kühl, daß sie vor sich selbst erschrak. Wozu diese Lügen? Nur wegen ihres verletzten Ehrgefühls? »Es ist ganz allein meine Angelegenheit. Du brauchst dir keine Sorgen zu machen.« Ist das nun Feigheit? schoß es ihr durch den Kopf. Oder Barmherzigkeit? Was auch immer, sie hatte es gesagt, und er schien tatsächlich beruhigt. Das paßte ihr auch nicht. Sollte er so einfach davonkommen? Was denn? dachte sie, will ich ihn etwa bestrafen? Wofür denn? Für seine Zärtlichkeit und die Erinnerung an diese Nacht?

»Du kannst dir nicht vorstellen, wie elend ich mich fühle«, sagte er in ihre Gedanken hinein.

»Wieso?«

Er setzte sich in einen Sessel und starrte vor sich hin.

»Es ist alles so sinnlos! Manchmal habe ich keine Lust mehr.«

»Bist du krank?«

Er sah sie gequält an. »Du bist es, Lisa«, sagte er und fügte rasch hinzu: »Ich kann es nicht ändern.«

»Ach, ich dachte, es wäre vorbei.«

»Wie kann das vorbei sein? Du bist die Frau, die ich liebe. Von Anfang an. Ich fühle, daß wir beide, du und ich, zusammengehören. Und wenn es etwas gibt, was ich zutiefst bedaure, dann ist es das, daß ich nicht auf dich gewartet habe. Seit Monaten suche ich verzweifelt nach einem Ausweg, aber ich finde ihn nicht. Ich weiß, daß auch eine Scheidung nichts nützen würde, weil Anita und die Kinder immer zwischen uns stünden. Sie sind ja unschuldig.« Er seufzte. »Es ist alles zwecklos. Ich weiß es. Und trotzdem ist irgend etwas, das nicht zur Ruhe kommt und das mir sagt, daß noch nicht alles aus ist.«

Sie sah ihn aufmerksam an. Sie glaubte ihm. Es war nicht zu übersehen, daß er sich quälte. Würde ihm die Wahrheit helfen? Oder machte sie alles nur schlimmer, wenn sie ihm sagte, was er wissen wollte?

»Michael«, sagte sie mitleidig, »du tust mir leid, wirklich, aber ich kann es nicht ändern. Ich habe selbst genug Probleme, das kannst du dir wohl vorstellen.«

Sie sprachen über die möglichen Konsequenzen ihrer Schwangerschaft und machten sich keine Illusionen über die Ansichten im Dorf. Es tat ihr gut, mit ihm darüber zu reden. Wieviel leichter wäre es, wenn ich ihm gegenüber offen sein könnte, dachte sie.

»Was ich für dich tun kann, werde ich selbstverständlich tun«, versprach er.

Darüber freute sie sich und ließ es ihn spüren. Gleichzeitig bat sie ihn aber, sich nach Möglichkeit ganz aus der Diskussion um ihren Zustand herauszuhalten.

»Stell dir vor, was los wäre, wenn sie wieder einen Grund

fänden, über uns beide Vermutungen anzustellen!« sagte sie. »Nicht auszudenken!«

Als er sich schließlich von ihr verabschiedete, dachte sie: Es ist wirklich besser, wenn er nichts weiß, es würde ihn nur noch mehr durcheinanderbringen. Er weiß ja ohnehin nicht, wie er mit seinen Gefühlen klarkommen soll.

»Mach's gut, Lisa«, er gab ihr die Hand. »Traumfrau.«

Sie strich sich über den Leib und sagte: »Bald hat es sich ausgeträumt.«

Er schüttelte den Kopf. »Im Gegenteil. Ich liebe euch beide.«

Sie sah ihm nachdenklich nach. Fast hätte sie ihn zurückgerufen, aber dann schloß sie die Tür und sagte trotzig: Es ist mein Kind! Mein Kind allein.

Sie hatte sich einen Termin beim Landessuperintendenten geben lassen, um ihn auch zu informieren, wie es sich gehört.

Herr Schulzemeyer war jung, dynamisch, verheiratet und hatte vier Kinder. Sein Terminkalender war vollgestopft, und er reiste tapfer von Festakt zu Festakt. Trotzdem wirkte er stets ausgeglichen und zufrieden.

Sie erzählte alles noch einmal von vorn. Herr Schulzemeyer hörte ihr zu, ohne sie zu unterbrechen. Er schüttelte nur hin und wieder den Kopf, als müsse er sein Gehirn in Ordnung bringen. Als sie dann von ihrer Hoffnung sprach, in Canrade bleiben zu können, sagte er barsch: »Das schlagen Sie sich aus dem Kopf, da wird nichts draus, zumal Sie nicht einmal willens sind, den Namen des Vaters zu nennen.«

Elisabeth biß sich auf die Lippen. Mußte sie sich das gefallen lassen? Ihre Gedanken waren nicht schwer zu erraten.

»Empfindlichkeiten können Sie sich in Ihrer Situation

nicht leisten, Frau Rogge.« Sie schwieg. »Darf man wissen, was Ihr Kirchenvorstand zu der Geschichte sagt?«

»Ich werde es auf der nächsten Sitzung bekanntgeben.«

»Ach, er weiß noch gar nichts?«

»Jedenfalls nicht von mir. Was im Dorf geredet wird, kann ich nicht sagen.«

»Aber Sie können es sich denken. Das ist doch das Problem! In der Gemeinde wird geredet. Wollen Sie zur Zielscheibe des Dorftratsches werden?«

»Sie meinen also, ich soll Canrade so bald wie möglich verlassen?« Sie ärgerte sich, daß ihre Stimme zitterte.

Herr Schulzemeyer sah sie eine Weile nachdenklich an. So ein Jammer! Da hatte man eine fähige junge Pastorin, die sich seines Wissens schnell und gut eingearbeitet hatte, schon gab es Probleme. Natürlich merkte er, wie es um ihre Fassung bestellt war.

»Wenn ich Ihnen einen Rat geben darf, dann warten Sie einfach ab. Und am besten machen Sie sich nichts aus dem Gerede.«

Ach, auf einmal, dachte sie und fragte: »Und was werden Sie tun?«

Er seufzte.

»Da ich nicht der liebe Gott bin, muß ich mich an die üblichen Spielregeln halten. Und die sind ziemlich eindeutig.«

»Ziemlich«, wiederholte sie.

»Ich werde für Sie tun, was in meiner Macht steht. Das ist in Ihrem Fall zwar nicht allzu viel, aber vielleicht doch mehr, als es auf den ersten Blick scheint.«

Zunächst würde er sich mit dem Personaldezernenten unterhalten. Unterstützung und Rat erhoffte er sich auch von der Bischofskonferenz. Da hatten sie schon so manchen scheinbar aussichtslosen Fall mit gemeinsamen Kräften zu einer vernünftigen Lösung gebracht. Aber das brauchte Zeit.

»Wir werden sehen«, sagte er. »Übrigens bin ich selbstverständlich gern bereit, zu Ihrer Kirchenvorstandssitzung nach Canrade zu kommen.«

Obwohl das Gespräch weitaus freundlicher und unemotionaler verlaufen war, als sie es sich vorgestellt hatte, fühlte sie sich hinterher erschöpft und deprimiert. Er weiß mehr, als er sagt, dachte sie, als sie ins Auto stieg und sich in den fließenden Verkehr einfädelte. Das war ja auch nicht anders zu erwarten. Irgendwie kam es ihr vor, als hätte ihr Schicksal an diesem Vormittag endgültig eine andere Richtung eingeschlagen. Eigentlich hatte sie noch ein paar Besorgungen machen wollen. In die Fußgängerzone gehen, einen Blick in die Buchhandlung werfen, Obst kaufen, vielleicht eine Kleinigkeit essen ... Aber nun hatte sie keine Lust mehr. Vielleicht würde sie nachher noch kurz mit Frau Witte reden. Jetzt wollte sie erst einmal nach Hause fahren und sehen, daß sie ihre Gedanken und Gefühle wieder in den Griff bekam. Nach Hause, dachte sie. Wo ist das denn?

Unter der Post war ein Umschlag ohne Briefmarke und ohne Absender. Den öffnete sie zuerst. Er enthielt ein leeres Blatt Schreibmaschinenpapier, auf dem nur ein einziges Wort stand: ACHTUNG!, in Großbuchstaben mit der Maschine geschrieben. Sie starrte es an, drehte das Papier nach allen Seiten, hielt es gegen das Licht und grübelte. Wer will mich denn da ärgern? überlegte sie. Es hat keinen Sinn, mir darüber den Kopf zu zerbrechen, dachte sie. Den Umschlag warf sie in den Papierkorb und den Briefbogen legte sie unter die Schreibtischunterlage. Die übrige Post nahm sie mit in die Küche. Sie setzte das Teewasser auf, und Charly schnurrte um ihre Beine.

»Hallo Charly«, begrüßte sie ihn und strich ihm über den Rücken. Als sie sich an den Tisch setzte und die Post durchsah, sprang er ihr auf den Schoß. »Na, du Schmusekatze«, sagte sie zärtlich und kraulte ihm das Fell. »Du hast es gut«, flüsterte sie ihm zu. »Und wer streichelt mich?« Als das Telefon klingelte, setzte sie ihn auf den Fußboden und gab ihm einen Klaps. »Nun lauf und fang Mäuse«, sagte sie. Aber anstatt in den Garten zu verschwinden, trottete er mit hocherhobenem Schwanz hinter ihr her ins Amtszimmer.

Am Telefon beschwerte sich Frau Hinze, daß Elisabeth nicht zum Geburtstag ihrer Schwiegermutter erschienen sei.

»Ich komme noch vorbei«, versprach sie. »Gestern hatte ich wirklich keine Zeit.«

»Ja, ich weiß. Rainer hat erzählt, daß sie vor dem Konfirmandenunterricht noch an den Deich mußten und hinterher Besuch hatten.«

Elisabeth schluckte. »So, hat er das?«

»Das ist ja auch wichtiger, als einer alten Frau zum Geburtstag zu gratulieren«, meinte Frau Hinze ironisch.

»Ich wollte nicht nur so zwischen Tür und Angel kommen«, entschuldigte sich Elisabeth, »darum habe ich es mir für heute nachmittag vorgenommen.«

»Heute nachmittag paßt es nicht«, wehrte Frau Hinze ab. »Da kommen die Nachbarn.«

»Kann ich nicht dazu kommen? Ich bin ja auch fast eine Nachbarin von Ihnen.«

»Das Pfarrhaus zählt nicht zur Nachbarschaft«, belehrte Frau Hinze sie.

»Ach nein? Warum nicht?«

»Nachbarn helfen sich gegenseitig. So ist das schon immer gewesen. Der Pastor ist für alle da.«

Das leuchtet ein, dachte Elisabeth.

»Außerdem sprechen Sie kein Platt.«

»Das ist mir bis jetzt noch nie übelgenommen worden. Sie sind die erste, Frau Hinze, die mir das vorhält.«

»Ich halte es Ihnen nicht vor! Ich stelle es nur fest.«

Dieser Ton, dachte Elisabeth, wie redet sie eigentlich mit mir?

»Was schlagen Sie denn nun vor?« fragte sie freundlich.

»Das ist Ihre Sache. Ich wollte nur wissen, ob Sie unsere Oma vergessen haben.«

»Nein, natürlich nicht!« langsam reichte es ihr. »Paßt es Ihnen, wenn ich morgen vorbeikomme?«

»Dann bin ich beim Arzt, aber Oma ist ja da. Meinetwegen.« Damit war das Gespräch beendet.

Charly hatte es sich inzwischen auf dem Schreibtischstuhl bequem gemacht. Gerade wollte sie ihn von dort verscheuchen, als es wieder klingelte.

»Ganz kurz nur«, sagte Michael. »Ich muß dich etwas fragen.«

»Was gibt es?«

»Hast du einen anonymen Brief gekriegt?«

»Ja«, sagte sie überrascht. »Wie kommst du darauf?«

»Ich auch.«

»Und?«

»Was, und?«

»Was willst du tun?«

»Was kann ich tun? Eine Anzeige gegen Unbekannt aufgeben? Hat doch keinen Sinn.«

»Was stand denn drin?«

»Ach«, sagte er wütend. »Quatsch.«

»Nun sag schon!«

»WIR WISSEN ALLES! steht auf dem Wisch.«

Augenblicklich geriet sie in Panik.

»Mensch, Michael! Wenn das stimmt!« Sie erzählte ihm von der Ankündigung in ihrem Brief.

»Wer kann das sein?« überlegte er. »Hast du eine Ahnung?«

»Überhaupt nicht.«

»Auf keinen Fall dürfen wir uns die Blöße geben und uns

verrückt machen lassen. Man weiß doch, was solche anonymen Briefe bewirken sollen.«

»Sollen? Dieser hat sein Ziel schon erreicht. Von jetzt an vermute ich jedenfalls überall nur noch Spione.«

»Die können lange spionieren. Wer so unschuldig ist wie wir beide, braucht sich keine Sorgen zu machen, entdeckt zu werden.«

»Unschuldig?«

Er seufzte. »Es bringt ja nichts! Wahrscheinlich hat irgendein Schüler einen blöden Scherz auf unsere Kosten gemacht. Ich sehe nicht ein, mir dadurch die Laune verderben zu lassen. Und dir rate ich dasselbe.«

Er redete ihr noch eine Weile gut zu und legte dann auf. Sie stand da, hielt den Hörer gedankenverloren in der Hand und starrte aus dem Fenster. Dann verscheuchte sie Charly von ihrem Stuhl, setzte sich und grübelte weiter vor sich hin. Erst ganz allmählich beruhigte sie sich und dachte, wer immer es geschrieben hat, er kann unmöglich mehr wissen als alle anderen im Dorf. Aber wie kam jemand dazu, solche Briefe zu schreiben? Und vor allem, ist das nun alles gewesen? Oder braut sich da etwas zusammen, von dem ich keine Ahnung habe? Sie mußte sich eingestehen, daß sie sich sehr unwohl fühlte. Ob der anonyme Brief etwas mit der Einladung zur Sitzung zu tun hatte? Reimte sich da jemand etwas zusammen? Aber wer? Und warum? Ihre Gedanken gingen hin und her und drehten sich im Kreis, bis sie sich schließlich selbst zur Ordnung rief und beschloß, etwas anderes zu tun.

Sie schlug ihren Terminkalender auf, um die nächsten Geburtstage einzutragen. Ab siebzig machte sie Geburtstagsbesuche. Zu dumm, daß sie ausgerechnet bei der alten Frau Hinze nicht gewesen war. Wer konnte aber auch ahnen, daß daraus solch eine Affäre gemacht wurde?

Andreas Silbermann, geboren 1911 in Danzig, hatte demnächst auch Geburtstag. Nach seiner Orgelvertretung im

Sommer war sie schon ein paarmal bei ihm und seiner Frau zum Tee gewesen. Silbermanns waren freundliche, aufgeschlossene Leute, die ein wenig abseits vom Dorfgeschehen in ihrer eigenen Welt lebten. Allein die Tatsache, daß sie hochdeutsch sprachen, mit einem deutlichen ostpreußischen Akzent, daß Herr Silbermann Orgel spielte und Bienen züchtete, machte die alten Herrschaften zu Außenseitern. Sie waren nie über den Verlust ihrer Heimat hinweggekommen. Nach der Vertreibung und der Flucht hatte es sie nach Ostfriesland und in die Krummhörn verschlagen. Sie waren beide sehr fromm.

Elisabeth legte den Terminkalender zur Seite und rief kurzentschlossen bei Silbermanns an, um sich für einen Besuch zu verabreden. Sie wollte mit ihnen über alles offen reden. Wenn es denn sein mußte, und es führte kein Weg daran vorbei, daß sie es erfuhren, wollte sie es ihnen wenigstens selbst sagen.

Frau Silbermann war am Apparat. Sie sagte, der Tee stünde gerade auf dem Tisch, sie wäre herzlich eingeladen, vorbeizukommen.

»Jetzt gleich?« fragte Elisabeth.

»Wenn Sie Zeit haben, nur zu.«

Sie schwang sich auf ihr Rad und war in wenigen Minuten da. Frau Silbermann erwartete sie in der Haustür und führte sie ins Eßzimmer.

Silbermanns aßen nicht in der Küche. Elisabeth wußte nicht einmal, wie es dort aussah, obwohl sie schon oft hiergewesen war. Entweder saßen sie im Eßzimmer oder im Wohnzimmer. Beide Räume waren immer sehr aufgeräumt. Es lag nichts herum, alles hatte seinen festen Platz. Auf den Fensterbrettern blühten Geranien, auf dem Tisch prangte heute ein bunter Asternstrauß.

Herr Silbermann kam aus dem Garten. Er begrüßte Elisabeth erfreut und sehr herzlich. Offensichtlich hatte er Äpfel geerntet.

»Da hast du wieder Arbeit, Muttchen«, sagte er und brachte den Korb in die Küche.

»Sorg du nur immer dafür, daß ich nicht zur Ruhe komme«, murrte sie.

Aber Elisabeth kannte die beiden inzwischen gut genug, um zu wissen, daß sie in allerschönster Harmonie zusammen lebten.

»Seit Menschengedenken«, pflegte Herr Silbermann zu sagen.

Ihr einziger Sohn war Arzt und lebte in Berlin. Elisabeth hatte ihn kennengelernt, als er mit seiner Familie hier seinen Urlaub verbrachte. Allerdings wohnte er nicht zu Hause, sondern hatte sich mit Rücksicht auf seine alten Eltern eine Ferienwohnung gemietet. Sie sprachen von ihm nur als von ihrem Jungen. »Der Junge«, sagten sie, nicht »unser Sohn« oder »Werner«. Bei Silbermanns war sowieso vieles anders als bei den übrigen Dorfbewohnern. Sie kochten andere Gerichte, aßen mit Silberbestecken und benutzten große, weiße Stoffservietten.

»Schmeckt Ihnen der Tee?« fragte Herr Silbermann.

»Warum sollte er ihr nicht schmecken?« Frau Silbermann warf ihrem Mann einen mißbilligenden Blick zu, als habe er etwas Ungehöriges gesagt.

»Er schmeckt mir ausgezeichnet«, sagte Elisabeth ein wenig verwirrt.

»Es ist eine englische Mischung«, erklärte Herr Silbermann.

»Sie sehen abgespannt aus«, bemerkte Frau Silbermann und sah Elisabeth prüfend an. »Haben Sie zuviel gearbeitet?«

Elisabeth mußte unwillkürlich lachen.

»Nach Meinung mancher Leute arbeite ich überhaupt nicht.«

»Hören Sie nur nicht auf die Meinung der Leute«, warnte Herr Silbermann. »Sonst können Sie gleich einpacken.«

Elisabeth seufzte und trank ihren Tee. Frau Silbermann, klug und lebenserfahren, merkte, daß irgend etwas nicht stimmte.

»Nun geh du nur wieder zu deinen Bienen, Vatchen«, sagte sie und warf ihm einen heimlichen Blick zu.

»Wieso Bienen?« fragte er, stand aber augenblicklich auf. »Ich bin doch beim Äpfelpflücken.« Er ging in die Küche, leerte den Korb aus und trollte sich in den Garten. Elisabeth sah ihm nach.

»Daß er noch so gut zurechtkommt«, wunderte sie sich. »Er ist doch schon über achtzig.«

»Es zwackt ihn überall, aber er läßt es sich nicht anmerken. Das ist wohl das beste, was man machen kann. Solange es geht«, seufzte Frau Silbermann. »Nun aber zu Ihnen, junge Frau. Sie haben Kummer, das sehe ich Ihnen an. Wollen Sie ihn mir nicht anvertrauen? Sie wissen, daß Sie sich auf meine Verschwiegenheit verlassen können.«

»Ja«, sagte Elisabeth und starrte aus dem Fenster.

Frau Silbermann schwieg.

Was wird sie dazu sagen? überlegte Elisabeth. Sie kannte die sittenstrenge Gläubigkeit der alten Dame und fürchtete ein Donnerwetter, wenn sie es ihr erzählen würde. Da muß ich durch, dachte sie. Sie nahm all ihren Mut zusammen.

»Hoffentlich bricht jetzt nicht eine Welt für Sie zusammen, liebe Frau Silbermann, wenn ich Ihnen erzähle, was mich bedrückt«, begann sie.

»Das lassen Sie nur meine Sorge sein«, erwiderte sie mit ihrer unnachahmlich tiefen Stimme und räusperte sich. »Ich höre«, sagte sie, weil Elisabeth zögerte, und trank einen Schluck Tee.

»Ich erwarte ein Kind«, sagte Elisabeth und fuhr erschrocken zusammen, weil Frau Silbermann sich verschluckte und ihren Tee verschüttete, als sie die Tasse zurückstellen wollte.

»Da sehen Sie, was Sie angerichtet haben!« schimpfte sie, kaum daß sie wieder Luft bekam.

Elisabeth war aufgesprungen und versuchte die Tischdekke zu retten. Aber es war schon zu spät. Der Tee hatte sich auf dem weißen Tuch ausgebreitet, und Frau Silbermann war schon dabei, das Geschirr zusammenzustellen.

»Behalten Sie Platz«, ordnete sie an. »Ich mache das schon.« Resolut riß sie das Tischtuch vom Tisch, stellte das Geschirr auf ein Tablett, brachte es in die Küche und kam mit einem frischen, blütenweißen, gestärkten Tischtuch zurück. Mit einem Schwung breitete sie es aus und stellte die Vase wieder mitten auf den Tisch.

»Möchten Sie noch Tee?« fragte sie.

Elisabeth fühlte sich sehr unwohl.

»Nein, danke. Natürlich nicht.«

»Was heißt natürlich?« fuhr Frau Silbermann sie an. »Wegen dieses kleinen Malheurs?« Sie sctzte sich wieder. »Aber das andere, das, was Sie eben so lapidar dahingesagt haben, das ist ja wohl ein Skandal!«

Elisabeth stand auf.

»Ich will Sie nicht länger stören«, sagte sie. »Ich glaube, ich gehe lieber.«

Frau Silbermann zeigte auf den Stuhl.

»Setzen Sie sich«, befahl sie kurz und bestimmt. »Ich glaube, es gibt eine Menge zu reden.«

Gehorsam nahm Elisabeth wieder Platz.

Frau Silbermann erhob sich ächzend, indem sie sich mit beiden Händen auf die Tischplatte stützte, ging zur Anrichte, holte eine Flasche Danziger Goldwasser und zwei Likörgläschen heraus und stellte sie auf den Tisch.

»Darauf trinken wir beide erst einmal einen Schnaps«, erklärte sie und schenkte ein. »Auf Ihr Wohl«, sagte sie und prostete Elisabeth zu.

»So«, sagte sie und schüttelte sich, »nun mal der Reihe nach, Kindchen.«

Und Elisabeth erzählte ihr alles. Alle Freuden, alle Sorgen, alle Ängste breitete sie vor dieser Frau aus, die ihre Beichte nahezu regungslos anhörte.

»Da hat sich der liebe Gott aber etwas für Sie ausgedacht.«

Elisabeth fragte erstaunt: »Wie meinen Sie das?«

»Na, wie ich es gesagt habe. Oder glauben Sie, er hat dieses Kind nicht gewollt?«

»Doch, ich bin sicher, daß er es gewollt hat.«

»Na sehen Sie, dann sind wir uns ja einig.«

Herr Silbermann kam mit einem Korb Äpfel aus dem Garten und brachte ihn in die Küche.

»Dem Vatchen sagen wir es auch«, entschied Frau Silbermann.

Elisabeth nickte zustimmend.

»Ich werde uns rasch ein paar Plinsen backen«, erklärte Frau Silbermann. »Dann reden wir weiter. Schenken Sie sich nur noch ein Schnäpschen ein, das beruhigt.« Sie ging zu ihrem Mann in die Küche.

Elisabeth hörte sie miteinander reden. Sie ging im Zimmer auf und ab. Sie bereute nicht, Silbermanns eingeweiht zu haben. Sie wußte, daß sie sich auf ihre absolute Verschwiegenheit verlassen konnte. Nein, sie bereute es nicht. Im Gegenteil, sie fühlte sich seltsam entlastet und beruhigt. Vielleicht liegt es am Schnaps, dachte sie, oder es ist mir allmählich alles egal.

Herr Silbermann kam mit Tellern und Bestecken aus der Küche.

»Was soll ich sagen?« fing er an. »Meine Frau war vierzig, als wir endlich ein Kind erwarteten. Ich weiß es wie heute, wie dankbar wir es in Empfang genommen haben. Er war ein Gottesgeschenk, unser Junge. Und ist es noch.« Er setzte sich zu ihr und strich ihr zart über die Hand. »Kinder sind eine Gabe Gottes. Und Leibesfrucht ist ein Geschenk«, zitierte er. »Von Herzen wünschen wir Ihnen und Ihrem

Kindchen Gottes Segen und befehlen Sie beide der Gnade unseres Gottes.« Wie er es sagte, klang es weniger feierlich als vielmehr selbstverständlich. Trotzdem war es, als segnete er sie.

»Danke, Herr Silbermann«, sagte sie gerührt und dachte, was hätte wohl mein Vater zu mir gesagt? Sie wagte nicht einmal, sich die Situation vorzustellen. Ihr Vater. Er hatte sich vergeblich einen Sohn gewünscht. Erst seitdem sie angefangen hatte zu studieren, konnte er sich mit der Tatsache abfinden, daß sie nur ein Mädchen war. Dieses »nur« sagte er seitdem nie mehr. Er hätte sich einen anderen Beruf für sie gewünscht, aber wenn es denn unbedingt sein mußte, dann sollte ihm auch eine Theologin recht sein. In Wirklichkeit war er immer sehr stolz auf sie gewesen. Kurz nach ihrem ersten theologischen Examen war er gestorben. Ganz plötzlich, innerhalb einer Woche, an einem Schlaganfall. Vielleicht war es besser so. Vielleicht auch nicht. Wer konnte das wissen?

»An was denken Sie?« fragte Herr Silbermann vorsichtig.

»Ich dachte gerade an meinen Vater. Wie er es wohl aufgenommen hätte.«

»Ist er schon heimgegangen?« Wie selbstverständlich sich solch eine Redensart bei ihm anhörte.

»Ja. Vor fünf Jahren.«

»Und Ihre Mutter?«

»Sie starb, als ich dreizehn war. Kurz vor meiner Konfirmation.« Sie wunderte sich, daß sie sich zusammennehmen mußte, um nicht in Tränen auszubrechen. Das war ihr lange nicht passiert. Der Tod ihrer Mutter lag schon so lange zurück, daß sie sich fast nicht mehr an sie erinnerte.

»Sie Arme«, sagte Herr Silbermann mitleidig.

Gerade kam seine Frau mit den Plinsen aus der Küche.

»Was sagst du da, Vatchen! Sie Reiche, mußt du sagen, Sie Reichgesegnete.«

Er blinzelte ihr verschwörerisch zu. Darüber mußte Elisabeth lachen.

»Siehst du«, sagte Frau Silbermann zufrieden, »nun lacht sie wieder.«

Sie ließen es sich schmecken. Für Elisabeth waren es ungewohnte, aber sehr schmackhafte Pfannkuchen, die sie mit großem Appetit verspeiste.

Frau Silbermann fragte, wer alles schon davon wüßte.

»Außer meiner Freundin Julia nur meine Vorgesetzten, Herr Rothe, Frau Bahlmann und Sie.«

»Frau Bahlmann ist eine gute Frau«, befand Frau Silbermann. »Aber sie ist schwatzhaft.«

»Sie braucht es nicht mehr lange für sich zu behalten. Heute abend erfährt es der Kirchenvorstand, dann ist es sowieso herum im Dorf.«

»Die Kirchenvorsteher sind zum Schweigen verpflichtet«, meinte Herr Silbermann.

»Theoretisch ja, aber praktisch ist in diesem Fall wohl kaum zu erwarten, daß sie der Versuchung widerstehen, es ihren Frauen noch am selben Abend unter dem Siegel der Verschwiegenheit weiterzusagen. Ich werde sie von ihrer Schweigepflicht entbinden, es läßt sich ohnehin nicht mehr geheimhalten. Und ich glaube, daß es im Dorf schon längst bekannt ist.«

Silbermanns wollten wissen, ob es Anzeichen dafür gäbe.

Sie erzählte ihnen von den anonymen Briefen.

Das Ehepaar sah sich betroffen an. Elisabeth wunderte sich über ihr seltsames Schweigen. Sie hatte eher mit einer scharfen Bemerkung von Frau Silbermann gerechnet.

»Wir kennen das«, erklärte Herr Silbermann. »Wie Sie wissen, gehörten wir zur Bekennenden Kirche in Ostpreußen.«

Elisabeth nickte.

Frau Silbermann saß in Erinnerungen versunken stumm da, bis ihr Mann ihre Hand ergriff und sagte: »Laß gut sein, Muttchen, ist ja schon lange vorbei.«

Sie seufzte. »Vorbei. Ja«, sagte sie, »aber nicht vergessen.«

»Damals war meine Frau schwanger, und ich war im Krieg.«

Sie winkte ab. »Laß, Vatchen«, bat sie. »Laß die alten Geschichten ruhen.«

Elisabeth ahnte, daß sie viel Schweres durchgemacht hatte. »Dann war Ihr Junge noch klein, als Sie fliehen mußten?«

»Er war drei Jahre alt«, antwortete Herr Silbermann. »Und ich war zu der Zeit in russischer Kriegsgefangenschaft.«

Frau Silbermann stand auf und räumte das Geschirr zusammen. »Denken Sie immer nur an Ihr Kind«, sagte sie. »Ihr Kind ist unschuldig und hat es nicht nötig, sich verunglimpfen zu lassen. Und es hat ein Recht auf eine glückliche Mutter. Wenn es schon keinen Vater hat.«

Das war das Stichwort für ihren Mann.

»Wollen Sie es Herrn Rothe nicht doch sagen?«

Bevor Elisabeth antworten konnte, sagte seine Frau: »Aber Vatchen! Der weiß es doch!«

»Ach«, sagte Elisabeth und seufzte, »Sie können sich gar nicht vorstellen, wie gut mir dieser Besuch bei Ihnen getan hat!«

»So gut, daß Sie bald wiederkommen.«

»Wenn ich Ihnen lästig werde, müssen Sie es sagen«, bat sie.

Aber Frau Silbermann meinte, da bestünde keine Gefahr, sie sage immer, was sie denke.

Er lachte in sich hinein.

»Was lachste, Vatchen?«

»Das wäre ja schrecklich«, sagte er.

»Was?«

»Laß gut sein, Muttchen«, wehrte er ab und zwinkerte Elisabeth zu. »Ich freue mich, daß Frau Rogge unser Haus mit lachenden Augen verläßt«, sagte er.

»Das wäre ja noch schöner, wenn sie weinen würde«, meinte Frau Silbermann und wickelte rasch ein paar Plinsen ein. »Die nehmen Sie mit. Die schmecken auch aufgewärmt.«

Herr Silbermann holte ein Glas Honig aus der Küche und drückte es ihr in die Hand. »Das stärkt die Nerven«, sagte er. »Das ist was Gutes für Mutter und Kind.«

Elisabeth bedankte sich herzlich.

»Kommen Sie bald wieder«, sagte Frau Silbermann an der Tür.

Unbeschwert und froh schwang sie sich auf ihr Rad und winkte den beiden zu, die ihr nachsahen. Stark fühlte sie sich, wie lange nicht mehr.

Gegen Abend merkte sie, daß es ihr unmöglich war, einen einzigen Gedanken zu Ende zu denken. Was ist denn los mit dir, Lisa? fragte sie sich selbst, hast du etwa Angst vor der Sitzung? Sie dachte darüber nach.

Nein, Angst war es nicht. Es war wie vor einem Gewitter, wenn sich die Wolken zusammenbrauten. Oder wie die Windstille vor einem Sturm. Sie kannte das, dieses ungute Gefühl im Bauch. Sie wußte auch, daß es niemals falscher Alarm war. Sooft es sich einstellte, konnte sie gewiß sein, daß etwas Unangenehmes in der Luft lag. Bis jetzt war es immer so gewesen. Auch dann, wenn sie so tat, als wäre es nicht vorhanden. Es half nichts. Sie mußte ausgestanden werden, die ungute Situation, der das ungute Gefühl vorausging. Das Komplizierte daran war nur, daß sie es nicht ändern und der Situation nicht ausweichen konnte, obwohl sie vorgewarnt war. Es kam wie ein Naturereignis, wie eine Naturkatastrophe über sie und kündigte sich auch wie eine solche an. Solch ein Gefühl hatte sie heute. Eine untrügliche Vorwarnung auf etwas Unerfreuliches. Schöne Aussichten, seufzte sie und ging die Tagesordnung noch einmal durch. Dann fiel ihr ein, ins Gemeindehaus hinüberzugehen und nachzusehen, ob alles in Ordnung war.

Die Teetassen standen schon auf dem Tisch, Gesangbücher waren ausgelegt, sogar an einen Blumenstrauß hatten Bahlmanns gedacht. Sie zupfte ein wenig an den Vorhängen herum und sah sich im Raum um. Es gab nichts mehr zu tun. In der Teeküche standen die Kannen, Sahnetöpfchen und Keksteller schon auf dem Tablett. Sie schloß die Tür und sah auf die Uhr. Es war kurz nach sechs. Nur keine Panik, dachte sie. Sie ging zur Kirche hinüber. Die Sakristeitür war noch nicht abgeschlossen. In der Kirche war es dämmrig und kühl. Der typische Geruch breitete sich in allen Ecken und Winkeln aus. Winzige Staubpartikel schwebten in der Luft, die Abendsonne verriet sie. Sie ging den Mittelgang entlang bis zum Hauptportal und setzte sich in die letzte Bank. In die Rückenlehne vor ihr waren Zeichen eingeritzt. H.B. erkannte sie. Daneben war eine Jahreszahl. Sie fuhr mit den Fingern darüber hin. Die Farbe vieler Malergenerationen hatte sie fast unleserlich gemacht. Der Form nach waren die Zeichen sehr alt. Wer mochte sie in das Holz geritzt haben? Ein Konfirmand? Die ersten beiden könnten eine Eins und eine Sieben sein. Die beiden letzten waren nicht mehr zu entziffern. Siebzehnhundert ..., dachte Elisabeth. Vielleicht hatte dieser H.B. hier gesessen und sich gelangweilt, während der Organist oben an der Orgel einen Choral spielte? Vielleicht hatte Elisabeth hier ganz in der Nähe gesessen und ihm andächtig zugehört? Oder war sie damals gar nicht mehr in Canrade gewesen? Vielleicht war der Organist schon tot? Sie verschränkte die Arme auf der Lehne der Vorderbank, legte den Kopf darauf und starrte zum Altar und zur Kanzel. Wer hatte damals dort gestanden? Was hatte er der Gemeinde gesagt? Was hatte er wirklich gedacht? Welch ein Skandal in Canrade! Dabei beruhte alles nur auf Verdacht und Verleumdung. Sie war ja schon hochschwanger hier angekommen. Aber die Phantasie in den Köpfen der Leute hatte keine Ruhe gegeben, bis das Drama vollendet war. Sie sah sie deutlich vor sich: Franz

Töbs, Enno de Wall, Alfred, genannt Freddy, de Vries, Theo Bergmann, Henrieke Bakker – ihre Kirchenvorsteher, ehrenwerte Leute, anständig verheiratet, anständig gekleidet, ordentliche, unbescholtene Leute – bis auf die üblichen Kleinigkeiten, die kaum der Rede wert waren. Sie sah sie stumm auf ihren Bänken sitzen, scheinbar unberührt und andächtig versunken, dabei aufgeregt und hellwach. Als warteten sie darauf, daß etwas passiert. Sie saßen mit dem Rücken zur Orgel, und sie sah sie nur von hinten. Trotzdem wußte sie, obwohl sie ihnen nicht in die Augen sehen konnte, was sie dachten und empfanden. Als wären sie durchsichtig, die Schatten der Vergangenheit, die da grau und schwer in den Bänken saßen und stumm vor sich hin brüteten. Wie Geier hocken sie auf ihren Plätzen, dachte sie, und warten auf ihr Opfer. Sie sah sich selbst zu, wie sie auf der Kanzel stand. Der weite Talar konnte sie nicht vor ihren Augen schützen. Sie schämte sich vor den nüchternen, abschätzenden Blicken der stummen Gemeinde. Und war ihnen doch gnadenlos ausgeliefert. Was sollte sie tun, wenn sie einer nach dem anderen aufstünden und die Kirche verließen? Was, wenn sich die Tür öffnete, ein paar verwegene Gestalten hereinkämen, sich auf sie stürzten und von der Kanzel zerrten? Würde Michael ihr zu Hilfe kommen? Oder hätten sie ihn als ersten erschlagen?

Als sie so starrte, sah sie, wie sich die Schatten veränderten. Sie wechselten die Plätze, verschoben sich und wurden allmählich unsichtbar. Es schien, als verwüchsen sie mit den Bänken, den Wänden, der Decke und dem Fußboden. Als wären sie überall. Seit Jahrhunderten hielten sie sich in dieser Kirche verborgen. Sie waren die Wächter. Sie würden ihr Gotteshaus bewachen. Sie lebten in diesem Dorf – sittlich oder unsittlich, moralisch oder unmoralisch, wie sie es von alters her gewohnt waren. Wie naiv sie gewesen war, daß sie meine Kirche und mein Dorf gesagt hatte! Was habe ich hier überhaupt zu suchen? fragte sie sich. Wer bin ich denn, daß ich glaube, sie werden zu mir halten? Niemand, dachte sie, niemand von denen, die seit damals hierhergehören, wird mich verteidigen. Sie lehnte sich zurück und strich wieder über die Zahl. Siebzehnhundert ..., sagte sie und dachte, die sieben könnte auch eine neun sein. So groß ist der Unterschied gar nicht. Als sie aufstand, erschrak sie vor dem Knacken der Bank. Ist ja gut, beruhigte sie sich selbst. Sie verließ die Kirche wieder durch die Sakristeitür. Und vergaß, sie abzuschließen.

Die Sitzung begann pünktlich. Niemand fehlte. Elisabeth las einen kurzen Text aus einem Andachtsbuch und sprach ein Gebet, dann sangen sie auf Wunsch von Frau Bakker, die zwischenzeitlich Geburtstag gehabt hatte, den Choral *Jesu, meine Freude.* Sie sangen vier Verse. Die ersten drei und den letzten. Als sie sangen: *Unter deinem Schirmen bin ich vor den Stürmen aller Feinde frei. Laß den Satan wettern, laß die Welt erzittern, mir steht Jesus bei ...,* versuchte Elisabeth, einen Blick von ihr zu erhaschen. Aber es war unmöglich herauszufinden, was sie dachte. Sie blickte so konzentriert in ihr Gesangbuch, als könnte sie das Lied nicht seit ihrer Konfirmandenzeit auswendig. Noch bevor alle die Gesangbücher zur Seite gelegt hatten, sagte Elisabeth: »Ich beginne mit Punkt eins der heutigen Tagesordnung«, als könnte sie es nicht erwarten anzufangen. Ohne lange Vorrede und mit klarer, ruhiger Stimme sagte sie: »Ich teile Ihnen mit, daß ich ein Kind erwarte.«

Verlegenes Schweigen. Niemand sah sie an. Alle starrten vor sich hin. Bis Henrieke Bakker schließlich sagte: »Herzlichen Glückwunsch, Frau Rogge.«

Elisabeth räusperte sich und zwang sich zu einem Lächeln. »Danke, Frau Bakker«, sagte sie. »Darüber müßten wir nun reden.«

»Was gibt es darüber zu reden?« fragte Herr de Wall. »Sie stellen uns wohl mehr oder weniger vor eine vollendete Tatsache.«

Wo er recht hat, hat er recht, dachte Elisabeth. Gleichzeitig wurde ihr bewußt, daß sie es längst gewußt haben mußten; denn so gelassen wie jetzt würden sie wohl kaum reagieren, wenn ihre Worte wie eine Bombe eingeschlagen wären. Oder täuschte sie sich? Herr Töbs sah aus, als könne er es nicht glauben. Er murmelte etwas vor sich hin.

»Was meinten Sie, Herr Töbs?« fragte sie.

»Ich meine gar nichts«, sagte er kurz. »Ich weiß überhaupt nicht, was ich dazu sagen soll.« Er machte den Eindruck, als würde er am liebsten aufstehen und nach Haus gehen. Er schien wirklich überrascht zu sein, aber die anderen?

»Wußten Sie es schon?« fragte Elisabeth gerade heraus.

Sie drucksten herum.

»So was spricht sich schnell rum im Dorf«, sagte Herr de Vries. »Ich habe mich jedenfalls gewundert, daß Sie es *uns* nicht zuerst gesagt haben.«

Sollte Frau Bahlmann …? Nein, das wollte sie ihr nicht unterstellen.

»Offiziell sind Sie die ersten, denen ich es mitteile«, sagte sie, »bis auf meine Dienstvorgesetzten. Der Superintendent weiß es seit letzter Woche«, fügte sie hinzu. »Und mit dem Landessuperintendenten habe ich erst heute morgen geredet.«

»Und was sagen die dazu?« fragte Herr Bergmann.

Alle sahen sie erwartungsvoll an.

»Wahrscheinlich muß ich gehen.« Sie konnte nicht verhindern, daß es plötzlich um ihre Fassung geschehen war. »Entschuldigung«, bat sie und versuchte krampfhaft, die

Tränen zurückzuhalten. »Ich hatte gehofft, ich könnte es Ihnen ganz ruhig mitteilen.«

Frau Bakker suchte auch nach ihrem Taschentuch und fuhr sich damit über die Augen.

»Jammern hilft uns jetzt nicht weiter«, sagte Herr de Wall. Es klang ärgerlicher als beabsichtigt. »Mich würde mal interessieren, was das Landeskirchenamt in so einem Fall vorgesehen hat.«

Elisabeth hatte sich wieder gefangen.

»So ein Fall ist anscheinend gar nicht vorgesehen. Es gibt jedenfalls keine entsprechenden Richtlinien oder Verordnungen. Herr Schulzemeyer und Herr Mansauer gehen aber davon aus, daß ich meinen Dienst in Canrade aufgeben muß.«

»Ohne Wenn und Aber?« fragte Herr Bergmann.

Sie nickte. »So sieht es aus.«

»Dann können wir nichts machen«, entschied Herr Töbs.

Aber dieser Meinung war Herr de Wall ganz und gar nicht.

»Das wollen wir erst einmal sehen«, sagte er entschlossen. »Wo ein Wille ist, da ist auch ein Weg. Ich denke, da haben wir auch noch ein Wörtchen mitzureden. Schließlich ist Frau Rogge ja *unsere* Pastorin.«

»Was schlägst du vor?« fragte Frau Bakker.

»Erst mal müssen wir wissen, was wir wollen. Wollen wir, daß sie bleibt, oder wollen wir, daß sie geht? Es hat ja keinen Zweck, lange um den heißen Brei herumzureden«, sagte er entschuldigend in Elisabeths Richtung. »Wat mutt, dat mutt!« Er schlug eine geheime Abstimmung vor.

Elisabeth war schon im Begriff aufzustehen und vor die Tür zu gehen, aber Herr Töbs hielt sie zurück. Er meinte, es wäre besser, erst einmal über Ennos Vorschlag zu reden, anstatt gleich abzustimmen.

Bis auf Herrn de Wall hielten das alle für eine gute Idee.

»Mit mir oder ohne mich?« wollte Elisabeth wissen.

Herr de Vries meinte: »Bleiben Sie man dabei. Es geht Sie ja schließlich auch was an.«

»So«, sagte Herr Bergmann. »Denn schießt man los.«

Herr de Wall ärgerte sich über seinen sarkastischen Ton, den er für absolut überflüssig hielt.

»Was soll das, Theo?« fragte er und schüttelte mißbilligend den Kopf.

Elisabeth wunderte sich, wie unbeteiligt sie sich fühlte.

Anstatt sich aufzuregen, schließlich ging es doch um ihre Zukunft, war sie richtig gespannt auf dieses Gespräch. Zunächst wollte es nicht richtig in Gang kommen. Es war ja auch heikel genug. Aber dann fragte Freddy de Vries: »Darf man wissen, wie das gekommen ist?«

Alle sahen ihn irritiert an.

»Ich meine, gibt es einen Vater? Ist es ein Franzose?«

»Na, weißt du, Freddy!« wies ihn Herr de Wall zurecht.

»Ich frage ja bloß«, entschuldigte er sich.

Elisabeth sagte: »Ich bitte Sie herzlich um Verständnis für die Tatsache, daß ich den Namen des Vaters auf keinen Fall bekanntgeben werde.«

»Aha«, entfuhr es Herrn de Vries.

»Wie meinen Sie das?« fragte Elisabeth.

»Wie ich es gesagt habe.« Es klang ziemlich forsch. Lag da ein wenig Triumph in seinem Blick, den er ihr zuwarf, bevor er wegsah, oder täuschte sie sich?

»Meinen Sie, daß Sie damit durchkommen?« fragte Frau Bakker vorsichtig.

»Davon gehe ich aus«, antwortete sie.

»Hauptsache, er weiß selbst von seinem Glück«, lästerte Freddy.

Herr Bergmann bat nun entschieden um mehr Sachlichkeit.

»Es ist ernst genug«, sagte er in Herrn de Vries' Richtung. »Als gewählte Vertreter der Gemeinde müssen wir die Stimmung im Dorf bei unseren Überlegungen mit berücksichtigen, vergeßt das nicht. Es geht ja schließlich nicht nur um unsere eigene Meinung.«

Herr de Wall stimmte ihm zu.

»Aber erst mal sprechen wir jetzt ja für uns. Wir können gar nicht wissen, was die Leute wollen. Also, ich möchte, daß Frau Rogge bleibt. Und ich werde mich gern für sie verwenden, wenn es darauf ankommt.«

»Kannst du das begründen?« fragte Herr Bergmann.

»Kann ich. Ich finde, sie hat bis jetzt gute Arbeit geleistet. Alle sind zufrieden mit ihr. Ihre Predigten sind gut«, zustimmendes Nicken, »und sie hat ein gutes Verhältnis zur Jugend. Jedenfalls ist unsere Heike ganz begeistert vom Konfirmandenunterricht.«

»Und im Altenkreis ist sie auch sehr beliebt«, ergänzte Frau Bakker.

»Wir sagen das nicht, damit Sie sich was darauf einbilden«, Herr dc Wall lächelte ihr zu, »sondern um uns selbst klar zu werden.«

»Das habe ich mir gedacht«, sagte sie freundlich.

Die Atmosphäre war jetzt locker und gelöst. Sie fühlte, wie gut ihr die wohlmeinenden Worte taten. Würde doch noch alles gut werden? Als sie gefragt wurde, wie sie es sich selbst vorstellte, sagte sie ihnen dasselbe, was sie Herrn Mansauer gesagt hatte: Sie würde ein paar Wochen Urlaub nehmen, ihr Kind zur Welt bringen und danach eine Tagesmutter einstellen. Die Kirchenvorsteher fanden diesen Plan ausgezeichnet. Sie schienen sogar ein wenig stolz darauf zu sein, wenn man das so nennen konnte, daß Canrade eine amtierende ledige Pastorin mit Kind haben würde.

»Ist doch gar kein Problem«, meinte Herr de Wall. »Wenn wir uns mit Frau Rogges Plan einverstanden erklären, dann können wir uns die Abstimmung ja sparen.«

»Moment«, wandte Herr Bergmann ein. »Wir müssen abstimmen, weil wir einen ordentlichen Beschluß brauchen, um dem Landeskirchenamt gegenüber etwas in der Hand zu haben. Ihr glaubt doch nicht, daß die so ohne weiteres Ruhe geben?«

Er verteilte Stimmzettel, und sie beschlossen einstimmig in geheimer Wahl, daß Elisabeth Rogge mit ihrem Kind auf Wunsch des Kirchenvorstandes in Canrade bleiben sollte.

Herr Bergmann bat Elisabeth, es entsprechend zu protokollieren.

Sie bedankte sich für das erwiesene Vertrauen und verschwieg ihre Erleichterung nicht.

»Sie können sich gar nicht vorstellen, wie mir vor dieser Sitzung gegraut hat«, gestand sie.

Aber das konnten sie sich alle ganz gut vorstellen.

»Nun ist es ja vom Tisch«, sagte Herr de Wall und freute sich sichtlich über den guten Verlauf.

Elisabeth schlug vor, in der Tagesordnung fortzufahren.

»Die Visitation ist ein Punkt, über den wir auch noch ausführlich reden müssen«, mahnte sie.

Als sie das Gemeindehaus verließ, schlug es vom Turm gerade elf. Es war eine lange Sitzung gewesen, aber sie war froh und sehr erleichtert. Hat mich meine ungute Vorahnung also getäuscht, dachte sie zufrieden. Wahrscheinlich war es nichts als Aberglaube. Man konnte vorher ja nicht wissen, daß etwas schieflaufen würde. So etwas gab es nicht.

Sie schloß die Haustür auf. Irgend etwas lag auf der Türschwelle. Als sie das Licht einschaltete, bückte sie sich und fuhr erschrocken zurück. Es war Charly. Er lag leblos da und hatte einen Strick um den Hals. Sie schrie so laut auf, daß es durch das nachtschlafende Dorf schallte.

Herr de Wall hörte ihren Schrei, als er gerade sein Fahrrad an die Hauswand lehnte, um die Garage aufzuschließen. Auf der Stelle machte er kehrt und fuhr zum Gemeindehaus zurück.

»Ist Ihnen was passiert?« rief er und lief zum Pfarrhaus. Mit einem Blick übersah er die Situation. »Mein Gott!«

murmelte er, faßte Elisabeth am Arm und führte sie ins Haus.

»Kommen Sie«, bat er, »beruhigen Sie sich.« Sie weinte so entsetzlich, daß er nicht wußte, was er mit ihr machen sollte. »Es ist doch nur eine Katze«, versuchte er sie zu trösten, aber er wußte wohl, daß es umsonst war. Allen war bekannt, wie sehr sie an diesem Tier hing. Wer konnte zu solch einer Gemeinheit fähig sein? In Gedanken ging er blitzschnell alle Dorfbewohner durch. Aber es fiel ihm niemand ein, dem er eine solch feige Tat zutrauen würde. Seufzend sah er Elisabeth an. Armes Mädchen, dachte er und fühlte sich sehr hilflos. Seinen Vorschlag, seine Frau anzurufen, damit sie herüberkäme, lehnte Elisabeth entschieden ab.

»Sie ist noch wach«, sagte er. »Es brennt Licht im Wohnzimmer.«

»Nein«, erklärte sie. »Auf keinen Fall. Es geht schon wieder.« Sie beruhigte sich tatsächlich. »Warum ausgerechnet Charly?« fragte sie leise, als wüßte sie nicht, warum.

Als Herr de Wall sich schließlich zum Gehen entschloß, bat sie: »Würden Sie es tun, Herr de Wall?«

»Was denn?« fragte er vorsichtig.

»Ihn begraben?«

»Ja, selbstverständlich. Soll ich ihn mitnehmen?«

»Nein. Ich möchte ihn hier im Garten begraben.«

»Jetzt gleich?«

»Wenn es Ihnen nichts ausmacht?«

Sie gingen zusammen in den Schuppen und holten den Spaten. Herr de Wall grub ein Loch im Blumenbeet und hob den toten Charly auf. Als er ihm die Schlinge abstreifen wollte, sagte sie: »Lassen Sie alles so, wie es ist.«

Da begrub er ihn mit dem Strick um den Hals. Er drückte die Erde mit dem Spaten glatt und wischte ihn im Gras sauber. Die Kirchturmuhr holte gerade wieder zum Glokkenschlag aus, als er den Spaten in den Schuppen zurückbrachte und sich von ihr verabschiedete.

»Hoffentlich können Sie schlafen heute nacht.«

Sie nickte nur.

»Und vielen Dank, Herr de Wall«, sagte sie. »Für alles.«

Als er sich auf sein Fahrrad schwang, schloß sie die Haustür zu.

»Wer weiß«, murmelte er, »was da noch alles auf uns zukommt!« und überlegte, wie er es vermeiden könnte, mit seiner Frau über diesen Abend zu reden. Wenigstens jetzt nicht mehr, dachte er, morgen ist auch noch ein Tag. Als er sich seinem Haus näherte, stellte er erleichtert fest, daß alles dunkel war bis auf die Außenleuchte. Aline schlief. Etwas Besseres konnte sie wirklich nicht tun.

Elisabeth fühlte sich am nächsten Tag wie zerschlagen. Am liebsten wäre sie überhaupt nicht aufgestanden. Aber Frau Bahlmann hantierte unten schon mit dem Staubsauger, da hielt es sie nicht mehr im Bett.

»War es so schlimm?« fragte Frau Bahlmann mitleidig, als sie ihr auf dem Flur begegnete.

Elisabeth strich sich über den Kopf, die Haare saßen heute überhaupt nicht, außerdem waren sie fettig.

»Ich geh' gleich unter die Dusche«, sagte sie müde.

»Die sollten sich was schämen!« wetterte Frau Bahlmann. »Das müssen Sie sich nicht gefallen lassen!«

»Es hat nichts mit der Sitzung zu tun«, erklärte Elisabeth. »Die war schon in Ordnung. Aber ...«, sie schluckte, »Charly ist tot.«

»Tot?« fragte Frau Bahlmann überrascht. »Ist er überfahren worden?«.

»Man hat ihn erwürgt.«

»Erwürgt?« fragte sie, als überlegte sie, was das bedeutet. »Sie meinen, jemand hat ihn ...«, sie machte eine entsprechende Handbewegung, »abgemurkst?«

Elisabeth nickte.
»Nee!« sagte sie kurz und entschieden. »Das gibt es nicht!«
»Herr de Wall hat ihn gestern abend noch begraben.«
»Enno?« es klang, als hielte sie ihn für den Katzenmörder. »Igitt!« sagte sie und brachte damit ihren tiefsten Abscheu zum Ausdruck. »Und so was passiert in Canrade!« Kopfschüttelnd schaltete sie den Staubsauger wieder an und arbeitete weiter.

Elisabeth ging in die Küche. Vielleicht kam sie mit einer Tasse Kaffee einigermaßen über die ersten Runden. Sie sah aus dem Fenster. Bleigrau zogen dichte Nebelschwaden vom Deich her über das Land. Alles war in einer riesigen, kalten, tropfnassen Wolke versunken. Die Geräusche waren seltsam gedämpft, die Farben verblaßt und die Häuser und Bäume wie von einem grauen Schleier überzogen.

Sie ging in den Garten und merkte, wie ihr das Atmen schwer wurde und wie sie von einem Augenblick zum anderen von unzähligen, winzigkleinen Wassertröpfchen bedeckt war. Irgendwo über ihr schrie eine Möwe. Es hörte sich unheimlich an, wie ein Schrei aus einer anderen Welt. Die Stille ringsum war so beängstigend, daß sie sich umdrehte und rasch wieder ins Haus ging. »Kleine Welt« nannte Frau Bahlmann diese Waschküchenluft, in der man nicht einmal den Kirchturm erkannte.

In der Ferne hörte sie ein Nebelhorn, das mit seinen dumpfen Warntönen die Stille zerriß. Es ging ihr durch und durch. Gut, daß sie jetzt nicht irgendwo da draußen war. Eigentlich hatte sie vorgehabt, nach Emden zu fahren. Aber das mußte ja nicht sein.

Gegen Mittag zeigte sich die Sonne für ein paar Augenblicke. Sie sah aus wie der Mond, wie sie so mattfarben und klein durch den grauen Nebel blinzelte. Sie machte ein paar Aufnahmen von der kreisrunden blaßgelben Scheibe in all dem Grau. Das Zusammenspiel der vier Elemente faszinierte sie immer wieder. Nirgendwo sonst waren Wasser, Erde, Feuer, Luft so aufregend nah beieinander wie hier. Manchmal kam es ihr vor, als wäre sie von allem ein Teil. Das konnte ein heißer Sommertag am Strand oder am Deich sein, Spazierengehen im Sturm, bei Hochwasser oder Ebbe, oder ein Tag wie dieser, an dem sich die grauen Schleier schwer auf das Gemüt legten, wenn die Welt so klein wurde, daß man vor einem Möwenschrei erschreckte. Die Canrader empfanden die Nebeltage nur als unangenehm wegen der Kälte. Ihre Welt war trotzdem in Ordnung, eben etwas kleiner als gewöhnlich.

»Das hält nicht lange an«, hatte Olga Bahlmann schon am Morgen prophezeit, »gegen Mittag scheint die Sonne wieder.«

Ungefähr kam es so hin. Nachmittags um drei war der Spuk vorbei. Wahrscheinlich hat es etwas mit der Tide zu tun, vermutete Elisabeth. Aber das wußte sie nicht so genau.

Zwischendurch telefonierte sie mit Frau Silbermann, um ihr von dem positiven Verlauf der gestrigen Sitzung zu berichten. Sie wußte, daß sie den ganzen Abend an sie gedacht hatte. Aber von Charly sagte sie ihr nichts.

Sie wunderte sich über sich selbst, daß es ihr unangenehm war, darüber zu sprechen. Es kam ihr vor, als schämte sie sich. Es war schon öfter vorgekommen, daß sie sich für jemanden, der sich ihr gegenüber übermäßig mies benahm, geschämt hatte. Es war ihr peinlich, wenn sich jemand Unverschämtheiten herausnahm. Sie spürte dann, wie ihr die Schamröte ins Gesicht stieg. Und am schlimmsten war es, wenn der Übeltäter dann auch noch feixend feststellte: »Sie werden ja ganz rot!« Das war dann der Gipfel.

Als sie einmal mit Julia darüber sprach, sagte die: »Solch blöde Typen kannst du nicht ändern. Ändern kannst du nur dich selbst. Du mußt dir ein dickeres Fell zulegen.«

»Schön und gut«, hatte sie geantwortet. »Aber wie macht man das?«

»Es wächst dir mit der Zeit von allein. Wart's ab.«

Es schien noch nicht dick genug zu sein. Wollte sie es überhaupt? Ich bin ein sensibles, einfühlsames Wesen, dachte sie, warum sollte es den unsensiblen, plumpen Leuten gelingen, mich zu ihresgleichen zu machen?

Die Haustürklingel unterbrach ihre Überlegungen.

Aline de Wall stand mit einem großen Herbststrauß vor der Tür.

»Enno hat mir alles erzählt«, sagte sie. »Es tut mir so leid.«

Das mit Charly oder das mit mir? überlegte Elisabeth kurz, aber sie fragte nicht weiter und freute sich nur über den Strauß, den Frau de Wall ihr in die Hand drückte.

»Sie sind ja eine Künstlerin«, wunderte sie sich und besah das bunte Gebinde von allen Seiten.

Frau de Wall winkte bescheiden ab.

»Es macht mir einfach Spaß, hübsche Blumensträuße zusammenzustellen«, sagte sie schlicht.

Elisabeth bat sie ins Haus. Frau de Wall war auch gekommen, um den Altarschmuck zum Erntedankfest anzusprechen. Elisabeth war sehr froh, daß sich der Frauenkreis unter Alines Leitung dafür verantwortlich fühlte.

»Unsere Kirche ist dann wirklich wunderschön«, sagte Frau de Wall stolz. »Es hat auch schon mal ein Bild davon in der Zeitung gestanden.«

Am Freitag wollte der Frauenkreis sich treffen, um die Erntekrone zu binden.

»Wenn Sie Lust haben, kommen Sie doch auch«, sagte sie. Das würde sie sich sicher nicht entgehen lassen.

»Die Erntedankgaben bringen wir hinterher zur Seemannsmission«, erklärte Aline. »Ich möchte wissen, was die mit all den Kürbissen machen.«

Als sie gegangen war, suchte Elisabeth nach einer geeigneten Vase. Schließlich entschied sie sich für einen braunlasierten Steintopf. Der Strauß war wirklich wunderbar. In seiner ganzen Üppigkeit prangte er bald darauf auf der alten Truhe im Flur, der Haustür gegenüber.

Herr Mansauer rief an, um seinen Besuch anzukündigen.

»Paßt es Ihnen gegen fünf?« fragte er.

Eigentlich hatte sie das Protokoll schreiben wollen, aber wenn er sich schon die Mühe machte, nach Canrade zu kommen, anstatt sie nach Emden zu zitieren, spielte das natürlich keine Rolle mehr.

Herr Mansauer war pünktlich. Sie sah ihn über den Kirchplatz auf das Haus zukommen. Ein korrekt gekleideter Herr in den besten Jahren, weißes Hemd, dezent gemusterte Krawatte, graumelierter Anzug, schwarze Schuhe. Ein Mann wie viele andere. Verwechselbar. Auswechselbar. Sie hatte Zeit genug, ihn zu begutachten. Warum wird jemand wie er Pastor? überlegte sie. Und wie kam es, daß er eine Stufe auf der Hierarchieleiter höher geklettert war als viele seiner Amtsbrüder, die wohl auch das Zeug zu einem Superintendenten gehabt hätten? Er öffnete die Gartenpforte, schloß sie wieder, kam den Gartenweg entlang und schellte. Die Kirchturmuhr setzte gerade zum Fünf-Uhr-Schlag an. Sie öffnete die Tür und führte ihn ins Amtszimmer.

Kaum hatte er Platz genommen, klingelte das Telefon.

»Tut mir leid«, entschuldigte sie sich und nahm den Hörer ab.

»Erst der Kater, dann die Katze!« tönte es ihr entgegen. Dann hörte sie ein Lachen und der Anrufer legte auf.

Herr Mansauer sah, wie sie verwirrt und erschreckt dastand und auf das Telefon starrte. Besorgt fragte er: »Eine unangenehme Nachricht, Frau Rogge?«

Sie schüttelte den Kopf und legte den Hörer zögernd auf. »Ich weiß nicht …«, nachdenklich setzte sie sich ihm gegenüber an den Tisch. Sie griff nach der Kanne, um Tee einzuschenken.

Er sah, daß ihre Hände zitterten, und sagte freundlich: »Lassen Sie mich das machen.«

Als sie immer noch wie geistesabwesend vor sich hinsah und in ihrem Tee herumrührte, fragte er: »Wollen Sie mir nicht sagen, was der Anrufer von Ihnen wollte? Hat er Sie etwa belästigt?«

»Ich weiß nicht ...«, sagte sie wieder. »Ich glaube, er hat mich bedroht.«

Weil Herr Mansauer nun darauf bestand, wiederholte sie den Satz.

»War es eine junge oder eine alte Stimme? Männlich, weiblich? Jemand aus dem Dorf?«

»Es war ein Mann«, sagte sie, »vielmehr ein Junge.«

»Ein Junge?«

»Ja. Die Stimme hörte sich an wie eine Jungenstimme.«

»Ein Konfirmand?«

Sie schüttelte den Kopf.

»Von meinen Konfirmanden könnte ich mir das nicht vorstellen.«

»Und können Sie sich überhaupt einen Reim darauf machen?«

Sie erzählte ihm von Charly.

»Das ist gemein«, sagte er und sah sie mitleidig an. »Hinterhältig und gemein ist das. Haben Sie denn auch noch eine Katze?«

»Nein. Aber vielleicht meinte er mich?«

»Ach was«, sagte er energisch und bestimmt. »Denken Sie nicht so etwas! Meiner Meinung nach ist das nichts als Bangemacherei.« Er bat sie ernsthaft, nicht in Panik zu geraten. »Das hilft Ihnen auch nicht. Am besten ignorieren Sie die ganze Angelegenheit. Das ist immer das beste.« Nach der ersten Tasse Tee kam er dann auf sein eigentliches Anliegen zu sprechen. »Was mich zu Ihnen führt, hängt in gewisser Weise mit dem Anruf zusammen, indirekt natürlich, aber eben doch mit Ihrer Situation.«

Er erkundigte sich, wie der Kirchenvorstand reagiert hatte. Sie berichtete ihm von der Sitzung und von dem Abstimmungsergebnis.

»Herzlichen Glückwunsch! Das hat Ihnen sicher gut getan.«

Sie gab zu, daß sie nicht mit soviel Sympathie gerechnet hatte.

»Der Beschluß ist in Ordnung, dagegen ist nichts einzuwenden. Möglich, daß sich damit sogar noch etwas bewegen ließe im Landeskirchenamt. Vielleicht haben Sie dadurch sogar eine gewisse Chance. Die Kirchenleitung ist zur Zeit ziemlich liberal eingestellt, vor allem in Frauenfragen ... Aber es gibt natürlich ein Problem. Solange das nicht aus der Welt ist, sehe ich schwarz für Sie.«

Sie konnte sich denken, worauf er hinauswollte.

»Solange Sie den Vater nicht nennen, bleibt der Verdacht auf Ehebruch. Und da gibt es einfach kein Pardon.«

»Egal, was der Kirchenvorstand und die Gemeinde sagen?«

»So ist es«, sagte er nachdrücklich. »Und nach dem, was ich gerade mitbekommen habe, würde ich mich an Ihrer Stelle auch nicht unbedingt auf einen Rückhalt in der Gemeinde verlassen. Es mag einzelne Gemeindeglieder geben, meinetwegen sogar die meisten, die Sie stützen; aber die anderen würden keine Ruhe geben und Ihnen über kurz oder lang die Freude an Ihrem Amt nehmen.«

»Was raten Sie mir also?«

»Sich nichts vorzumachen. Da Sie trotz meines wiederholten Nachfragens nicht bereit sind, den Namen des Mannes zu nennen, der der Vater Ihres Kindes ist, muß ich einfach davon ausgehen, daß er verheiratet und möglicherweise sogar ein Mitglied Ihrer Gemeinde ist.«

»Entschuldigung«, unterbrach sie ihn, »aber ich verstehe

Ihre Schlußfolgerung nicht so recht. Warum sind Sie sich so sicher? Es könnte ja auch sein, daß ich ihn aus einem anderen Grund schützen möchte.«

Er sah sie skeptisch an.

»Na ja«, sagte er nur und trank einen Schluck Tee. »Um ehrlich zu sein: Mir ist zugetragen worden, daß Sie besonders eng mit Ihrem Organisten, Herrn Rothe, befreundet sind.«

»Was ist dagegen einzuwenden?«

»Sollte auch nur ein Funken Wahrheit an dem Gerücht sein, dann kann ich Ihnen nur dringend raten, den Gedanken an einen Verbleib in Canrade aufzugeben. Es wäre schlechterdings unmöglich.«

Sie wunderte sich über sich selbst, wie ungerührt sie ihm zuhörte. Es kam ihr vor, als ginge es sie nichts an.

»Ich habe mich noch einmal erkundigt«, sagte er. »In § 4 des Pfarrergesetzes heißt es: ... *er* – in diesem Fall Sie – *hat sich in seiner Lebensführung so zu verhalten, wie es dem Auftrag entspricht.«*

»Dem Auftrag?«

»Ja, dem Auftrag. Damit ist alles gemeint. Auch der Auftrag, im Namen Gottes Sünden zu vergeben. Wie könnte es jemand tun, der beziehungsweise die das 6. Gebot wissentlich übertritt?«

Am liebsten hätte sie gesagt: »Der werfe den ersten Stein.« Aber ihr kam die Situation plötzlich makaber vor. Da sitzt dieser ehrenwerte Herr vor mir, Ehemann und Vater, hat Karriere gemacht – wenn man das Karriere nennen kann – und spricht von Sünde und Vergebung, während mein Kind munter in meinem Bauch strampelt. Sie mußte sich Mühe geben, um ihre Gedanken für sich zu behalten. Trotzdem schien er zu ahnen, was in ihr vorging.

»Als ich das letzte Mal hier war, haben Sie eine eindrucksvolle Andacht über Johannes 8 gehalten«, erinnerte er sich. »Ich stimme Ihnen sogar zu, daß auch in der Kirche

Doppelmoral ein nicht gänzlich unbekannter Begriff ist. Und ich würde etwas darum geben, um Sie in meinem Kirchenkreis zu behalten. Das können Sie mir glauben. Aber es geht nicht.«

»Und warum nicht, wenn ich fragen darf?«

»Weil es Gesetze gibt, an die wir uns zu halten haben. Das ist vielleicht gut, vielleicht auch nicht. Sie können sich übrigens gern an Herrn Heine wenden, er ist der Vertrauensmann der Pfarrerschaft. Aber ändern wird das auch nichts.«

»Und was muß ich tun? Was erwarten Sie von mir?«

»Darum bin ich gekommen, um in Ruhe mit Ihnen darüber zu reden.«

»Werde ich entlassen?«

»Noch vor zehn, fünfzehn Jahren wäre das wahrscheinlich der Fall gewesen. Aber heutzutage ... Es werden so viele Kinder abgetrieben, da ist es ja geradezu eine kirchliche Pflicht, Ihnen zu helfen, es vernünftig zu regeln. Aber in Canrade bleiben werden Sie nicht.«

Sie sah ihn so hilflos und elend an, daß er hinzufügte: »Es tut mir wahnsinnig leid, Frau Rogge, aber so ist es nun mal.«

»Und wenn ich den Vater des Kindes im Urlaub kennengelernt hätte?«

»Wie heißt er, wo wohnt er?«

Sie schwieg.

»Machen Sie sich nichts vor. Sie wissen selbst, daß schon viel zuviel herumgeredet wird.«

»Wann muß ich gehen?« Sie konnte nicht verhindern, daß ihre Stimme zitterte.

»Das ist Verhandlungssache.«

Bald danach verabschiedete er sich. »Überschätzen Sie die Canrader nicht«, warnte er. »Sie haben ja schon ein paar Kostproben von ihrer *Gutmütigkeit* bekommen. Das sollte eigentlich reichen.«

Sie sah ihm nach, wie er den Gartenweg entlangging. Über- oder unterschätzen, dachte sie, es kommt aufs gleiche hinaus. Sie fühlte sich niedergeschlagen und mutlos. Sie ging ins Haus zurück und dachte: Ich muß unbedingt mit jemandem darüber reden, allein schaffe ich es nicht.

Sie wählte Julias Nummer. Aber es meldete sich niemand. Wahrscheinlich erübrigte sich ein Gespräch mit ihr sowieso. Sie würde über die Rückständigkeit der Kirche lästern und ihr all das vorhalten, was sie nicht getan hatte. In Carnac hatten sie lange genug darüber geredet. Und wenn ich jetzt noch einen Urlaubsflirt erfinde? überlegte sie kurz und verwarf den Gedanken im selben Moment. Es wäre schon eigenartig, jetzt plötzlich einen Vater aus der Versenkung auftauchen zu lassen. Außerdem hatte sie Silbermanns die Wahrheit erzählt. Und Julia und Henning kannten sie auch. Und Michael? Sie seufzte. Vor Wochen wäre solch ein Vertuschungsversuch vielleicht möglich gewesen. Später hätte ich irgendwann geheiratet und wäre in Ehren Mutter geworden. Pastorin und Mutter. Das ist ja nichts Ungewöhnliches. Niemand fände etwas dabei. »Herzlichen Glückwunsch!« würden sie sagen und: »Gottes Segen.« Alles nur, weil ein Mann fehlt! dachte sie empört. Ein Mann und ein Ehering! Darum geht es, um nichts anderes. Es geht nicht um mich oder mein Kind, es geht um den Schein. Sie konnte sich nicht beruhigen. Die Gedanken schwirrten hin und her. Wer hat etwas davon, wenn ich gehe? fragte sie sich. Die Gemeinde? Das Kind? Und was wird aus mir? Wo soll ich bleiben? Von was soll ich leben? Etwa von der Sozialhilfe? Ich muß mit jemandem reden, dachte sie, sonst drehe ich noch durch. Sie zog ihren Anorak an, holte das Fahrrad aus dem Schuppen und fuhr zu Silbermanns.

Die Begrüßung war herzlich wie immer. Elisabeth berichtete von Herrn Mansauers Besuch, und sie hörten ihr aufmerksam zu. Als sie alles erzählt hatte, sagte Herr Silbermann: »Wenn es keine andere Möglichkeit gibt, müssen Sie gehen, so traurig das auch ist.«

Sie sah ihn erschrocken an.

»Ist das alles, was Sie dazu sagen können?« fragte sie enttäuscht.

Frau Silbermann legte ihr die Hand auf den Arm.

»Nun hören Sie erst einmal zu«, sagte sie freundlich, aber bestimmt.

Herr Silbermann räusperte sich und machte sie auf die Unterschiede zwischen dem Willen einer Behörde und dem Willen Gottes aufmerksam.

»Haben Sie Vertrauen«, bat er. »Wer weiß, was Gott mit Ihnen vorhat?«

Seine Zuversicht übertrug sich tatsächlich auf sie. Sie merkte, daß sich ihr Gefühlsdurcheinander zu lichten begann.

»Überstürzen Sie nichts«, riet Frau Silbermann. »Warten Sie einfach ab, was sich die Herren für Sie ausdenken werden.«

»Werfen Sie Ihr Vertrauen nicht weg. Es lohnt sich«, zitierte Herr Silbermann einen Bibelspruch.

Frau Silbermann nickte ihr zu.

»Lassen Sie sich nicht kleinkriegen, Kindchen. Und vergessen Sie nicht, daß bald schon ganz neue Aufgaben auf Sie warten. Sie werden Ihr Kind zur Welt bringen, diesen neuen Menschen, der Ihnen anvertraut ist und Ihre Liebe und Fürsorge braucht.«

Sie ließen sie natürlich nicht ohne Abendbrot gehen. Als sie sich schließlich verabschiedete, war es stockdunkle Nacht.

Auf dem Nachhauseweg konnte sie sich nicht sattsehen an dem Funkeln und Glänzen der Sterne. *»Weißt du, wieviel Sternlein stehen ...«*, summte sie vor sich hin. *»Gott der Herr rief sie mit Namen, daß sie all ins Leben kamen. Kennt auch dich und hat dich lieb ...«* Und sie freute sich plötzlich auf die Zeit, wenn sie ihr Kind in den Schlaf singen würde. Abraham fiel ihr ein, dem Gott so viele Nachkommen wie Sterne am Himmel versprochen hatte. Und Sara, die lachte, als sie hörte, sie würde Mutter werden. *»Ist bei Gott etwas unmöglich?«* hatte der Engel sie gefragt. Nein, dachte Elisabeth, ich will mich nicht gegen mein Schicksal wehren. Ändern kann ich ohnehin nichts mehr. Im Grunde ist alles gelaufen. Von einem Augenblick zum anderen ist etwas geschehen, das mich unbemerkt und blitzschnell in eine neue Umlaufbahn gebracht hat. Die kann ich aus eigenem Antrieb nun nicht mehr verlassen. Wen sollte sie für diese Kettenreaktion verantwortlich machen? Michael? Sich selbst? Gott? Wen auch immer. Es würde nichts an der Tatsache ändern, daß sie aus der Bahn geworfen war und der neue Weg, auf dem sie sich seither befand, ein anderes Ziel hatte. Dorthin war sie jetzt unterwegs. Entweder gehe ich verzweifelt und verbittert in meine neue Richtung oder fröhlich und erwartungsvoll, dachte sie, etwas anderes gibt es nicht. Sie spürte, wie sich ihr Kind reckte und streckte, und ein glückliches Lächeln huschte über ihr Gesicht. Jedenfalls bin ich nicht allein unterwegs, dachte sie und strich sanft über ihren Leib.

»Du Gottesgeschenk«, flüsterte sie zärtlich. »Meine Liebe.« Sie stellte ihr Fahrrad in der Garage ab und ging durch den nachtdunklen Garten ins Haus. Sie hatte keine Angst und schrak vor nichts zusammen in der Dunkelheit. Als sie das Licht einschaltete, dachte sie: Nun geht es mir wieder gut.

Sie sah auf die Uhr. Es war noch nicht zu spät, um mit Julia zu telefonieren. Hoffentlich war sie zu Hause. Julia nahm sofort ab.

»Wo steckst du denn?« fragte sie vorwurfsvoll. »Ich versuche dich seit Tagen zu erreichen.«

»Gibt es etwas Besonderes?«

»Das wollte ich dich fragen.«

»Ich verlasse Canrade.«

»Wann?«

»Keine Ahnung.«

»Bist du sicher, daß es keine andere Möglichkeit gibt?«

»Ziemlich.«

»Also nicht ganz?«

»Doch. Es hat ja keinen Sinn, daß ich mir etwas vormache.«

»Und die Canrader? Was sagen die dazu?«

»Keine Ahnung.«

»Dann hat die Herrlichkeit nur ein knappes Jahr gedauert?«

Elisabeth lachte bitter.

»Ja«, gab sie zu. »So ungefähr.«

»Weißt du eigentlich, wie lange Elisabeth I. in Canrade gewesen ist?«

»Wahrscheinlich auch nicht länger. Ich werde mal nachsehen, ob darüber etwas in der Visitationsakte steht.«

»Irgendwie ist das schon eigenartig mit dir und deiner Namensschwester«, sagte Julia. »Findest du nicht auch, daß in den letzten dreihundert Jahren manches beim alten geblieben ist in Canrade?«

»Mit Canrade hat das nichts zu tun. Eher mit der kirchlichen Obrigkeit.«

»Die sich hauptsächlich aus Männern zusammensetzt«, warf Julia ein. »Aus lauter ehrenwerten Herren in tadellosem Schwarz, eigentlich ein Witz!«

»Ich wollte, ich könnte darüber lachen«, seufzte Elisabeth, »aber es geht mir ganz schön an die Nieren.«

»Meine Meinung kennst du ja schon seit Carnac«, konnte Julia sich nicht enthalten zu sagen. Bevor Elisabeth darauf eingehen konnte, sagte sie rasch: »Schönen Gruß von Henning.«

»Danke, grüß ihn wieder. Was macht er denn?«

»Momentan ist er in Sachsen unterwegs.«

»Hat er Urlaub?«

»Nein, er ist auf Geschäftsreise. Er plant irgend etwas in der Nähe von Dresden.«

»Irgend etwas?«

»Ich weiß es auch nicht so genau. Da soll ein Feriendorf entstehen, in der Sächsischen Schweiz. Das will er sich mal näher ansehen.«

»Also doch Immobilien?«

»Ja, seine neue Leidenschaft.«

»Und du?«

»Wieso ich?«

»Was ist mit dir?«

»Ich kann warten.«

Sie spürte ihre Müdigkeit und schlug vor: »Laß uns Schluß machen, Julia, ich werde mich langsam ins Bett begeben.«

»Okay. Aber ruf mich an, wenn du was Genaueres weißt.«

»Mach ich. Und du auch.« Sie legte den Hörer auf.

Im Haus war es ganz still. Und auch im Dorf rührte sich nichts. Alles war schon zur Ruhe gegangen. Es ist totenstill, dachte Elisabeth. Aber ich halte es aus.

»Sie denken doch daran, daß der Frauenkreis heute die Erntekrone bindet?« erinnerte Olga Bahlmann sie am nächsten Morgen.

»Soll ich wirklich hingehen?« fragte Elisabeth.

Frau Bahlmann konnte ihre Unschlüssigkeit nicht nachvollziehen.

»Warum nicht? Haben Sie keine Zeit?«

»Doch, Zeit schon, aber ich weiß nicht … Vielleicht störe ich?«

»Wie kommen Sie denn darauf? Wir freuen uns, wenn Sie dabei sind.«

»Machen Sie auch mit?« fragte Elisabeth in aller Unschuld. Olga Bahlmann sah sie so entgeistert an, daß sie schnell sagte: »Ja, ich komme natürlich«, und hinzufügte, »ich bin schon ganz gespannt.«

Frau Bahlmann riet ihr, vorher ja nichts zu essen.

»Aline bringt einen Zwetschenkuchen mit«, verriet sie. »Außerdem gibt es belegte Brote.«

»Soll ich auch etwas mitbringen?«

»Nein, nein. Sie brauchen sich um nichts zu kümmern. Das machen wir schon.«

»Aber irgendwie möchte ich mich doch auch nützlich machen.«

»Wenn Sie noch nach Emden kämen …«

»Ja, komme ich. Was soll ich mitbringen?«

»Wir brauchen Krepp-Papier und Blumendraht. Das wäre nett, wenn Sie das besorgen könnten, dann spare ich mir einen Weg.«

»An welche Farben hatten Sie gedacht?«

Frau Bahlmann guckte schon wieder so, als verstünde sie die Welt nicht.

»Schwarz, rot, blau. Das braucht man gar nicht zu überlegen. Das machen wir immer so.«

»Schwarz, rot, blau?« wunderte sich Elisabeth. »Für eine Erntekrone? Sind Sie sicher?« Habe ich schon wieder etwas Falsches gesagt? dachte sie, weil Olga ihr einen ihrer verständnislosen Blicke zuwarf.

»Unsere Ostfrieslandfarben passen immer und überall«, sagte sie entschieden.

Die ostfriesischen Landesfarben! Natürlich. Das hätte mir nun wieder nicht passieren dürfen, dachte Elisabeth.

»Stimmt«, sagte sie. »Wie viele Rollen sollen es denn sein? Zwei von jeder Farbe?«

»Das reicht«, entschied Frau Bahlmann.

Erntedanktag in Ostfriesland. Wahrscheinlich ist es mein erster und mein letzter, dachte sie. Leider.

»Frau Pastor Willers hat auch immer mitgemacht«, erzählte Frau Bahlmann. »Sie konnte die besten Blumensträuße von allen binden.«

»Aline de Wall bindet auch phantastische Sträuße«, wandte Elisabeth ein.

»Das hat sie von ihr gelernt. Frau Pastor hat ihr das gezeigt.«

»Sie war wohl sehr beliebt im Dorf?«

Olga Bahlmann sah sie von der Seite an und schmunzelte.

»Nicht beliebter als Sie«, sagte sie. »Nur anders.«

»Nicht mehr lange. Dann fallen sie über mich her.«

»Ich?«

»Nein, Sie nicht. Das heißt …«, sie zögerte.

»Was?« fragte Olga. »Das heißt was?«

»Ach nichts. Das war nicht so gemeint. Vergessen Sie es.«

»Ich will's versuchen«, sagte sie friedlich und verschwand mit dem Staubtuch im Wohnzimmer.

Gegen zehn kam Anita, um ihr zu berichten, die Mitarbeiterinnen im Kindergottesdienst, zu denen sie seit kurzem auch gehörte, hätten eine kleine Aktion zum Erntedankfest vorbereitet. Sie würden gemeinsam mit dem Kinderchor ein Erntelied singen und danach kleine Erntesträuße an die Erwachsenen verteilen.

»Wenn es dir recht ist«, sagte sie.

»Aber ja! Das ist doch eine spitzenmäßige Idee!«

»Wir brauchen noch buntes Seidenband für die Sträuße. Könntest du das besorgen?«

»Klar«, lachte Elisabeth. »Ich weiß auch schon, welche Farben ihr braucht.«

Anita sah sie erstaunt an.

»Schwarz, rot, blau.«

»Wieso?«

»Nicht?«

»Nein. Ich dachte an bunte Bänder, gelb, grün, rot, meinetwegen auch blau. Aber schwarz?«

»Das tröstet mich«, lachte Elisabeth, »daß du die ostfriesischen Nationalfarben auch nicht kennst.«

»Ach, so meinst du das. Die kenne ich natürlich, aber doch nicht für die Erntedanksträuße.«

Elisabeth erzählte von der Erntekrone.

»Olga sagt, das machen sie immer so.«

»Ja, stimmt«, erinnerte sich Anita, »daran habe ich im Moment gar nicht gedacht.«

Seitdem sie beim Kindergottesdienst mitarbeitet, ist sie viel lockerer geworden, stellte Elisabeth fest und nahm sich vor, das Team demnächst einmal zum Tee einzuladen.

»Die Kinder freuen sich schon«, erzählte Anita. »Es macht richtig Spaß. Hoffentlich klappt auch alles.«

»Was könnte schiefgehen?«

»Vielleicht ist es einigen Erwachsenen zu unruhig im Gottesdienst.«

»Kinder bewegen sich nun mal. Das müssen sie schon in Kauf nehmen. Aber ich kann mir nicht vorstellen, daß es irgendwelche Probleme gibt. Schließlich sind es ja ihre eigenen Kinder und Enkelkinder.«

Anita sagte, sie hätten überlegt, ob es nicht besser wäre, wenn sie erst nach der Predigt in die Kirche kämen. Aber davon wollte Elisabeth nichts wissen.

»Ich fände es viel schöner, wenn alle von Anfang an dabei sind. Laß sie ruhig ein bißchen Unruhe verbreiten. Das schadet nichts.« Dann kam ihr eine Idee. »Wir haben doch die kleinen Stühle vom Spielkreis«, sagte sie und schlug vor, die zu den Blumen und Früchten in den Altarraum zu stellen. »Und darauf sitzen dann die Kinder, die kleinen Früchtchen.«

»Wenn das nur gutgeht!« lachte Anita. »Und wenn sie sich über die Äpfel und Birnen hermachen?«

»Wenn schon, aber ich glaube nicht, daß sie so scharf darauf sind. Wenn es Schokolade oder Bonbons wären ... Wir probieren es einfach mal aus.«

»Sei bloß vorsichtig«, warnte Anita. »Das kannst du nicht einfach so bestimmen.«

»Keine Sorge. Ich werde das heute abend schon mal einfädeln.«

»Heute abend?«

»Ja, im Frauenkreis. Die binden heute die Erntekrone.«

»Und du machst mit?«

»Ja. Wundert dich das? Machst du nicht mit?«

»Wir sind heute abend nicht da. Und außerdem hat mich noch nie jemand dazu eingeladen.«

»Wieso nicht? Das wundert mich. Du bist doch längst eine echte Canraderin.«

»Ich weiß nicht. Vielleicht bin ich ihnen zu jung?«

»Das wird's sein. Sie könnten ungefähr deine Mütter sein.«

»So ungefähr«, lachte Anita. »Geesche Ott? Olga Bahlmann? Line de Groot? Die sind mir schon um fünfzig Jahre voraus.«

Ein Glück, dachte Elisabeth, sie lacht wieder. Als sie dann gegangen war, kam es ihr vor, als müßte sie sich vor ihrer Nachbarin in Grund und Boden schämen. Wenn du wüßtest, was ich angerichtet habe, dachte sie. Was Gott angerichtet hat. Und erschrak im gleichen Augenblick vor sich selbst, weil ihr bewußt wurde, wie negativ sie dadurch von ihrem Kind dachte. Mein Kind. Die Schuld. Das Übel. In Gedanken sah sie die Kinder auf ihren kleinen Stühlen im Altarraum sitzen. All die Unschuldigen. Sie hatte ein schlechtes Gewissen. Nicht wegen Anita, nicht Gott gegenüber. Nur vor ihrem eigenen Kind. Es zuckte zusammen, als sie mit der Hand über ihren Leib strich. Und es tat ihr weh.

»Verzeih mir«, murmelte sie. »Ich habe es immer noch nicht begriffen.«

Dieser Augenblick, in dem ihr Kind unter ihrer Hand zusammenzuckte, begleitete sie den ganzen Tag wie ein Schatten. Was sie auch tat, ob sie in die Stadt fuhr, einkaufte – es gab tatsächlich schwarzes Krepp-Papier im Bastelladen –, ob sie Leute traf oder den Vogelscharen nachsah, die direkt in die Sonne zu fliegen schienen, ob sie aß oder Radio hörte – egal, womit sie sich beschäftigte –, das Gefühl blieb. Von nun an werde ich auf der Hut sein, nahm sie sich vor und sagte zu ihrem Kind: »Du brauchst keine Angst zu haben. Egal was passiert, ich verteidige dich. Das verspreche ich dir. Egal was kommt, ich beschütze dich. Ich liebe dich, Kind. Nur das ist wichtig.« Danach fühlte sie, daß sich eine tiefe Ruhe in ihr ausbreitete. Und ein Glücksgefühl, das ihr fast den Atem nahm. Das bin ich? wunderte sie sich, diese Frau, die Angst hatte? Angst vor der Zukunft und Angst vor den Menschen?

Noch auf dem Weg zum Gemeindehaus kam es ihr so vor, als ginge sie neben sich her. Lag das an ihren Selbstgesprächen? Es war stockfinster. Als sie die Gartenpforte einrasten ließ und zum Pfarrhaus zurückblickte, sah sie, wie es sich schwarz vor dem schwarzen Abendhimmel abzeichnete. Richtig unheimlich, dachte sie. Sie fuhr zusammen, als etwas über ihre Hand streifte. Ein Blatt, das lautlos zur Erde schwebte. Wenn ich an Gespenster glaubte, müßte ich mich jetzt fürchten, dachte sie und sah sich nach allen Seiten um, als nähmen die schwarzen Schatten, die sie tagsüber begleitet hatten, Gestalt an. Ihr war eigenartig zumute. Und natürlich mußte ihr ausgerechnet jetzt die Stimme wieder einfallen. Was hatte sie gesagt? *»Bist du immer noch da, Elisabeth?«*

»Nicht mehr lange«, flüsterte sie, als dürfte es niemand hören.

Erleichtert hörte sie jetzt die Frauen, die zum Gemeindehaus unterwegs waren wie sie. Die stillen Gassen waren von ihren Stimmen angefüllt, wie sie sich in Vorfreude auf einen angeregten Abend begrüßten. Sie hörte, wie Geesche Ott sich erkundigte, ob Frau Rogge auch käme.

»Ist schon da«, sagte Elisabeth und trat in den Lichtkreis der Straßenlaterne.

»Huch«, quiekte Geesche erschrocken.

Alles lachte.

Im Gemeindesaal sah es anders aus als sonst. In einer Ekke lagen mehrere Garben Stroh, daneben stand ein Drahtgestell, das die Erntekrone werden sollte. Bindegarn, Blumendraht, Kneifzange, Schere, Früchte, Trockenblumen, das bewußte Krepp-Papier, eine Flasche Apfelkorn und viele kleine Schnapsgläser auf einem runden Tablett bildeten ein eigenartiges Stilleben, das Elisabeth ebenso in Erstaunen versetzte wie die üppig gedeckten Tische.

»Das ist *unser* Erntedanktag«, sagte Evchen Kleinert stolz und zeigte auf all die Herrlichkeiten.

Da war nicht nur Alines leckerer Zwetschenkuchen, sondern auch noch ein gedeckter Apfelkuchen und ein Frankfurter Kranz von Henrieke; viel Schlagsahne; belegte Brötchen und Brote mit Schinken, Mettwurst, Eiern und Käse; Geesche Otts Nudelsalat und Olga Bahlmanns Reissalat, ihre Spezialität; ganz zu schweigen von Hildes Roter Grütze mit Sahnehäubchen und Gertas Welfenpudding – Gerta war eine geborene Lührs und stammte aus dem Braunschweigischen. Die Frauen störte es nicht, daß Evchen Kleinert so tat, als wäre das alles ohne sie niemals zustande gekommen. Amüsiert folgten sie ihren Erläuterungen und vergnügten sich an Elisabeths offensichtlicher Verwunderung.

»Tja«, sagte Evchen abschließend, »das hätten Sie wohl nicht gedacht?«

Elisabeth gab zu, überwältigt zu sein.

»Und so ist es jedes Jahr?« fragte sie, als könnte sie es nicht fassen.

»Ja«, sagte Evchen stolz. »Immer.«

Aline de Wall meinte: »Das haben wir uns verdient. Wir Frauen sind das ganze Jahr über für alles zuständig. Da gönnen wir es uns einfach und feiern dieses Fest nach unserem Geschmack.«

»Und mich laden Sie dazu ein«, stellte Elisabeth gerührt fest.

»Sowieso«, sagte Geesche Ott. »Sie sind doch eine von uns.«

Soviel unerwartete Freundlichkeit war ihr geradezu unheimlich. »Aber ...«, sie zögerte und suchte nach Worten. »Wissen Sie nicht ...«

»Daß Sie in anderen Umständen sind? Natürlich wissen wir das. Das ist es ja gerade! Dadurch gehören Sie wirklich zu uns!«

»Ich glaube, ich muß mich erst einmal hinsetzen«, sagte Elisabeth.

Eilfertig schob Evchen Kleinert ihr einen Stuhl zurecht.

»Der Tee ist gleich fertig«, sagte sie. »Der macht Sie schon wieder munter. Oder möchten Sie einen Apfelkorn?«

Aline winkte ab. »Nee, Evchen, das kommt später.«

»Mir fehlt ja nichts«, erklärte Elisabeth den Frauen, die ein wenig ratlos, wenn auch sehr zufrieden über die Wirkung ihrer Worte und Taten, um sie herumstanden.

In der kleinen Teeküche begann schon der Wasserkessel zu pfeifen, während sich der Gemeindesaal füllte. Bald war das ganze Haus erfüllt von Vorfreude und Ausgelassenheit. Als hätten sie sich seit Wochen nicht gesehen, so freudig begrüßten sie einander. Lachen und Freundlichkeit überall. Elisabeth dachte, jetzt bin ich schon fast ein halbes Jahr hier und meinte, ich kenne mich aus, aber so etwas habe ich nicht für möglich gehalten. Mehr als über alles andere wunderte sie sich über die Vertrautheit der Frauen untereinander. Sie kennen sich genau, dachte sie. Sie wissen alles voneinander. Wahrscheinlich wissen sie auch alles über mich. Es kam ihr vor, als entdeckte sie Canrade gerade ganz neu. Sie erinnerte sich an Hausbesuche, an Sitzungen, an den Konfirmandenunterricht, an die Nachmittage im Altenkreis, an die sonntäglichen Gottesdienste ... aber so etwas wie hier hatte sie noch nicht erlebt.

Die Frauen waren in ihrem Element. Wohin sie auch sah an diesem bemerkenswerten Abend, überall herrschte eine solch intensive Weiblichkeit, wie sie sie nicht einmal in ihren feministischen Seminaren an der Uni kennengelernt hatte. Was die Studentinnen als *ihre* Entdeckung propagierten, war hier Wirklichkeit. Die Canrader Frauen feiern ihre Feste so, wie wir sie uns ausgedacht haben, stellte sie verblüfft fest.

»Der Tee ist sofort fertig«, sagte Frau Bahlmann.

»Kann ich mich nicht irgendwie nützlich machen?« fragte Elisabeth.

»Bleiben Sie nur sitzen«, antwortete Evchen Kleinert. »Wir machen das schon.«

»Männer sind hier wohl nicht erwünscht?« fragte sie, als Geesche Ott die heiße Teekanne auf das Stövchen stellte.

»Nee. Warum?«

»Ich dachte nur, es würde ihnen bestimmt auch gefallen.«

»Bestimmt!« lachte Aline de Wall. »Aber da wir sie jeden Tag verwöhnen, vermissen sie ja nichts.«

Das leuchtet ein, dachte Elisabeth und sagte: »Ich finde es in Ordnung, daß wir einmal unter uns sind.« Sie fühlte sich so sehr dazugehörig, daß sie sich in Erinnerung rufen mußte, daß es nicht so war. Als Pastorin spielte sie bei allem guten Willen eine Sonderrolle, nach wie vor. Und ganz bestimmt auch an diesem Abend. Wenn ihr die Frauen auch nicht das Gefühl gaben, eine Fremde, eine andere zu sein, das höfliche »Sie« machte es deutlich. Niemand vertat sich auch nur ein einziges Mal in der Anrede. Mehr noch als die Tatsache, daß sie sich untereinander in Plattdeutsch unterhielten, war dieses »Sie« der Unterschied, den niemand ändern konnte oder wollte.

Geesche Ott schlug vor, ein Lied zu singen. Sie einigten sich auf den Kanon *Viel Glück und viel Segen auf all deinen Wegen! Gesundheit und Wohlstand sei auch mit dabei.* Elisabeth wunderte sich, war das nicht ein Geburtstagslied? Henrieke Bakker schien ihre Gedanken zu erraten.

»Den können wir am besten«, erklärte sie. »Und er paßt.«

Stimmt, dachte Elisabeth, Glück und Segen, Gesundheit und Wohlstand sind mit Erntedank durchaus in Einklang zu bringen.

Als dann das große Schmausen begann, konnte die Stimmung nicht besser sein. Es wurde viel gelacht und erzählt, gegessen und Tee getrunken. Nachdem irgendwann alle Speisen durchprobiert und die Rezepte ausgetauscht worden waren, klopfte Aline de Wall mit dem Löffel gegen ihre Teetasse. Die Frauen sahen erwartungsvoll in ihre Richtung. Aline stand auf und sagte, sie wolle keine Rede halten, aber sie habe sich vorgenommen, etwas zu sagen.

»Wie ich sehe, sind alle zufrieden mit dem Abend. Wir haben ja auch alle dazu beigetragen.« Zustimmung von allen Seiten. »Und wie in jedem Jahr, werden wir auch heute abend wieder eine schöne Erntekrone binden. Und die wird dann den Erntedankfestgottesdienst zieren.«

»Wie jedes Jahr«, warf Evchen Kleinert ein.

»Richtig, Evchen. Alles ist wie immer. Und das ist gut so. Und trotzdem ist in diesem Jahr alles ein wenig anders als sonst.« Sie sah zu Elisabeth hinüber, und allen Frauen war klar, worauf sie hinauswollte. »Ihr wißt, daß uns unsere Pastorin wahrscheinlich verlassen muß.« Verlegenheit breitete sich auf den Gesichtern aus.

»Enno sagt, der Kirchenvorstand wäre dagegen, aber die Bestimmungen wären so. Das mag wohl sein. Aber wollen wir das einfach so hinnehmen?«

Ein allgemeines Gemurmel setzte ein. Aline klopfte energisch gegen ihre Tasse.

»Bevor jetzt alle durcheinanderreden, laßt mich noch was sagen. Es ist doch so, daß wir alle Bescheid wissen.« Elisabeth sah sie gespannt an. Was hatte sie vor? »Frau Rogge erwartet ein Kind. Und alle, wie wir hier sitzen, wissen, wie das ist. Und in der Bibel steht, *Kinder sind eine Gabe Gottes.* Gilt das für dieses Kind etwa nicht?«

Sie ist mutig, dachte Elisabeth und merkte wohl, daß einige Frauen Aline erschrocken anstarrten, als wollten sie fragen: Darf sie das denn? Aline waren die Blicke natürlich nicht entgangen.

»Wißt ihr noch, was für eine Schande es früher war, wenn ein uneheliches Kind unterwegs war?« Natürlich wußten sie es. »Das war ein Verbrechen! Und die unglückliche Deern konnte von Glück sagen, wenn sie nicht mit Schimpf und Schande aus dem Haus gejagt wurde. Aber heute? Heute ist das nicht mehr so. Und ich sehe nicht ein, warum sie aus Canrade weg soll.«

Jemand murmelte etwas von »Probezeit«. Darauf ging Aline sofort ein.

»Das mit der Probezeit lasse ich nicht gelten. Ja, wenn sie sich als Pastorin hätte etwas zuschulden kommen lassen. Aber das hat sie nicht. Wir mögen sie alle gern. Die Predigten sind gut. Und Hausbesuche macht sie auch. Und Enno sagt, er wäre noch nie so gern zu den Sitzungen gegangen wie jetzt. Nein, nein. Die Probezeit würde sie bestehen, aber darum geht es gar nicht. Es geht einfach und allein um die Tatsache, daß sie ein Kind kriegt. Und ich meine, das sollten wir nicht auf uns sitzen lassen, daß die Leute hinterher mit Fingern auf uns zeigen und uns fragen: ›Warum habt ihr euch nicht für sie eingesetzt?‹ Ich finde, wir Frauen müssen zusammenhalten. Darum schlage ich vor, etwas zu unternehmen.« Alle sahen sie erwartungsvoll an, aber sie setzte sich hin und schwieg.

»Was hast du dir gedacht, was wir machen sollen?« fragte Geesche Ott.

»Darüber können wir ja nun reden.«

»Ja, was? Sollen wir vielleicht alle aus der Kirche austreten?« fragte Grete de Vries.

»Abgesehen davon, daß das niemand von uns täte, schnitten wir uns damit nur ins eigene Fleisch. Und Frau Rogge nützte das gar nichts. Im Gegenteil«, erklärte Aline.

»Denn sag doch, was du meinst«, forderte Henrieke Bakker sie auf.

»Ich dachte, wir fahren nach Hannover zum Bischof und reden mit ihm.«

Alle starrten sie an. Und Elisabeth versuchte, es sich vorzustellen, wie diese gestandenen Krummhörner Frauen mit dem Bischof über ihre Zukunft redeten.

»Oder wir schreiben einen Brief«, schlug Olga Bahlmann vor. »Und sammeln Unterschriften. Vielleicht hilft das ja auch.«

Aline war skeptisch.

»Was meinen Sie, Frau Rogge?«

Elisabeth räusperte sich.

»Zuerst möchte ich Ihnen sagen, daß ich ganz bewegt bin. Ihre Rede war super, Frau de Wall! Überhaupt sind Sie alle super. Ich hätte nicht für möglich gehalten, daß Sie so zu mir halten, wenn ich es nicht selbst erleben würde. Sie wissen, daß ich mich hier vom ersten Tag an sehr, sehr wohl gefühlt habe. Wenn es nach mir ginge … Ich weiß, ich bin selbst schuld, daß es so gekommen ist. Und ich habe lange darüber nachgedacht, wofür ich mich entscheiden würde, wenn ich die Wahl hätte – für die Gemeinde, für Sie alle, oder für mein Kind. Für ganz kurze Zeit hatte ich die Wahl. Aber Sie wissen, wie die Entscheidung ausgefallen ist.« Es war mucksmäuschenstill im Gemeindesaal. »Das mit dem Brief finde ich eine gute Idee. Schreiben Sie dem Bischof ruhig offen Ihre Meinung. Das schadet nichts. Nur sollten

Sie sich bitte nicht davon versprechen, daß ich deswegen hierbleiben könnte.«

»Wann wäre es soweit, daß Sie gehen müßten?« fragte Geesche Ott.

Elisabeth zuckte die Schultern.

»Noch vor Weihnachten?« fragte Evchen Kleinert.

»Vielleicht.«

»Ich bewundere Sie, daß Sie das so ruhig sagen können«, meinte Frau Bakker.

Olga Bahlmann kam Elisabeth zuvor.

»Doch wie's da drin aussieht, geht niemand was an«, murmelte sie.

Elisabeth sah sie dankbar an. Die Frauen schwiegen betroffen, verlegen, irritiert – wer könnte sagen, was ihr Schweigen und Kopfnicken wirklich bedeutete?

»Und was ist mit dem Apfelkorn?« fragte Grete, um dem Schweigen ein Ende zu machen und dic Stimmung zu retten.

»Moment«, meldete sich Aline noch einmal zu Wort. »Bevor wir zum gemütlichen Teil des Abends übergehen, müssen wir erst noch ...«

»Abwaschen«, sagte Evchen Kleinert.

»Richtig, Evchen. Aber vorher möchte ich wissen, ob wir etwas unternehmen wollen oder nicht. Seid ihr damit einverstanden, wenn Olga, Henrieke und ich uns zusammensetzen und in unser aller Namen einen Brief an den Bischof schreiben?«

Damit waren sie einverstanden.

Kaum war das Problem vom Tisch, wurde es wieder unruhig im Gemeindehaus. Während einige in der Küche mit dem Geschirr hantierten, machten sich andere an das Binden der Erntekrone. Gleichzeitig wurden die Stühle und Tische enger zusammengerückt und Blumensträuße, Gläser und Salzstangen auf den Tischen verteilt. Elisabeth wunderte sich wieder, wie gut und selbstverständlich die Frauen zusammenarbeiteten.

Es wurde spät. Aber es war schön. Das sagten alle. Auch wenn es zeitweise ein bißchen ernster gewesen war als sonst.

»Öfter mal was Neues«, stellte Evchen Kleinert fest. Und erntete dafür einen mißbilligenden Blick von Olga Bahlmann, die es zufällig mitbekam.

Wie nicht anders zu erwarten, konnte Elisabeth nach diesem Abend lange nicht einschlafen. So viel ging ihr durch den Kopf. Die Solidarität der Frauen, Aline de Walls Rede. Das habe ich ihr nicht zugetraut, dachte sie, so viel Courage. Auch von Olga Bahlmann war sie überrascht. Und was ist mit Evchen Kleinert, Geesche Ott …? Könnte ich mich wirklich auf sie verlassen?

Auf dem Dachboden begann es zu poltern, der Marder ging wieder seinem nächtlichen Vergnügen nach. Er wird mich nicht vermissen, dachte sie und versuchte ihn zu ignorieren, was ihr natürlich nicht gelang. Wahrscheinlich hielt er sich für den rechtmäßigen Bewohner der Pastorei. Wie lange mochte er hier schon aus- und eingehen? Wie lange würde er noch bleiben? Vielleicht hätte der arme Charly ihn vergraulen können. Aber er hatte keine Chance. Von Charly zu Michael war es nur ein kleiner Gedankensprung. Und wie konnte sie an ihn denken, ohne sich an die Nacht zu erinnern, in der ihr Hören und Sehen vergangen war, diese Sommernacht, die ihr Leben so gründlich veränderte? Sie faltete die Hände über ihrem Leib und lächelte über die prompte Reaktion in ihrer Gebärmutter. Sie dachte auch an die Wochen in Carnac, an den Feigenbusch im Innenhof, an die endlosen Diskussionen mit Julia. Wenn sie auf ihre Ratschläge gehört hätte … Irgendwann mußte sie der Schlaf förmlich überfallen haben. Sie wachte auf, als die Sonne schon hoch am Himmel stand. Erschrocken fuhr sie hoch und dachte: Es ist Sonnabend vor Erntedank, und ich liege noch im Bett!

Der Tag wurde so, wie sie ihn sich vorgestellt hatte. Dauernd war etwas los. Kein Gedanke daran, sich an den Schreibtisch zu setzen und in Ruhe an der Predigt zu arbeiten. Der Nachmittag war dem Schmücken der Kirche vorbehalten. Auch wenn ihre Mitarbeit nicht erwartet wurde – die Frauen legten eine solch routinierte Beflissenheit an den Tag, daß es für sie gar keine Möglichkeit gab, mitzumachen –, waren das Zusehen und das Dabeisein doch wichtig.

Als die Frauen ihr Werk dann mit berechtigtem Stolz begutachteten, als alle Arbeitsspuren beseitigt waren und die Erntekrone im Schmuck der ostfriesischen Farben an der Decke hing, als der Staubsauger endgültig verstummt war und die Frauen nach Haus gegangen waren, kam Michael Rothe, um sich für den morgigen Gottesdienst vorzubereiten. Elisabeth schlug gerade die Epistel auf und legte das Lektionär auf das Lesepult, als er von der Orgelbank herunterrief: »Hast du einen besonderen Wunsch für das Eingangsstück?«

»Spontan nicht«, rief sie zurück. »Aber vielleicht fällt mir noch etwas ein. Wie lange habe ich Zeit zum Überlegen?«

»Unbegrenzt. Ich spiele alles, was du willst.«

»Das ist ein Angebot! Wart, ich komm' hoch zu dir, dann brauchen wir hier nicht so herumzuschreien.«

Sie stieg die schmale Treppe zum Orgelboden hinauf und blätterte in den Noten, die in einem Stapel auf einem Tischchen neben der Orgelbank lagen.

»Ich weiß nicht, was zu deinem Repertoire gehört.«

»Mach mal einen Vorschlag.«

Sie suchte weiter.

»Wie wäre es hiermit? Ein Buxtehude-Präludium paßt doch zum Erntedankfest. Ich finde, es kann morgen ruhig festgewaltig klingen.«

Er spielte das Stück an und meinte, sie habe ihm damit eine ganz schön harte Nuß zu knacken gegeben. Darüber mußte sie lachen.

»Ich dachte, du spielst mit Händen und Füßen, was haben deine Zähne damit zu tun?« Er ließ den Akkord ausklingen und sah sie an.

»Knackst du sie etwa mit den Zähnen?«

Sie gab ihm einen Klaps auf die Schulter. »Nun spiel schon weiter, sonst suche ich ein noch schwereres Stück aus!«

»Pastorin schlägt Organisten«, witzelte er, »wenn das keine Schlagzeile ist …«

»Da wüßte ich eine noch viel bessere.«

»Ich auch.«

Sie wich einen Schritt zurück und wäre um ein Haar von dem Podest gestolpert, hätte er nicht geistesgegenwärtig nach ihrem Arm gegriffen.

»Paß auf, Lisa!« sagte er erschrocken, und es lag soviel besorgte Zärtlichkeit in seiner Stimme, daß sie ihn abweisend und dankbar zugleich ansah.

»Du bist ganz blaß«, stellte er fest. »Komm, setz dich einen Moment.« Er rückte ein wenig zur Seite.

»Nein, laß nur«, wehrte sie ab. »Es ist ja nichts passiert. Ich wollte sowieso gehen. Spiel morgen einfach irgendein schönes Präludium. Es ist Quatsch, daß ich es aussuche. Ich habe ganz andere Sorgen.«

»Das ist wohl wahr.«

»Zum Beispiel meine Predigt.«

Wortlos klappte er das Notenbuch zu, zog andere Register und begann zu improvisieren.

Als sie die Treppe hinunterging, hörte sie die Melodie heraus: *»Nun preiset alle Gottes Barmherzigkeit …«*, das Graduallied zum Erntedankfest. Hauptsache, er spielt morgen schön laut, dachte sie. Das erwartet die Gemeinde an einem Festgottesdienst.

Und was erwartet sie von mir? *Hauptsache, sie predigt nicht zu lange.* Wahrscheinlich hören sie sowieso nicht richtig zu, sondern überlegen die ganze Zeit, wer wohl beim nächsten Erntedankfest auf ihrer Kanzel steht. The show must go on. Pfui, Elisabeth! schalt sie sich selbst, sei nicht so gemein! Und das nach dem gestrigen Abend! Die schwere Tür glitt ihr aus der Hand und fiel so laut ins Schloß, daß Michael erschrocken zusammenfuhr.

Mittlerweile war es dunkel geworden, und der Wind pfiff um das Haus. Elisabeth fand endlich Ruhe, sich mit ihrer Predigt zu befassen. Sie saß am Schreibtisch und versuchte, sich auf den Gottesdienst zu konzentrieren. Ein gelbes Birkenblatt klebte an der regennassen Fensterscheibe, es sah aus, als würde es vom warmen Licht der Schreibtischlampe angezogen. Sie schlug die Bibel auf und las den Textabschnitt aus dem Lukas-Evangelium, über den sie morgen früh predigen würde:

Es war ein reicher Mensch, dessen Feld hatte wohl getragen. Und er dachte bei sich selbst und sprach: »Was soll ich tun? Ich habe nicht, wo ich meine Früchte hin sammle.« Und sprach: »Das will ich tun: ich will meine Scheunen abbrechen und größere bauen und will darein sammeln all mein Korn und meine Güter; und will sagen zu meiner Seele: Liebe Seele, du hast einen großen Vorrat auf viele Jahre; habe nun Ruhe, iß, trink, und habe guten Mut!« Aber Gott sprach zu ihm: »Du Narr! Diese Nacht wird man deine Seele von dir fordern; und wes wird's sein, das du bereitet hast?«

Sie kannte dieses Gleichnis fast auswendig, und es erschien ihr so eindeutig, daß es ihr schwerfiel, darüber noch mehr Worte zu verlieren.

Der reiche Kornbauer … Gab es in Canrade überhaupt reiche Leute? Es waren alles normale Durchschnittsverdiener. Sie hatten eher zu wenig als zu viel. Im Überfluß lebte jedenfalls niemand.

Sie saß lange an ihrem Schreibtisch und grübelte über diesen Text nach. Du Narr ... Ein Narr ist jemand, der den anderen etwas vormacht. Ein Clown. Ein Possenreißer. Ein Narr tut nur so als ob. Er spielt eine Rolle. Auf der Bühne, in der Manege ist es gut, wenn er sie perfekt spielt. Aber wenn er das Spiel mit der Wirklichkeit verwechselt? Wenn er sich selbst etwas vormacht? Zumindest sich selbst gegenüber sollten Menschen ehrlich sein und Verantwortung übernehmen ...

Plötzlich kam ihr eine Idee. Und von diesem Augenblick an wußte sie, was sie sagen würde. Sie brauchte sich nur noch ein paar Stichworte zu notieren, und das Konzept war fertig. Danach legte sie sich ins Bett und schlief sofort ein. Sie schlief so gut wie lange nicht. Nichts störte sie. Weder eine Stimme im Traum noch ein wildes Tier auf dem Dachboden, und auch nicht der Wind, der kurz nach Mitternacht mächtig auffrischte.

Erwartungsgemäß war die festlich geschmückte Kirche bis auf den letzten Platz besetzt. Die Kinder saßen auf den kleinen Stühlen im Altarraum. Die Glocken läuteten feierlich – Geesche Ott behauptete, die Glocken läuteten immer dem Anlaß gemäß, manchmal traurig, manchmal fröhlich, manchmal feierlich oder ganz normal. Als sie ausgeklungen waren, spielte Michael das Präludium von Buxtehude, und der Gottesdienst nahm seinen üblichen Verlauf. Nach der Eingangsliturgie stieg Elisabeth auf die Kanzel, verlas das Gleichnis vom reichen Kornbauern, und fing an zu predigen.

Zunächst ging sie auf die Erntedankgaben im Chorraum ein und dankte den Frauen für die phantasievolle Gestaltung des Gotteshauses. Dann wandte sie sich an die Kinder und sagte, daß so viel junges Gemüse ein erfreulicher Anblick sei, sprach danach von der Arbeit und Mühe, die ein Erntejahr ausmachen. Sie erzählte von dem Eindruck, den die riesigen Krummhörner Pflugmaschinen mit ihren zwölf Pflugscharen und den übermannshohen Rädern auf sie machten, sprach von den tiefschwarzen, glänzenden Erdschollen auf den Feldern und in den Gärten, die in anderen Gegenden, in der Geest zum Beispiel, oder gar in der Heide, unvorstellbar wären. In allem, was sie sagte und wie sie es sagte, schwang soviel Zuneigung zu Land und Leuten mit, daß ihr alle aufmerksam zuhörten. Danach redete sie von den ganz anderen, kärglichen Bedingungen, unter denen die Menschen in vielen Ländern der Erde leben und arbeiten, Länder, die die sogenannte Wohlstandsgesellschaft mit den leckersten Nahrungs- und Genußmitteln versorgen. Als Beispiel erwähnte sie die Arbeitsbedingungen auf den Teeplantagen. Mit Hilfe des Tees kehrte sie dann wieder aus der großen weiten Welt nach Canrade zurück und erinnerte daran, daß es menschenunmöglich sei, alles richtig zu machen.

»Selbst dann, wenn wir glauben, alles gut unter Dach und Fach gebracht zu haben, wenn wir uns zufrieden zurücklehnen und stolz sind auf die Früchte unseres Fleißes und auf unsere Spenden für die Dritte Welt, selbst dann müssen wir es uns gefallen lassen, daß Gott ›du Narr‹ zu uns sagt.« Bis dahin war alles gutgegangen. Dann atmete sie tief durch, bevor sie sagte: »Zum Schluß will ich Ihnen noch erzählen, wie es mir persönlich mit diesem Text ergangen ist. Erst dachte ich, er ginge mich nichts an. Schließlich bin ich weder ein reicher Kornbauer, noch verstehe ich etwas von Akkerbau und Viehzucht. Aber dann las ich ihn so, als hätte Jesus mich selbst zum Beispiel genommen für diese Geschichte, als redete er von mir. Und das hörte sich folgendermaßen an:

Es war eine junge Frau. Die hatte jahrelang studiert, ihr Examen abgelegt und eine Gemeinde zugewiesen bekommen, in der es sich wunderbar leben und arbeiten ließ. Und sie dachte bei sich selbst: Hier bleibe ich. Wo könnte es mir besser gehen als hier? Und zu ihrer Seele sagte sie: Liebe Seele, du hast einen großen Vorrat auf viele Jahre. Habe nun Ruhe, iß, trink und habe guten Mut. Aber Gott sprach zu ihr: ›Du Närrin! Du wirst diese Gemeinde verlassen. Und was wird es sein, was du vorzuweisen hast?‹« Sie machte eine kurze Pause, bevor sie fortfuhr: »Und sie antwortete ihm und sprach: ›Ich gebe es zu. Ich habe nicht viel vorzuweisen, und manches war sinnlos und umsonst. Aber nicht alles; denn ich habe eine neue Seele zum Leben gebracht.‹ Liebe Gemeinde. Die Zeit, die wir miteinander verlebt haben, ist sehr kurz. War sie sinnlos und umsonst? Diese Frage kann ich nicht für Sie beantworten. Für mich war sie es nicht; denn ich gehe reicher von hier fort, als ich gekommen bin. Und das erfüllt mich mit tiefer Dankbarkeit. Amen.«

Der Erntedankgottesdienst war aus unterschiedlichen Gründen tagelang Gesprächsstoff in Canrade. Einmal wegen der Predigt. Einigen war der Schluß sehr nahegegangen, andere waren darüber verärgert, weil sie meinten, Frau Rogge gäbe mit ihrem Seitensprung an und drücke auf die Tränendrüsen.

Einhellig begeistert waren alle von den Kindern mit ihren Blumensträußen, die sie den Erwachsenen am Ausgang in die Hand gedrückt hatten. Und daß Jessicas kleine Schwester weinte, weil sie ihren Strauß behalten wollte, das fanden sie besonders niedlich. Überhaupt, der Anblick der Kleinen im Chor, wie sie die Weintrauben und Birnen angestarrt hatten und wie Berti fast das Gleichgewicht verloren hatte, als er auf zwei Stuhlbeinen zu balancieren versuchte … Es gab nur ganz wenige, die es besser gefunden hätten, wenn die Kinder auch am Erntedanktag ihren eigenen Gottesdienst im Gemeindehaus gefeiert hätten.

Onno Bahlmann sagte dazu nur: »Lasset die Kinder zu mir kommen ..., das steht schon in der Bibel«, und wies damit jede Kritik zurück.

Wie üblich drang dieses Für und Wider nicht bis zu Elisabeth. Sie hörte nur indirekt davon, zum Beispiel als Olga Bahlmann sagte: »Ich lasse nichts auf Sie kommen, Frau Rogge, da können Sie sicher sein.«

Elisabeth wunderte sich, wie wenig sie das Gerede interessierte. Dringender war für sie jetzt die Frage, wie es weitergehen sollte. Sie telefonierte deswegen mit Herrn Mansauer.

»Was meinen Sie«, fragte sie ihn, »wie lange ich noch bleiben kann?«

»Das liegt an Ihnen«, antwortete er. »Niemand vertreibt Sie.«

»Aber was erwarten Sie? Sagen Sie mir einen ungefähren Termin.«

»Erst kommt ja mal die Visitation ... Haben Sie schon eine Vorstellung, wo Sie bleiben werden?«

»Nein. Noch nicht.«

»Sehen Sie, das ist wichtig, daß Sie sich darum kümmern«, sagte er freundlich.

»Ohne zu wissen, wovon ich leben werde, ist das gar nicht so einfach.«

Er sagte, über ihre Versorgung habe er mit dem Landessuperintendenten und mit dem Personaldezernenten geredet und könnte ihr dazu folgendes sagen: »Sobald Sie eine passende Bleibe gefunden haben, nehmen Sie Ihren restlichen Jahresurlaub. Danach bekommen Sie einen Sonderurlaub, maximal drei Monate – dafür können Sie sich übrigens bei Herrn Schulzemeyer bedanken, er hat sich wirklich rührend für Sie eingesetzt –, dann steht Ihnen die Mutterschutzzeit zu, später sehen wir weiter.«

Sie atmete so erleichtert auf, daß er fragte: »Ist Ihnen jetzt ein Stein vom Herzen gefallen?«

»Das kann man wohl sagen! Meinen Sie, daß ich dann irgendwann wieder eine Gemeinde bekomme?«

»Davon gehe ich mal aus. Schließlich müssen Sie Ihre Probezeit vernünftig zum Abschluß bringen. Aber das ist ja noch ein bißchen hin. Möglich wäre auch, daß Sie erst noch Erziehungsurlaub beantragen. Ohne Bezüge, versteht sich. Aber zunächst bekommen Sie Ihr Kind.«

»Zunächst kommt die Visitation«, erinnerte sie ihn und lachte.

»In der Tat«, sagte er ein wenig irritiert. Nahm sie das Ganze nicht etwas zu leicht?

Elisabeth schien seine Gedanken zu ahnen.

»Verstehen Sie mich bitte nicht falsch. Es ist nur so ... Ach, ich bin so erleichtert über das, was Sie mir gerade gesagt haben.«

Das konnte er ihr nachempfinden. »Schon gut, Frau Rogge«, sagte er freundlich.

Das Gespräch hatte ihr wirklich Mut gemacht, auch wenn sie nicht wußte, wo sie bleiben sollte. Am Abend redete sie mit Julia darüber. Gemeinsam überlegten sie hin und her. »Wäre meine Wohnung nur ein bißchen größer«, seufzte Julia, »dann wäre alles gar kein Problem, aber so ist es unmöglich.« Daran hatte Elisabeth auch gar nicht gedacht. »Warte mal. Wie wäre es, wenn ich mir vorübergehend irgendwo eine Bleibe suchte und du würdest solange in meine Wohnung ziehen?« Aber davon wollte Elisabeth nichts wissen. »Hast du denn gar keine Verwandten, die in Frage kämen?«

»Nicht daß ich wüßte.«

»Und was ist mit Tante Elli? War das nicht die Frau mit dem Haus, in dem du als Kind so gern gewesen bist?«

Tante Elli ... die gute Patentante Elisabeth, der sie ihren Namen verdankte! »Mensch, Julia! Da hast du mich auf eine Idee gebracht! Tante Elli! Natürlich! Die frage ich.«

»Hast du noch Kontakt zu ihr?«

»Doch, lose. Gesehen haben wir uns schon lange nicht mehr. Ich glaube, zuletzt bei Vaters Beerdigung. Aber wir schreiben uns. Zu Weihnachten und zum Geburtstag. Das letzte Mal war es zu meiner Ordination.«

»Sie ist bestimmt ziemlich stolz auf dich, ihr Patenkind ... Pastorin in Canrade. Ob du ihr das überhaupt antun kannst, sie mit deiner Tragödie zu behelligen?«

Elisabeth mußte lachen.

»Na, weißt du! Tragödie! Ich versuche es einfach. Ich danke dir, Julia!«

»Nichts zu danken, war mir ein Vergnügen. Halt mich auf dem laufenden.«

Elisabeth legte den Hörer auf, starrte gedankenverloren vor sich hin und dachte an Tante Elli. Tante Elli hatte jung geheiratet, ihr einziger Sohn war im Krieg gestorben. Inzwischen war sie längst Witwe und lebte allein in ihrem Haus in Bremen. Die obere Etage hatte sie dauervermietet. Sie sah alles genau vor sich. Als Kind war sie wirklich gern zu ihr an den Osterdeich gefahren. Wie lange war das schon her? Und doch erinnerte sie sich plötzlich an viele Einzelheiten. Am liebsten hätte sie gleich bei ihr angerufen. Aber sie sagte sich, eine alte Dame darf man zu nachtschlafender Zeit nicht mit Problemen behelligen. Wohl oder übel mußte sie sich bis morgen früh gedulden. Aber anrufen würde sie sie. Das stand fest.

Tante Elli ließ sich ihre Überraschung nicht anmerken, als Elisabeth gegen zehn Uhr bei ihr anrief.

»Nun mal alles der Reihe nach«, unterbrach sie ihren Bericht, nachdem sie ihr eine Weile zugehört hatte. »Sag, was los ist, erstens, zweitens, drittens ... Dann können wir besser darüber reden.«

Elisabeth seufzte.

»Die Reihenfolge ist gar nicht so einfach.«

»Womit fängt es denn an?« wollte Tante Elli wissen.

Sie gab sich einen Ruck. »Erstens: Ich erwarte ein Kind«, gestand sie. »Zweitens: Ich muß die Gemeinde verlassen. Drittens: Ich bin auf Wohnungssuche.«

»Meine Güte, Lisa!« wunderte sie sich. »Und das sagst du mir alles so mir nichts, dir nichts am Telefon? Ich muß mich erst einmal hinsetzen.« Pause. »So, nun rede mal weiter. Du rufst sicher aus einem ganz bestimmten Grund bei mir an, oder?«

»Ja«, gab Elisabeth zu. »Ich wollte dich fragen, ob ich eventuell vorübergehend bei dir wohnen könnte. Du hast doch das große Gästezimmer. Vielleicht ...« Sie hörte Tante Elli am anderen Ende der Leitung leise etwas vor sich hinsagen. »Wenn es nicht geht, brauchst du es nur zu sagen«, sagte sie rasch.

»Weißt du, daß du mich jetzt ganz durcheinandergebracht hast?« fragte Tante Elli und räusperte sich.

Elisabeth hatte augenblicklich ein schlechtes Gewissen und bat vielmals um Entschuldigung.

»Nein, nein. Du brauchst dich nicht zu entschuldigen, Lisa. Es ist nur so eigenartig, daß du mich gerade jetzt anrufst ...«

»Wenn es nicht paßt ...«

»Nun hör mir doch mal zu! Es paßt alles ganz und gar. Stell dir vor, gerade am Erntedankfest habe ich den Entschluß gefaßt, mich um einen Platz im Altenheim zu kümmern und mein Haus zu verkaufen.«

»Dein Haus verkaufen? Das ist nicht dein Ernst!« Elisabeth sah es vor sich, hatte noch den Geruch in der Nase und hörte das Scheppern der Türklingel. »Das kannst du doch nicht verkaufen, Tante Elli!« sagte sie entsetzt.

»Ich bin achtzig, liebes Kind. Da wird man nicht mehr gefragt, ob man kann oder nicht. Es bleibt mir nichts anderes übrig«, sie seufzte tief auf und schwieg. Dann sagte sie: »Aber noch habe ich nichts unternommen. Und nun, wenn ich mir vorstelle, du würdest bei mir wohnen, du und dein Kind ...«, sie schwieg wieder, und Elisabeth sah sie vor sich, wie sie dasaß und versuchte, nicht sentimental zu werden, ihre gutmütige, herzensgütige Tante Elli. »... Ja, dann ist mir, als ginge noch einmal die Sonne auf.« Sie schluckte und sagte dann mit veränderter Stimme: »Das mit dem Gästezimmer ist natürlich Unsinn! Ich wohne hier ganz allein, seitdem Haferkamps gebaut haben. Oben ist es zwar ziemlich verwohnt, aber das ließe sich in Ordnung bringen.«

»Das heißt«, unterbrach Elisabeth sie, »ich könnte bei dir einziehen? Und meine Möbel ... könnte ich die auch unterbringen?«

Es klang so hoffnungsvoll, daß Tante Elli schmunzelnd antwortete: »Alles, was du willst. Es ist Platz genug. Am besten kommst du mal und siehst es dir an.«

»Weißt du, wie mir jetzt zumute ist?«

»Du wirst es mir sagen«, vermutete Tante Elli.

»Mir ist, als ginge nach einer langen Nacht die Sonne wieder auf.«

»Meinst du nicht, daß da jemand seine Hand im Spiel gehabt hat?«

Elisabeth nickte.

»Ja«, sagte sie, »von Anfang an. Sonst wäre es nicht vorstellbar.«

»Du wirst mir alles in Ruhe erzählen. Und darauf freue ich mich.«

Elisabeth war so erfüllt von der guten Neuigkeit, daß sie sofort bei Julia anrief, um ihr alles brühwarm zu erzählen.

»Wo wohnt diese spitzenmäßige Frau?« fragte sie.

»In Bremen. Am Osterdeich.«

»Ich werde es gleich auf dem Stadtplan suchen. Jedenfalls gratuliere ich dir erst einmal von Herzen!«

»Und wem habe ich es zu verdanken?«

»Dem lieben Gott.«

»Und dir! Du kannst dir gar nicht vorstellen, wie erleichtert ich bin.«

»Ungefähr schon. Ich brauche nur meine eigene Erleichterung zugrunde zu legen. Übrigens haben Henning und ich beschlossen, dich demnächst zu besuchen. Paßt dir das jetzt überhaupt noch?«

»Sogar sehr gut. Nächste Woche fangen die Herbstferien an, dann ist es hier sowieso ruhig.«

»Und die Visitation?«

»Damit habe ich nicht mehr viel zu tun. Der Superintendent besucht nur noch den Konfirmandenunterricht und den Kindergottesdienst. Die Fragebögen sind längst weg. Vielleicht kommt er auch in den Frauenkreis und natürlich zur Kirchenvorstandssitzung. Dann fehlt nur noch der Abschlußgottesdienst.«

»Na, nach so ganz viel Ruhe hört sich das nicht gerade an! Aber wenn du meinst, du kannst uns zwischen all den Terminen unterbringen, dann kommen wir nächstes Wochenende. Henning wird sich freuen.«

»Du nicht?«

»Ich darf gar nicht daran denken, daß es das letzte Mal sein wird.«

Sie sah auf die Uhr. Ja, die Zeit reichte noch für den Deich. Nirgendwo sonst konnte sie ihre Gedanken und Gefühle besser sortieren als dort am Wasser. Wenn sie zügig eine halbe Stunde gegangen war, hatte sich schon manch ein Gefühlsdurcheinander von allein geklärt. Aber heute war alles anders. Gleich als sie aus dem Auto stieg, packte sie der Wind so ungestüm, daß sie sich an der Tür festhalten mußte, um nicht umgeweht zu werden. Sie zog sich ihre Kapuze über den Kopf und band sie fest zu.

Oben auf dem Deich konnte sie sich kaum auf den Beinen halten. Das Wasser war tiefbraun, die Wellen hatten Schaumkronen, und schwere dunkle Regenwolken trieben in mehreren Schichten übereinander tief über dem Meer und dem Land dahin. Der Horizont war nichts als eine dunkelgraue Wand. Himmel und Meer verschmolzen zu einem einzigen nassen Element. Solch ungemütliches Wetter hatte sie hier noch nicht erlebt. Sie versuchte zwar, ein Stück auf dem Deich entlangzugehen, aber als sie sah, wie die Wellen über die Uferbefestigung schwappten, gab sie es auf.

Im Auto atmete sie erst einmal tief durch, wischte sich das Salzwasser aus dem Gesicht und ordnete ihr Haar, so gut es ging. Nein, das war kein Wetter zum Spazierengehen! Und trotzdem hatte sich der kurze Ausflug gelohnt. Einmal hatte sie zum ersten Mal die menschenverachtende Unnahbarkeit der winterlichen Nordsee kennengelernt, und außerdem hatte sie nun wieder einen klaren Kopf.

Zu Hause angekommen, entwarf sie einen Zeitplan für die nächsten Wochen. Es gab so viel zu bedenken, daß sie Mühe hatte, alles Wichtige in ihrem Terminkalender unterzubringen und auch noch Lücken für Unvorhersehbares zu lassen. Vor allem ging es ihr um den Tag, an dem sie nach Bremen fahren würde. Sie trug ihn für Montag, den 29. Oktober, ein.

Frau Bahlmann machte nicht den Eindruck, als wäre sie begeistert, als Elisabeth sie bat, die Gästebetten zu beziehen. Daß Julia und Henning zum Wochenende kommen würden, paßte ihr offensichtlich nicht. Wobei sie an Henning anscheinend weniger auszusetzen hatte als an Julia. Für sie stand fest, daß Julia Estorf keinen guten Einfluß auf Elisabeth hatte. Von Anfang an nicht. Eine aus der Stadt war nichts für Canrade. Das war ihre Meinung, und davon ließ sie sich nicht abbringen. Julia war sich dieser Tatsache durchaus bewußt, auch wenn Elisabeth ihr gut zuredete und Olga Bahlmanns Meinung herunterspielte.

»Spar dir deine Worte«, hatte sie einmal gesagt, es war irgendwann kurz nach Carnac gewesen. »Ich weiß, woran ich bei ihr bin. Schließlich beruhen unsere Gefühle auf Gegenseitigkeit.« Da war nichts zu machen.

»Von Henning hält sie eigentlich auch nichts, er versteht es nur besser, sie für sich einzunehmen«, behauptete Julia.

Sie trafen schon am Freitag gegen Mittag in Canrade ein. Elisabeth sah zufällig, wie sie das Auto auf dem Parkplatz abstellten, und ging ihnen entgegen.

»Komisch«, meinte Henning und sah sich nach allen Seiten um. »Ich habe es irgendwie anders in Erinnerung.«

»Es ist Herbst, Henning«, lachte Elisabeth und begrüßte ihre Gäste herzlich.

»Und du hast dich auch verändert«, stellte er fest.

»Da kannst du mal sehen, wie schnell das geht«, seufzte Julia. »Kaum dreht man sich um, schon ist alles anders geworden.«

»Wenigstens gibt es die Dohlen noch.«

»Und alles andere auch.« Elisabeth machte eine weitausholende Bewegung. »Im Grunde hat sich hier überhaupt nichts verändert. Und wenn es so aussieht, dann ist es nur eine optische Täuschung. In Canrade bleibt alles, wie es ist.« Sie führte ihre Gäste ins Haus.

»Und dein Hausfreund, der Steinmarder?« erkundigte sich Henning.

»Der freut sich schon auf euch.«

Henning sagte, er habe sich vorgenommen, eine Lebendfalle zu bauen.

»Ich weiß, wie das geht.«

Julia schüttelte den Kopf und warf Elisabeth einen bezeichnenden Blick zu.

»Und?« fragte sie. »Was machst du, wenn er in der Falle sitzt? Willst du ihn etwa totmachen?«

»Wo denkst du hin!« Er war richtig empört. »Totmachen! Wie kommst du auf so was? Was ist das überhaupt für ein Ausdruck? Totmachen! Nein, wenn er in der Falle sitzt, bringe ich ihn in den Wald und lasse ihn laufen.«

»In welchen Wald denn?« wollte Julia wissen.

»Na ja, Wald ... Irgendwohin eben. Auf den Deich meinetwegen. Oder sonstwohin. Jedenfalls weit genug weg, damit er endlich Ruhe gibt.«

»Erst mußt du ihn haben«, stichelte sie.

»Was du nicht sagst«, erwiderte er im gleichen Tonfall.

»Ihr beide habt euch jedenfalls nicht verändert«, stellte Elisabeth fest.

Henning schüttelte den Kopf. »Das scheint nur so«, brummte er.

Julia verzichtete auf eine Antwort.

Kurz darauf saßen sie sich bei Pellkartoffeln und Kräuterquark am Küchentisch gegenüber und redeten von der Vergangenheit und von der Zukunft. Für Henning war es klar, daß er sich in Sachsen niederlassen würde. Er sagte, solch eine Chance könne er sich unmöglich entgehen lassen.

»Alles ist dort im Aufbruch. Wie bei uns in den sechziger Jahren. Da bin ich lieber dabei, als es mir hinterher erzählen zu lassen.«

Nach dem Mittagessen zog es Julia und Henning ans Wasser.

»Komm doch mit«, baten sie Elisabeth. Aber sie erklärte, ihr wäre es dort zu ungemütlich.

»Vergeßt ja nicht, Mützen und Handschuhe mitzunehmen«, riet sie ihnen und sah ihnen nach, als sie losfuhren.

Es hat sich wirklich einiges verändert seit den Sommerferien, dachte sie, als sie ins Haus zurückging und die Heizung im Wohnzimmer höherstellte. Wie unbeschwert und leicht habe ich mich gefühlt, als wir alle zusammen im Garten saßen und Hennings Sommermenü genossen. Ihr fiel alles wieder ein. Michael ... Vor allem er hat sich verändert, noch mehr als ich. Je mehr sie darüber nachdachte, desto ehrlicher mußte sie sich eingestehen, daß es wirklich so war. Eigentlich wurde es ihr jetzt zum ersten Mal bewußt, daß ihn die ganze Angelegenheit auch belasten mußte. Sie war viel zu sehr mit ihren eigenen Problemen beschäftigt gewesen, als daß sie sich auch noch um seine Sorgen hätte kümmern können.

Julia und Henning kamen windzerzaust und fröhlich vom Deich zurück. Sie brachten einen Schwall frischer Luft mit und füllten das Haus augenblicklich wieder mit ihrer Unbekümmertheit.

»Ich weiß nicht«, Henning sah ihr nachdenklich zu, wie sie den Tee aufbrühte. »Aber du hast dich wirklich total verändert, Lisa.«

»Kein Wunder. Ich bin inzwischen im fünften Monat.«

»Seltsam«, meinte er versonnen. Sie sah ihn erstaunt an. »Irgendwie habe ich mir das nie so richtig klargemacht, was das für eine Frau bedeutet, ein Kind zu bekommen.«

»Für einen Mann ist es eben ganz anders«, sagte sie und stellte die Tassen auf das Tablett.

»Bist du dir sicher?« fragte er. »Es löst bei ihm doch wohl auch etwas aus, wenn er Vater wird.«

»Redest du von Michael?«

»Zum Beispiel.«

»Wie kann ich das wissen?« wich sie seiner Frage aus.

»Du brauchtest ihn ja nur zu fragen.«

»Ich kann es auch bleiben lassen«, sagte sie abweisend.

»Es geht mich ja nichts an, aber ich finde ...«

»Das ist deine Sache«, unterbrach sie ihn.

»Bist du dir sicher? Könnte es nicht sein, daß es auch deine ist?«

Sie nahm die Keksdose aus dem Regal, öffnete sie und schüttete den Inhalt in eine Schale.

»Weißt du, Henning, ich habe so viel mit mir und meinen

Angelegenheiten zu tun, daß ich mir um Michael Rothes Gefühle nicht den Kopf zerbrechen werde. Für ihn ändert sich doch nichts, aber meine Lebensplanung wurde von einem Moment zum anderen über den Haufen geworfen. Vergiß das bitte nicht.«

»Richtig. Du hast hundertprozentig recht. Und ich bewundere dich ja auch, wie du mit dem ganzen Schlamassel klarkommst …«

»Schlamassel! So kann man das also auch nennen!« brauste Elisabeth auf.

»Du weißt genau, was ich meine«, verteidigte er sich und stellte die leere Keksdose wieder ins Regal zurück. »Hättest du wohl etwas dagegen, wenn ich mit ihm rede?« Er war offenbar bemüht, diese Frage so unbefangen wie möglich zu stellen. Sie sah ihn nachdenklich an. »Ich meine nur … Ich frage dich ja nur.«

»Und was versprichst du dir davon?«

»Wie meinst du das?«

»Warum? Ich frage mich, warum du mit ihm reden willst. Meinst du, irgend etwas würde dadurch anders sein?«

»Wer weiß. Vielleicht hilft es ihm.«

»Was hilft wem?« fragte Julia, die in die Küche kam und nur noch den letzten Satz mitbekommen hatte.

»Soviel ich weiß, bringt Michael Anita und die Kinder nach Wiesbaden«, wich Elisabeth ihrer Frage aus, nahm das Tablett und ging ins Wohnzimmer. »Heute fangen die Ferien an.«

»Wie gehabt«, stellte Julia lakonisch fest und half Elisabeth, den Tisch zu decken. »Das kommt mir irgendwie bekannt vor.«

»Ich gäbe etwas darum, wenn er schon fort wäre«, flüsterte Elisabeth ihrer Freundin zu. »Ich habe absolut keine Lust, mich von Henning in Diskussionen mit ihm verwikkeln zu lassen.«

»Das hast du doch selbst in der Hand! Laß dir von ihm nichts gefallen«, sagte Julia.

Aber insgeheim gestand sie sich ein, daß das gar nicht so einfach war. Was er sich vorgenommen hatte, das führte er auch aus.

Und es kam ihr plötzlich der Verdacht, daß er überhaupt nur wegen Michael mit nach Canrade gefahren war. Wer weiß, wozu es gut ist, wenn er sich einmal gründlich mit ihm ausspricht, dachte sie.

Henning setzte seinen Plan gleich nach dem Tee in die Tat um. Michael war nicht nach Wiesbaden gefahren. Anita hatte sich mit den Kindern allein auf den Weg gemacht.

»Das müßte Elisabeth eigentlich wissen«, wunderte er sich. »Sonst hätte ich mich doch bei ihr abgemeldet und zumindest für eine Vertretung gesorgt«, und bat Henning ins Haus.

Später berichtete Henning von seinem Besuch. Er sei erschrocken gewesen über Michaels Aussehen.

»Er ist richtig alt geworden.«

»Vielleicht ist er krank?« überlegte Julia.

»Nicht daß ich wüßte.« Das klang so uninteressiert, daß Henning sich nicht enthalten konnte, »Also, Lisa!« zu sagen

Julia warf ihm einen warnenden Blick zu. Aber er schüttelte nur entschieden den Kopf, als wollte er sagen: Ich lasse mich von dir nicht davon abhalten, eine eigene Meinung zu haben.

»Mir scheint, du verhältst dich ihm gegenüber ziemlich egoistisch, Elisabeth«, gestand er.

Sie sah ihn verwundert an.

»Egoistisch? Wie kommst du auf die Idee?«

Julia wollte eingreifen, aber jetzt war Henning nicht mehr zu bremsen.

»Du tust so, als wäre es nur dein Kind. Findest du das eigentlich fair?«

»Na hör mal!« Elisabeth wußte gar nicht, was sie dazu sagen sollte. Sie schien richtig verwirrt. »Hat er das gesagt?«

Henning zögerte.

»Nun sag schon«, drängte Julia.

»Ich weiß gar nicht, ob ich dazu berechtigt bin, über das, was Michael mir gesagt hat, mit euch zu reden. Schließlich haben wir ein vertrauliches Gespräch von Mann zu Mann geführt ...«

»Mach schon«, sagte Julia ungerührt. »Was redet man von Mann zu Mann? Das interessiert uns auch. Nicht, Lisa?«

Sie zuckte nur mit den Schultern.

»Michael meint, als werdender Vater habe er auch etwas damit zu tun«, begann Henning.

»Womit?« unterbrach ihn Julia.

»Na, mit dem Kind natürlich.«

»Und mit der werdenden Mutter«, vermutete Elisabeth.

Julia verdrehte die Augen.

»Warum hat man bei uns nur die Polygamie abgeschafft?« Ihre Stimme triefte vor Ironie. »Wie schön könnte die Ehe zu dritt sein!«

Henning fand, alberne Bemerkungen wären jetzt fehl am Platz.

»Versetzt euch bitte mal in seine Lage, auch wenn es euch schwerfällt. Er bekommt ein Kind und darf nicht darüber reden, ja nicht einmal daran denken. Was ist das für ein Zustand! Ich wüßte jedenfalls nicht, wie ich damit fertig würde.«

Julia strich ihm über den Kopf.

»Noch ist es ja nicht soweit«, tröstete sie ihn.

Er ging nicht darauf ein.

»Sprich mit ihm«, bat er Elisabeth. »Er hat es wirklich nötig.«

»Er weiß ja, wo ich wohne«, wehrte sie ab.

»Er sagt, er hätte es schon mehrmals versucht, aber du gingest ihm aus dem Weg.«

Sie seufzte nur.

»Daß er keine Alimente zahlen muß, darüber wird er ja wohl nicht auch noch traurig sein?« lästerte Julia.

Henning schüttelte den Kopf.

»Daß ihr so unsensibel seid!« klagte er.

Julia fuhr auf.

»Ja, stell dir vor, die Zeiten sind vorbei, in denen die Herren der Schöpfung machen konnten, was sie wollten, daß sie ihre Liebsten in Schande brachten und sie dann sitzenließen.«

Henning trank schweigend seinen Tee. Erst nach einer Weile sagte er: »Ich finde es ja auch sagenhaft, wie du damit umgehst, Lisa.« Und weil niemand darauf einging: »Du wirst schon wissen, was du zu tun und zu lassen hast.«

Sie machte den Eindruck, als wäre sie sich gar nicht so sicher.

»Klar weißt du es«, erklärte Julia bestimmt. »Von Anfang an hast du das gewußt! Denk an Carnac!«

»Ja damals ...«

»Wie sich das anhört!« lachte Henning. »Als wäre es hundert Jahre her.«

»So kommt es mir beinahe vor«, sagte Elisabeth. »Seitdem hat sich alles total geändert.«

»Was für andere das Natürlichste von der Welt ist, ist für euch ein Weltuntergang«, stellte Henning plötzlich fest. Anscheinend hatte er keine Lust, noch länger darüber zu diskutieren. Seine Bemerkung brachte ihm einen Klaps von Julia ein. »Ist doch wahr«, brummte er.

»Ja doch, Süßer! Aber immerhin inszenieren wir uns unsere Weltuntergänge inzwischen selbst.«

»Ich finde, es gibt andere interessante Themen, über die

wir reden könnten«, schlug Elisabeth vor. »Zum Beispiel über *deine* Zukunftspläne, Henning.«

»Und ich?« fragte Julia vorwurfsvoll. »An mich denkt überhaupt niemand.«

»Das wäre ja noch schöner!« Henning schüttelte entrüstet den Kopf. »Dabei bist du die Hauptsache.« Er schloß sie fest in die Arme. »Für mich«, flüsterte er ihr ins Ohr. Aber immerhin laut genug, daß Elisabeth es auch hören konnte.

Es wurde dann doch noch ein sehr schöner, harmonischer Abend. Sie saßen lange zusammen und redeten über Vergangenes und Zukünftiges, über Weltbewegendes und ganz Privates. Elisabeth fühlte sich wohl wie lange nicht. Endlich konnte sie einmal wieder ungeschützt und offen über alles reden, was sie bewegte, ohne Rücksicht auf die Meinung fremder Leute. Es war längst nach Mitternacht, als das Licht im Pfarrhaus ausging. Aber bei Rothes brannte es fast die ganze Nacht.

Am Sonnabend übernahmen Julia und Henning freiwillig die Hausarbeiten mitsamt dem Einkauf, damit Elisabeth sich ganz auf ihre Predigt konzentrieren konnte.

Sie überlegte lange hin und her und schwankte zwischen 1. Korinther 13: *Das hohe Lied der Liebe* und Lukas 18: *Die Heilung des Blinden.* Beide Texte enthielten Gedanken, mit denen sie sich zur Zeit persönlich am meisten auseinandersetzte. Den Ausschlag gab dann die Frage des Wunderheilers Jesu, die er dem Blinden vor Jericho stellte: *»Was willst du, das ich dir tun soll?«* Welch eine Frage! Einen Blinden so etwas zu fragen! Er antwortete: *»Ich möchte sehend werden.«* Was sonst? Es war schon bewundernswert, wie sehr Jesus den Blinden respektierte und nicht einfach über ihn verfügte wie über einen Unmündigen oder Gesetzlosen. Ein Mensch, der von Kindheit an blind ist, hat sich in seiner Welt eingerichtet. Ihn da herauszureißen von einem Augenblick zum anderen, das ist ein einschneidendes Ereignis. Jesus kannte sich in den Menschenrechten ebenso gut aus wie in den Empfindungen seiner Mitmenschen. Nie werde ich aufhören, über diese Geschichten nachzudenken und sie weiterzuerzählen, dachte sie. Es gibt keine besseren.

Sie fühlte sich reich, gesegnet und vollkommen ausgeglichen. In diesem Zustand konnte sie sogar unbeschwert mit Michael reden. Kurzentschlossen griff sie zum Telefon und rief ihn an. Schließlich mußte sie ihm auch noch die Lieder für morgen durchgeben. Aber er meldete sich nicht. Sie schrieb die Liednummern auf einen Zettel, dazu einen kurzen Gruß, ging die wenigen Schritte zu seinem Haus hinüber und warf ihn in den Briefschlitz. Weil sie nun einmal unterwegs war, ging sie in die Kirche, um dort nach dem Rechten zu sehen.

Die Blumen auf dem Altar waren vertrocknet. Das Altartuch war mit Kerzenwachs bekleckert. Auf den Altarflügeln lag Staub. Bevor ich anfange, mich zu ärgern, warte ich erst einmal ab, bis Bahlmanns hiergewesen sind und aufgeräumt haben, dachte sie. Aber ein wenig eigenartig fand sie es doch, daß sich die Kirche am Sonnabendvormittag – inzwischen war es schon fast Mittag – in solch einem Zustand befand. Am liebsten hätte sie die Blumenvasen ausgeleert und das Altartuch abgenommen. Aber das war natürlich unmöglich. Bahlmanns wären darüber zu Recht gekränkt. Sie konnte es dann aber doch nicht lassen, sich nach einem Spinnennetz zu recken, das sich zwischen den geschnitzten Figuren im Altaraufsatz ausbreitete. Mitten in der Bewegung verharrte sie einen Moment, weil ihr das verklärte Gesicht der jungen Frau auffiel, der sich ein Engel zuwandte.

»Gegrüßet seist du, Maria«, flüsterte sie und spürte im gleichen Augenblick, wie sich ihr Kind heftig bewegte. Sofort fiel ihr die Begegnung der beiden Frauen ein. Maria und Elisabeth. Und daß es im Lukas-Evangelium heißt: *Da hüpfte das Kind in ihrem Leibe.* Sie lächelte vor sich hin und wunderte sich wieder, wie lebensecht die uralten Geschichten erzählt wurden. Nun hatte sie die Begegnung von damals selbst erfahren, leibhaftig. Das glaubt mir kein Mensch, lachte sie vor sich hin, als die Tür hinter ihr ins Schloß fiel.

Julia und Henning blieben nur übers Wochenende. Danach fuhr Elisabeth nach Bremen, um sich Tante Ellis Wohnung anzusehen.

Das Wetter war gut. Kein Sturm. Kein Regen. Kein Nebel. In gut zwei Stunden hatte sie ihr Ziel erreicht. Um sich die Parkplatzsuche zu ersparen, stellte sie ihr Auto in einer Tiefgarage ab, ging zu Fuß weiter und bewunderte die alten Patrizierhäuser am Osterdeich. Der Verkehr war natürlich enorm. Im Verhältnis dazu ist es in meinem Dorf himmlisch ruhig, dachte sie. Aber dann verdrängte sie diesen Gedanken gleich wieder, weil sie merkte, daß sie traurig wurde, sobald ihr Canrade einfiel, das Paradies, zu dem auch das Meer gehörte, der Deich, Ebbe und Flut ... aus dem man sie vertrieb.

Dann stand sie vor dem Haus ihrer Tante. Wie viele Kindheitserinnerungen tauchten da plötzlich auf. Sie wußte sogar noch, welche Fliesen das Bad hatte, und erinnerte sich an den Duft von frischgebackenem Weißbrot, der sonnabends durch das Haus zog. Sie ging durch den kleinen Vorgarten auf das Haus zu und klingelte.

Gleich darauf ertönte der Summer, und sie öffnete die Tür. Tante Elli kam ihr in der Diele entgegen. Sie stützte sich auf ihren schwarzen Handstock – selbst den kannte sie noch aus ihren Kindertagen. Als Elisabeth sie in die Arme nahm, bat sie: »Nicht so stürmisch, Lisa, du zerbrichst mich ja.« Dann musterte sie ihr Patenkind und sagte zufrieden: »Du siehst gut aus. Richtig hübsch mit deinen blonden Haaren. Du hast doch wohl keine Dauerwelle?«

»Nein, keine Spur! Es ist alles Natur.«

Nachdem sie eine Weile im Wohnzimmer gesessen und mit Tante Ellis vorzüglichem Sherry auf das unverhoffte Wiedersehen angestoßen hatten und nachdem sie ein wenig über vergangene und zukünftige Zeiten geplaudert hatten, schlug die alte Dame vor, die obere Wohnung zu besichtigen.

»Erschrick bitte nicht«, warnte sie, »es ist nichts renoviert. Und Haferkamps haben auch noch nicht alle Möbel abgeholt.« Elisabeth war auf alles gefaßt. »Sobald wie möglich lasse ich den Maler kommen. Dann habt ihr es ganz frisch und fein da oben.«

»Ihr?« fragte sie.

»Ja, du und dein Baby. Oder gibt es sonst jemanden?«

Elisabeth schüttelte den Kopf.

Oben roch es nach leeren Räumen und alten Wänden. Gespannt sah Elisabeth sich um. Es war alles halb so schlimm, viel besser, als sie es befürchtet hatte, im Gegenteil. Sie war begeistert von den hohen, großen Räumen, von den Fenstern im Jugendstil und den stuckverzierten Dekken.

»Hochherrschaftlich«, sagte sie beeindruckt. »Und hier soll ich wohnen?« Sie konnte es nicht fassen.

»Ihr«, verbesserte ihre Tante sie. »Du und deine Tochter.«

»Tochter?«

»Das sieht man doch«, behauptete Tante Elli, aber woran sie es zu sehen glaubte, konnte sie nicht sagen. »Das habe ich im Gefühl«, erklärte sie kategorisch.

Elisabeth lächelte.

»Soviel Gefühl!«

Wie unkompliziert und jung sie ist. Hoffentlich vermißt sie ihr Dorf nicht zu sehr. Hoffentlich fühlt sie sich hier wohl, dachte ihre Tante besorgt.

»Es wird eine ganz schöne Umstellung für dich sein«, sagte sie. »Mit deinem Dorf ist Bremen nicht zu vergleichen.«

Elisabeth ging zum Fenster und blickte auf den vorbeifließenden Verkehr. »Etwas lauter als in Canrade ist es hier schon, aber daran werde ich mich gewöhnen. Vor allem werde ich das Meer vermissen.« Ihr Blick wanderte hinüber zur Weser und zum gegenüberliegenden Ufer mit dem Panorama der Neustadt. »Ich kann mich an alles so gut erinnern, aber die Weser hatte ich breiter in Erinnerung«, stellte sie fest.

»Wahrscheinlich ist Ebbe. Wenn die Flut kommt, sieht sie vielleicht wieder wie früher aus.«

»Ebbe? Flut?« Elisabeth drehte sich verblüfft nach ihr um.

»Die Weser fließt in die Nordsee und bis Bremen ist sie noch tideabhängig. Das weißt du nicht?« wunderte sich Tante Elli.

»Doch, natürlich. Ich hatte nur nicht daran gedacht.« Plötzlich überkam sie eine so große Traurigkeit, daß sie am liebsten losgeheult hätte wie damals, als sie noch die kleine Lisa war, die vor Heimweh krank wurde. Sie fuhr sich verstohlen über die Augen.

»Ich laß dich jetzt mal allein«, sagte die alte Dame rücksichtsvoll. »Sieh dir alles in Ruhe an. Ich erwarte dich dann im Wohnzimmer.«

Sie ließ ihren Tränen freien Lauf. Sie weinte, als wäre ihr erst jetzt das ganze Ausmaß ihrer Situation bewußt geworden, und bemitleidete sich selbst. Wie erwartungsvoll und froh war sie in das Canrader Pfarrhaus eingezogen! Mit wieviel Begeisterung hatte sie ihren Beruf ausgeübt, und wie wohl hatte sie sich in dem Dorf am Meer gefühlt! Das sollte alles vorbei sein? Es ist das Ende, dachte sie, das Ende meiner Träume.

Allmählich hörte sie auf zu weinen. Schließlich putzte sie

sich die Nase, wischte sich die Tränen ab und sagte sich: Die Träume sind ausgeträumt, das hier ist die Wirklichkeit. Danach ging sie noch einmal durch die Räume, verteilte in Gedanken ihre Möbel und richtete sich ein. Nur vorläufig, dachte sie, nicht für immer. Aber es wird deine erste Bleibe sein, Kind, sagte sie leise, darum soll es hier richtig schön werden. Plötzlich hielt es sie nicht mehr in den leeren Zimmern.

»Ich geh' mal kurz an die Weser. Es dauert nicht lange. Ich will nur sehen, ob es noch so ist wie früher«, sagte sie zu ihrer Tante.

Tante Elli nickte ihr freundlich zu.

»Nimm den Hausschlüssel mit, dann brauche ich nicht aufzustehen, wenn du zurückkommst. Laß dir ruhig Zeit. Von mir aus kannst du auch gern über Nacht bleiben. Ich habe Platz genug, und das Gästebett ist frisch bezogen.«

Als die Haustür ins Schloß fiel, überlegte die alte Dame, wann sie zuletzt den Uferweg entlanggegangen war. Das mußte schon lange her sein. Wirklich schon sehr lange.

Elisabeth überquerte den Osterdeich, ging ein Stück unter den Bäumen dahin und folgte dem Fußweg, der zum Fluß hinunterführte. Wenn es Sommer gewesen wäre, hätte sie sich einfach irgendwo ans Ufer gesetzt und dem dahinfließenden Wasser zugesehen. Aber es war Oktober, und es wehte ein recht kühler Wind. Ich hätte schon Handschuhe brauchen können, dachte sie. Im Winter würde es hier eisig sein. Wie an der Nordsee. Nein, anders. Oder doch genauso? Ihr graute vor der Kälte und der Dunkelheit. Auch ohne den Abschied wäre der Winter schlimm genug. Aber nun mochte sie gar nicht daran denken. Was waren das für Aussichten – sie und Tante Elli allein in dem alten Haus … Sie bückte sich nach einem Kieselstein und warf ihn in hohem Bogen in den Fluß. Und dann warf sie noch einen hinterher. Und noch einen. So hatte sie es als Kind gemacht, wenn sie zu Besuch bei Tante Elli war. Damals, als ihre Mutter noch lebte. Als Kind war sie häufig in Bremen gewesen. Danach nicht mehr. Die kleine Lisa, dachte sie, die bin ich nun nicht mehr. Aber wer bin ich jetzt? Es ist alles so schnell gegangen. So wahnsinnig schnell. Eigentlich bin ich die ganze Zeit nicht zur Ruhe gekommen. Und von dem Augenblick an, als ich zum ersten Mal den Namen Canrade hörte, ging alles noch schneller. Sie steckte die Hände in die Taschen und wanderte am Ufer entlang, dem Wind entgegen. Es kam ihr so vor, als wäre es seit langer Zeit das erste Mal, daß sie allein war mit sich und ihren Gedanken, die ihr keine Ruhe ließen.

Aber auch wenn ich tausendmal dasselbe denke, ändern kann ich nichts, sagte sie sich. Und warum alles so geworden ist, wie es nun einmal ist, weiß ich wirklich nicht. Nichts weiß ich. Nicht einmal, wie es weitergehen soll. Wie lange muß ich Tante Ellis Gastfreundschaft in Anspruch nehmen? Lohnt sich der Aufwand überhaupt? Ihr beschauliches Leben habe ich jedenfalls gründlich durcheinandergebracht. Sie scheint sich irgendwie auf einen Dauerzustand einzurichten. Ihre Gedanken sprangen hin und her, während sie gegen den Wind anstapfte. Hatte sich bis jetzt nicht einfach alles wunderbar gefügt? Warum sollte sie sich sorgen, nachdem sie hier war? Tante Elli war geholfen, ihr war geholfen, und was später sein würde, stand in den Sternen. Vielleicht brachte Herr Schulzemeyer ihren Fall ja schon in der nächsten Bischofskonferenz zur Sprache.

Sie stellte sich vor, wie es sein würde, wenn die Herren zusammensaßen und über ihre Zukunft entschieden.

»Ich habe da eine junge ledige Pastorin in meinem Sprengel, die müßte ich irgendwie unterbringen. Eine tüchtige Person. Leider bekommt sie ein Kind, und ich mußte sie aus der Gemeinde nehmen. Hat jemand von Ihnen irgendwo demnächst etwas Passendes? Es muß ja kein Pfarramt sein. Vielleicht in der Krankenhausseelsorge?« Und sie würden hin und her überlegen. Ein anderer hatte vielleicht auch einen Problemfall und wollte den unterbringen. Vielleicht in Ostfriesland?

»Wie wäre es, Bruder Schulzemeyer? Eine Hand wäscht die andere. Ich nehme Ihre Kandidatin, und Sie bekommen meinen Kandidaten.«

»Zu wann brauchten Sie denn die Stelle?«

»Frühestens im Mai.«

»Ich werde sehen, was sich machen läßt. Ich hätte da schon eine vage Idee. Aber ob die junge Kollegin damit einverstanden ist ...«

»Einverstanden! Als wenn es nach ihren Wünschen ginge! Die muß erst einmal zusehen, daß sie ihre Anstellungsfähigkeit bekommt. Dann kann sie sich eventuell etwas wünschen. Nein, nein, darauf brauchen wir wirklich keine Rücksicht zu nehmen. Das weiß sie auch.«

Sie stellte sich die Situation so lebhaft vor, daß sie über sich selbst lachen mußte. Dabei hatte sie natürlich keine Ahnung, was in der Bischofskonferenz wirklich geredet wurde. Aber die Kirche ist eine solch kleine Firma, ganz überschaubar und durchsichtig in ihren verschiedenen Ebenen, da kann ich mir die kleinen Mauscheleien und Kungeleien mühelos ausmalen, sagte sie sich. Und doch ist die Kirche anders als jeder andere Betrieb. Trotz aller Vorschriften und Einschränkungen und Unzulänglichkeiten gibt es im kirchlichen Dienst so viel Großzügigkeit, so viele Freiräume, so viel Selbstbestimmung wie nirgendwo sonst. Das muß etwas mit dem Heiligen Geist zu tun haben, dachte sie, mit den Engeln und all dem anderen Unsichtbaren, daß selbst die Herren auf den Chefsesseln zugeben, ganz normale Sterbliche zu sein. Niemand von ihnen käme in Wirklichkeit auf die Idee, sich für unschuldig und allwissend zu halten.

Elisabeth versuchte sich vorzustellen, was Julia dazu sagen würde. Gerade du, würde sie sagen, du hast es gerade nötig, ein Loblied auf den Verein zu singen! Ich an deiner Stelle würde mich lieber schleunigst nach einem anderen Job umsehen. Ach Julia! Sie wollte sie nachher noch anrufen. Und sobald ich den Umzug, den Abschied, die nächsten Wochen überstanden habe, werden wir hier zusammen spazierengehen und uns die Köpfe heiß reden. Und dann im Schnoorviertel essen. Und dem Glockenspiel in der Böttcherstraße zuhören. Und zusammen ins Theater gehen ... Selbst wenn sie gar nicht da war, brachte Julia sie auf andere Gedanken. Und das war gut so.

Sie merkte, daß sie schon viel zu weit gegangen war, und drehte sich um. Jetzt, wo der Wind ihr nicht mehr ins Gesicht blies, kam es ihr wesentlich angenehmer vor. Überhaupt sah plötzlich alles ganz anders aus, seitdem ihr die guten Dinge eingefallen waren, die sie hier erwarteten. Ein paar Monate Urlaub, dachte sie, ist das nicht ein Geschenk? Ein Kind bekommen, ist das nichts? Neu anfangen, neue Menschen kennenlernen ... Und Tante Elli? Wer weiß, wofür es gut ist, daß sie mich in ihr Haus aufnimmt. Vielleicht zieht sie später zu mir, statt in ein Altenheim. Und das Haus am Osterdeich? Dafür werden sich auf jeden Fall neue Mieter finden. Das ist ja kein Problem. Und Michael? Sie blieb stehen und sah zum Himmel hinauf. Der Wind trieb schwere, graue Wolken vor sich her. Hierhin, dorthin, über Bremen, über Canrade, bis ans Ende der Welt.

Sie sah, daß das Wasser allmählich stieg. Was eben noch trocken war, wurde jetzt schon umspült. Langsam, ganz langsam kam die Flut zurück. So weit reicht das Meer, dachte sie und tauchte die Hand in den Fluß, als könnte sie es fühlen. Und plötzlich wußte sie, daß alles nur ein Übergang war. Leid und Freude. Abschiednehmen und Wiedersehen. Ebbe und Flut. Ein ewiges Kommen und Gehen. Nicht mehr.

Nachwort

Die Elisabeth aus dem 18. Jahrhundert hat es wirklich gegeben. Ihre Geschichte, die ich zufällig in einem Pfarrarchiv entdeckte, inspirierte mich zu diesem Roman. Alle anderen Personen und die Handlung sind frei erfunden. Ähnlichkeiten wären rein zufällig. Auch den Ort Canrade gibt es nicht.

Danken möchte ich Christa Pohl für ihr einfühlsames und sachverständiges Lektorat. Meiner Familie danke ich für manch liebevolle Ermutigung.

Gudrun Pausewang im dtv

»Gudrun Pausewang plädiert in ihren Werken für die Verständigung zwischen den Völkern und Rassen, für Toleranz, gegen Haß, Gewalt und Krieg.«
Günter Höhne in der ›Neuen Zeit‹

Kinderbesuch
Roman
dtv 10676
Ein deutsches Ehepaar besucht seine in Südamerika lebende Tochter. Verständnislos sehen sie sich größtem Reichtum und bitterster Armut gegenüber.

Plaza Fortuna
Roman
dtv 11690
Menschen am Rande der Gesellschaft in einer südamerikanischen Großstadt.

Bolivianische Hochzeit
Roman
dtv 11798

Guadalupe
Roman
dtv 11879
Überleben im südamerikanischen Urwald. Ein Plädoyer gegen den Krieg.

Rotwengel-Saga
dtv 12140
Eine Familiengeschichte in Ostböhmen.

Der Glückbringer
Roman · dtv 12299
Ein Roman über menschliche Schwächen und soziale Mißstände in Lateinamerika. »Ein Panoptikum der kuriosesten Figuren, ein wundervoll komisches Chaos des Lebens voller Trauer, Witz und Hoffnung.« (Volker Albers im ›Hamburger Abendblatt‹)

Rosinkawiese
Alternatives Leben in den zwanziger Jahren
dtv 11489

Fern von der Rosinkawiese
Die Geschichte einer Flucht
dtv 11636

Geliebte Rosinkawiese
Die Geschichte einer Freundschaft über die Grenzen
dtv 11718
Fast zwanzig Jahre nach der Flucht sieht Gudrun Pausewang den Ort ihrer Kindheit in Ostböhmen wieder.

Catherine Gaskin im dtv

»Catherine Gaskin versteht es prächtig, Geschichten zu erzählen... gehobene Unterhaltung mit viel Gefühl und harten Schicksalsschlägen, deren Wucht aber immer wieder durch glückliche Momente gemildert wird.«
Margarete v. Schwarzkopf in der ›Welt‹

Ein Falke für die Königin
Roman · dtv 8382
Es ist ein weiter Weg von China bis tief ins schottische Hochland. Besonders wenn man ihn wegen ein paar Worten zurücklegt, die der Bruder vor seinem Tod an den Rand einer Schriftrolle gekritzelt hat. Trotzdem ist Kirsty hergekommen: ungebeten, unerwartet und – wie sie ahnt – unerwünscht...

Ein Windspiel im Nebel
Roman · dtv 12079
Die junge Kunstexpertin Joanna Roswell stößt in Schloß Thirlbeck auf zahlreiche Rätsel und Widersprüche, als sie den Auftrag erhält, die Schätze zu ergründen, die das alte Gemäuer birgt.

Das große Versprechen
Roman
dtv 12179
England um 1900. Ein reicher Fabrikant nimmt ein armes Mädchen auf... Ein großartiger Roman über das schicksalhafte Versprechen einer Frau, ihre Familie nie im Stich zu lassen.

Das Familiengeheimnis
Roman
dtv 20005
Die schöne, kluge Kelly Anderson ist »nur ein einfaches Mädchen« von einer australischen Farm... Vielleicht einer der schönsten Romane von Catherine Gaskin, der »großen Dame der Unterhaltung«.

dtv

Georgette Heyer im dtv

»Georgette Heyer schreibt witzig, scharfsinnig, manchmal boshaft, graziös und mit Zärtlichkeit.«
Die Welt

Die drei Ehen der Grand Sophy
Roman · dtv 20101
Charmant ignoriert Sophy alle Regeln der guten Gesellschaft und entwirrt dabei ein Knäuel von fehlgeratenen Verlöbnissen.

Herzdame
Roman · dtv 20102
Annis hat gegen den arroganten Mr. Carleton eine heftige Abneigung gefaßt. Doch noch nie konnte sie mit jemand so herrlich streiten…

Die bezaubernde Arabella
Roman · dtv 20154
Ausgerechnet dem begehrtesten Junggesellen der Stadt erzählt Arabella, sie sei eine reiche Erbin. Nun betet ganz London sie an, doch jeden Moment kann alles herauskommen…

Die spanische Braut
Roman · dtv 20155
Juana ist das Symbol des Befreiungskampfes gegen Napoleon. Im Nu liegt ihr Wellingtons ganze Armee zu Füßen.

Penelope und der Dandy
Roman · dtv 20156
Penelope flieht gemeinsam mit Sir Richard Wynham nach Bristol, um ihrer Zwangsehe zu entkommen.

Verlobung zu dritt
Roman · dtv 20157
Eustacie ist knapp der Französischen Revolution entkommen. Sie ahnt noch nicht, was für Abenteuer das englische Landleben für sie bereithält…

Damenwahl
Roman · dtv 20158
Um nicht Opfer eines infamen Brauthandels zu werden, flieht Kitty nach London. Dort will sie auf eigene Faust den Mann ihres Herzens finden.

Der Unbesiegbare
Roman · dtv 20159
Der Ritter Simon von Malvallet hat noch jeden Gegner geschlagen. Aber dann sieht er sich einer Frau gegenüber, einer wunderschönen Amazone…